U0114470

聲韻論叢

第二輯

中華民國聲韻學學會
臺灣師範大學國文系所　主編
高雄師範大學國文系所

陳新雄　題

臺灣　學生書局　印行

聲韻論叢　第二輯

目　次

作者簡介…………………………………………… Ⅲ

宋代入聲的喉塞音韻尾……………………竺家寧……1

中原音韻入派三聲新探……………………姚榮松……25

古今韻會舉要同音字志疑…………………李添富……53

沈寵綏的語音分析說………………………董忠司……73

同文韻統所反映的近代北方官話音………吳聖雄……111

論音韻闡微的協用與借用…………………林慶勳……143

《諧聲韻學》的幾個問題…………………林慶勳……169

江永聲韻學抉微……………………………董忠司……197

從編排特點論
　　《五方元音》的音韻現象…………林慶勳……237

「濁上歸去」與現代方言…………………何大安……267

閩南語輕脣音音值商榷……………………謝雲飛……293

廈門話文白異讀中鼻化韻母的探討………姚榮松……315

渡江書十五音初探…………………………姚榮松……337

客語異讀音的來源…………………………羅肇錦……355

論《客法大辭典》之客語音系⋯⋯⋯⋯⋯林英津⋯⋯ 383

廣州話之聲調⋯⋯⋯⋯⋯⋯⋯⋯⋯⋯⋯何文華⋯⋯ 423

附錄

第五屆全國聲韻學討論會議紀要⋯⋯⋯姚榮松⋯⋯ 443

第六屆全國聲韻學討論會紀實⋯⋯⋯⋯竺家寧⋯⋯ 457

作者簡介

竺家寧 浙江奉化人，民國三十五年生。國立臺灣師範大學國文研究所碩士、中國文化大學中文研究所博士班畢業，國家文學博士。曾任漢城檀國大學客座教授，淡江大學中文研究所教授。現任國立中正大學中文研究所教授。曾擔任聲韻學、訓詁學、語音學、漢語語言學、詞彙學、漢語語法等課程。著有《四聲等子音系蠡測》、《九經直音韻母研究》、《古漢語複聲母研究》、《古今韻會舉要的語音系統》、《古音之旅》、《古音學入門》(合著)、《語言學辭典》(合著)等書。

姚榮松 臺灣省雲林縣人，民國三十五年生。畢業於國立臺灣師範大學國文系、國文研究所，獲文學博士，曾任臺北市弘道國中教師，臺灣師大國文系助教、講師、副教授，現任臺灣師大國文系教授，擔任中國文字綜合研究、訓詁學、國音等課程。1993～1994年度為國科會科技人員國外進修甲種人員，正在法國社會科學高等學院語言系進修，並於1984年在哈佛大學燕京學社研究一年。主要著作有：《切韻指掌圖研究》、《上古漢語同源詞研究》、《古代漢語同源詞研究》、《語言學辭典》(與陳師新雄等合撰)。

李添富 臺灣省臺北縣人，民國四十一年生。輔仁大學中文研究

所碩士，國立臺灣師範大學國文研究所博士。現任輔仁大學中國文學系專任副教授，國立成功大學中國文系所、淡江大學中國文學系兼任副教授，中國訓詁學會秘書長。主講古音學研究、語音學、文字學、聲韻學、訓詁學、詩經等課程。著有《古今韻會舉要研究》、《晚唐律體詩用韻通轉之研究》及〈國語的輕聲〉、〈語音規範的問題〉、〈餘杭章君轉注說探源〉、〈假借與破音字的關係〉、〈周南卷耳「采采」意象試釋〉等多篇。

董忠司 臺灣臺南市人，生於一九四七年三月六日。國立政治大學中國文學系畢業，中國文學研究所文學博士，曾任東海大學、靜宜大學中文系、臺北市立女師專、市立師專、屏東師專、臺南師專等校副教授，新竹師專教授兼圖書館主任。現任國立新竹師範學院語文教育系教授、臺灣語文學會理事、自強文教基金會董事。著有《曹憲博雅音之研究》、《顏師古所作音切研究》、《江永聲韻學評述》等書。

吳聖雄 廣東省瓊山人，民國四十八年生。國立臺灣師範大學國文系文學士，國文研究所文學碩士、文學博士。著作有《康熙字典字母切韻要法探索》、《日本吳音研究》等。

林慶勳 臺灣桃園人，一九四五年生。中國文化大學中文研究所畢業，獲國家文學博士，曾任中國文化大學講師、副教授兼中文系主任，高雄師範學院國文研究所副教授，日本國立東京大學文學部外國人研究員。現任高雄師範大學國文研究所教授兼國文系

主任。講授音韻學研究、詞滙學研究、中國語言學專題研究等課
程。著有《切韻指南與切音指南比較研究》、《段玉裁之生平及
其學術成就》、《音韻闡微研究》、《古音學入門》（與竺家寧
合著）、〈試論合聲切法〉、〈諧聲韻學的幾個問題〉、〈刻本
圓音正考所反映的音韻現象〉、〈試論日本館譯語的聲母對音〉等。

何大安　福建晉江人，民國三十七年生。臺灣大學國家文學博士。
現任中央研究院歷史語言研究所研究員，臺灣大學、清華大學、
政治大學兼任教授。著有《聲韻學中的觀念與方法》、《規律與
方向：變遷中的音韻結構》等書。

謝雲飛　浙江松陽人，民國二十二年生。國立臺灣師範大學文學
士、文學碩士，新加坡南洋大學研究院院士。曾任國立政治大學
講師、副教授、教授，新加坡南洋大學高級講師，政治大學客座
教授，韓國成均館大學交換教授。現任國立政治大學教授。著有
《經典釋文異音聲類考》、《中國文字學通論》、《明顯四聲等韻
圖研究》、《爾雅義訓釋例》、《中國聲韻學大綱》、《漢語音
韻學十論》、《四大傳奇及東南亞華人地方戲》、《中文工具書
指引》、《文學與音律》、《語音學大綱》、《韓非子析論》、
《管子析論》等書。

羅肇錦　臺灣苗栗人，一九四九年生。國立臺灣師範大學國文研
究所博士，現任省立臺北師範學院語文系副教授，國立清華大學、
私立淡江大學兼任副教授，著有《瑞金客方言》、《客語語法》、

《國語學》、《臺灣客家話》、《講客話》等書。

林英津　臺灣臺南人，一九五五年生。一九八五年畢業於國立臺
灣大學中文研究所，獲文學博士學位。現任中央研究院歷史語言
研究所副研究員。著有《廣韻重紐問題之檢討》、《集韻之體例
及音韻系統中的幾個問題》。

何文華　廣東人，香港珠海大學文史研究所文學博士。曾任香港
浸會學院中文系兼任講師，香港珠海大學副教授。今移居美國。

宋代入聲的喉塞音韻尾

竺家寧

一、前　　言

中古音的入聲若依收尾區分，有以下三類：

　　舌根韻尾 - k，如「屋、沃、燭、覺……」等。

　　舌尖韻尾 - t，如「質、術、月、曷……」等。

　　雙唇韻尾 - p，如「合、葉、緝、乏……」等。

　　到了元代周德清的《中原音韻》，入聲字全部消失❶，分別轉入平、上、去中，和陰聲韻的字沒有區別了。也就是說，三種塞音韻尾都不存在了。這種轉變，是突然發生的嗎？還是有個中間的過渡階段呢？

　　我們先看看現代方言的情況，現代方言入聲字在地理分佈上，呈現下列情況：

　　南部方言如粵語、客語、閩南語都保留了中古入聲的 - k、- t、- p 三種類型。

　　中部方言如閩北語❷、吳語三種入聲併成了一種——喉塞音韻尾。

　　北部方言的入聲字多半已經沒有任何輔音韻尾，念成了別的

聲調 ❸ 。

入聲字地理上的分佈是不是反映了歷史的變遷呢？換句話說，入聲 -p-t-k 消失之前是否還有一個喉塞音韻尾的中間階段呢？我們檢視了中古後期的語料，可以找到答案——這個中間階段在宋代的確是存在的。

周祖謨 1942 年的〈宋代汴洛語音考〉提到當時詩詞用韻，三種入聲已經相混，他說：

> 至於兩攝（曾、梗）之入聲字，則亦合用無別，而韓維史達祖更攙入臻攝深攝字，是當時入聲字之收尾已漸失落矣。❹

他又說：

> 然宋代語音尚有與唐人不同者，卽本攝（臻）入聲與梗曾入聲合用一事。其所以合用者，由於入聲韻尾之失落。梗曾入聲本收 -k，臻之入聲本收 -t，原非一類，迨 -k、-t 失落以後，則元音相近者自相通協矣。❺

周氏用韻尾失落來解釋不同入聲的相協，未必合適，因為輔音韻尾既不存在，應該像《中原音韻》一樣，和平、上、去聲的字相押，事實上並非如此，宋代詩詞的用韻，入聲字仍然和入聲字相押，顯然入聲的性質並未消失，只是三類入聲變成了一類，最合理的假定，就是這一類入聲是帶喉塞音韻尾的。喉塞音是個

微弱的輔音，在 -p-t-k 消失前，應該有個弱化的階段。

此外，由漢語輔音韻尾的演化趨向看，大都是向偏後的部位移動。例如《詩經》以前，「蓋、內」等字都有個 -b 韻尾，可是到了《詩經》時代，它的發音部位後移了，變成了 -d 韻尾❻。又如去聲字在上古有個 -s 韻尾，後來發展成 -h 韻尾❼，擦音的性質沒變，發音部位卻由舌尖轉到了喉部。又如《廣韻》的鼻音韻尾有三類：-m-ŋ-n，到了國語，-m 卻轉成了 -n，鼻音的性質未變，發音部位卻由雙唇變爲舌尖。又如現代方言中，閩北語的所有鼻音韻尾全都後移爲 -ŋ，吳語的所有入聲韻尾全都後移爲喉塞音。

由此觀之，我們相信入聲的演化過程是這樣的：

中古早期　　　中古晚期　　　國語

-p-t-k ⟶ 　-ʔ ⟶ 　-ϕ

筆者在 1972 年的《四聲等子音系蠡測》中❽，曾提出上述的看法。王力在 1985 年的《漢語語音史》也有相同的構想。他在「宋代音系」一章中說：

> 朱熹時代，入聲韻尾仍有 -p-t-k 三類的區別，除〔ik〕轉變爲〔it〕以外，其他都沒有混亂。但是，後代入聲的消失，應該是以三類入聲混合爲韻尾〔ʔ〕作爲過渡的。❾

又說：

> 三類入聲合併爲一類，在宋代北方話中已經開始了。在吳方言裏，大約也是從宋代起，入聲韻尾已經由 -p-t-k 合

併為 ʔ 了。⑩

不過，王力在實際擬音時，入聲的 -p-t-k 韻尾仍維持原狀，並未改擬為 -ʔ。也許王力只注意到 宋代詩詞的押韻，和朱熹的語音，沒能更廣泛的蒐集更多的類似語料，所以在看法上有些保留。本文就宋代詩詞、宋元韻圖、《詩集傳》、《九經直音》、《韻會》、《皇極經世書》等資料分析入聲的狀況，可以證明宋代的 -p-t-k 在相當廣大的地區，的確已經念成了喉塞音韻尾。

二、宋代詞韻所見的入聲狀況

在宋人所作的詞看，入聲韻尾有顯著相混的現象。這種現象可以由近年研究宋代詞人用韻的幾部專書看出來。包括林冷《玉田詞用韻考》、吳淑美《姜白石詞韻考》、余光暉《夢窗詞韻考》、林振瑩《周邦彥詞韻考》、葉詠琍《清眞詞韻考》、許全枝《東坡詞韻研究》、任靜海《朱希眞詞韻研究》、金周生《宋詞音系入聲韻部考》。

例如東坡詞：

減字木蘭花以「琢(-k)、雹(-k)、索(-k)、撥(-t)」相押。

勸金船以「客(-k)、識(-k)、卻(-k)、得(-k)、月(-t)、節(-t)、雪(-t)、插(-p)、咽(-t)、別(-t)、闕(-t)、髮(-t)」相押。

滿江紅以「客(-k)、雪(-t)、石(-k)、隔(-k)、必(-t)、白(-k)、覓(-k)、睫(-p)、絕(-t)」相押。

又滿江紅以「翮(-k)、疊（-p）、瑟(-t)、髮(-t)、側(-k)、說（-t)、月（-t)、色(-k)、雪(-t)」相押。

卓羅特髻以「得(-k)、客(-k)、結（-t)、合(-p)、拍(-k)、滑（-t)、覓（-k)」相押。

又如姜白石詞：

虞美人以「石（-k)、立(-p)」相押。

慶宮春以「答(-p)、遏（-t)、襪(-t)、罨(-p)」相押。

琵琶仙以「葉(-p)、絕(-t)、鴂(-t)、說(-t)」相押。

暗香以「色(-k)、笛(-k)、摘(-k)、筆(-t)、席(-k)」相押。

又如吳夢窗詞：

滿江紅以「日(-t)、色(-k)、織(-k)、結（-t)、咽(-t)、濕（-p)、得(-k)、拾（-p)、物（-t)」相押。

秋思以「側（-k)、色（-k)……」和「瑟(-t)」相押。

淒涼犯以「潤(-t)、骨(-t)」和「葉（-p)、濕（-p)……」相押。

又如張玉田詞：

壺中天以「歷(-k)、客(-k)……」和「拂（-t)」相押

踏莎行以「末（-t)、答（-p)、壓（-p)、髮(-t)、沒(-t)、發（-t)」相押。

淡黃柳以「捻（-p)、結(-t)、怯（-p)、說（-t)、葉(-p)、切(-t)、折（-t)、別(-t)、月（-t)」相押。

又如周邦彥詞：

看花廻以「絕(「……-t)、說(-t)」和「帖(-p)、睫(-p)相押。

華胥引以「軋(-t)、閱(-t)」和「葉(-p)、嗑(-p)、怯(-p)。鑷（-p)……」相押。

又如朱希眞詞：

鵲橋仙以「日(-t)、濕(-p)、客(-k)、得(-k)」相押。

好事近以「濕(-p)、碧(-k)、瑟(-t)、息(-k)」相押。

卜算子以「失(-t)、立(-p)、逼(-k)、急(-p)」相押。

春曉曲以「急(-p)、瀝(-k)、瑟(-t)」相押。

念奴嬌以「白(-k)、客(-k)、隔(-k)、雪(-p)、蝶(-p)、月(-t)、歇(-t)、折(-t)」相押。

點絳唇以「葉(-p)、發(-t)、別(-t)、客(-k)、徹(-t)、絕(-t)、月(-t)」相押。

諸如此類的混用，依據金周生的統計❶，在三千一百五十個韻例中，爲數一千二百七十二❷，百分比高達四十餘。而上述所有研究詞韵的學者都認爲這種現象爲「例外通押」。但是，爲什麼在宋代以前的詩歌用韵沒有這種大量通押的情況？這種情況又偏偏出現在入聲消失的元代前夕？它是否意味著入聲性質已經有了變化？正經歷著消失前的弱化過程？我們必需注意兩點：

第一，宋代的入聲已不像宋以前 -p-t-k分用劃然。

第二，宋代的入聲也不像元代混入平、上、去中。

由這兩點，我們可以推論，宋代的入聲應該和宋以前不同了，但是入聲的特性仍然存在。那麼，這不是告訴我們，宋代的入聲正如今天的吳語一樣嗎？-p-t-k三類全念作喉塞音了。

宋人塡詞並無通行共遵之詞韵韵書，完全本乎自然之音，現有的幾部詞韵韵書，都是明清以來編製的。所以，詞韵入聲的混用現象完全反映了實際語音的變化，用「例外通押」輕易交代過去似乎並不合適。

那麼，詞韵入聲的混用是否代表部分的方言現象呢？金周生曾對此問題詳爲分析❸，列出浙江省作家93人、江西省84人、福建省46人、江蘇省37人、河南省32人、四川省22人、安徽省19人、山東省18人、河北省13人、廣東省7人、湖南省7人、山西省5人、甘肅省1人、吉林省1人，發現入聲的混用並無方音的因素，與作者的里籍並無關係，顯然是當時普遍的現象。

至於宋詞入聲押韵還有百分之五十餘是 -p-t-k 分用的，這是受官韵的影響。當時語音雖然三類入聲已無分別，但是讀書人對官韵必然十分熟悉，胸中對三類入聲的界限必然十分清晰，當然在塡詞時會很自然的表現出來。

此外，當時南方某些方言應該還有 -k、-t、-p 的分別，正如今天的某些南部方言仍分 -k、-t、-p 一樣，宋代南方作家的混用三類入聲，很可能是受當時「通語」（普通話）的影響。因此，南方作家入聲的混用，未必代表其實際之語言。宋代入聲之轉爲喉塞音韻尾，其分佈範圍應包括北部、中部，部分南部地區、及以此爲基礎之「通語」。

三、《九經直音》所見的入聲狀況

《九經直音》是流行於宋代的一部經書音注❹。書中收了兩萬多條直音，表現了宋代的實際語音。它的性質有如今天的「國語注音四書讀本」。清代藏書家陸心源說：

成書之後，當時想必風行，故坊賈多取其書，或附于後，

後列于上，猶麻沙刻十三經注疏之附《經典釋文》，南宋
風氣使然也。

可知此書受重視的程度與《經典釋文》相同，皆爲宋人讀經的參
考書。只不過一用直音，一用反切而已。它們同樣保存了豐富的
語音資料。《四庫提要》說：

> 《釋文》所載，皆唐以前音！而此書則兼取宋儒，如於
> 《詩》、《中庸》、《論語》、《孟子》則多採朱子，於
> 《易》則兼採程、朱，於《禮》則多採方愨，其他經引胡
> 瑗、司馬光音讀尤多。

又說：

> （九經直音）與陸氏之書，尤足相續，在宋人經書音釋中，
> 最爲妥善。

從《九經直音》中，我們可以了解宋代韻母的簡併情形❺，
也可以看出一些聲母的演化❻，如濁音清化❼、知照系字的合流
❽等。聲調方面則表現了濁上歸去，以及入聲 -p-t -k的混同❾。
下面我們看看入聲的狀況：

1.書中有32例是「辟，音必」的直音。而「辟」是 -k尾，
「必」是 -t 尾。
2.《詩》晨風：「櫟，音立」，前者收 -k，後者收 -p。

3.《詩》行葦：「緝，音七」，前者收 -p，後者收 -t。

4.《詩》東山：「熠，音亦」，前者收 -p，後者收 -k。

5.《詩》六月：「佶，音及」，前者收 -t，後者收 -p。

6.《詩》小戎：「秩，定入」，前者收 -t，後者收 -k。

在《九經直音》中，諸如此類反映入聲變化的證據多達一三七條。詞韻上 -p-t-k 相混，也許還可以用「押韻甚寬」來解釋，直音的本質在注明音讀，絕不會有「注音甚寬」的道理。正如今天絕不會有人認爲「爸，音媽」（二字韻相同，聲同部位）可以成立，其理相同。所以，-p-t-k 既可以相互注音，只有一種可能：它們的韻尾都已經變成一樣的喉塞音了。

四、《詩集傳》所見的入聲狀況

南宋朱熹爲紹興年間進士，歷事高、孝、光、寧四朝。《詩傳》依照序文的年代，是朱子作於1177年。書中的「叶音」反映了朱子當時的語音情況，先師許詩英先生曾作了一系列的研究，探討朱子的語言，收入其《論文集》中。其中，提到「舌尖塞音與舌根塞音相混者」，列出八條例證[20]：

1.小雅賓之初筵三章以「抑(-k)、怭(-t)、秩(-t)」爲韻。

2.大雅假樂三章以「抑(-k)、秩(-t)、匹(-t)」爲韻。

3.小雅菀柳一章以「息(-k)、暱(-t)、極(-k)」爲韻。

4.大雅公劉以「密(-t)、即(-k)」爲韻。

5.大雅文王有聲以「淢(-k)、匹(-t)」爲韻。

以上各條都以職韻字和質韻字相押，朱子對於別的不適合自

己語言的韻腳都會加以改叶，這裏卻不曾改叶，可見朱子的語言中，收 -k 的職韻和收 -t 的質韻已經變得沒有區別。

　　6.小雅賓之初筵五章：「三爵不識 -k（叶失 -t、志二音），矧敢多又（叶夷益 -k、夷跋二反）。」

　　這條朱子叶兩音，表示或押入聲，或押去聲。入聲「識」收 -k，他卻用收 -t 的「失」來叶音，和收 -k 的「夷益反」的字相押。可見朱子是不辨 -t、-k 的。

　　7.大雅生民二章：「誕彌厥月 -t，先生如達 -t，不坼不副（叶孚迫 -k 反），無菑無害（叶音曷 -t）。」

　　這裏的韻腳「月、達、叶音曷」都是收 -t，而「孚迫反」卻是收 -k。

　　8.大雅韓奕二章：「玄袞赤舄，鉤膺鏤錫 -k。鞹鞃淺幭，鞗革金厄（叶於栗 -t 反）。」

　　這裏的韻腳都是 -k，朱子卻把「厄」叶為收 -t 的「於栗反」。

　　以上都是 -k - t 不分的例子，沒見到 -p 的例。但在朱子的詞中，-p - t - k 是整個混用的：

　　1.菩薩蠻（暮江寒碧縈長路）以「集(-p)、客(-k)」相押。

　　2.滿江紅（秀野詩翁）以「姪(-t)、碧(-k)、席(-k)⋯⋯」相押。

　　3.念奴嬌（臨風一笑）以「月歇雪折(-t)、白客隔(-k)、蝶(-p)」相押。

　　這些現象，和前面的資料所呈現的，是完全類似的，說明了宋代 -p - t -k 之轉為 -？。

五、《韻會》所見的入聲狀況

元代熊忠的《古今韵會舉要》是依據宋末元初黃公紹的《古今韵會》改編的。黃公紹是南宋度宗咸淳年間（1265–1274）進士，不久南宋亡（1279），入元不仕。此書表面上是平水韵系統，分107韵，實際上，韵內各字都注明所屬的「字母韵」，共有216個字母韵，這是反映實際語音的新系統。歸納《韵會》的字母韵，可以了解宋元之間部分南方地區的語音實況㉑。

《廣韵》有三十四個入聲韵，《韵會》完全打破了舊有的入聲界限，訂出二十九個入聲字母韵。除了主要元音的變化之外，最顯著的，就是韵尾 -p -t -k 的相混。下表是《韵會》各入聲韵的例字：㉒

韻尾 ＼ 韻名	-p	-t	-k
榖韵		突卒	禿族
匊韵		術律	蕭竹
櫛韵	戢澀	櫛瑟	
訖韵	急執	必實	極直
吉韵		吉詰	激檄
國韵		筆密	碧城
橘韵		橘茁	焱闃
聿韵		聿	役

藚韵	合盍	葛曷
怛韵	雜答	擦達
戛韵	夾洽	黠瞎
計韵	涉業	舌歇
結韵	獵妾	列切

從這項資料所見到的現象，和前面所見的完全類似：

第一，分韵已不再考慮 -p - t -k 的區別。

第二，入聲韵仍獨立於陰聲韵之外。

由這兩點，我們仍得導致一個結論：入聲韵尾完全變成喉塞音了。因為，一個「韵」必需只有一種韵尾，這是音韵學的基本原則。

此外，由《韻會》中的音注也顯示了入聲韻尾的混淆：例如葉韵「腌，乙業切 -p」，下注云：「音與月韻 -t 謁同」；「屧，益涉切 -p」，下注云：「音與屑韻 -t 噎同」。

六、《皇極經世書》所見的入聲狀況

《皇極經世書》為北宋邵雍（1011 — 1077）所作。其中第七至第十卷為「律呂聲音」，每卷分四篇，每篇上列「聲圖」，下列「音圖」，總共有三十二圖。今本三十二圖之前復有「正聲正音總圖」，為諸圖之起例。圖中所謂「聲」，是韵類之意；所謂「音」，是聲類之意。每篇之中，以音「和律」，以聲「唱呂」，意思是以律呂相唱和，亦即聲母、韻母相拼合以成字音的意思。

所以這些圖就叫做「聲音唱和圖」。

圖中又取天之四象——日月星辰，以配平上去入四個聲調；取地之四象——水火土石，以配開發收閉四種發音；各篇之後，又以各種聲音和 64 卦相配合；這些都是數術家的牽合比附，在聲韻上沒有任何實質意義。因此，我們藉聲音唱和圖探討當時語音，只有每篇標題的例字，才眞正具有價値。而這些例字又全部收在「正聲正音總圖」裏，列成了一個十聲、十二音的簡表。我我們只需取這些例字加以分析觀察，就能看出宋代語音的大致情況。

陸志韋「記邵雍皇極經世的天聲地音」說：

> 他雖然完全用今音附會術數，倒沒有用假古音，這是他比等韻更進步的一點。❷

宋元韻圖一方面反映了當時的語音，一方面又有許多因襲早期韻圖的地方。邵氏的聲音唱和圖如果去掉那些附會術數的部分，倒是能夠充分的表現實際語音，不曾受韻圖歸字的束縛。所以陸氏說其中沒有「假古音」。

聲音唱和圖的十類韻母，稱爲「一聲、二聲……十聲」，但只前七聲有字，其餘的是爲湊他的「數」理而贅加的，和韻類無關。

每聲分四行，每行四字，分別是平、上、去、入。同一行的字，韻母相同，不同行的字，韻母有別。各聲的一、二行之間，或三、四行之間的關係是開、合，邵圖稱之爲「闢、翕」。

　　各聲的先後次第，由果假開始，以迄深咸，由開口度最大的韻安排到開口最小的閉口韻（收 - m 者），立意甚精。

　　圖中最值得注意的，是入聲的配合完全改變了《切韻》的系統。而以入聲專配陰聲，不配陽聲。比宋元韻圖的兼配陰陽（配陽聲是照顧傳統，亦即陸氏所謂的「假古音」）更直接的表現實際語言。

　　趙蔭棠對於這個現象的看法是：

　　　　《等子》以入聲配陰聲韻，這裏邊也有這種現象。由此，
　　　　我們可以看見在宋時的北方的入聲，已有不若《廣韻》之
　　　　配合者。❷❹

　　趙氏曾注意這個問題，但沒有指出變化在哪裏。

　　現在我們先把聲音唱和圖中，有入聲配合的幾個「聲」列出來，再作分析。

聲一　多（歌）可（哿）個（箇）舌（鎋）
　　　禾（戈）火（果）化（禡）八（黠）
聲四　刀（豪）早（皓）孝（效）岳（覺）
　　　毛（豪）寶（皓）報（號）霍（鐸）
　　　牛（尤）斗（厚）奏（候）六（屋）
　　　○　　○　　○　　玉（燭）
聲五　妻（齊）子（止）四（至）日（質）
　　　衰（脂）　　帥（至）骨（沒）
　　　○　　○　　○　　德（德）

龜（脂）水（旨）貴（未）北（德）

聲七　心（侵）審（寢）禁（沁）〇

　　〇　　　〇　　　〇　　　十（緝）

男（覃）坎（感）次（梵）〇

　　〇　　　〇　　　〇　　　姜（葉）

李榮對這個表的解釋是：

> 配陰韵的入聲限於切韵收 -t、-k 的，沒有收 -p 的，可見
> -t、-k 失落，或變成 -i、-u 的時候，-p 還是保留未
> 變。㉕

周祖謨的看法是：

> 至於入聲字，《廣韵》本不與陰聲韵相承，今圖中於陰聲
> 韵下皆配以入聲，是入聲字之收尾久已失去，以其元音與
> 所配之陰聲相近或相同，故列為一貫耳。然其聲調當較短
> 較促，自與平上去不同。㉖

　　李氏、周氏都認為入聲所發生的變化是失去了輔音韻尾，以
致和陰聲字無別。本文的觀點是入聲並未完全失去輔音韻尾，
而是弱化為喉塞音。如果入聲變得和陰聲字完全相同，則邵雍一
定會把這些入聲散入陰聲字中，混而不分的。所以，這些入聲字
末尾必定還留有一個輕微的，表現入聲特性的成分。因為它是個
弱輔音，所以能和元音相同的陰聲字由於音近而相配（例如 i 和

i?），又因為它後頭仍有個輔音存在，所以不和陰聲字相混，它仍需留在入聲的位置上。

周氏既認為入聲已失韻尾，又懷疑何以不和陰聲歸併，乃解釋為「其聲調當較短較促，自與平上去不同」，既言短促，顯然還具有入聲性質，那怎能說是「收尾久已失去」？入聲之短促實由於塞音韻尾促成，如果認為沒有塞音收尾，勢必要假定這個語言中有長元音與短元音的對立，這在系統上是很難解釋的。

聲五的四個入聲字包含了兩種不同的韻尾：「日（-t）、骨（-t）、德（-k）、北（-k）」也證明了邵雍的音系中只念成一種，就是 -?。

至於 -p 尾的「十、妾」不跟陰聲相配，這是個很特殊的現象，李榮認為 -k、-t 失落的時候， -p 還保留未變（見前引）。許寶華〈論入聲〉一文認為當時的汴梁方言除了 -p 以外，塞尾已經失落❷。這樣的看法值得商榷，第一，前面我們談過，漢語韻尾有後移的演化趨勢，為什麼發音部位較後的 -k、-t 先消失，部位最前的 -p 反而保留？第二，現代方言裏完全找不到類似的佐證，倒是有相反的例子，南昌方言的入聲 -p 尾老早就丟了，只剩下 -t、-k 兩種韻尾。第三，宋代的語料都顯示 -p 和 -t、-k 的混用情況是一致的，唯獨韻圖形式的資料（聲音唱和圖、四聲等子、切韻指掌圖、切韻指南）收 -p 的入聲字和 -m 類字相配，而不配陰聲韻的字，這是材料上的不同，看不出有歷史先後（早期 -k、-t 混，後期 -p、-t、-k 混）或方言地理的區分（某些地方只 -k、-t 混，某些地方 -p、-t、-k 混）。

最合理的解釋是：宋代的 -p、-t、-k 一律都變 -?，並沒

有「-p、-ʔ →-ʔ」的兩個階段。韻圖型式的資料 -p 和 -m 配而不配陰聲，是主要元音的問題，不是韻尾的問題。在韻圖中，帶喉塞音 -ʔ 的字總找主要元音類似的陰聲字相配，「十、妾」等字沒有主要元音類似的陰聲字，只好依傳統放到 -m 類字之下了。

七、《四聲等子》所見的入聲狀況

《四聲等子》未署作者之名，其序文說早先曾附在《龍龕手鑑》之後，幫助查檢字音之用。而《龍龕手鑑》的序文也說：「又撰《五音圖式》附於後，庶力省功倍，垂益於無窮者矣。」可知《等子》的底本爲《五音圖式》，其產生當在北宋初年北方之遼境❸。

根據《夢溪筆談》記載，《龍龕》於宋神宗熙寧年間（1068 至 1077 年）由契丹傳入宋，時當北宋中葉。入宋後，宋人把《五音圖式》由《龍龕》中析出獨立成書，並加整理改訂，名爲《四聲等子》。由十六攝併爲十三攝、圖次的更動，都可以看出改訂的痕迹。當然在歸字、析音上也會依照宋人的語音加以調整。因此，《等子》所反映的，應當是北宋中葉的音系。

由《等子》的入聲排列看，它是兼承陰聲韻與陽聲韻的，和早期韻圖的專承陽聲不同。我們可以把《等子》的入聲分爲九組來觀察：

第一組（切韻收 -k）

通攝
遇攝 } 一等配「屋、沃」
流攝 　　三等配「燭、屋」

第二組（切韵收 -k）

效攝 } 一等配「鐸」，二等配「覺」
宕攝 　　三、四等配「藥」

第三組（切韵收 -k）

曾攝 　　一等配「德」，二等配「陌、麥」
　　　　三、四等配「職、昔、錫」

第四組（切韵收 -t）

蟹攝 } 一等配「曷、末」，二等配「黠、鎋」
山攝 　　三、四等配「薛、屑、月」

第五組（切韵收 -t）

臻攝 　　一等配「沒」，二等配「櫛」
　　　　三、四等配「物、質、術、迄」

第六組（切韵收 -p）

咸攝 　　一等配「合、盍」，二等配「洽、狎」
　　　　三、四等配「乏、帖、葉、業」

第七組（切韵收 -p）

深攝 　　三等配「緝」

第八組（切韵收 -k、-t）

果攝 　　一等配「鐸」(-k)
　　　　二等配「黠、鎋」(-t)

第九組（切韵收 -k、-t）

止攝　　三、四等配「職、昔、錫」(-k)

　　　　　　「物、質、術、迄」(-t)

　　早期韻圖爲什麼入聲只配陽聲呢？這是因爲：第一，入聲和陽聲都以輔音收尾，而陰聲沒有輔音收尾。第二，入聲和陽聲都正好有三類相對的韻尾：雙脣的「-p：-m」、舌尖的「-t：-n」、舌根的「-k：-ŋ」。

　　《等子》之配陽聲，完全是承襲韻圖的舊制。儘管入聲已經變了，陽入相配的傳統觀念很難在讀書人胸中驟然抹去。況且等韻圖的製作已有《韻鏡》、《七音略》的規範放在前頭，在組織、體制上很難完全擺脫其束縛和影響，《等子》便自然而然的承襲了陽入相配的傳統。一方面卻利用陰入相配的措施，來表現當時的實際語音。

　　當入聲韻尾轉爲喉塞音之後，前面的元音所擔負的功能便相對的增強，因此，在語音的近似度上來說，配陰聲比配陽聲更爲適宜。這是宋代語料普遍以入配陰的理由。

　　由前面九組入聲情況看，第八、九兩組把不同韻尾的入聲歸在同一攝裏，我們知道，古人「轉」或「攝」的分類，韻尾相同是必要的條件。只有 -k、-t 韻尾都已經變成了一個 -ʔ，才有可能並列於同一攝中。

　　第六、七兩組的 -p 韻尾不配陰聲，這點和「聲音唱和圖」所呈現的相同。是由於沒有適當的主要元音相配的緣故。

　　王力說：㉙

　　　　依我們的觀察，首先是收 -p 的入聲消失了。黃公紹的《古

今韵會》是保存著收 -k 和收 -t 的入聲的，但收 -p 的入
聲字已經併到收 -t 的入聲去了。到了《中原音韻》裏，入聲
就完全消滅了。當然其間可能經過一個〔ʔ〕的階段，就
是 -p、-t、-k 一律變為〔ʔ〕，像現代吳方言一樣，但
是這個階段是很短的。

王氏的說法有兩個問題：第一，他認為由《韵會》，-p 先消
失，而 -t、-k 仍存。由前面本文所論之《韵會》現象可知，主
要是因為他懷疑有 -ʔ 的中間階段，只憑推想，並未蒐羅大量宋
代的語料求證。由本文的討論，可知 -ʔ 的存在是相當普遍，而
不會是很短暫的。

八、《切韵指掌圖》所見的入聲狀況

《指掌圖》舊題司馬光撰，趙蔭棠考證實際成書約在南宋淳
熙三年至嘉泰三年（1176－1203）之間❸。其入聲也兼配陰陽。
不過，陰入相配的情形和《等子》不完全一致。下面是《指掌圖》
的陰入相配：

第一圖（效攝）

一等配鐸，二等配覺（-k）

三、四等配藥（-k）

第三圖（過攝）

一等配屋沃（-k）

三等配屋燭（-k）

第四圖（流攝）

　　一等配德（-k）

　　三等配櫛迄質（-t）

第十一、十二圖（果攝）

　　一等配曷末，二等配黠鎋（-t）

　　三等配薛屑月（-t）

第十七圖（蟹攝開口）

　　一等配曷（-t）

　　二等配黠鎋（-t）

第十八圖（蟹、止攝開口）

　　一等配德（-k）

　　三、四等配櫛質（-t）

第十九圖（蟹、止攝合口）

　　一等配沒（-t）

　　三、四等配質迄術物（-t）

第二十圖（蟹攝合口）

　　二等配鎋（-t）

　　上表中，除了第一、三圖外，入聲配置的情形和《等子》都有出入，可能是方音的不同，在主要元音上有差異的緣故。然而 -t -k 相混（如第四圖和第十八圖）以及 -p 不配陰聲，和《等子》是一致的。

九、《切韻指南》所見的入聲狀況

　　元劉鑑的《切韻指南》是和《等子》、《指掌圖》同一系統的韻圖。入聲也兼配陰陽。下面是陰入配合的情形：

止攝	物、質（-t）	
遇攝	屋、燭（-k）	
蟹攝	曷、末、鎋、質、術（-t）	
效攝	鐸、覺、藥（-k）	
果攝	鐸、鎋（-k、-t）	
流攝	屋、燭（-k）	
深攝	緝（-p）	
咸攝	合、洽、葉、乏（-p）	

　　從這個表看來，「效、遇、蟹」三攝三部宋元韻圖所配相同；止攝三部韻圖都不同；「流、果」兩攝《指南》和《等子》相同❸，《指掌圖》另成一系。不過，-k、-t相混（如《指南》果攝）和-p配-m類字，是三部韻圖共有的現象。

十、結　論

　　由上面的八種語料分析，呈現了相當一致的現象，就是入聲-p-t-k三類韻尾已經混而無別，但是又不像《中原音韻》一樣，把入聲散入平、上、去中，可知入聲的特性仍然存在，只不過三類韻尾都發生了部位後移，弱化而成相同的喉塞音韻尾〔-ʔ〕了。這正是元代入聲消失前的一個演變階段，從宋代語料普遍都呈現這種迹象看，這個過渡階段的時間不會是很短暫的。

　　研究宋人詞韻的學者大多以押韻很寬來解釋宋詞中 -p-t-k

相押的現象，但是傳統押韵的習慣，對韵尾的要求是很嚴格的，不同韵尾的押韵也許有少數的例外，而宋詞的大量混用，若不從語音演變上解釋，恐怕是很困難的。況且宋詞之外的語音記錄㉜，也呈現了類似的狀況。因此，我們相信，入聲在歷史上的演化過程，正反映在今天的入聲地理分布上。亦即南方（粵、客、閩南）的 -p -t -k 完全保留，中部（吳語、閩北）的轉爲喉塞音 -ʔ，以及北方的傾向消失。宋代的幾百年間，正是喉塞音韵尾的階段㉝。

附　註

❶　大多數古音學者都主張《中原音韻》的入聲已經消失，陸志韋，楊耐思則認爲入聲還存在。

❷　閩北語的入聲韻尾，董同龢標作 -k，《漢語方音字彙》標作喉塞音。

❸　北方方言尚存入聲的，如山西省、以及河南、河北、陝西的一部分地區。

❹　見《問學集》第 622 頁，河洛圖書出版社。

❺　見上書第 633 頁。

❻　見董同龢《上古音韵表稿》第 57 至 60 頁。

❼　見 Laurent Sagart " On the Departing Tone " JCL, Jan. 1986.

❽　師大國文研究所碩士論文。

❾　見王力《漢語語音史》第 305 頁。

❿　見上書第 307 頁。

⓫　見《宋詞音系入聲韵部考》第 407 頁。

⓬　其中也包含了 88 個主要元音不同而韵尾相同的例子，剩下仍有絕大多數是韵尾混用的。

⓭　見《宋詞音系入聲韵部考》第 331 頁。

⓮　參考竺家寧「九經直音的時代與價値」，孔孟月刊 19 卷 2 期，1980 年。

⑮　參考竺家寧《九經直音韵母研究》，文史哲出版社，1980年。

⑯　參考竺家寧「九經直音聲母問題」，木鐸第九期，1980年。

⑰　參考竺家寧「九經直音的濁音清化」，木鐸第八期，1979年。

⑱　參考竺家寧「九經直音知照系聲母的演變」，東方雜誌14卷7期，1981年。

⑲　參考竺家寧「九經直音聲調研究」，淡江學報17期，1980年。

⑳　見《許世瑛先生論文集》第一冊317頁。

㉑　參考竺家寧《古今韵會舉要的語音系統》第23至25頁，學生書局，1986年。

㉒　參考上書第99至100頁。

㉓　見陸氏文第80頁。燕京學報第31期。

㉔　見趙氏《等韵源流》第86頁。

㉕　見李榮《切韵音系》第169頁。

㉖　見《問學集》第600頁。

㉗　見《音韻學研究》第一輯〈論入聲〉一文，第441頁。

㉘　參考竺家寧《四聲等子音系蠡測》，師大國文研究所集刊第17期，1973年。

㉙　見王力《漢語史稿》第134頁。

㉚　趙氏「切韵指掌圖撰述年代考」，輔仁學志四卷二期。

㉛　《切韵指南》序說：「古有《四聲等子》，爲流傳之正宗。」可見《指南》的編撰，以《等子》爲藍本。

㉜　除了本文提到的各種語料之外，許寶華「論入聲」一文（收入1984年《音韻學研究》第一輯）還提到宋代骨勒茂才的《番漢合時掌中珠》對西夏文的漢字注音，可以看出漢語入聲相對應的藏音，不是元音收尾的，就是〔-h〕尾的，不再有-b、-r、-g等韵尾。這個〔-h〕尾可能就是-ʔ尾的譯音。

㉝　許寶華「論入聲」提到，在某些方言裏，-t的變化可能比較特殊，如唐五代西北方言，現代的江西昌都話，和湖北通城話，都經過或正經歷著一個-r或-l的過程。P. Pelliot和J. Edkins認爲西北方音的發展過程是-t＞-ð＞-r，最後-r再失落。

中原音韻入派三聲新探

姚榮松

一、引　言

　　中原音韻是漢語語音史上的一個重要階梯。從中古音到現代北平音的演化，就聲母而論，到中原音韻的時代，有的已經完成，如濁塞音、濁塞擦音的清化，有的接近完成，但還留有殘餘，如疑母 ŋ 的消失。有的還沒有發生，如見系、精系的細音讀 tɕ,tɕ',ɕ、微母 ʋ 的失落等。就韻母而論，周氏的韻譜分爲十九個韻部，已經劃出了韻母的大類，剩下的問題就是每一個大類之中，究竟有多少個小類，每一韻類音值的擬定，韻譜又以「每空是一音」的原則呈現小韻的界限，在聲類已決定的情形下，大致的韻類很容易由中古的韻類及現代北京音的演變中推測而得，比較特別的幾個現象是：一、二等喉牙音字重出問題，東鍾、庚青兩韻互見字問題，桓歡的韻母、蕭豪一、二等重出問題，近人又根據同時期的蒙古字韻、古今韻會舉要及所附七音等資料，校勘方面也參考了卓從之的中州樂府音韻類編，校正了某些誤收字和重出小韻，整個音系的擬構大致已相當清楚，各家意見的分歧漸趨一致，比較無法得到滿意成績的，就是「入派三聲」的性質，以及對這部分音值與聲調關係的解釋，入聲韻尾是否完全消失以及在平聲陰、平聲陽、上、去四個聲調外，是否存在另一種調類，

其調值又如何，有關這方面的論述有限，也沒有肯定的意見，大概還在猜測的階段，這是因爲漢語語音史上，聲調的研究原本比較不容易掌握，尤其調值的擬構更不簡單，唯一可以藉助的方言調值，又過於分歧，而且變化莫測，本文主要的目的，是根據中原音韵入派三聲與現代北平音的異同，看中原韵音四個聲調的「本聲」與「外來」（即入派三聲）之間韵調變化是否平衡發展，其發展結果是否有規律可循，來試解這一個複雜的現象。

二、中原音韵音系簡介

中原音韵系的研究，前人已經有很好的成績，有關的論文至少有一、二十篇，我們這裡舉出最具代表性而且成系統的七家，並列出其代表作品：

羅常培　1932　中原音韻聲類考

趙蔭棠　1936　中原音韵研究　商務（原載國學系刊3.3　1932）

陸志韋　1946　釋中原音韵

董同龢　1954　中國語音史第三章「早期官話」（「漢語音韵學第四章」）

Stimson, H. M. 1966 The Jongyüan In Yunn　耶魯大學（司徒修）

薛鳳生　1976　Phonology of Old Mandarin. Mouton

楊耐思　1981　中原音韻音系　北京

李斯魁　1983　中原音韵系研究　河南中州書報社

這裡未列日人服部四郎和藤堂明保合著的「中原音韵の研究」
（1958，東京）是因爲未讀該書。七家之中，羅氏只論及聲類，
其餘各家兼顧聲韵，司徒修與薛鳳生二書同爲博士論文、聲母與
韵母之擬音大同小異，以下只錄晚出之薛氏而不錄司氏系統。楊
氏書最晚出，參證資料最廣，並附有同音字表（司氏書亦有每個
字的擬音），爲本文主要依據，以下列出各家聲母與韵母之代表：

(一) 聲母表

中原音韵聲母表

例字	羅訂	趙訂	陸訂	董楊	薛❶
崩	p	p	p	p	p
烹	p'	p	p'	p'	ph
蒙	m	m	m	m	m
風	f	f	f	f	f
亡	v	v	'w'	v	v
東	t	t	t	t	t
通	t'	t'	t'	t'	th
農	n	n	n	n	n
龍	l	l	l	l	l
宗	ts	ts	ts	ts	c
惚	ts'	ts'	ts'	ts'	ch
嵩	s	s	s	s	s
支章	tʃ	tʂ	tʂ,tɕ	tʃ	cr

眵昌	tʃʻ	tʂʻ	tʂʻ,tɕ	tʃʻ	crh
施商	ʃ	ʂ	ʂ,ɕ	ʃ	sr
戎	ʒ	ʑ	'ʐ'	ʒ	r
工姜	k	k(c),tɕ	k	k	k
空腔	kʻ	kʻ(cʻ),tɕʻ	kʻ	kʻ	kh
仰	(ŋ)	ŋ(ʁ),ɲ	ŋ	ŋ	ŋ
烘香	x	x(ç),ç	x	x	h
邕	0	(0)	-	0	φ

以上羅、董、楊、薛四家聲母大致相同，羅氏所訂二十聲類，不包疑母的（ŋ-），但又自注云「影疑母開口或亦如現代咸陽等處方音作〔ŋ〕，但由聲類併合上不能定也。」❷，薛的標音是高度音位化的產物，c, ch 即 ts, tsʻ, cr, crh, sr, r，即 tsr, tsrh, sr, r，司徒修的寫法正是後者，但司氏從羅氏沒有 ŋ。關於 ŋ- 的有無，丁邦新先生「與中原音韻相關的幾種方言現象」一文 (1981) 又作了一番推證，肯定董氏尚有殘留 ŋ- 母字的說法，可能是受周氏自己方言的影響而保留。

王力對於前三家有以下一段綜合的評價：

　　　研究「中原音韻」音系的人很多，主要有羅常培、趙蔭棠、
　　　陸志韋三家。羅先生的「中原音韻聲類考」發表得較早，
　　　而且只討論到「中原音韻的聲母，沒有討論到韻母和聲調。
　　　趙蔭棠把「中原音韻系統化了，但是由於他的語音學知識
　　　很差，所以他對「中原音韻」聲母、韻母的擬測有許多是

不可靠的。陸志韋有很深廣的語音學知識和音韻學知識，又有科學頭腦，所以他的「釋中原音韻」是有很高的參考價值的。❸

王氏對陸氏的評價最高，因此他又說：

> 擬測問題，例如照母的支章兩類，穿母的眵昌兩類，審母的施商兩類，羅合併t∫, t∫', ∫，趙合併為tʂ, tʂ', ʂ，陸分別擬測為tʂ, tʂ', ʂ和tɕ, tɕ', ɕ，楊耐思從羅擬測為t∫, t∫', ∫，我以前也從羅，近來為「漢語語音史」的時候改從陸，又如日母戎類字，羅擬測為ʒ，趙擬測為ɿ，陸擬測為'ɿ'（其實就是ɻ）。楊耐思从羅，擬測為ʒ；我在我的「漢語語音史」裏則從陸，擬測為ɻ。❹

依陸志韋的看法，則「中古的知徹澄三等，不論開合，在中原音韵似與照穿禪三等混合，都作tɕ tɕ'，知徹澄二等混入照穿牀二等，t跟t∫都變作tʂ。」❺但楊氏認為：

> 從音位角度看，這兩組聲母字并不發生衝突，是互補的。也就是説，這兩組聲母字在同一韵部裡出現時，其韵母不同。同時，在支思韵部和東鍾韵部裡，這兩組聲母字在同一個小韵出現，更説明這兩組聲母同一音位，無疑是合併了的。❻

陳伯元師也說：

> 中原音韵的 tʃ, tʃ', ʃ, ʒ 大致相當國語的 ts-, ts'-, ş-, ʐ-。但
> 是我們不能就認爲它就是捲舌音 tʂ-, tʂ'-, ş-, ʐ-，因爲他們
> 要與介音或主要元音主配，而捲舌音與 i 相拼合是最不自
> 然的。我們可以這樣推測，在北曲的語言裏 tʃ, tʃ', ʃ 不跟
> i 配的時候，可能舌尖的成分較多，比較接近於 tş, tş', ş，
> 跟 i 配的時候，則舌面成分較多，比較接近 tɕ, tɕ', ɕ。❼

由於支思、齊微二部知，照的分立（照二、三則混同）是韻
母的不同，在魚模、眞文、蕭豪、尤侯、侵尋等部裏照二組與照
三、知組的對立，也可以解釋爲韻母不同，不必以爲聲母之異，
因此，我們仍贊成羅氏的老辦法，只擬 tʃ, tʃ', ʃ 一套。陳師的說
法是正確的。

(二) 韻母表

先列出楊耐思的擬音：❽

中原音韵韵母表

東鍾	uŋ	iuŋ	
江陽	aŋ	iaŋ	uaŋ
支思	ï		
齊微	ei	i	uei

魚模	u	iu		
皆來	ai	i̯ai*	uai	
眞文	ən	iən	uən	iuən
寒山	an	ian*	uan	
桓歡	on			
先天		iɛn		iuɛn
蕭豪	au	i̯au*	iɛu	
歌戈	o	io	uo	
家麻	a	i̯a*	ua	
東遮		iɛ		iuɛ
庚青	əŋ	iəŋ	uəŋ	iuəŋ
尤侯	əu	iəu		
侵尋	əm	iəm		
監咸	am	iam*		
廉纖		iɛm		

* 如果願意把 i̯ 省寫作 i 的，也不妨。

再比較董同龢、薛鳳生的系統：❾

韻部	董氏擬音	薛氏擬音
1.東鍾	-uŋ, -iuŋ	-woŋ, -ywoŋ
2.江陽	-aŋ, -iaŋ, -uaŋ	-aŋ, -yaŋ, -waŋ
3.支思	-ɿ	-ɨ
4.齊微	-i, -ei, -uei	-ɨy, -yɨy, -wɨy
5.魚模	-u, -iu	-wɨ, -ywɨ

6. 皆來	-ai, -iai, -uai	-ay, -yay, -way
7. 眞文	-ən, -iən, -uən, -yən	-in, -yin, -win, -ywin
8. 寒山	-an, -ian, -uan	-an, -yan, -wan
9. 桓歡	-on	-won
10. 先天	-ien, -yen	-yen, -ywen
11. 蕭豪	-ɑu, -au, -iau, (uau)	-ow, -wow, -aw, -yaw, -waw, -yew
12. 歌戈	-o, -io, -uo	-o, -wo, -ywo
13. 家麻	-a, (-ia), -ua	-a, -ya, -wa
14. 車遮	-ie, -ye	-ye, -ywe
15. 庚青	-əŋ, -iəŋ, -uəŋ, -yəŋ	-eŋ, -yeŋ, -weŋ, -yweŋ
16. 尤侯	-ou, -iou	-iw, -yiw, -wiw
17. 侵尋	-əm, -iəm	-im, -yim
18. 監咸	-am, -iam	-am, -yam
19. 廉纖	-iem	-yem

丁邦新先生評董、薛兩家的擬音說：

　　薛氏的 Y、W、yw 等於董氏的 i u y，大體上兩家的擬音
相當接近，只是薛氏的系統是極端音位化的結果，他的音
系中沒有簡單的高元音 i 跟 u，從同韻部韻母元音是否和
協的角度來審察，董先生的齊微、蕭豪兩韻，薛氏的蕭豪
韻都顯示與眾不同的情況，都有把主要元音不同的韻母放
在同一韻部之中的缺點。……我們已經試着提出解決之道。

在董先生的系統中，把齊微韵改擬成 -i 和 -ui，蕭豪韵改擬成 -au， -eau 和 -iau，看起來相當和協。……薛氏的齊微韵並沒有元音不和協的問題，這裏另謀解決之道，不加採用的理由，主要是因為 -yəy 這種音太形式化了，實際上可能只是一個單元音 -i，我覺得用 -i， -ui 自然得多。⑩

用這個標準來看司徒修的韵母系統⑪，同韵部中有兩種主要元音的居然有四部，即

皆來	oi, ai, uai
蕭豪	ou, au, iau
寒山	on, an, uan
監咸	om, am

另一方面家麻、車遮卻反其道而行，擬咸：

家麻	a ua
車遮	ia iua

這兩個韵部簡直可以合併成一個像眞文、庚靑一樣→都具有四個韵類的韵部，如此，實在無從瞭解北曲語言押韵的標準了，由此可見司徒修氏的韵母擬音是不值一顧的。這樣看來，薛氏把蕭豪擬成六種韵母，三個主要元音（ o， a， e ）也是無法令人接受的。

現在回頭看看楊、董兩家的異同，楊氏早期把皆來等四部的一、二等字對立擬成：⑪

皆來	ai	ai	
寒山	an	an	
蕭豪	au	au	
監咸	am	am	

　　這個辦法是趙蔭棠提出的，完全是中古等韵的模式，董同龢先生把皆來、寒山、監咸一、二等都改成 a- 與 ia- 的對比，唯獨殘留一個尾巴在蕭豪裡，讓 au 與 au 對比，當然缺乏系統性。陳伯元師批評說：

　　　　有人以為「褒高」等是 -au，「包交」等是 -au，以元音
　　　　的後 a 與前 a 來區分，這種細微的差異，只是理論上的區
　　　　別，恐怕不是實際語言上有的現象，所以我認為「褒高」
　　　　是 -au，「包交」是 -iau，蕭豪一二等音讀不同的現象，
　　　　把中原音韵裏頭是限皆來、寒山、監咸平行的，皆來、寒
　　　　山的區別既不以元音的後 a 與前 a 來區分，則蕭豪亦不可
　　　　以單獨如此，現在這種擬音就可以使得這幾韵的形式完全
　　　　一致，何況在現代官話裏頭，這類字還很多是讀 -iau 的
　　　　呢！只不過這類字讀 -iau 後，「標嬌」一類就不能讀
　　　　 -iau 了，我們把它擬作 -ieu。或者有人說 a 跟 e 主要元
　　　　音不同，怎麼可以同在一部呢？就是 a 跟 a 也不能算是相
　　　　同的元音啊！皆來的 -iei 歸入齊微，寒山的 -ien 別出
　　　　先全，監咸的 -ien 分出廉纖，只不過蕭豪的 -ieu 還沒有
　　　　分出就是了，從這種平行的例子看來就更可使我們確信
　　　　「標嬌」等是 ieu 了。⑫

楊氏後期的系統（如上表）與董氏幾乎若合符節，蕭豪部也修訂了董氏的缺點，兩家的細微不同，只是先天、廉纖、車遮的主要元音 ε 與 e 之別，尤侯主要元音 ə 與 o 之別，純就音位而論，董先生用 e 不用 ε，似可減少一個新的音素〔ε〕；如照丁先生的辦法，把齊微改擬成 i、ui 兩個韻母，則董氏前述的 ie、ien、iem 和楊氏的 iε iεn iεm 完全是相當的，丁先生既然把齊微的〔e〕取消了，却又在蕭豪韻裡增加一個獨一無二的特殊介音（專爲中古肴韻而設的二等介音 e-）與董氏的 ɑu、au 同樣缺乏系統性。照陳師的說法，我們認爲蕭豪的 -ieu 尚未獨立，可以解釋蕭豪與歌戈的某些字（如入作去聲的略掠、弱若蒻、虐瘧）互見，因爲 ieu 與 io 接近的緣故。至於尤侯就音位多寡言擬爲 ə 或 o 元音都可以。

㈢ 中原音韻的聲調

中原音韻一反傳統韻書「先分聲調，後分韻類」的辦法，先立韻部，每一韻部之內再分四個聲調。這四個聲調不是傳統的平上去入，而是平聲陰、平聲陽，上聲、去聲。另外，在九個陰聲韻部裡，分派傳統韻書裡的入聲字到平聲陽、上聲、去聲的後面，並標明入作某聲，即是所謂的「入派三聲」，周氏在「中原音韻正音作詞起例」裏說：

> 平上去入四聲，音韻無入聲，派入平上去三聲，前輩佳作
> 中備載明白，但未有以集之者，今撮其同聲，或有未當，

　　與我同志改而正諸。

又說：

　　入聲派入平上去三聲者，以廣其押韻，為作詞而設耳，然
　　呼吸言語之間，還有入聲之別。

　　這兩段話，一方面表明中原音韻（也就是北曲作品的音韻）
已無入聲的事實，一方面又不承認這種分派在呼吸言語之間眞正
跟三聲無區別，這就是他不把入聲字直接合併到三聲的理由，兩
段話看似矛盾，實際上正是表現了周氏審音的態度。

　　近五十年來，研究中原音韻的人，大多數都認爲「中原音韻」
的入派三聲，反映出十三、十四世紀的「中原之音」已經沒有入
聲了。這個說法可以趙蔭棠、董同龢爲代表，周氏所以不肯抹殺
入聲，趙氏認爲是「有點膽小」「把責任放在前輩的肩背上而不
敢自己承當」又是「顧全不周」「他只知道前輩是沒有入聲的，
但他不知道他的前輩的戲曲是根據北方的話語言作的。」❸董同
龢則直接歸諸周氏自己的語言裏還有入聲❹也就是說周氏受自己
方言的影響。但是陸志韋在「釋中原音韻」裡提出「中原音韻本
有入聲」，認爲入聲派入三聲却不限三聲字混同，而是「次本韻
後」，「使黑白分明」，陸氏說：「本是黑白分明的事，現在人
怎麼會否認呢？」又說：「國語完全失去入聲，至多不過二百多
年的事，到現在還有許多官話方言保存入聲，例如山西話，下江
官話。我們非但不能根據今日國音而抹殺中原音韻的入聲，就是

五方元音的入聲也不可以輕易放過。」⑮這個說法爲司徒修、楊
耐思等人所接受，由於周氏在齊微韵裡留下一個"去聲作平聲陽
一"的孤例，這一類只有一個"鼻"字。司徒修用了八種符號把
周氏所要區別的調類都區別了，他的擬調符號如下：⑯

平聲（陰）	-1	上聲	-3
平聲（陽）	-2	入聲作上聲	$-q^3$
入聲作平聲	$-q^2$	去聲	-5
去聲作平聲	$-c^2$	入聲作去聲	$-q^5$

按這種標示法，中原音韵至少有八種調類，至於調值則無從
得知。楊耐思推論中原音韵的入聲「不帶喉塞音韵尾，也不是一
個明顯的短調，只保持一種獨立的調位，跟平上、去聲區別開來」
「類似河北省石家莊地區的贊皇、元氏兩地的入聲」⑰但是在楊
氏所作的「中原音韵同音字表」只分別按照韵母的類別，把韵母相
同的入聲和本聲字並列在兩欄，很容易顯示同一音節裡本聲與外
來（這裡指變調來的入聲字）之間的關係，有些互補，有些則對
立。王力却對這一說不加採信，他說：

> 我始終不肯採用陸説，因為如果像陸先生那樣説，中原音
> 韵時代實際有七個聲調（陰平、陽平、上聲、去聲和三種入聲），
> 這是不可能的。⑱

綜合上述，中原音韵的研究到目前留下最棘手的問題，就是
聲調問題，質言之，即中原音韵入聲的性質。這個問題牽涉整個
漢語語音史近六百年語音變遷的細部描述，可說牽一髮而動全身，

也可能是現階段無法全盤解決的問題，筆者只因對這個問題的困惑無從解決，故想從語音的對比性，來分析各家推測的音韻系統中，聲韻調的配合能否滿足語音演變中各種因素「相挾而變」的通則，從而提出新的假設。

三、中原音韵入作三聲的統計分析

　　根據白滌州的統計，中原音韵共收 5870 個字，其中入聲變讀三聲的字共 729 字，這些入聲變調的字都是普通常用的字，一見就讀得出來 ⑲。白氏只有分紐統計，沒有分韵的統計，爲了說明這些字在九個陰聲韵的分佈情形，我們迻錄兩個現成的表：

㈠　中原音韵入聲與國語歸屬字表

中原音韵		普　　　通　　　語				
韵部	入聲字の三聲への轉入情況	陰　平	陽　　　　　　平	上　聲	去　　　　聲	
支思	上　聲				塞澀瑟	
	陽　平	激逼	疾實十什石食蝕拾直值姪集及習襲席狄敵荻笛極賊劾		射秩擲寂茸夕逖惑	

韻部	聲調				
齊微	上　聲	隻織汁只七漆劈失濕唧積跡昔惜淅喫滴剔踢吸	吉擊急汲息錫嫡得德滌橄國	匹給北筆虩脊尺乞	質炙戚刺闃僻棘識適釋飾軾拭稷續鯽必畢葦碧璧壁赤的隙翕泣訖黑
	去　聲	揖		乙	日入蜜密墨覓立粒笠曆歷瀝靂礫力栗易逸譯驛益溢鎰液腋掖疫役一逆邑憶翊勒肋劇匿
魚摸	陽　平		獨讀牘瀆毒突蠢伏服袱佛膊鵠贖秫俗軸旋僕局淑熟孰塾斛	屬蜀	復述术術續逐
	上　聲	忽屈哭窟出叔督撲禿屋兀	拂福蝠幅足燭竹築卒菊	谷穀轂骨卜曲篤	速蔌復腹縮不粥粟宿酷黜畜暴觸束簌促蹙沃
	去　聲			辱	祿鹿漉麓木沐穆睦沒牧目鶩錄綠酥陸馘律物勿褥入玉浴欲郁鵒訥
皆來	陽　平		白帛舶宅澤擇		畫劃
	上　聲	拍捽	伯革隔格骼責幘摘簀則	百柏窄	魄珀策冊測柵迫客刻側謫仄昃色稽嚇
	去　聲		額		麥陌脈貊厄搦

蕭豪	陽　平		濁濯鐲擢鐸薄泊博箔學淵鑿芍杓鶴		度踱鑊著
	上　聲	捉託郭廓剝削	桷卓琢酌斫灼駁爵閣覺	角脚繳索	爍鑠鵲雀拓柝橐朔作錯各慤綽齪齷
	去　聲	約			藥樂岳躍鑰諾末幕漠寞莫沫落洛烙絡酪珞惡愕鸑弱虐瘧
歌戈	陽　平		合盒盍跋縛佛活薄泊勃渤濁濯學奪著杓		鶴鑊度鑿
	上　聲	割鴰撥鉢	閣跋	葛渴	粕括闊撮掇脫抹
	去　聲	約			岳樂藥躍幕末沫寞莫諾弱若落洛絡酪烙萼鸑惡鄂略掠虐瘧
家麻	陽　平		達滑猾狎鍘轄俠洽峽匣伐乏罰筏拔雜		撻踏沓
	上　聲	塌殺插鍤箚發夾答搭撒刮瞎八搯	札察答	塔法髮甲胛	獺榻霎薩颯恰
	去　聲	拉壓押鴨抹刷			臘蠟辣納衲襪

	陽　平		協挾傑竭碣疊迭朕諜喋蝶趺凸桎諜舌折捷睫截別絕		穴涉
車遮	上　聲	薛接結歇蝎缺闋貼說	潔刦煩莢鋏節楫瘈決訣蕨譎	血鐵瞥撤雪	屑緤泄褻變切妾竊絜怯篋闋帖輟拙轍撤澈掣哲折淅摺褶設攝
	去　聲				聶捏躡糵嚙鑷滅蔑篾拽囓調葉額業鄴裂冽獵钀列月悅說閱越鉞橇熱劣軏
	陽　平		軸熟		逐
尤侯	上　聲		竹燭		粥宿
	去　聲				肉褥六

　　上表錄自日人所編「中國聲韻學手引」，所收字數較中原音韻各本略少，如齊微韻平聲陽，各本收 34 字，本表收 32 字，較各本「嫉」、「耀」二字，多「激」一字。不詳所據爲何版本，但少收字有限，不影響比較之結果。比較精確的統計爲和銘益女士「國語入聲新韻」表七 [20]「中原音韻與國音聲調比較表」，茲迻錄於下爲乙表：

(二)中原音韻入聲歸屬與國音聲調比較表

表七　中原音韵與國音聲調比較表

中原音韻 韻目	調類 陽	上	去	陰平	陽平	上聲	去聲	小計	總計	備註
支思	0			0	0	0	0	0	3	
		3		0	0	0	3	3		
			0	0	0	0	0	0		
齊微	34			1	30	0	3	34	162	「一」上去兩收
		82 +1		20	19	10	33	82		
			46	2	0	1	43	46		
魚模	37			0	32	2	3	37	123	
		54		13	15	6	20	54		
			32	0	0	0	32	32		
皆來	9			0	7	0	2	9	56	
		37		4	10	5	18	37		
			10	0	3	0	7	10		
蕭豪	21			0	17	0	4	21	103	
		48		9	12	5	22	48		
			34	1	0	0	33	34		
歌戈	25			0	22	0	3	25	77	
		20		8	5	3	4	20		
			32	1	0	0	31	32		
家麻	21			1	18	0	2	21	68	
		33		14	6	8	5	33		
			14	5	0	0	9	14		
車遮	30			0	28	0	2	30	131	
		66 +1		11	23	3	29	66		
			35	2	1	0	32	35		
尤侯	3			0	3	0	0	3	10	
		4		1	2	0	1	4		
			3	0	0	0	3	3		
小計	180			2	157	2	19			
		347		80	92	40	135			
			206	11	4	1	190			
總計	733			93	253	43	344		733	

這個表是把一字兩見的字重複計算，我們取 1964 年上海中華書局影印新發現的明刻本（訥菴跋本）對照統計，除了齊微韻去聲 46 應改 47（可能一字少收一次），車遮的去聲 35 應為 36（瞿本同）外，其餘數字全合，則總字數應為 735，比白氏的統計多 6 字，這點小出入無礙於使用本表來說明入聲演變的方向。

上表值得注意的有三點：

㈠支思只有三字（澀瑟塞）全派入上聲，尤侯只有 10 字，除「肉」字外，其餘九字全部與魚模重出。因此陸志韋認為這兩部實際並沒有上聲，是跟別韻通押（支思──齊微）（尤侯──魚模）而借用的。

㈡入聲作平聲只有陽平而無陰平。陽平、上、去三聲字數的比例是 180：347：206（白滌州是 179：346：204），上聲字最多，除歌戈韻比例是 25：20：32 是因為去聲字全部與蕭豪重出（而上聲只有一個閣字外均未重出）外，其餘各部均呈現上聲偏多的現象，這是中原音韻入聲變調的一個特色。

㈢中原音韻的入聲字到了國語的四個聲調的演變，其比例變成 93：253：43：344，變成去聲最多，陽平聲也有增加，上聲銳減，只剩 43 字，其中有 2 字來自陽平，一字來自去聲，實際原來的上聲只有 40 字保留未變，變成其他三調的上聲有 307 字，變成陰平：陽平、去聲的比例為 80：92：135，可知國音新變出的陰平字 93 字中有 80 字來自中原的上聲，去聲字驟增的字也多數為原來的上聲（135 字）少數由陽平變來（19字）。陽平的增加亦然。白滌州已指出：「現代北音中入聲的分化是走的兩條路，一是陽平，一是去聲」❷我們可以指出中

原音韵的「入作上聲字」分別變入陰平、陽平、去聲是北曲語言到國音之間的重要聲調變化。當然也可以作其他的解釋，如中原音韵的「入作上聲」代表另一種北音的祖語而非國語的前身，也就是從中古到國語，入聲不必經過上聲才變到其他三聲，理由是入作上聲到其他三聲之間缺乏規則，但是中古入聲清聲母變到國語四聲，本來就不規律，不可以據此作中原音韵不是現代北平音遠祖的理由，陸志韋指出的其他聲韵變化的證據㉒仍不具有說服力，在問題未澄清之前，仍然要假定中原音韵入聲與現代國音有必然的演變關係，因爲其他非入聲變來的調類，大致是有規律的。

前二表只是就調類統計中原與國音的異同，至於入作三聲的分派法則，還是要從中古聲母的來源上探究，下表是白滌洲的統計：

㈢ 中原音韵入聲變讀三聲統計表

白氏指出，初期入聲的變化，根據聲母的清濁，非常整齊，三十六紐中只有十二紐有例外，其中有七紐只有一個例外字，其餘最多的例外字也不過6個（指精紐有六個變平陽），根據兩表得到的中原入聲分化的規則是：㉓

中原音韵入聲變讀三聲分紐統計表

聲調數目 聲紐	陽	上	去	共
見	2	53		55
溪		24		24
群	6		1	7
疑		1	32	33
端		13		13
透	1	18		19
定	33	1		34
泥			7	7
知		11		11
徹		4		4
澄	23	2		25
娘			5	5
幫	3	27		30
滂		12		12
並	15	1		16
明		1	32	33
非		10		10
敷		1		1
奉	13			13
微			3	3

照		30		30
穿		18		18
牀	14			14
審		33		33
禪	11	1		12
精	6	21		27
清		10		10
從	7			7
心		30		30
邪	9			9
影	1	3	19	23
曉		9		19
匣	35	2	3	40
喻			33	33
來			55	55
日			14	14
共	179	346	204	729

(一)清紐除影紐外均讀上聲

(二)正濁紐讀陽平

(三)次濁紐及影紐讀去聲

　　白氏所謂正濁即全濁，這三條規律跟現代北音的不同就是
(一)，我們比較白氏從中古到北音之兩條規則：

  (A)凡屬正清紐，全濁紐之入聲字，除擦音正清紐（心審山曉）及影紐外，均讀陽平。

  (B)凡屬次清紐，次濁紐及正清紐擦聲與影紐之入聲字，均讀去聲。

  我們可以把中原音韻由入聲變來的「清紐上聲」變爲國音的情形圖示如下：

中古	中原	（中古）	國音

```
                （正）
清紐    上聲    全清 ——————————————————↘  ↗ 少數 ㄇㄚ
（影除外）
                心審山曉 ————————————→  √   ㄇ?
                次清 ——————————————→  √   ㄇㄚ
影紐    去聲 ——————————————————→  √   ㄇ
```

  白氏統計廣韻入聲三十四韻中所有音切字（693）。變入現代北音之陰平調共75，其中屬於清聲母者我們統計於下：

9	7	13	1	5	5	1	2	1	3	1	1	3	4	4	3	7	7	67
見	溪	端	透	知	幫	滂	非	照	穿	審	莊	初	山	精	清	心	影	曉

  由此可見由中古入聲來的現代陰平字，多屬中原音韻入作上聲清聲母字，我們在乙表已經看到中原入聲變來的93個國語陰平字中，80個來自上聲，11個來自去聲，2個來自陽平，中原音韻入作上聲確實是一個特殊的調類。

  現在利用甲表和楊耐思的同音字表，把中原音韻入聲作上聲裡變入國語陰平調的字列於下：（兩讀者加‧）

Pʰi t- tʰ- ts tsʰ stʃ tʃ ʃk x o xei

齊微： 匹劈滴踢 剔積績跡七 漆淅隻 織汁喫 失濕激吸一黑

pʰu t tʰkʰ x o tʃʰiu kʰ kʰ

魚模： 樸 督禿哭窟忽屋兀出 屈曲

pʰai kʰiai ʃuai

皆來： 拍 刻 摔

pau tʰtʃ tʃʰ k kʰ siɛu

蕭豪： 剝 託捉 戳閣郭 削

ko puo pʰtʰ k k

歌戈： 割鴿（軻）鉢鏺脫聒括

Pa f t tʰ ts ts tʃʰ ʃ kia x kua

家麻： 八 發搭答塌㧚 匝插鍤殺 搯 瞎 刮

piɛ t ts k x ʃiuɛ k k

車遮： 瞥 撤貼帖 接結歇蠍 說 闕缺

以上合計七十四字（軻平聲本調已見故不計），均爲來自中古的全清、次清的字。這些字之變種陰平而不作他調，有一些是關乎語意學的，可能最初爲了區別語意，破讀爲類似輕聲短調一類，其後變爲長音的平調，即爲高平的陰平調，一字兩調如匹、劈、曲、刻、削、括、答、撤、結等，可能這種變化的遺跡，至於由他調轉入的陰平調，可能時間較晚，這一點只是假設性質，尚待進一步證明。

四、從中原音韵同音字表看「入作三聲」 調類分化的原因

從廣韵到中原音韵，平聲陰陽的分化，是以聲母清濁爲條件，濁音清化的結果，使中古的聲母不斷簡化，同音字驟增，入聲韵尾的式微（不一定消失），在聲調上雖由原來的平上去入四聲變爲平聲陰、平聲陽、上、去的新四聲，表面上仍有四個聲調，但原有入聲字的投入，勢必影響原有「語音對比」的穩定性，因此我們懷疑入聲派入三聲，正表示這種語音對比不穩定的表現，亦即在入聲韵尾式微之際，有些變化速度快的，韵尾全部消失，聲調也化入新的四聲，支思韵的入聲作上聲註了兩個直音：

澁瑟 音史　塞 音死

這就表示「澁瑟」兩字與支思上聲的「史」是同音字，「塞」與同部上聲的「死」是同音系，至於現代國音裡音 sɤ√ 或音 sai（ㄙ√）等可能另有來源，而中原音韵的音並沒有保留在國語音系裡。可惜全書裡的直音只有這兩字，我們無從推測究竟有多少的「入派三聲」字是這一種。據我們觀察楊氏的同音字表，凡是與本聲並列的入派三聲字，其演變爲國音的方向，絕大部分都有區別，演變爲完全同音的，則比例極小，以齊微 i 韵類上聲爲例：我們用○把本聲與入聲變調分開。

上聲P 妣比七○必畢踵筆碧壁璧襞（入作上聲）

　　t 底邸詆祇觝○的靮嫡滴

t′　體　○　滌剔踢

ts　濟擠　○　唧積稷績跡咨鯽

s　洗璽皁徙屣　○　昔惜息錫淅

tʃ′　恥侈　○　尺赤喫勅叱鶒

k　蟣幾己几麂紀　○　吉擊激詆棘戟律汲給

k′　起棨啓綮綺杞豈　○　乞泣訖

x　喜嬉　○　吸隙翕橄覡

o　迤婍／倚椅錡屣俟蟻矣已以顗擬艤　○　一

　　現代國音這兩類之間最主要的對比是聲調，偶而也有些例外，如濟○稷；恥侈○尺；起○乞；但是稷、尺、乞三字在同組中都是孤字，（可視爲例外），同組其他字仍然與上聲本調的字聲調不同，如果承認中原音韵這兩類聲韵調完全相同，那麼國音中聲調的對比實在找不出分化的條件，因爲語音的變化，通常在同一條件下，應該有相同的結果，現在反而聲調相同的只有三對字，不同的却佔大多數，這就表示中原音韵的入聲，是入聲消失前的最後狀態，但已經具備以後賴以分途變調的「物質基礎」（這裡借用楊耐思的說法），這個基礎應該是中原音韵的入聲大多數還保留某一種特性，使周氏在審音之後，仍不敢把它完全合併入三聲，這並非周氏膽小而審愼，這種類似當時陽平、上、去調的入聲，可能只是一種短調，已經沒有明顯的任何塞音韵尾（包括喉塞音韵尾）。由於短調的不穩定性，加上必須調整它與三聲本調字間的對比性，因此這類入聲字的變化便流轉無方，比較沒有規則，而原來的陰平、陽平、上、去四個聲調的字，多半很穩定的變到國語，轉調的情形較少。我們通常說從中古到中原音韵的聲

母變化大致已經完成，就是使這部分本調字變調機會減少的原因。至於那些被周德清視爲「外來」，務使白黑分明的入聲字，則還在變調途中，尙未穩定下來，所以周氏純然依據「前輩佳作」「撮其同聲」之後，還要戰戰兢兢地說「或有未當，與我同志改而正諸」，大約周氏在歸調時也發現許多例外，所以才有許多韻部中作重出的安排，這當然不是周氏的疏忽，而是說明早期官話並非指一個特定的方言，而是包含相當廣泛的一個方言區域正在融合成一個「中原之音」的實體，難怪有這許多齟齬，因此，根據任何現代一、二個小方言點要推測中原音韻時代的調值，恐怕都是問題重重的。

五、結　語

本篇小文介紹批評前賢之處多，自己的創獲少，第四節從語音的對比來猜測中原音韻到國音中入聲調類變化的原因，本擬逐部依同音字表討論之後再作統計，因倉促成篇，拖稿已久，暫時作結，其餘對比資料的分析，俟諸來日。

本文的結論在第四節已說過。再重述一下：筆者認爲：中原音韻時代的「北曲語言」或「中原之音」，入聲這個調類並未完全消失，尙有一些極細微的區別，以保持與其他四個聲調構成某一程度的對比，這就是周德清沒有把入聲直接併入三聲的理由。這個細微的區別，可能入聲還保留某一程度的短調，也可能某些韻部在元音方面有些不同。國語音系裡的入聲字的韻調演變，正是在各種對比音位互相調整下的一種結果。

古今韻會舉要同音字志疑

李添富

一、前　　言

　　古今韻會舉要三十卷，元熊忠據黃公紹古今韻會改編而成者。黃書不知成於何時，以今本古今韻會舉要前有廬陵劉辰翁「壬辰十月望日」題序，考知其書之成當不晚於元世祖至元二十九年（西元1292年）。黃氏韻會特重訓詁，箋注徵引極博，門客同郡熊忠「惜其編帙浩瀚，四方學士，不能徧覽」「因取禮部韻略、增以毛劉二韻及經傳當收未載之字，別爲韻會舉要一編」（見熊氏自序），凡三十卷。依熊氏自序，考知其書成於元成宗大德元年（西元1297年），較劉序之作，約晚五年。今黃氏韻會佚而不傳，所見者，熊氏舉要耳。唯依熊氏自序所言，知其韻部排比，實仍黃氏之舊也。

　　宋元等韻之學大盛，流風所至，韻書靡不從焉，韻會自亦受其影響，四庫提要云：

　　　　自金韓道昭五音集韻，始以七音、四等、三十六母顛倒唐
　　　　宋之字紐，而韻書一變；南宋劉淵淳祐壬子新刊禮部韻略，
　　　　始合併通用之部分，而韻書又是一變。忠此書字紐遵韓氏
　　　　法，部分從劉氏例，兼二家所變而用之，而韻書舊第，至

是盡變無遺。

所謂字紐遵韓氏法者，韻會韻例所云：「舊韻所載，本無次第；
今每韻並分七音四等，始於見，終於日，三十六母為一韻」是也。
所謂部分從劉氏例者，韻例所言：「舊韻上平、下平、上、去、
入五聲，凡二百六韻；今依平水韻，併通用之韻為一百七韻。」，
至於併合通用韻目則以「舊韻所定不無可議，如支脂之，佳
皆，山刪，先仙，覃談本同一音，而誤加釐析，如東多、魚虞、
清青、至隔韻而不相通。近平水劉氏壬子新刊韻始併通用之類，
以省重複。」故也。（上平聲韻目後案語）唯熊書雖已依平水韻
目而為一百七韻，韻例則又云：「舊韻所載，考之七音，有一韻
之字而分入數韻者，有數韻之字而併為一韻者，今每韻依七音韻，
各以類聚。注云：已上案七音屬某字母韻。」是知韻會雖承業已
併合之平水新韻，而與實際語音則又不合，為別其界限，故而復
於韻內加注「屬某字母韻」以別之也。

　　韻會既已併合二百六韻而為一百七韻，復加注某字母韻，足
見韻會之音系已與切韻大異，有切韻音異而韻會無別者，凡此韻
會皆有明示。其音例云：有切異音同而一韻之內前後各出者，今
併歸本音，並單圈（　）注云音與某同。例見東韻曹字。有切異
音同而別韻出者，不再定音，注云音與某韻某同例見多韻攻字注。
案東韻曹，誚中切，音而蒙同。而蒙則為謨蓬切。多韻攻沽宗切，
音與東韻公同，而公字則為沽紅切也。今考韻會三千二百八十紐
中注云音與某同或音與某韻某同者凡九百六十六例，其同音之字
不出於本韻，但云音與某同而不云音與某韻某音同者，如微韻齂，

音與虧同，而虧在支韻。蒸韻，競音與擎同，而擎在庚韻等，不可勝數。又注云同音而其紐、韻互異者亦夥，於是舉卷內注云音同而紐韻互異，或卷內注語與卷首通考所述有別者凡三十八例，依紐韻先後次第而考其緣由如次：

二、徵　　實

1.　微　　蘬　　區韋切　音與嬀同。嬀韻。（通考見嬀）

　（支）虧　　驅為切　角次清音。嬀韻。（通考溪嬀）

按：韻會卷一平聲東韻公字下注云：「舊韻之字本無次第，而諸音前後互出，錯糅尤甚。近吳氏作叶韻補音，依七音韻用三十六母排列韻字，始有倫緒。每韻必起於見字母角清音，止於日字母半商徵音，三十六字母周徧為一韻。如本韻公字母韻公空〇〇東通同濃清濁先後各有定序，其有音無字則闕。今韻所編以此為次，後皆倣此。」今考徵韻嬀字母韻牙音「歸」、「蘬」相次而注云：歸音與嬀同；蘬音與虧同，通考並作見嬀，是「歸」、「蘬」音同。「嬀」、「虧」二音於支韻嬀字母韻亦二音相次，而通考定嬀係見嬀，虧屬溪嬀，則「嬀」、「虧」別矣。今以灰韻嬀字母韻牙音「傀」、「恢」相次；傀，姑回切，注云音與嬀同，通考定作見嬀；恢，枯回切，注云音與虧同而通考定作溪嬀，得知「蘬」、「虧」、「恢」當係同音並屬溪母，通考作見母者，或承上而譌

也。

2. 競　兢　巨興切　音與擎同。京韵。（通考溪京）

　（庚）擎　渠京切　角濁音。　京韵。（通考群京）

按：蒸韵京字母韵自「兢」（居陵切）以下凡十有八字，除
「仍」字因庚韵京字母韵無日母外，餘皆與之同音。今
考庚韵「擎」字之前有「卿」字丘京切，角次清音，通
考溪京。若以「兢」為溪京而又與「擎」同音，則是溪、
群混而無別矣。且韵會以巨為上字者凡十七見，皆屬群
母而未有作溪母者，是定「兢」為群母而以為通考作溪
母者譌也。又今所見各本通考，除元刊以及中央圖書館
所藏朝鮮刊本作溪京外，皆作疑京，當亦譌者也。

3. 先　焉　尤虔切　音與延同。蒙古韵音疑母。韀韵。

　　　　　　　　　　　　　　　　　　　　（通考疑韀）

　　延　夷然切　羽次濁音。韀韵。（通考喻韀）

按：韵會一韵同音之字例皆相次。「延」「焉」相次，於例
並當皆屬羽次濁音而為喻母；且卷內既注云蒙古韵音疑
母，是韵會「焉」字非屬疑母明矣。通考置「焉」字於
「乾」字之後，於是韀字母韵「甄」「愆」「乾」「焉」
見溪群疑整齊排列；又移原次於「乾」字之「妍」於「焉」
字而謂之喻韀；而卷內注云妍，倪堅切，音與言同，蒙
古韵音入喻母。然則通考所載者蒙古韵音也。鄭再發先
生「蒙古字韵跟八思巴字有關的韵書」文中亦定為「韵

會舉要入喻母，蒙古韵略入疑母」者也。韵會與通考疑

喻二母每互異，蓋以「吳音角次濁音，即雅音羽次濁音，

故吳音疑母有入蒙古韵喻母者」也。（見音例）

4. 先　妍　倪堅切　音與言同。蒙古韵音入喻母。韆韵

（通考喻韆）

（元）言　魚軒切　角次濁音。韆韵。（通考疑韆）

5. 豪　敖　牛刀切　音與肴韵聱同。高韵。（通考疑高）

（肴）聱　牛交切　角次濁音。蒙古韵音入喻母。高韵。

（通考疑高）

按：卷內既注云蒙古韵音入喻母，則「妍」「聱」二字於韵

　　會不屬喻母明矣。此皆蒙古韵音入疑於喻之例也。又「言」

　　角次濁音屬疑母而以魚爲切者，沿用舊切故也。然則

　　「妍」、「言」並疑母韆字母韵而「敖」、「聱」皆屬

　　疑母高字母韵也。

6. 賄　隗　五賄切　音與紙韵洧同。軌韵。（通考疑軌）

（紙）洧　羽軌切　羽次濁音。蒙古韵音入魚母。詭韵。

（通考魚軌）

按：詭，古委切，詭韵，音與軌同；軌，矩鮪切，角清音，

　　詭韵；通考並作見軌；又尾韵軌字母韵鬼，矩偉切，音

　　與詭同，通考亦作見軌。今以韵目相承，復據同音之字

　　考知軌詭無別而從通考定作軌字母韵。洧居紙韵詭（軌）

　　字母韵之末，又羽次濁音，當係喻母；通考作魚母者，

　　蒙古韵音也❶。然則此疑喻有別者也。韵會疑喻既已爲

別，今隗音與洧同，或因蒙古韻音影響，疑母漸失舌根

鼻音 ŋ- 母也。紙韻別有頠字，五委切，角次濁音，通

考定作魚軌，音義與隗紐之危同，或與隗字同音者此而

非洧字也。竺家寧先生以爲魚母源自中古疑母二、三等

合口以及喻三合口，今檢視通考魚母六十字而得其例外

凡九，其以疑母一等合口而卷內、通考並作魚母者有平

聲灰韻媿字母韻巋字（魚回切），去聲隊韻媿字母韻磑

字（魚對切）而上聲賄韻軌字母韻隗字（五賄切）亦疑

母一等合口，且三字正相承，是隗字宜作角次濁次音屬

魚母而與頠同音。頠，鄭再發先生亦以爲其七音清濁當

作角次濁次音，屬魚母。

7.　月　突　陁骨切　音與毒同。縠韵。　（通考透縠）

　（沃）毒　徒沃切　音與牘同。縠韵。　（通考定縠）

　（屋）牘　徒谷切　徵濁音。　縠韵。　（通考定縠）

按：韵會輾轉得出七音清濁者極尠，此其一也。陁字韵會用

　　以爲上字者除突外，另有曷韵達，陁葛切，徵濁音；卷

　　內，通考並作定怛。即陁字（陀之或體）唐何切，亦徵

　　濁音而爲定母。且屋韵縠字母韵別有禿字他縠切，徵次

　　清音，通考亦作透縠；今突既與毒、牘音同而牘禿爲別，

　　則定其聲紐曰透者誤矣。又朝鮮本突字通考作秀縠者，

　　又透縠之譌也。

8.　洽　庘　眠洽切　音與捺同。怛韵。　（通考娘怛）

　（曷）捺　乃曷切　徵次濁音。怛韵。　（通考泥怛）

按：合韵怛字母韵納諾合切，亦音與捺同，而通考作泥怛；據此則通考宛作娘母者，誤矣。應師裕康系聯韵會娘母共得尼、女、碾、昵、匿、諾凡六母計二十七例，而云娘母六字多與泥母字混同，並謂韵會雖分泥娘爲二母，實則無別❷。今重新考校共得三十一字，而以爲韵會泥娘二母劃然，所以無別者，承襲舊切以致系聯混爲一類也。蓋以三十一例中，卷內定爲娘母者二十有四❸，其不作娘母者如次：

(1) 柅（紙） 女履切 音與爾同（日）。　通考日己。

(2) 紐（有） 女九切 徵次濁音（泥）。　通考娘九。

　　　　　然已移易其位置，而卷內則注云蒙古字韵入娘母。

(3) 輾（霰） 女箭切 音與睍同（泥）。　通考泥建。

(4) 納（合） 諾合切 音與捺同（泥）。　通考泥母。

(5) 聶（葉） 昵輒切 音與涅同（泥）。　通考泥結。

(6) 捻（葉） 諾協切 音與涅同（泥）。　通考泥結。

(7) 庖（洽） 昵洽切 音與捺同（泥）。　通考娘怛。

　　　　　（此韵次第零亂，未依始見終日之序）。

除「紐」字外，皆未註明七音清濁而但云音與某同者。且卷內注云娘母而通考定爲泥母者橈（巧）、橈（效）、搦（角）等字通考所列位置皆與卷內異，亦可知於韵會娘泥之有別也。至於上述七例以及韵會次第當作泥母而注云「次商次濁」之搦、豽、妠等字或沿用舊切故也。然則庖當與捺並同徵次濁音而爲泥母字也。至於庖字次於徵母舌字之後者，固不合始見終日之次第，唯本韵怛

字母韻實多錯亂，可不論也。

9. 東　曹　謨中切　音與蒙同。蒙古韻音入微母。公韻。

（通考微公）

蒙　謨蓬切　宮次濁音。公韻。　（通考明公）

10. 送　夢　莫鳳切　音與懞同。蒙古韻音入微母。貢韻。

（通考微貢）

懞　莫弄切　宮次濁音。貢韻。　（通考明貢）

按：卷內既已注云蒙古韻音入微母，是曹、夢二字不屬微母
明矣。蒙曹相次，依例曹字當與蒙字並同宮次濁音而爲
明母；通考依蒙古韻音定作微母，故移其次第於馮字之
後。懞夢相次，依例夢字亦當與懞並同宮次濁音而爲明
母，唯通考仍以懞、夢爲次而未移易其次第者，當正。

11. 月　沒　莫勃切　音與目同。穀韻。　（通考明穀）

（屋）目　莫六切　次宮次濁音。穀韻。（通考微穀）

按：韻圖東送屋脣音三等次濁位置，依七音略、切韻指掌圖
以及江永四聲切韻表，讀爲明母，故曹、夢、目三字並
當明母，通考作微母者，疑但依韻圖位置定之而不論其
音變也。今韻會曹、夢二字皆作明母而目字仍作微母，
或其疏也。沒字通考明穀而與目同音，勿韻勿字通考微
穀而卷內未云與目同音，皆可證知目字不屬微母，然則
沒、目音同亦無疑矣。

12.　燕　薨　呼弘切　音與烘同。公韵。　（通考明公）

　　（東）烘　呼公切　羽次清音。公韵。　（通考曉公）

　按：除朝鮮本外，通考並作薨，明公。薨，庚韵謨盲切音與
　　　蒙同；蒙，謨蓬切，宮次濁音，公字母韵，通考亦云明
　　　公。今考薨、烘同用呼字爲切，呼字韵會凡二十九見，
　　　除是以外，並作曉母，疑通考以「薨」、「薨」字形相
　　　近而誤錄，朝鮮本通考但改薨爲薨而未刊正其聲母者亦
　　　誤。

13.　虞　租　宗蘇切　音與魚韵菹同。孤韵。（通考精孤）

　　（魚）菹　臻魚切　商清音。　　　　孤韵。（通考知孤）

　按：菹、臻魚切，鄭再發先生定商清音作次商清音。今考魚
　　　韵孤字母韵菹、初、蔬、鉏正中古魚母莊系字，以韵會
　　　舌上、正齒合流現象言之，是菹當與初、蔬、鉏等並作
　　　次商音而爲知母無疑。今租音與菹同，或沿七音清濁之
　　　誤而以菹爲精母，或韵會菹音即如七音所載而屬精母，
　　　則未可知也。唯依全書體例，當以譌誤視之。

14.　職　堲　疾卽切　音與疾同。訖韵。　（通考清訖）

　　（質）疾　昨悉切　商次清音。訖韵。　（通考從訖）

　按：質韵訖字母韵堲、七、悉、疾相次，七悉疾三字卷內並
　　　注云商次清音而不云同音，當有誤。今考陌韵積刺昔籍
　　　相次四字、錫韵績戚錫寂相次四字並云音與堲同、音與

七同、音與悉同、音與疾同，職韵即墼息相次三字音與
墼疾悉同，緝韵準緝集相次三字音與墼七疾同，然則七、
悉、疾並非同音，以是知其七音清濁誤矣。今依例正疾
爲商濁音屬從母。墼音既與疾同，當亦從母也。今列其
次於心母「息」字之前，通考亦作清母者，或以七音譌
誤本韵又無清母字故也。

15.　**遇　戍** 春遇切　音與絮同。據韵。　（通考審據）

　　（御）**絮** 攄據切　次商次清音。據韵。　（通考徹據）

　　按：御韵別有息據切之絮字，今依戍字次第與同音關係定爲
　　　　此字。春，書容切，次商次清音，屬徹母者，鄭再發先
　　　　生定爲次商次清次音之譌，通考亦作審母。今以春字不
　　　　云與前列徹母之衝、蹱同音，亦知當非徹母。韵會以春
　　　　爲上字者二，另一爲平聲虞韵輸字，春朱切，音與書同；
　　　　書，商居切，次商次清次音，通考亦作審母。又戍紐有
　　　　輸字，輸之去聲也；而春朱、春遇正平去相承者，亦可
　　　　考知春、戍並爲審母。戍、絮既已審徹有別而謂其同音
　　　　則誤矣。或以誤春爲徹母故也。另御韵有恕字，恕，商
　　　　署切，次商次清次音，通考亦作審據，或與戍同音者恕
　　　　而非絮也，恕絮形近而譌。

16.　**屑　舌** 食列切　音與徹同。許韵。　（通考澄訐）

　　　　徹 敕列切　音與掣同。結韵。　（通考徹結）

　　按：是又輾轉得出七音清濁之例也。掣，尺列切，次宮次清

音，通考未見而依例當作徹訏。舌徹聲、韵皆異，疑非
是。今考本韵訏字母韵轍舌相次，通考並作澄訏，而轍
紐有徹字，是與舌同音者當係澄訏之徹而非徹結之徹也。
又，雖竺家寧先生，花登正宏先生並以爲訏、結二母
無別❺，唯亦未足以明舌、徹之同音也。今定徹爲轍之
譌。

17. 沃　躅　厨玉切　音與逐同。角韵。　（通考禪芻）

　（屋）逐　仲六切　次商濁音。角韵。　（通考澄芻）

18. 葉　涉　實攝切　音與轍同。訏韵。　（通考禪訏）

　（屑）轍　直列切　次商濁音。訏韵。　（通考澄訏）

按：韵會音與逐同者除躅外，尚有沃韵䐆，神蜀切；質韵，
尤直律切、衠食律切等，通考並注云澄芻，是躅亦當澄
母明矣。通考作禪母者，當係承上而誤。至於葉韵與轍
同音者有涉腉相次二字；而通考則易二字先後次第，訂
腉爲澄母而涉爲禪母，依韵會次第，則涉、腉二字並皆
澄母亦明矣。麻韵迦字母韻闍，時遮切，次商次濁次音，
通考亦作禪母。紐內有蛇字，注云食遮切，依韵會體例
蛇非紐字，而通考則闍字之後有蛇字，注云澄迦，亦非
例也。然據此或可得知有韵會一紐而通考分屬禪、澄二
母者也。

19. 霽　慧　胡計切　音與隋同。霽韵。　（通考匣霽）

　寘　隋　呼恚切　羽次清音。霽韵。　（通考曉霽）

按：本韻計字母韻系亦音胡計切，羽濁音。通考匣計。二字
　　竟異音而同切矣。集韻慧胡桂切，桂，音與季同，與慧
　　並季字母韻，今據正。霽韻季字母韻僅

桂涓惠切　音與季同。〈見季〉（通考見季）

嘒呼惠切　羽濁音。　〈匣季〉（通考曉季）

慧胡桂切　音與隋同。〈曉季〉（通考匣季）

　　若依韻會始見終日之次第言之，先列匣母，次列曉母，
　　非例矣。且呼字用作上字三十一例，未有當作曉母者，
　　胡字切曉亦僅此一例，今疑當正作嘒，音與隋同，而慧
　　羽濁音爲是。鄭再發先生亦以爲傳刻誤乙也。❻

20.　𪉈 詡　火羽切　音與許同。麌韻。　（通考喩舉）

　（語）許　喜許切　羽次清音。麌韻。　（通考曉舉）

按：上聲虞韻舉字母韻自矩以下凡十七字除傴委羽切羽清音
　　（影母）爲語韻所無之外，餘皆與語韻字複重。詡後之
　　庾字，注云音與與同，與音演女切，羽次濁，通考作喩
　　舉，今詡不言音與與同，而云與許同者，可知當爲曉母
　　明矣，通考作喩者，涉下而譌也。

21.　庚 橫　胡盲切　音與洪同。公韻。　（通考合公）

　　東 洪　胡公切　羽濁音。　公韻。　（通考合公）

22.　庚 宏　乎盲切　音與洪同。公韻。　（通考合公）

　　東 洪　胡公切　羽濁音。　公韻。　（通考合公）

23. 篠 趙　　侯了切　音與皛同。皎韵。　（通考合皎）

　　　　　　胡了切　羽濁音。　皎韵。　（通考匣皎）

24. 諫 幻　　胡貫切　音與患同。慣韵。　（通考合慣）

　　　　患　　胡貫切　羽濁次音。慣韵。　（通考匣慣）

25. 敬 橫　　戶孟切　音與哄同。貢韵。　（通考合貢）

　　　送 哄　　胡貢切　羽濁音。　貢韵。　（通考匣貢）

26. 月 麮　　下沒切　音與縠同。縠韵。　（通考匣縠）

　　　屋 縠　　胡谷切　羽濁次音。縠韵。　（通考合縠）

按：匣合二母於韻會究爲二母亦或無別，頗爲分歧，應師裕
康、花登正宏並以爲無別，竺家寧先生則以爲洪、細不
同而別，今詳考韻會匣合二母以爲竺家寧先生之說可信
而少有不足，兹補述於后：

(1)竺家寧先生謂「匣合二母實際上不在同一類韻母前出
現，只有四次例外」且述明所以混淆之緣由；今考竺
家寧先生表列匣合二母字，乃據通考而歸納之，而通
考作合母卷內注云羽濁音，或由同音字考知其爲匣母
者凡一十三例；通考作匣母而卷內注云羽濁音，或由
同音考知當屬合母者凡二十有二例。又加通考所無者
五與竺家寧先生闕漏者四，再得九例，重行排列增補
後得竺家寧先生所謂例外四字中僅庚韵行字母韵「行」
「莖」二字屬合母而青韵行字母韵「形」字屬匣母，
爲同字母韵而匣、合互見，然「形」字卷內注云瓊母，

則又不同字母韻矣。又東公「洪」字通考作合母，沃
穀「鵠」字通考作匣母，月穀「尣」字通考作匣母造
成公、穀二字母韻合匣並見，而竺家寧先生未言之例，
以卷內所注更動之後則公並匣母，穀皆合母矣。

(2)竺家寧先生謂匣皆細音字，合皆洪音字，並謂僅二十
多字例外而只佔六分之一，今考得合母細音但一字，
匣母洪音則五十一字，於匣合二紐百三十五例中幾達
四成矣。唯其現象─如竺家寧先生所言細音入合者少，
而洪音作匣母者多。

今由竺氏之論證，益以韻會更動部分合母音切一事可
知匣、合二母當有別矣。至於通考所列與卷內注語之
參差，則可視為韻會與蒙古韻音之異同也。於是定橫、
宏、洪、趙、皛、幻、患、橫、哄並當匣母而尣、穀
則同作合母也❼。

27. 先　詮　莊緣切　音與專同。蒙古韻清母。堅韻。

（通考未見）

專　朱遄切　次商清音。涓韻。　（通考知涓）

按：卷內既已注明蒙古韻涓母，則詮字於韻會當非涓母明矣。
詮字通考未見，今由其次第而定其聲母為知。韻會同音
之例，皆後出之字與已見之字同音，若此既見之詮音同
於未出之專字，實勘矣；且專字涓母而詮字堅韻，疑沿
蒙古韻音之誤也。今考詮字之前鱄字，諸延切，次商清
音，堅韻，通考亦未見，當亦屬知母。鱄詮二音相次而
又同音，正韻會同音之例也。故以為專字或當正作鱄。

28. 蕭 曉　馨么切　音與嬈同。曉韵。　（通考曉嬈）

　　　嬈　虛嬌切　羽次清音。曉韵。　（通考曉驕）

29. 蕭 超　癡霄切　音與怊同。驕韵。　（通考徹曉）

　　　怊　蚩招切　次商次清音。驕韵。（通考徹驕）

按：若依卷內次第與字母韵言，嬈、曉相次而並驕字母韵，
　　紹、超相次而並驕字母韵，兩兩音同不足疑，唯通考則
　　更易嬈、超之次第，於是形成參差。今考通考更易次第
　　者除嬈、超外，另有「焦」、「顦」、「樵」由驕韵移
　　至曉韵，而鄭再發先生則以爲此五字乃蒙古韵略與蒙古
　　字韵歸韵之歧異也❻。董同龢先生謂曉字母韵乃蕭韵字
　　及宵韵精系與韵圖四等之喉牙音字，而驕字母韵則爲宵
　　韵除精系與韵圖置於四等之喉牙音字屬之。今考韵會卷
　　內歸驕字母韵之焦、顦、樵等精系字，通考改隸曉字母
　　韵，宵三之嬈字易曉爲驕，又韵圖四等之宵韵字翹、宵、
　　腰等歸曉亦同董先生說，唯驕字母韵亦莧聊、堯、迢、
　　調等蕭韵字及宵韵四等之遙，則又與董先生說未合。今
　　以二母既未互補宜其定爲兩類。

30. 銑 蹇　九件切　音與阮韵寋同。寋韵。（通考見寋）

　　（阮）寋　紀偃切　角清音　　　　寋韵。（通考見袞）

按：寋，淮南、四庫二本所附通考並作寋字母韵。勞巷內注
　　云寋字母韵。且依韵會始見終日之次第，寋字既屬見母，
　　不當次於袞字之最末而宜爲寋字之起首也。今據以定作

通考承上而譌也。

31. 梗　偋　蒲幸切　音與蓲同。肯韵。　　（通考並肯）

　　　蓲　蒲猛切　宮濁音。　肯韵。　　（通考並杏）

　　按：韵會行、杏、行平上去相承三字母韵所錄字,除蓲之外,
　　　　皆屬中古匣母,通考以蓲屬並杏而次於杏字之下,非例。
　　　　鄭再發先生以爲錯行而又涉上杏字母韵故也❾。今蓲偋
　　　　二字相次,卷內同屬肯字母韵,且又蓲偋同屬耿攝開口
　　　　二等,宜其同爲肯字母韵也。

32. 有　蟉　渠黝切　音與白同。九韵。　　（通考群糾）

　　　白　巨九切　角濁音。　九韵。　　（通考群九）

　　按：糾、九二韵並皆中古流攝細音,雖糾韵但錄喉牙音字,
　　　　以九韵亦蒐喉牙音,故其背景演變多相同,而宜其定爲
　　　　二韵也。若依卷內所注則白蟉相次,當皆屬九字母韵,
　　　　唯通考既已移易其位置而作糾母,故定作韵會,通考不
　　　　同者也。

33. 寘　毀　況僞切　音與隋同。季韵。　　（通考曉諱）

　　　隋　呼恚切　羽次清音。季韵。　　（通考曉季）

34. 寘　侐　火季切　音與隋同。季韵。　　（通考曉諱）

　　　隋　呼恚切　羽次清音。季韵。　　（通考曉季）

35. 隊　㗤　許穢切　音與未韵諱同。季韵。（通考曉季）

　（未）諱　許貴切　羽次清音。諱韵。　　（通考曉諱）

按：霽韵嚖，呼惠切，音與隋同。季韵。通考亦作曉季。若
依韵會卷內注則隋、毀、佪三字相次而同聲同韵，正合
同音體例。霽韵嚖字亦與隋字全同。至於喙譁二字則聲
同而韵異。若依通考則季、譁二韵無別矣。今考麾毀譁
相承一韵與嬀軌媿韵同❿，而嬀軌媿與規癸季皆屬中古
合口，不同者嬀韵洪細兼有且多一、三等而規韵則除喙
毀二字見於韵圖三等，餘皆四等細音。今考廣韵以前韵
書不毀字，韵鏡、七音略皆列於三等，而毀，況僞切與
韵圖四等之孈呼恚切正屬重紐，韵會不錄孈字，而沿集
韵定隋爲呼恚切，是毀、隋當係同音而無疑。故今定毀、
佪，與隋並同季字母韵；喙，譁則分屬季、譁二字母韵，
或以音近且韵會多以曉、匣自成一母而混者也。

36. 泰　眛　莫貝切　音與媚同。蓋韵。　　（通考明蓋）

　（寘）媚　明秘切　宮次濁音。媿韵。　　（通考明媿）

按：蓋字母韵所錄皆中古一、二等開口洪音字。今國語多讀
作 - ai，脣音字則讀 - ei；媿韵則一、 三等洪細皆有，
大抵皆讀作 - uei 而脣音字則亦多讀 - ei 或 - i。今考平
聲支韵媚字（音眉）卷內，通考並作嬀字母韵，國語亦
讀作 - ei，是知嬀（媿）、該（蓋）二母脣音當頗相近，
故韵會以眛音同於媚也。

37. 漾　況　許放切　音與向同。蒙古韵況屬況韵。絳韵。

　　　　　　　　　　　　　　　　　　　（通考曉況）

　（漾）向　許亮切　羽次清音。絳韵。　（通考曉絳）

按：既注云蒙古韻況屬況韻，則於韻會況字不屬況韻明矣。
今依例以二音相次定爲與向並同絳字母韻。

38. 藥 逴 敕略切 音與綽同。爵韻。 （通考徹爵）

（藥）綽 尺約切 次商次清。脚韻。 （通考徹脚）

按：爵、脚二韻並源自中古三等開口細音，今考爵字母韻除
逴外，皆精系字，而脚字母韻又獨缺精系，且逴、綽分
屬中古徹、穿二母，而韻會舌上、正齒二系已然合流而
爲知徹審澄娘禪，若本韻灼、職略切，中古照母；著，陟
略切，中古知母，注云同音而通考亦並作知脚者是。今
以逴、綽同音而爵脚互補觀之，二母實可併而爲一也。
然則逴、綽二字雖韻異而實同也。

三、結　語

韻會卷內注云同音而實非同或七音三十六母通考與之參差者
大抵如上，由上項論述又可得出以下數點有關古今韻會舉要一書
之瞭解：

(一) 禮部韻略七音三十六母通考雖附於今本韻會之前，而其音
系則與韻會所載並非全同。

(二) 韻會卷內注云「蒙古韻音入某母」、「蒙古韻某屬某韻」
或「蒙古韻某屬某字母韻」等所謂之「蒙古韻」，七音三
十六母通考之音系是也。

(三) 韻會卷內所注七音清濁雖可用以考知其聲母，然其舛誤則

亦非尠；且部分譌誤呈規則性質，鄭再發先生謂其省稱❶。雖未必然而大致得之。

(四) 韻會切語承襲集韻爲主，有蒙古音與集韻音切並存者，亦有引蒙古音以正集韻音切之不合於時者，定可據以鉤稽蒙古韻音，亦可用作探究通考所言吳音、雅音之別也。

(五) 韻會反切或承集韻，或據蒙古韻音，且兩兩互用者夥，是陳蘭甫反切系聯條例不足據以探尋其聲韻類，即亦憑以考求字音之異同亦有不可得者也。

(六) 韻會字母韻之創立雖與等韻淵源頗深，唯亦多有乖舛不合之處，或亦蒙古韻音影響故也。

(七) 韻會云音與某同或音與某韻某同者，其紐韻未必全同也；或音近而譌，或傳刻誤乙，或蒙古韻音影響故也。

附 註

❶ 卷首通考洧、蔿、隋同音相次三字仍居於軌字母韻之末而作魚軌；又原角次濁音疑母之頠字亦易作魚軌，是一字母韻同音而別，非例也。

❷ 詳見應師 裕康 古今韻會舉要反切研究。政大學報第八期。

❸ 銑韻趁尼展切，次商濁音，通考孃寒；黠韻疤女黠切，商次濁音，通考娘戛。雖其七音清濁定作澄、邪，而由其次第考知當係娘母也。

❹ 詳見竺家寧先生古今韻會舉要的語言系統頁二十三至二十五。鄭再發先生蒙古字韻跟八思巴字有關的韻書則以爲吳音。

❺ 詳見花登正宏禮部韻略七音三十六母通考韻母考。竺說亦見於古今韻會舉要的語音系統。

❻ 詳見蒙古字韻跟八思巴字有關的韻書頁四十九。

❼ 鄭再發先生除畾字未說明外，洪、橫、宏、橫並正作合母，蔎、惠則

　　　　云通考匣母當作合，詳見前書頁四十二至四十四。

⑧　見前書頁九十七。

⑨　前書頁七十一。

⑩　詳見古今韻會舉要的語音系統頁一百二十九。

⑪　詳見鄭再發先生蒙古字韻跟八思巴字有關的韻書頁三十八。

沈寵綏的語音分析説

董忠司

一、前　言

　　關於沈寵綏這個人，知之者不多，他是明末的戲曲理論家❶，本來不是以聲韻學者著稱的，在張世祿的中國音韻學史中，一點都沒有正式提到他❷；但是，劉復曾經稱道他的「語音學」，推爲戲曲派語音學「空前絕後的一個大功臣」❸，足見在漢語語音分析學（或等韻學）上，沈寵綏是值得表彰的，也許從沈氏的若干著作，可以側面了解明末清初的聲韻水準。

　　劉復稱道沈氏之文章，題爲「明沈寵綏在語音學上的貢獻」，是一篇演講稿，而且是未完稿。其中對於沈氏著作、沈氏立論的基礎等，略有照顧不周之處，實在有必要再次從事考察。但由於茲事體大，時間不足，本文只就音節、出字、收音、鼻音韻尾諸端，做若干試探，其進一步的研究，俟諸異日。

二、關於沈寵綏和他的著作

　　沈寵綏，字君徵❹，別號適軒主人❺，江蘇松陵（今江蘇吳江）人❻，生年不詳，約卒于明亡（崇禎十七年）之次年，也就是清順治二年（西元1645年）❼。「淵靜靈慧，於書無所不窺，

於象緯青鳥諸學，無所不曉，而尤醉心聲歌。」「稽韻考譜，津
津不置，遇聲場勝會，必精神寂寞，領略入微」❽。徧讀諸戲曲
論著❾與古今韻書❿，斐然有著作之意，曾欲撰述中原正韻⓫，
南音韻圖、北音韻圖⓬，未成。只完成度曲須知和弦索辨訛二書，
其中度曲須知一書，最能看到沈寵綏的聲韻之學，因此現代也有
排印本，如古典戲曲聲樂論著叢編中便收入爲第五種（簡稱「叢
編本」，本論文的主要依據）。

　　沈氏度曲須知之作，總結了前賢戲曲之學，闡示音律之金針，
匡正時俗之謬誤，表彰律呂的自然美。他在自序中曾經說：「吾
吳魏良輔，審音而知清濁，引聲而得陰陽，爰是引商刻羽，循變
合節，判毫杪於氍張，別玄微於高下，海內翕然宗之。顧鴛鴦繡
出，金針未度，學者見爲然，不知其所以然；習舌擬聲，沿流忘
初，或聲乖於字，或調乖於義。刻意求工者，以過泥失眞；師
心作解者，以臆斷遺理，予有嘅焉。小窗多暇，聊一拈出，一字
有一字之安全，一聲有一聲之美好，頓挫起伏，俱軌自然，天壤
元音，一線未絕，其在斯乎？其在斯乎？」⓭這一段文字，很清
楚的說明了他寫作此書的動機。從其書看來，多少也達成了目
的，顏俊彥的度曲須知序也說他「採前輩諸論，補其未發，釐音
權調，開卷了然，不須更覓導師，始明腔識譜也。」⓮正因爲他
這書有度人以金針的意思，所以他便「從淺及深，繇源達委，有
序存乎其間」⓯的安排全書二十六節文字。不過，這二十六節文
字雖然略有前後的次序，卻實在很像一則一則的筆記，長短不
一，輕重不等，有些並非依類而編次。如：絃索題評列爲第三、
弦律存亡列爲第十五，律曲前言列爲第二十五，亨屯曲遇列爲第

二十六，而此四則皆論弦索與唱腔，而未前後序列於一處，另外，書中有「創聞」（自抒議論）、有「習說」（摘錄他說），並未完全融會爲一。有時力主以中原音韻爲宗❶，有時卻摘抄 36 字母❶，研讀度曲須知者，於此等處宜注意及之。

　　弦索辨訛的撰述，是沈氏有見於南曲多譜，北詞鮮有弦索之譜，同時北詞之唱念應該謹守中原之音，因此而作。沈氏弦索辨訛序說：「南曲向多坊譜，已略發復。其北詞之被弦索者，無譜可稽，惟師牙後餘慧。且北無入聲，尤難懸解。以吳儂之方言，代中州之雅韻，字理乖張，音義逕庭，其爲周郎賞者誰耶？不揣固陋，取中原韻爲楷，凡弦索諸曲，詳加釐考，細辨音切，字必求其正聲，聲必求其本義，庶不失勝國元音而止。」❶北書上、下兩卷取北雜劇王實甫西廂記二十折，標註其韻脚與音切，間以符號表明其讀法，或附有考證與說明，末附有其他北曲與南曲之弦索譜。其用雖在唱法之精確，但其音切韻讀，也透露了許多聲韻的消息。

　　度曲須知和弦索辨訛二書，是枛輔相成的，今所見崇禎刊本與清初刊本，或分爲二，或合爲一書。其合刊者，皆以度曲須知置前、弦索辨訛在後，此殆初刻時便已如此，但沈氏原意本以弦索辨訛爲前集，度曲須知爲後集。他在弦索辨訛「左旁記訛」下曰：「……又必詳看前篇凡例，及後度曲須知，則南北唱法，自然了悟。」所謂前篇凡例，持「弦索辨訛凡例」，尤其是凡例第二、第三條，那麼後集必指度曲須知。知道這二書的原來先後次序，才可知道沈氏之著作，本以逐字標記音讀的「弦索」譜爲主，因爲這種弦索譜是明代習用於戲曲人士❶，便於不解音律，不識字

句者而設❷，度曲須知只是爲弦索辨訛中標記符號、音切、考證等音韻與唱法而進一步解說，所以未有完整的理論系統與敍述架構，只隨意的撮錄三十二則文字，或摘鈔他書，或自作議論，或述正音、或參考方言，或宗中原音韻，或本洪武正韻。因此，想從度曲須知（並參考弦索辨訛）探得沈氏之語音分析觀，必須小心謹愼：應該釐清正音與方音，應該分辨北詞與南曲的糾葛，應該認明何者爲沈氏自作、何者是轉錄舊籍，應該考慮到何者是聲韻之說、何者是唱法之論，應該考慮到沈氏當時缺乏音標之助所導致的困難，……。要照顧到這些，進行考察的工作是很難的，只能就力之所及，推測一二。

三、論北曲以中原音韻爲主

　　沈寵綏所作度曲須知與弦索辨訛雖然都兼論南曲 ❷，但主要是爲北曲而設。他在入聲收訣中說：「北叶中原，南遵洪武。」❷意思是說：北曲的音律以中原音韻爲宗，南曲的音律則遵照洪武正韻。因此，他在度曲須知與弦索辨訛二書中所用韻部名稱與音讀，絕大多數都是中原音韻十九部的韻目和與中原音韻有關的音切，如度曲須知中所載「收音譜式」、「字母堪刪」、「出音總訣」、「收音總訣」、「北曲正訛考」、「入聲正訛考」、「同聲異字考」、「異聲同字考」等節。沈氏也在書中多處提及宗主中原音韻之語，如：

　　弦索辨訛凡例第一條：「顧北曲字音，必以周德清中原韻

為准。……是集一照周韻詳註音切于曲文之下。」❸

度曲須知中秋品曲節：「……其理維何？在熟曉中原各韻
之音，斯為得之。蓋極填詞家通用字眼，唯中原十九韻可
該其概，……」❹

前書絃索題評節：「……而釐聲析調，務本中原各韻，
……」❺

前書收音譜式節：「用蘭西廂北曲，類派中原各韻，逐套
韻腳，摘出詳列於後，……」❻

前書字釐南北節：「北曲肇自金人，盛於勝國。當時所遵
字音之典型，惟中原韻一書已爾，入明猶踵其舊。至北曲
字面所為，自勝國以來，久奉中原韻為典型，一旦以南音
攬入，此為別字，可勝言哉！志釐別者，其留意焉。」❼

前書北曲正訛考節下小註：「宗中原韻」❽

從這些地方可以確定沈氏論北曲音律必宗主中原音韻。不僅如
此，他還特別創立「宗韻商疑」一節，討論宗主中原音韻的沈璟
（詞隱先生）、和取聲洪武正韻的王伯良（方諸生）所分別代表
的兩派異說，而立折中之論。他說：

> 予故折中論之：凡南北詞韻腳，當共押周韻，若句中字面，
> 則南曲以正韻為宗，而朋、橫等字，當以庚青音唱之。北
> 曲以周韻為宗、而朋、橫等字，不妨以東鐘音唱之。

這段話把曲中文字分為韻腳與非韻腳，韻腳之音必遵中原音韻，

不論其南、北曲。若非韻腳字則北宗周韻、南主正韻。易言之，
以北曲而言，必一依中原音韻；南曲依洪武正韻，唯於押韻處取
則於中原十九韻。至於「朋、橫」等字，「朋」字中原音韻兩見，
一在東鐘、一在庚青，正韻屬庚青；「橫」字中原音韻屬東鐘韻，
正韻屬庚韻。此關乎東鐘、庚青二韻之糾葛，非本文主題，暫不
討論❷。

　　沈寵綏於度曲須知、弦索辨訛二書，或稱「中原韻」、或稱
「周韻」、或稱「中原」，皆指周德清中原音韻一書而言。但依
本節前文所引弦索辨訛凡例第一條所云「一照周韻詳註音切于曲
文之下」之語，與弦索辨訛全書音切、度曲須知北曲正訛考等節
之音切，不免令人置疑。蓋今見元刻本中原音韻❸並沒有音切，
中原音韻正語作詞起例也說：「音韻內每空是一音，以易識字爲
頭，……更不別立切腳。」難道沈氏和明人王伯良一樣，誤以中
州音韻即中原音韻嗎❹？

　　沈氏對「中原音韻」之運用是相當謹愼的，他曾據多本校訂，
想得到一本最好的「古本雅音」。他在弦索辨訛下卷說：

　　是編雖云辨訛，然所憑叶切，惟坊刻中原韻耳，易代翻刊，
　　寧乏魯魚亥豕之誤？余固多本磨較，釐正不少，乃終有諸刻
　　符同，尚疑傳譌者。……倘同志者覓得古本雅音，一爲磨訂，
　　則余深有望焉爾。❺

他似乎未見到元刊本，但是他曾透過校刊去釐正中原音韻，又似
乎不致把中州音韻和中原音韻混同起來？曾拿沈氏所註音切和中

州音韻❸比較，如家麻韻：百分之九十以上音切全同，但有小
異，如沈氏「洒、傻」二字同商鮓切，中州音韻則爲「洒、商鮓
切」「傻，傷雅切」；沈氏「話、畫」二字「叶化，荒卦切，非
王卦切」，中州音韻以「話、畫」列「胡卦切」之下，「化」則
同爲「荒卦切」。可以知道沈氏所見中原音韻與中州音韻必具有
某種關係，但是又非同一種書，至於其必爲北音中原音韻一系之
韻書，又可確定，沈氏度曲須知與弦索辨訛二書，正據此而「釐聲
析調」，所謂「四聲」，所謂「字頭、字腹、字尾」，皆依之而
進行析論辨說。

四、關於音節之分析

　　沈氏論及音律，常用之術語中有「字面」「字端」「出字」
「收音」「字頭」「字腹」「字尾」諸詞。所謂「字面」大抵是
今日所謂一字之「音節」，如「運徽之上下，婉符字面之高低」
❹，以文字讀音的高低「即「聲調」）和音樂之上下對照而言；
有時可能專指一字聲母以外的韻母部份，如「出字總訣」下註明
「管上半字面」，而主要是討論介音和主要元音，「收音總訣」
下註明「管下半字面」，而主要是討論韻尾❺。

　　所謂「出字」，指唱唸時一音節的前一部份；所謂「收音」，
指唱唸時一音節的後一部份（詳五、六兩節）。所謂「字端」，
殆即「字頭」。沈氏於音節之分析，最值得重視的，就是「字頭、
字腹、字尾」三分之說。

　　沈氏論及一字「頭、腹、尾」之說，主要見於度曲須知第八

節「收音問答」與第九節「字母堪刪」二處，在論及此的前頭，也就是度曲須知的第二節，沈氏有「四聲批窾」一節專論聲調，可見沈氏認為一字之音節，可以分為「四聲」與「字頭、字腹、字尾」，共計四部份。關於「四聲」，擬另文討論，以下討論沈氏「頭、腹、尾」之分析。

關於一字之「頭、腹、尾」，沈氏嘗論之曰：

> 予嘗考字於頭腹尾音，乃恍然知與切字之理相通也。蓋切法，即唱法也。曷言之？切者，以兩字貼切一字之音，而此兩字中，上邊一字，即可以字頭為之，下邊一字，即可以字腹、字尾為之。如東字之頭為多音，腹為翁音，而多翁兩字，非即東字之切乎？簫字之頭為西音，腹為鏖音，而西鏖兩字，非即簫字之切乎？翁本收鼻，鏖本收鳴，則舉一腹音，尾音自寓，然恐淺人猶有未察，不若以頭、腹、尾三音共切一字，更為圓穩找捷。試以西鏖鳴三字連誦口中，則聽者但聞徐吟一簫字；又以幾哀噫三字連誦口中，則聽者但聞徐吟一皆字，初不覺其有三音之連誦也。❸

又說：

> 惟是腹尾之音，一韻之所同也，而字頭之音，則逐字之所換也。如哉、腮等字，出皆來韻中，而其腹共一哀音，其尾共一噫音，與皆來無異，至審其字頭，則哉字似兹，腮字似思，初不與皆字之幾音同也。又如操、腰等字，出蕭

豪韻中，而其腹共一鏖音，其尾共一鳴音，與蕭豪無異，
至考其字頭，則操字似雌，腰字似衣，初不與蕭字之西音
同也。惟字頭有推移之妙，亦惟字頭有涇渭之分，哉腮不
濶皆來，操腰細別蕭豪，非此一點鋒鋩為之釐判也乎？ ㊲

又說：

凡數演一字，各有字頭、字腹、字尾之音。頭尾姑未釐指，
而字腹則出字後，勢難遽收尾音，中間另有一音，為之過
氣接脉，如東鍾之腹，厥音為翁紅；（陰腹為翁，陽腹為紅，
下倣此）。先天之腹，厥音為煙言；皆來之腹，厥音為哀孩，
尤侯之腹，厥音卽侯歐；寒山、桓歡之腹，厥音為安寒；
餘卽有音無字，未便描寫皆所謂字腹也。由腹轉尾，方有
歸束，今人誤認腹音為尾音，唱到其間，皆無了結，以故
東字有翁音之腹，無鼻音之尾，則似乎多；先字有煙音之
腹，無舐腭音之尾，則似乎些。種種訛舛，鮮可救藥。至
於支思、齊微、魚模、歌戈、家麻、車遮數韻，則首尾總
是一音，更無腹音轉換，是又極徑極捷，勿慮不收者也。 ㊳

又說：

嘗思當年集韻者，誠能以頭腹尾之音，詳切各字，而造成一
韻書，則不煩字母，一誦了然，豈非直捷快事；特中多有音無
字，礙於落筆，則不能不追慨倉頡諸人之造字不備也已。 ㊴

此四則文字都可以看到沈氏「頭腹尾」之說。其中第一條說「切法即唱法」，可以看到沈氏之說與反切「以兩字切合一字」的關係。從第四條更可看出沈氏想進一步主張以三拼法來擬構反切之語，而又慨嘆於漢字之不適用爲音標。其間之關係，可以下圖表示之：

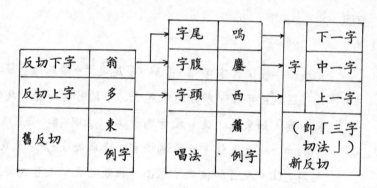

所謂新反切，即沈氏所說的「三字切法」，沈氏在字母堪刪節之後，曾說：「篇中三字切法，上一字即字頭，中一字即字腹，下一字即字尾。」❹，並於十九韻之韻目下，各列舉若干「三字切法」或反切（無法以三字切法表示者），如「皆、幾哀噫切」「猜、雌哀噫切」「簫、西鏖鳴切」「劉、離侯鳴切」……等❹，其拼切法即前文所引之唱法。

沈氏的唱法或三字切法，都把一字分析爲三部份，其「頭、腹、尾」的稱呼，與今人之「頭、頸、腹、尾、神」的名稱似有類同，但事實上有所不同。今人「頭、頸、腹、尾、神」分別指「聲母、介音、主要元音、韻尾、聲調」而言，而沈氏之「頭、腹、尾」並非指「聲母、介音與元音、韻尾」。我們觀察沈氏在

前述引文所舉之例，試以陳新雄先生中原音韻之擬音❷，觀察
之：

$$東 = 多 + 翁 + 鼻音 = tuo + uŋ + ŋ$$
$$簫 = 西 + 麌 + 嗚 = si + au + u$$
$$皆 = 幾 + 哀 + 噫 = ki + ai + i$$
$$哉 = 茲 + 哀 + 噫 = tsï + ai + i$$
$$腮 = 思 + 哀 + 噫 = sï + ai + i$$
$$操 = 雌 + 麌 + 嗚 = ts‘ï + au + u$$
$$腰 = 衣 + 麌 + 嗚 = i + au + u$$

「東」字一條之擬音，若依前引文第三條所謂：「……東字有翁
音之腹，無鼻音之尾，則似乎『多』。」❸又據沈氏作「多翁切」
不作「都翁」切，則沈氏「東」字之音讀似爲 toŋ = to + oŋ + ŋ。

　　根據上述七字之擬音，我們可以知道：沈氏的「字頭」是在
「聲母」之外還包括介音、或 ï 、(或主要元音？)；沈氏的「字
腹」包括主要元音和韻尾；只有「字尾」才指單音的音素而言。
因此我們可以說沈氏能把一個字的音節分析成三部分，這是更進
一步的語音分析法；也許還能大膽的說沈氏能分析出聲母、介音、
元音，和韻尾，卻不能說沈氏此處所說的「字頭」是「聲母」，
「字腹」是主要元音(但可以說沈氏的「字尾」就是「韻尾」)。

　　劉復曾經主張沈寵綏的「頭腹尾」其「頭腹」的分別，是由
於響點的大小。他說：

他（沈寵綏）說字頭是『幾微之端』，說字腹是『聲調明爽』，可見頭腹之別在於響點的大小了。⓫

「響點」便是今人所說的「響度」，「聲調明爽」是不是可必指「響度」而言，我們也許可以不用置疑，所謂「幾微之端」（說詳後節），卻大可以說是指著一字音之發端而言，不足推論爲「頭腹之別在於響點的大小」。

從沈氏以「頭、腹、尾」三字來命名，取象於動物之三部位之命意來看，沈氏分析音節，恐是著眼在一字發音之前後，但或許也考慮到一音節各音素的響點（度）。

沈氏在度曲須知字頭辨解節說：

> 予嘗刻算磨腔時候，尾音十居五六，腹音十有二三，若字頭之音，則十且不能及一。蓋以腔之悠揚轉折，全用尾音，故其爲候較多；顯出字面，僅用腹音，故其爲時少促；至字端一點鋒鋩，見乎隱，顯乎微，爲時曾不容瞬，使心浮氣滿者聽之，幾莫辨其有無，則字頭者，寧與字疣同語哉。⓮

這一段話可以看到沈氏精審的工夫，他計算到一音節中三部份各佔時間的比率，可惜他是就唱曲時的字音長短而言，若就平常說讀而言，他不知會有什麼發現？

五、關於「出字」（上半字面）

沈氏論音，最受注意的是音節之三分——「字頭、字腹、字尾」，而他度曲須知討論的重點以「收音」（見次節）爲首，至於「出字」似非其所重，蓋因前人已言及之，故著墨較少。但沈氏有關「出字」之論，頗見當時語音分析之水準，因簡述之。

沈氏「出字總訣」下小註說：「管上半字面」，而口訣中，略不及聲母，其聲母之論另見「字母堪删」「字頭辨解」「收音問答」「翻切當看」「同聲異字考」諸節，故所謂出字，所謂管上半字面者，實指一韻母之主要元音而言，或兼及韻尾（如「閉口」）。請先看「出字總訣」：

出字總訣　　管上半字面

一、東鐘，舌居中。　　　　二、江陽，口開張。

三、支思，露齒兒。　　　　四、齊微，嘻嘴皮。

五、魚模，撮口呼。　　　　六、皆來，扯口開。

七、真文，鼻不吞。　　　　八、寒山，喉沒攔。

九、桓歡，口吐丸。　　　　十、先天，在舌端。

十一、蕭豪，音甚清高。　　十二、歌戈，莫混魚模。

十三、家麻，啓口張牙。　　十四、車遮，口略開些。

十五、庚青，鼻裏出聲。　　十六、尤侯，音出在喉。

十七、尋侵，閉口真文。　　十八、監咸，閉口寒山。

十九、廉纖，閉口先天。㊻

此訣之末，沈氏小註曰：「此訣，出詞隱 正吳編中，今略參較一二字。」詞隱先生就是沈璟，其正吳編未見，恐已遺佚。沈氏此訣雖承襲自沈璟，而略修改之，但他殆已引爲己說，才與自創之「收音總訣」「入聲收訣」並列。沈寵綏除此「出字總訣」外，在「音同收異考」中，尚有分辨「出字」口法的文字，今將其文字改依十九韻之次，列之於左：

嘗就十九聲韻，閒中聊一題評；

東鐘桓歡，無啓齒張牙之字；

江陽家麻，少含脣斂舌之音；

支思韻內，難求嘹嚦之聲；

齊微雖與魚音若近，奈撮脣嘻口殊聲；（魚韻撮脣，齊微嘻口）。

皆來莫太張牙喊，疑犯家麻口法；

真文一韻，鼻鮮舒音；

先天若過開喉唱，怎他像却寒山；

蕭豪韻中，不發沉幽之籟；

歌戈似與模韻相通，但滿呼半吐殊唱；（模韻滿呼，歌戈半吐）。

車遮尤侯與寒山，何曾撮口出字；

庚青諸字，舌不舐腭；

監咸廉纖與尋侵，勿言開嘴收音；㊼

關於諸韻之分辨，尚有：

故「東」如舐腭，與「敦」相彷；「江」不收鼻，「家」
字何分；「齊」收「于」，聽去半疑「徐」字；「支」收
「噫」，唱來全是「知」音；「桓」太張喉，乃訛「還」字；
「模」如撇口，遂與「麻」同。❽

關於「含」、「舒」、「輕」「重」之別者，有：

至於出口一而含舒略判，收音等而輕重微懸，則如蘆不同
羅，祖非類左，誰辨歌戈模韻之攸分；奸固非堅，晏亦非
燕，孰解先天寒山之迥別。❾

至於「音判忽微，字難枚指」者，更列舉韻中同聲母者，對照排
列，例如：

模韻陽平

模、謨、謀、摹、摸、鏌。
徒、圖、屠、荼、途、塗、酴、痋、駼、菟。
奴、孥、笯、笯。
盧、蘆、鱸、顱、轤、艫、瀘、鑪、鱸、壚、櫨。
吳、蜈、琪、鋘、吾、梧、浯、鋙、娛、齵。
胡、湖、糊、壺、瑚、狐、弧、乎、葫、餬、瓳。
殂、徂。　雛、鉏、鋤。
蒲、匍、葡、酺、脯、蒱、莆。

歌戈陽平

磨、摩、魔、麼、劘、縻。

駝、陀、鼉、跎、酡、馱、鮀、沱、迱、羓、訑。

挪、儺、那、捼、挼。

羅、蘿、籮、囉、玀、騾、驘、欏、贏、灑、鑼。

蛾、哦、娥、峨、鵝、俄、義、訛、譺、囮、吪。

和、禾、喎。　　河、何、荷、苛、菏。

矬、醝、瘥、艖、鹺、瘥。

婆、鄱、鄱、膰、番。⑩

而於韻目下分別註明唱法與口法，以資分辨，茲列表於左：

模韻——此後全韻唱 　　　　法皆滿口	歌戈——此後全韻口 　　　　法俱半開
寒山——此後通韻字眼 　　　　俱張喉濶唱	先天——此後通韻字眼 　　　　但扯口不張喉
監咸——此後通韻俱 　　　　張喉出口	廉纖——此後通韻俱 　　　　扯口出字　⑩

「寒山」與「桓歡」之分辨則說：

寒山一韻，類桓歡者過半，類先天者什僅二三。但桓歡半

含脣，寒山全開口，卽如班之有搬，攀之有潘，絮之有寬，

慣之有貫，明者自能釐剖，無煩贅列。⑱

弦索辨訛一書中，偶有說明「出字」之文，如：

> 曲中緘喊巖餡字面，須張喉出口，與廉纖韻之兼險炎艷不
> 同；若鹽腌厭劍字面，則但扯唇出口，又與鹽咸韻之岩淹
> 淹鑒不同，詳後音同收異考中。⑲

又：

> 曲中多羅波菓火躶婆酡等字，俱出歌戈韻，其口法在半含
> 半吐之間，非如都盧通古虎堵葡徒之必應滿口唱也。蓋模
> 韻與歌戈口法較殊，唱者須當細辨。⑳

根據以上這些資料，可以擬測大部份中原音韻的韻部音讀，但這
非本文所欲達成的目標。於此，只想觀察沈氏對於韻母中主要元
音發音部份或發音方法的觀點：

今人分析元音，主要是舌位與口形（唇形），舌位包含頭的
部位與前後、上下。沈氏在描寫「口法」時，正大量使用與「口」
「唇」「舌」相關的字眼，但也使用「牙」「喉」「齒」「鼻」
來輔佐，他描述同一種元音所用字眼，或有不同；全部口形，舌
位的系統，也不像現代語音學那麼準確與精密。

沈氏關於「口」有「口開張」「啟口張牙」「口略開些」「扯
口開」「扯口」「口吐丸」「撮口呼」「嘻口」「滿口」「滿呼」

「半吐」「撮口」「含 」「舒 」「嘻嘴皮」「半開」「開嘴收音」
「閉口」「半含」「全開口」。

　　沈氏關於「唇」者，有「含唇歛舌」「撮唇」「半含唇」
「扯唇出口」這些與「口」多互用。其他「牙」「齒」「喉」等，
也多與「口」相關。

　　「出字總訣」於江陽韻說是「口開張」，於家麻韻說是「啓
口張牙」，而在「音同收異考」中說「江陽、家麻少含唇歛舌之
音」，說「皆來若太張牙喊，疑犯家麻口法」，我們可知「口開
張」「啓口」「張牙」共義皆同，宜指口形最大的低元音而言。

　　寒山韻，沈氏一則說「喉沒攔」，似難解，此仍見於叢編本
度曲須知，若明崇禎十二年刊本則作「喉沒攔」，「攔」字是，
與「山」字韻。「喉沒攔」與「先天若開喉唱，愁他像卻寒山。」
「寒山全開口」等互參，知「喉」與「口」於此幾乎是同義，「開
喉」、「全開口」、「喉沒攔」都是指口形最大的低元音而言，
與江陽、家麻的主要元音同。

　　監咸韻，沈氏說是「閉口寒山」，意殆為：主要元音與寒山
同，而收音有閉口、舐腭之不同。又說「曲中緘喊巖餡字面（監
咸韻字），須張喉出口」，「張喉」即「全開口」，我們也可知
監咸韻也是口形最大的低元音。

　　沈氏「扯口開」「扯口」「扯唇」其意殆同，「扯」字有
「牽引、裂開」之義，「扯口不張喉」的先天（廉纖）韻與「張
喉瀾唱」的寒山（監咸）韻常對比，然則「扯口」（扯唇）殆指
扁唇半開的元音而言，若結合「先天、在舌端」「先天若開喉唱，
愁他像卻寒山」，我們更可知是扁唇半低前元音。

「車遮，口略開些」若與上文比較，可能是比先天韻之元音再開口小些，舌位高些。（沈氏又說「車遮、尤侯與寒山，何曾撮口出字。」然則車遮應該是扁唇元音，不是圓唇的。）

沈氏一則說「魚模，撮口呼」「歌戈，莫混魚模」，一則說「模韻滿呼，歌戈丰吐」（或標韻滿口，歌戈半開），可見「撮口」與「滿呼」「滿口」相同或相類。三則說歌戈韻「其口法在半含半吐之間」，模韻「必應滿口唱」，回則沈氏自魚模韻分出「于」音之魚韻（詳見次節），說「齊微雖與魚韻若近，奈撮脣、嘻口殊聲」，推測沈氏「魚」「模」「歌戈」三韻同類而不相同，「半含」可能指「半高後元音」而言，「滿口」可能指「高後元音」，而「魚」可能是「圓唇高前元音」（詳見次節有關歌戈與模之考察），由此也可知「撮口」者指「最」小的圓唇元音而言，「撮脣」也是此意，「滿口」「滿呼」疑指口腔通道小（舌位高所致）氣流強烈之音，而「半含」「半吐」之「半」指開口之半，「含」「吐」有圓唇之意。

沈氏「桓歡，口吐丸」，「丸」而「吐」之，應是圓唇，與上文「含」「吐」宜同。沈氏又說「寒山一韻，類桓歡者過半，類先天者什僅二三。但桓歡半含唇，寒山全開口」由此也可證「含唇」與「含」「吐丸」意同，是半高圓唇元音。（「半」與「全」對，「含」與「開」對，「唇」與「口」同，於此可得桓歡、寒山二韻之大致韻值。而「舒」與「含」對，意宜為「開」。）

「齊微，嘻嘴皮」一句似難解，但洗氏又說「齊微嘻口」，說「『齊』收『于』，聽去半疑『徐』字」，由次節，我們可知「齊微……首尾總是一音」，又「收噎音」，因此所謂「嘻口」「嘻

嘴皮」一也，指小開口脣，發高元音（應爲高前元音）。

　　沈氏於「舌」，一曰「舌端」，一曰「舌居中」，一曰「含脣歙舌」，一曰「舌不舐腭」。「舌」之「舐腭」是「收音」之事，見次節。「歙舌」與「含脣」合文，疑指圓脣後元音而言，「舌端」就「先天」韻，先天韻已論於前，殆用以表示「前元音」（使用舌面前之部位），唯此「端」字，部位似太前了。「舌居中」是就東鐘韻而言，他處沈氏說：「東鐘、桓歡，無啓齒張牙之字」，即非「開口」——非低元音，桓歡之元音性質，前文已擬爲半高圓脣元音，並論之「東鐘」應同，「舌居中」一語可以互證，宜指「半高元音」而言。

　　綜言之，沈寵綏頗能分析口形之「開」「扯」「略開」「嘻口」（可能是「低」「半低」「半高」「高」）等不同元音，也能狀脣形之圓扁，舌位之前、中。但是，沈氏於部位之指稱不夠精確，術語之使用不夠統一，若干語意不明，像「鼻不吞」「音甚清高」「鼻裏出聲」（疑指「收鼻音」而言）等，令人在瞭解上產生困難。事實上，沈氏是十六世紀末、十七世紀上半葉的人，其元音分析能力有這個水準，已屬難能可貴了。

　　沈氏對韻母中主要元音之說明如此細密，雖尚有疑義，若增以其他參考資料，結合次節「收音」之考察，略可擬測其中原音韻十九韻部之明末讀音，但此非本文所及，請異日另文爲之。

六、關於「收音」

　　「收音」便是唱曲者所謂「下半字面」。沈氏在度曲須知中

秋品曲一節中曾說：「從來詞家只管得上半字面，而下半字面，
須關唱家收拾得好。……若乃下半字面，工夫全在收音，音路稍
訛，便成別字。」❺此「收音」也就是所謂「字尾」。此可於沈
氏所說的「故東鐘、江陽、庚青三韻，音收於鼻。」與「……而
不知東鐘、江陽之字尾，固自有天然鼻音在也。」❻對照得知。

　　從上文「四、關於音節之分析」一節，我們已經知道「字尾」
之提出，是沈氏特別著意的論點，這是因為當時唱曲家鮮有講及
之處，沈氏說：

> 予因是而思平上去入之交付明白，向來詞家譜規，語焉既
> 詳，而唱家曲律，論之亦悉；至下半字面，不論南詞北調，
> 全係收音，乃概未有講及者，無怪今人徒工出口，偏拙字
> 尾也。予故特著收音譜訣，舉各音門路，徹底釐清，用使
> 唱家知噫音之收齊微者，幷收於皆來；鼻音之收庚青者，
> 幷收於東鐘、江陽；鳴音之收歌戈、模韻者幷收於蕭豪、
> 尤侯。其他真文各韻，亦復音音歸正，字字了結。夫乃當今
> 對症良劑乎？彼尾音欠收者，能受一砭否？❼

沈氏度曲須知與弦索辨訛二書中討論「收音」的地方很多，其中
總論中原音韻十九韻部收音的，以「收音總訣」「收音譜式」
「中秋品曲」「字母堪刪」等節最為周全。今將諸節所論「收音」
列表於下：

中原音韻韵部	收音總訣㊽	收音譜式㉓	中秋品曲⑯	字母堪刪⑦
東　鐘	緩入鼻中	俱收鼻音	音收於鼻	此韻之尾，同收鼻音。
江　陽				此韻之尾，同收鼻音。
支　思	反切醫詩	俱收衣詩切之音	（未詳）㊿	（缺）
齊　微	非「于」是「噫」	俱收噫音	以噫音收	（缺）
魚　模	魚韻厥音乃于㉚　模韻收嗚（收重）㉛	半收于音　半收嗚音	（魚）當收于音㉘　半以嗚音收㉙	（缺）
皆　來	非「于」是「噫」	俱收噫音	以噫音收	韻尾同收噫音
真　文	舐舌舒音	俱收舐腭音		此韻字尾，同收舐腭音。
寒　山	亦舐舌端	俱收舐腭音	音收於舐腭	此音字尾，同收舐腭音。
桓　歡		缺㉔		韻尾同收舐腭音
先　天	舐舌舒音	俱收舐腭音		韻尾俱收舐腭音
蕭　豪	也索「嗚」收	俱收嗚音	以嗚音收	韻尾同收嗚音
歌　戈	收「嗚」（歌戈收輕）㉜	俱收嗚音		（缺）
家　麻	音切哀巴	俱收哀巴切之音	（未詳）㊿	（缺）
車　遮	遏叶平聲	俱收哀奢切之音	（未詳）㊿	（缺）

庚 青	急轉鼻音	俱收鼻音	音收於鼻	此音字尾，俱收鼻音。
尤 侯	也索「嗚」收	俱收嗚音	以嗚音收	韻尾同收嗚音
侵 尋	閉口謳吟	俱收閉口音		此音字尾，俱收閉口音。
監 咸	口閉依然	俱收閉口音	音收於閉口	此音字尾，俱收閉口音。
廉 纖		缺⑥		此音字尾，俱收閉口音。

關於此表，還有幾點需要說明：

（一）「收音總訣」是以口訣方式，用四字句來說明收音（下半字面），所論最細密。「收音總訣」之後是「入聲收訣」，乃論及南曲與洪武正韻的入聲韻尾，時力所限，請另文考察。

（二）「收音譜式」中，取西廂記（北曲）諸套，逐字摘出韻脚，分隸十九韻（缺二韻），每韻部之韻目下，註明「收音」。各韻中更舉一曲，逐字註明所屬韻部與收音，分記於字之兩旁，如：

模韻模韻尤侯江陽皆來先天家麻家麻東中哥戈江陽

【粉蝶兒】不 做 周 方，埋 怨 殺 法 聰 和 尚。

嗚音嗚音嗚音鼻音噫音舐腭哀巴哀巴鼻音嗚音鼻音

車遮魚韻哥戈桓歡寒山支思皆來車遮庚青江陽魚韻哥戈家麻哥戈庚青

借 與 我 半 閒 兒 客 舍 僧 房，與 我 那 可 憎

過去于音嗚音舐腭舐腭衣詩噫音過去鼻音鼻音于音嗚音哀巴嗚音鼻音

皆來魚韻支思魚韻眞文支思江陽江陽齊微模韻庚青尤侯車遮魚韻尤侯

才 居 止 處 門 兒 相 向。雖 不 能 彀 竊 玉 偸

噫音于音衣詩于音舐腭腭衣詩鼻音鼻音噫音嗚音鼻音嗚音過上于音嗚音

江陽車遮江陽車遮寒山庚青眞文寒山庚青支思家麻江陽
香，且 將 這 盼 行 雲 眼 睛 兒 打 當。⑫
鼻音遮上鼻音遮去舐齶鼻音舐齶舐齶鼻音衣詩哀巴鼻音

其法甚佳，對於探討明末北曲與中原音韻之音讀，很有幫助。其
逐字所注之收音，若加以歸納，完全符合各韻下之附註。

　㈢　中秋品曲是沈氏討論唱曲者病失之文，文中主要是討論收
音，亦可視爲「收音總訣」之序言。文中所謂「予特著『收音譜
訣』，舉各音門路，徹底釐清」等言⑬，大概就是次節所謂「收
音總訣」。足見最應重視的，正是「收音總訣」。

　㈣　「字母堪刪」一節，前半論一字之頭、腹、尾，末列舉若
干反切與三字切，分隸十九韻（缺六韻），每韻五個音切，可以
推知各韻之字尾（收音），各韻韻目下更註明收音之法。

　㈤　「魚模」一韻，沈氏書分爲二音，沈氏在「入聲收訣」之
末說：「夷考中原各韻，涇渭甚清，惟魚模一韻兩音，伯良王氏，
猶或非之。然曰魚、曰模，標目已自顯著，收于收嗚，混中亦自
有分。」沈氏此言雖有意替中原音韻廻護，但魚模韻之兩讀，在
明末必然分別甚明，所以沈氏才會在許多地方提出來。

　㈥　沈氏度曲須知北曲正訛考列羅十九韻，各韻舉數十字，註
其音切，於「收音」雖未標舉，但頗有參考價值。「同聲異字考」
取中原音韻若干字音相似之字，對照比較，其中說明的文字，也
有論及「收音」的，如齊微之收噫，舐齶與閉口等處，也可參考。
弦索辨訛凡例與卷中各曲末之附考，亦或有「收音」之討論，也
可參考。若此者衆，不一。

　　沈氏在論收音時，頗有分析音素的觀念。他在中秋品曲一節中曾說：「蓋極填詞家通用字眼，惟中原十九韻可該其概，而極十九韻字尾，惟噫鳴數音可筅其全。」從他的話裏，知他頗能自元音與韻尾合成的韻母中，歸納出幾種收音（字尾），所謂「噫、鳴數音」，指的是「收噫」「收鳴」「舐腭」「鼻音」「閉口」等幾個「音素」，但也有沈氏覺得難於用文字表示的「音素」。沈氏中秋品曲說：「……其餘車遮、支思、家麻三韻，亦三收其音，但有音無字，未能繪之筆端耳。」❹這種難於「繪之筆端」的音，到底是另有別種「音素」，還是非關一字之字尾，只是唱曲時另有一種「口法」❺？

　　關於「車遮、支思、家麻」三韻的收音（字尾），我們可以從度曲須知其他章節中獲得線索。沈氏度曲須知收音問答一節說：

> 由腹轉尾，方有歸束，……至於支思、齊微、魚模、歌戈、家麻、車遮數韻，則首尾總是一音，更無腹音轉換，是又極徑極捷，勿慮不收者也。❻

又字母堪刪節說：

> 至若家麻諸韻之本無字腹者，只須首尾兩音為切。然又有首尾無異音者，但可以本字入聲當字首，如齊字之頭，止有疾音，疾卽齊之入聲也，齊字可以疾噫兩音唱之，亦可疾噫兩音切之。他如支思、魚模、歌戈，其理總不外是。❼

這兩段語似乎是有矛盾的，前一段以家麻、車遮、支思、歌戈、魚模、齊微六韻首為「首尾總是一音」，而後一段先別出「家麻諸韻」，說是「只須首尾兩音為切」，表面看來是有不同，難怪劉復指責他「沒有好好辨別」 ❽，但是前者說的是「音」，後者說的是「切」語，並非同指一事。若摭其語意，此二段並無大異。前一段說「六韻」「無腹音轉換」「極徑極捷，勿慮不收」，是明指為「單韻母」或後面不接其他音素的「單純元音」，有別於其他各韻的「複韻母」或「複合元音」與「聲隨韻母」。而後一段文字說「家麻諸韻」「本無字腹」、說齊微、支思、魚模、歌戈等韻「首尾無異音」、「其理總不外是」，語意並無大異，也是明指為「單韻母」或「單純元音」，也是在唱曲時「無慮不收」之韻。雖然不收音，但在擬其切語時，也要以兩字表示之。今不論其切語，只重視「不收」一事。

　　沈氏在收音問答所謂「首尾一音」「勿慮不收」，應該是家麻等六韻的實際「記音」，而中秋品曲中所說車遮、支思、家麻三韻「三收其音」、「有音無字」者，是「品曲」「唱曲」時的某種現象，或為該三韻發完元音之後的收勢。在「收音總訣」和「收音譜式」中，車遮、支思、家麻三韻都不說收某音，而另以反切註明音讀，分別為：

　　　　車遮── 遏之平聲，即哀奢切

　　　　支思── 醫詩切，或衣詩切

　　　　家麻── 哀巴切❾

若配合「出字總訣」中之「支思，露齒兒。」「家麻，啟口張牙。」

「車遮，口略開些。」⑩， 諸家中原音韻之擬音⑪，與北方官話⑫，此三韻之韻母殆分別爲「e、i、a」，都是「開尾韻」。

至此，我們可以替沈氏「收音」說，先整理於下，再加以說明：

收　音　韻

收鼻音	東鐘、江陽、庚青	-ŋ
收舐腭音	真文、寒山、桓歡、先天	-n
收閉口音	侵尋、監咸、廉纖	-m
不收音	車遮、支思、家麻	開尾韻
收「噫」音	齊微、皆來	-i
收「嗚」音	蕭豪、歌戈、尤侯、模 魚模之半	-u
收「于」音	魚 魚模之半	-y

這六種收音，分別說明如下：

㈠　收鼻音——事實上，「收鼻音」「收舐腭音」「收閉口音」都是鼻音韻尾⑬，後者分別指舌尖鼻音韻尾與雙脣鼻音韻尾，因此「收鼻音」宜爲「舌根鼻音韻尾」，「收鼻音」之「鼻」與「舐腭」「閉口」同爲口腔通道之阻塞部位，因舌根與鼻腔通道相隔最近，故沈氏命名爲「收鼻音」而不用他名。這應該可以說是沈氏用名不當，不可說他不認識或不能分辨舌根鼻音，因爲沈氏二書略無淆混三種鼻音韻尾之處。

「收鼻音」三韻，沈氏在「收音總訣」中分爲二類，庚青爲「急轉鼻音」，東鐘、江陽爲「緩入鼻中」。從「急轉」「緩入」二詞的語意來看，這是指由主要元音到韻尾的轉入時間有快慢，不是說二者的鼻音性質有異。

㈡　收舐腭音──舐，正字通指爲訛字，正作「舐」，沈氏自註：「舐舌者，舌舐上腭也。」舐腭音宜即舌尖鼻音。「收音譜式」「中秋品曲」「字母堪刪」都說「眞文、寒山、桓歡、先天」四韻爲「舐腭音」，而「收音總訣」以「寒山、桓歡」爲「亦舐舌端」，「眞文、先天」爲「舐舌舒音」，依文中語氣，「亦舐舌端」即「舐舌」，而所謂「舒音」殆指韻尾鼻音以外之主要元音或介音而言[84]，故沈氏曾於他處說：「眞文一韻，鼻鮮舒音。」[85]鼻不舒，則其「舒」宜指韻母之其他音素而言。

㈢　收閉口音──此收音與前二種皆鼻音，「閉口音」與「收音總訣」中「閉口謳吟」「口閉依然」是同一個意思，宜指雙唇閉合的鼻音而言。沈氏在「鼻音抉隱」一節之末說：「不知閉口之收鼻，非余創說，伯良王氏，已先言之。但口閉矣而無竅可通，不得不從鼻轉，此亦理所易曉者。」[86]此處詳細的描述，我們知道「收閉口音」，必指雙唇鼻音韻尾。（關於鼻音韻尾之討論，請參見次節。）

㈣　收「噫」音、收「嗚」音、收「于」音──依諸家中原音韻之擬音[87]，「噫」「嗚」二字可讀爲「i」「u」，現代官話可以證明。比較要注意的是收「于」之音，前文已言及沈氏口中魚模一韻已分爲「于」「嗚」二音，雖然爲中原音韻擬音諸家大多只把「魚」「于」等音擬爲「iu」，但那可能是爲元代音而設想的，沈氏口中的「于」應該已經是「y」了。

收「嗚」之音，在蕭豪、尤侯、模^{魚模之半}等，無任何疑義，但歌戈一韻也收「嗚」音，實宜考察。在「收音總訣」：「模及歌戈、輕重收嗚。」下，沈氏自註說：「模韻收重，歌戈收輕。」

⑧所謂輕重，必指收音之某種不同，其異何在？實費思索。蓋因歌戈一韻，陳新雄先生擬其音爲「○」，其介音有「i」與「u」⑧，並無所謂韻尾或收音。考「出字總訣」謂「魚模，撮口呼」「歌戈，莫混魚模」⑩，知二韻相當類似。又考「音同收異考」謂：「歌戈似與模韻相通，但滿呼半吐殊唱（模韻滿呼，歌戈半吐）。」又於「模韻陰平」下註：「此後全韻唱法皆滿口」，於「歌戈陰平」下註：「此後全韻口法俱半開」⑪，「半吐」「半開」殆與口形與舌位皆有關，車遮爲「略開」之前元音，則歌戈之「半開」宜指「半開」之後元音而言。「滿口」「滿呼」無疑是元音「u」，「半開」後元音之歌戈，若依陳先生擬爲「O」，那麼所謂「輕重收鳴」殆指「u」之圓脣，用力較重，「O」之圓脣，用力較輕而言。至於歌戈之爲「O」，並無韻尾（字尾），沈氏何以指爲「收鳴」者，可並家麻、支思、車遮三韻之「收音」，一齊解釋爲：就元音變後之收勢而言。

　（五）　車遮、支思、家麻三韻，前已論及，皆爲「開尾韻」。三韻與齊微、歌戈、魚模都是「首尾一音」，而略有不同。蓋齊微的韻母是「i」，引而長之也成爲韻尾，魚模之收「y」收「u」，其理同。車遮等三韻母引而長之，並無收「噫」收「于」收「鳴」之音，以「收音」而言，雖可指其元音後有收勢，但皆爲「開尾韻」。

　　綜觀沈氏之論收音，我們可以知道他能分辨單純元音與非單純元音，能指出收噫、收鳴、收于、鼻音、舐腭、閉口等六種韻尾（音素），在沈氏討論收音諸處，頗能以「音素」觀點來分析語音，因此對中原音韻十九韻部的韻部，都能用相當細密的眼光

來說明，這些都是沈氏論及收音各節文字中值得重視之處。此外，沈氏於「鼻音」三韻腹尾之間轉入時間之「緩」「急」，模與歌戈二韻，元音收勢之用力「輕」「重」，釐析更細，雖無法十分確定其語音，卻不得不佩服他。至於沈氏對於「鼻音」三韻字尾（收音）之描述，更有足以稱述之者，請見次節。

七、關於鼻音韻尾

關於鼻音韻尾的音讀，上節只約略言及，事實上沈氏說之甚詳，現在考察之如下：

沈氏在「收音總訣」中，除何韻為「收鼻」、何韻為「閉口」、何謂為「舐腭」之外，又在口訣之末，舉吳語「土音」說明三種鼻音韻尾之音讀，他說：

收鼻何音？「吳」字土音。（吳江呼吳字，不作胡音，另有土音，與鼻音相似。）

閉口何音？「無」字土音。（吳俗呼無字，不作巫音，另有土音，與閉口音相似。）

舐舌何音？「你」字土音。（吳俗有我儂、你儂之稱，其你字不作泥音，另有土音，與舐舌音相似。）

以上土音凡四，緣無本字，又無叶切，故借用之。然惟吳俗能喻其音，概之他方，有漠不相通者，姑亦在吳言吳云爾。㊾

據漢語方音字滙、漢語方言詞滙、現代吳語研究，「吳」字

大多讀爲〔₋ŋəu〕，白話音爲〔₋ŋ〕（如蘇州）；「無」字吳語大
多寫作「嘸」，白話音讀爲〔꜀m̩〕（如蘇州）；「你」字讀書音
爲〔꜀n̩i〕，白話音爲〔꜀ne〕（如蘇州），但「你篤（你們）」則
讀爲〔꜀n̩to〕。因此我們可以推測沈氏鼻音三種韻尾的讀法分
別爲：

　　　　收鼻——-ŋ

　　　　舐腭——-n

　　　　閉口——-m

此外還可以從而推知沈氏釐析韻尾三種音素的審音能力。

　　沈氏除了用吳語土音描述三種鼻音韻尾的讀音外，還能使用
文字說明其發音方法與發音部位。前述「收鼻」「舐腭」「閉口」
等字，已可知其爲發音部位之說明（詳見上節），今爲表彰他對
發音方法之詳細描寫，謹錄其文於後：

　　　又余嘗按十九韻之音，不特東鐘兩韻，應收於鼻，即閉口、

　　　舐腭，其音亦非與鼻無關，試於閉口、舐腭時，忽然按塞

　　　鼻孔，無有不氣閉而聲絕者；則雖謂廉纖、真文等七韻，

　　　總是音從鼻出，奚不可哉？其中猶自有辨，蓋舐腭、閉口，

　　　唱者無心收鼻，而聲情原向口達，無奈脣閉舌舐，氣難直

　　　走，於是回轉其聲，徐從鼻孔而出，故音乃帶濁，婉肖無

　　　你兩字土音。（吳俗呼無字不作巫音，另有土音與閉口音相似。又

　　　　有我儂、你儂之稱，其你字不作泥音，另有土音，與舐腭音相似）。

　　至庚青三韻，則是開口收鼻，用意為之，聲響直透腦門而出。故其音較清，又肖吳字土音。(吳俗呼吳字不作胡音，另有土音與鼻音相似)。試於庚青開口收鼻時，忽然閉口，亦不全肖閉口之音，蓋緣聲情不向口出，盡納鼻孔，故雖閉口，不甚鬱塞，第覺半似吳字土音，半似無你兩字土音。又試於閉口舐腭之收鼻時，忽然開口舒舌，則又絕非庚青收鼻之音，蓋緣音之收鼻，非其本情，故脣關一啓，其音原向口出，不從鼻轉，而細察聲響，全不似吳字土音，亦全不似無你兩字土音，同中有異，異中有同，總皆借徑於鼻，則夫閉口舐腭七韻，尚算收鼻之例，曷云東鐘兩韻，反非鼻音哉？❽

又說：

篇內東鐘、江陽，與庚青並例，已驚俗耳，乃舐腭、閉口，概派收鼻，語益不經。不知閉口之收鼻，非余創說，伯良王氏，已先言之。但口閉矣而無竅可通，不得不從鼻轉，此亦理所易曉者。至舌舐上腭，口固開也，而聲出脣間，夫復何疑？然其舌腭緊緊牢貼，外雖啓，內實閉，舍是鼻孔，他無出路，試令并掩其鼻，有不聲頓響絕也哉？唱者不信，請細演之。❾

這兩段話當中，我們可以了解以下幾件事：

　㈠　以「收鼻」「舐腭」「閉口」同屬鼻音韻尾，在當時實爲

罕見之論。

㈡ 提出檢驗鼻音之法，如「按塞鼻孔」。

㈢ 沈氏於發音器官之揣摩相當精細，如「於庚青開口收鼻時，忽然閉口，……故雖閉口，不甚鬱塞，第覺半似吳字土音，半似無你兩字土音。」又如：「於閉口舐腭之收鼻時，忽然開口舒音……全不似吳字土音，亦全不似無你兩字土音」云云，足見沈氏至少能揣摩發出 -ŋ -m -n 之外的鼻音，而詳述其差異。

㈣ 對「收鼻」「閉口」「舐腭」三種鼻音，能精確描寫，並能指出「收鼻」之獨特處。

沈氏描述鼻音之語，能指出其氣流受阻部位，氣流回轉的過程，如：「……唱者無心收鼻，而聲情原向口達，無奈唇閉舌舐，氣難直走，於是回轉其聲，徐從鼻孔而出……」又能描寫唇舌口形之外觀，如：「至舌舐上腭，口固開也，而聲出唇開，夫復何疑？然其舌腭緊緊牢貼，外雖啟，內實閉，舍是鼻孔，他無出路，……」復能注意到舌根鼻音之發音法，用意，與聲流的不回轉於口腔。如曰：「至庚青三韻，則是開口收鼻，用意為之，聲響直透腦門而出。」所謂「收鼻」而「用意為之」，殆指舌根鼻音在發音時，舌根要上抵軟腭，需稍用力用意，這是有別於其他二種鼻音之處。——凡此等處，在在看到沈氏描寫語音之細密有不亞於今人者。

八、餘　　言

　　沈氏除「出字」「收音」「鼻音」與音節之分析數端外，尚
有聲調、字頭（聲母）、陰陽、韻圖……等聲韻之論，其語音分
析論在漢語聲韻學史上之地位等等，皆未及考察，而且本文妄事
執今衡古，復又行文匆促，草率將事，錯誤必夥，懇請大方之家
有以教之。

附　　註

❶　參見葉長海中國戲劇史稿第七章、周貽白中國戲劇發展史第六章。

❷　參見張世祿中國音韻學史第七章、第八章，頁 92 ～ 323 。

❸　見劉復明沈寵綏在語音學上的貢獻一文。

❹　見度曲須知顏序、度曲須知自序後印記、弦索辨訛自序後印記、與二書
　　卷首正文次行之作者題名。

❺　見度曲須知、弦索辨訛二書各卷首正文前作者題名。

❻　同前註。

❼　沈寵綏之子標在弦索辨訛續序中說：「先君子……乙酉歲手著中原正
　　韻一書，未竣，會避兵搶攘，齎憤永背。」

❽　引自度曲須知顏俊彥序。

❾　見弦索辨訛正文前「詞學先賢姓氏」（或改附於度曲須知一書中），
　　有周德清、沈璟、徐渭、李贄、王驥德、臧晉叔……等十七人。

❿　所引韻書有中原音韻、正吳編、洪武正韻、集韻、廣韻、皇極圖韻、
　　中州音韻、詩韻、韻學集成……等。

⓫　見註❼。

⓬　度曲須知，經緯圖說曰：「予意欲照此式，用中州韻字眼，配一北音
　　之圖，再用洪武韻字眼，再用洪武韻字眼，配一南音之圖，寧非曲學指
　　南哉？竊有志焉，而尙未逮也。」

⓭　見度曲須知卷前序言，叢編本頁五十四。

⓮　同註⓭頁五十三。

⑯ 見本文之「三」、「論北曲以中原音韻爲主」節。

⑰ 見度曲須知「三十六字母切韻法」一節、與經緯圖說一節。

⑱ 見弦索辨訛序葉二下～三上。

⑲ 見弦索辨訛凡例第六條。

⑳ 見弦索辨訛續序。

㉑ 弦索辨訛兼爲南曲標註音切，度曲須知有入聲正訛考（余洪武正韻辨正南字）。

㉒ 見叢編本度曲須知頁 69。

㉓ 見弦索辨訛凡例葉一上。

㉔ 見叢編本度曲須知葉 66。

㉕ 同註㉔葉 65。

㉖ 同註㉔葉 72。

㉗ 同前註㉔頁 102。

㉘ 同前註㉔頁 124。

㉙ 詳見度曲須知宗韻商疑節，並參考方師鐸先生中華新韻「庚」「東」兩韻中「ㄨㄥ」「ㄧ—ㄨㄥ」兩韻母的糾葛一書。

㉚ 此用日本江南書院服部四郎和藤堂明保中原音韻研究所附影印鐵琴銅劍樓藏元刊本。

㉛ 見度曲須知宗韻商疑節所引方諸生之言。頁 98。

㉜ 見弦索辨訛下卷葉十六上下。

㉝ 此用張漢重校中州音韻本。

㉞ 見度曲須知弦索題評一節。頁 65。

㉟ 見度曲須知頁 68、頁 69。

㊱ 見度曲須知字母堪刪節，頁 86。

㊲ 同註㊱。

㊳ 見度曲須知收音問答節，頁 83。

㊴ 同註㊱頁 87。

㊵ 見度曲須知頁 87。

㊶ 見度曲須知頁 88 ～ 90。

㊷ 陳新雄先生中原音韻之擬音，見於中原音韻概要一書。

㊸ 見度曲須知，頁83。
㊹ 見明沈寵綏在語音學上的貢獻一文，頁420。
㊺ 見度曲須知字頭辨解節，頁91。
㊻ 見度曲須知出字總訣節，頁68。
㊼ 見度曲須知頁152。
㊽ 見度曲須知頁152。
㊾ 同註㊽。
㊿ 見度曲須知頁153。
(51) 參見度曲須知頁152～157。
(52) 見度曲須知頁156。
(53) 見弦索辨訛西廂上葉23上。
(54) 見弦索辨訛西廂上葉31上。
(55) 見度曲須知頁66。
(56) 同前註。
(57) 見度曲須知頁67。
(58) 見度曲須知頁69。
(59) 「鍾」字，沈寵綏均作「鐘」。
(60) 原文作「魚模之魚，厥音乃于。」
(61) 原文作「模及歌戈，輕重收嗚。」(模韻收重，歌戈收輕。)
(62) 同前註(61)。
(63) 見度曲須知頁72。
(64) 「桓歡」「廉纖」二韻缺，但譜式之後，沈氏說：「所缺者桓歡、廉纖兩韻耳。然桓歡舐腭，寒山三韻足以概之。廉纖閉口，監咸兩韻足以概之。」
(65) 同註(64)。
(66) 見度曲須知頁66。
(67) 中秋品曲曰：「其餘車遮、支思、家麻三韻，亦三收其音。」語意未明。
(68) 中秋品曲於魚模韻曾曰：「如魚模之魚，當收于音，倘以噫音收，遂訛夷字矣！」又曰：「魚之半韻，以于音收。」

69 中秋品曲說：「蕭豪、歌戈、尤侯、與模、三韻有半，以嗚音收。」

70 見度曲須知頁 86 ～ 90。

71 沈氏度曲須知作「尋侵」。

72 見度曲須知頁 73。

73 見度曲須知頁 67。

74 上引兩語並見度曲須知頁 66。

75 「口法」一詞是沈氏提出來的，如度曲須知音同收異考中說：「……皆來莫太張牙喊，疑犯家麻口法。」唯「口法」一詞，沈氏未明說何義，依其用法粗略推測，可能與「元音的發音狀態（或部位）」有關，和所謂「唱法」亦有關。

76 見度曲須知頁 83。

77 見度曲須知頁 86。

78 見劉復明沈寵綏在語音學上的貢獻一文，頁 425。

79 度曲須知出音總訣：「惟有家麻，音切哀巴。」下尚有「土音唱捱，勿切衣咍。」等字，下又註：「捱，本衣皆切，今吳中捱字土音，乃是哀巴切，與家麻音絕肖。」皆韻字，今吳縣讀 -ɒ，宜興讀 -A，勤縣讀 a，吳江（黎里讀 -ɒ，吳江（盛澤）讀 -ɑ，沈氏所謂哀巴切，可能是 -ɑ 或 -a。

80 見度曲須知頁 68。

81 參見陳新雄先生中原音韻概要。

82 參見漢語方音字滙。

83 沈氏曾於度曲須知鼻音抉隱一節中說：「又余嘗按十九韻之音，不特東鐘兩韻，應收於鼻，卽閉口、舐腭，其音亦非與鼻無關……」知沈氏必知此三者皆鼻音韻尾。

84 詳見本文「關於出字」一節。

85 見度曲須知音同收異考，頁 152。

86 見度曲須知鼻音抉隱，頁 94。

87 陳新雄中原音韻概要曾論及各家之擬音而論定一是，可以參考。

88 見度曲須知頁 69。

89 見中原音韻概要頁 45。

⑨⓪　見度曲須知頁 68。

⑨①　見度曲須知頁 152。

⑨②　見度曲須知頁 70。

⑨③　見度曲須知頁 93、94。

⑨④　同註⑨③。

同文韻統所反映的近代北方官話音

吳聖雄

同文韻統是清朝乾隆皇帝命令允祿等人編來譯咒用的書，裏面有很多豐富而且成系統的漢藏對音；根據卷首的奏案和序文，最早的一篇奏章是奉旨譯梵音字母，記的時間是乾隆十三年(1748)九月十四日，而最後御製序文所署是庚午(1750)冬十二月旣望，那麼這本書應該就是在西元一七四八到一七五〇這三年之間完成的；再看卷首所開載參與其事的人名，裏面有皇室的親王、政府各部的官員，北京寺院的住持，他們雖然不全隸籍北京❶，但在北京那樣的環境之下，彼此之間溝通的總該是某種程度以上的官話，尤其是卷首的奏案裏還記載着一些奉旨更改對音的事情，清朝的皇帝到了乾隆的時代，嘴裏講的應該是道地的京話了，他也不甘寂寞來動手修正大臣們所作的對音，可見這部書的漢語部份是拿當時的北方官話，甚至北京話來作審音標準的；那麼這部書可以作為研究十八世紀中葉北方官話的文獻資料，本文預備討論的，就是它所反映的讀音實況。

同文韻統的內容如下：

御製同文韻統序

奏案

參事臣名

本文

卷一：天竺字母譜

　　⑴天竺字母說　⑵天竺字母譜　⑶天竺字母後說

卷二：天竺音韻翻切配合字譜

　　⑴天竺音韻翻切配字譜說　⑵天竺音韻翻切配合十二譜

(3)天竺音韻翻切配合字譜後說　(4)國書爲華梵字母權衡說

卷三：西番字母配合字譜

　　(1)西番字母說　(2)西番字母配合十四譜　(3)西番字母後說

卷四：天竺西番陰陽字譜

　　(1)天竺西番字母分陰陽說　(2)天竺西番陰陽字二譜

卷五：大藏經典字母同異考

　　(1)字母同異說　(2)譯經高僧傳略　(3)大藏經字母同異譜

　　(4)字母同異後說

卷六：華梵字母合璧譜

　　(1)華梵字母合璧說　(2)華言三十六字母　(3)舊傳三十字母

　　(4)梅膺祚三十二字母　(5)華梵字母合璧譜　(6)華梵合璧諧韻

　　生聲十二譜　(7)華梵字母合璧後說

其中與本文關係最密切的，是卷一到卷三的一些字母譜和字母配合字譜，以及卷六的華梵合璧諧韻生聲十二譜，前者提供豐富而成系統的對音資料，後者則爲本文提供了一個初步的聲韻配合架構，以下先討論這兩份材料有關的問題。

　　對音資料有它先天上的限制，由於對音是拿一種文字去注另一種文字的音，而它們所代表的語言各有各的系統，兩者可能都有某些音節❷，也可能各有一些對方所沒有的音節，爲了說明方便，把這種關係畫成下面的圖：

用X軸與Y軸畫分出來的四個方塊中，打叉的那塊是不會被用到的，因爲既然兩個語言都沒有這個音節，那自然沒有對音的必要；現在讓漢語是A，藏語是B，同文韻統是拿漢字注藏字的音，對音只會發生在藏語有這個音節的

時候，因此左下角那個打問號的方塊也不會被用到，但是這個方塊所代表的是漢語有而藏語沒有的音節，也就是說：十八世紀的北方官話必然有若干音節在同文韻統裏是找不到對音的，這是這份資料的一個限制。

同文韻統的對音既然只發生在X軸以上的兩種關係中❸，漢藏皆有的音節，自然可以對得很密合，但是那個右上角打問號的方塊，也就是漢無藏有的音節，照樣得作對音，有的時候，它用二合，三合的漢字來對音，可以一望而知它不是當時的漢音，但有的時候它就用一個漢字來對音，在形式上和完全密合的對音無法區別，然而藏文的這種音卻可能是當時北方官話裏所沒有的，因此在這些資料中得小心區別什麼是密合的對音，什麼是不密合的對音，這是處理這份資料的一個困難。

上面用方塊作的分析只是一個簡單的說法，實際上看卷一卷二的標題都是天竺，也就是印度，卷三才是西番，即西藏，那麼前兩卷應該是漢梵對音，第三卷才是漢藏對音，然而除了第一卷的天竺字母譜裏列了十六個音韻字，三十四個翻切字，共五十個梵文字母外，三卷裏再也找不到其他的梵文母，而包括這五十個梵文字母之下，各譜裏都有藏文字母與漢字的對音❹，天竺音韻翻切配合字譜說裏有一段話：

> 阿努所譯天竺字母，字雖唐古特❺之字，而音則實悉天竺之音，然則欲得天竺字之本音，舍唐古特之字，其悉從歟？今將唐古特所譯天竺音韻翻切配合所生諸字，依其配合之法，用中土之字對譯成譜。

原來這些漢藏對音裏還多了一層藏文譯的梵文音，因此在整理這些對音的資料的時候，還得留意梵文與藏文二者語音系統的不同。

此外，由於語言是不斷演變的，十八世紀的語言和現代的語言可能有古今的差別，因此不能全憑對音裏任何一個語言的現代讀音來證明另一個語言那時候的讀音，這也是研究對音資料時要小心的。

同文韻統裏另一份重要的資料是卷六裏類似等韻圖的華梵合璧諧韻生聲十二譜，除掉第一譜是總譜以外，剩下的十一譜，每譜橫列三十六字母，縱分開齊合撮四呼，行與列交錯的地方塡上漢字，依華梵字母合璧說，它的辦法是：「止列平聲，無平聲者用仄聲字，無仄聲字者用二合字。」，它用二

合字的地方可以視爲當時的北方官話裏沒這個音節的讀音，就相當於一般等韻表裏的空圈，那麼這十一譜可以視爲一個初步的聲韻配合總表；此外，同文韻統曾經好幾次提到音韻闡微（李光地，1726），音韻闡微應該是這本書的重要根據，我把十一譜裏列的字跟音韻闡微前面附的等韻圖對過一遍，發覺十一譜所列的字大部份都可以在音韻闡微的等韻圖裏找到，而且譜裏偶而用仄聲字的，音韻闡微等韻圖裏那個字上面就剛好沒有平聲字，因此十一譜可能是根據音韻闡微而作成，那麼它把音韻闡微分得極細的韻類併成分開齊合撮四呼的十一韻，應該是非常大膽了，然而它又遵從音韻闡微的聲類，分三十六字母，如果因此認爲當時眞有三十六種聲母，則恐怕是不合實情的，所以對這份等韻圖，我也只拿它作部份的證據。

　　至於書中許多的文字說明，以及合聲反切都是探討當時北方官話音的好材料，底下會隨文引用，這裏就不多談了。

　　現在把有關的藏文字母作個簡介，以備下文討論的參考，藏文三十字母：

끼	ka	恬	k'a	끽	ga	匸	ŋa
丂	tɕa	욥	tɕ'a	匸	dʑa	罗	ȵa
勺	ta	幺	t'a	亾	da	丒	na
勹	pa	긱	p'a	口	ba	丒	ma
圴	tsa	圴	ts'a	푼	dza	껝	wa
ㅇ	ʑa	彐	za	ㄤ	ɦa	뀍	ɕa
干	ra	乙	la	罗	ʂa	乙	sa
岁	ha	쎅	ʔa				

這三十個藏文字母，在它們單獨書寫的時候代表一個輔音和元音 a 的結合，又叫做「名根」，在這些名根之上分別加上 ㅅ、、、ㅗ 等符號，或是在名根之下加上 ㅗ 的符號，原來的元音 a 就要去掉，分別換上 i、e、o、u 等元音，另外這些名根還可以有前加、上加、下加、後加及再後加，代表複輔音、介音、韻尾輔音等，這裏不詳細說明，等用到了再談。

　　至於用藏文寫的梵文字母，有十個是藏文字母所無而特別造的，那就是：⑴五個捲舌音，分別用反寫的藏文字母作成：

$$\mathfrak{T} \qquad \mathfrak{E} \qquad \mathfrak{F} \qquad \mathfrak{F} \qquad \mathfrak{F}$$

ta　　t'a　　da　　na　　sa

(2)五個濁送氣音，分別在五個濁音字母下加　作成：

$$\mathfrak{F} \qquad \mathfrak{F} \qquad \mathfrak{F} \qquad \mathfrak{F} \qquad \mathfrak{F}$$

g'a　　dz'a　　d'a　　d'a　　b'a

另外同文韻統裏還有一個藏譯梵文字母$\mathfrak{M}$，漢字對音作「㕮刹」，一般文獻裏找不着它的音值，這裏暫時闕疑；至於藏譯梵文裏所不用的字母有$\mathfrak{T}\mathfrak{m}\mathfrak{E}$❻$\mathfrak{E}\mathfrak{P}$五個，另外$\mathfrak{R}\mathfrak{A}$兩個字母不用作翻切字，$\mathfrak{R}$加在名根之下表示梵文的長元音，$\mathfrak{A}$加上各種符號作爲音韻字，藏文作爲元音用的丶和丷各加以重疊也用來代表長元音；另外又在作鼻音韻尾的$\mathfrak{R}$和$\mathfrak{C}$字母下加上一撇，以與藏文區別。

　　下面就來看看，同文韻統時代的北方官話大致是個什麼樣的面貌。

聲　　　母

1.塞音與塞擦音：

　　同文韻統裏有很多這樣的例子：

$\mathfrak{Z}\mathfrak{g}$	pan	$\mathfrak{Z}\mathfrak{g}$	p'an	$\mathfrak{D}\mathfrak{g}$	ban	$\mathfrak{Z}\mathfrak{g}$	b'an
班	（幫）	攀	（滂）	頒	（幫）	斑	（幫）
$\mathfrak{F}$	ti	$\mathfrak{F}$	t'i	$\mathfrak{R}$	di	$\mathfrak{F}$	d'i
隄	（端）	梯	（透）	低	（端）	堤	（端）
$\mathfrak{m}\mathfrak{F}$	kuŋ	$\mathfrak{m}\mathfrak{F}$	k'uŋ	$\mathfrak{m}\mathfrak{F}$	guŋ	$\mathfrak{m}\mathfrak{F}$	g'uŋ
公	（見）	空	（溪）	工	（見）	功	（見）
$\mathfrak{Z}\mathfrak{Z}$	tsan	$\mathfrak{Z}\mathfrak{Z}$	ts'an	$\mathfrak{Z}\mathfrak{Z}$	dzan	$\mathfrak{Z}\mathfrak{Z}$	dz'an
簪	（精）	雜	（清）	簪	（精）	掮	（精）

梵文的塞音與塞擦音有四種發音方法的區別，那就是(1)清不送氣(2)清送氣(3)濁不送氣(4)濁送氣，同文韻統的作者在說明裏也作了類似的敍述，但是在對音的時候，上面的例子幾乎是常例，那就是拿漢字的次清字對它的第(2)組，

而拿漢字的全清字對它的第(1)(3)(4)組，而且這幾行例子裏的第一、三、四個漢字，它們在廣韻以來的韻書裏都是列在同一個小韻，也就是說，它們分別都是同音字，拿全清字對不送氣清音，次清字對送氣清音應該是很正常的，但是又拿全清字對不送氣及送氣的濁音，顯然是對音的時候，濁音的部份找不到可以密合的漢字字音可對，於是不管它是不送氣的濁音也好，送氣的濁音也好，都用全清的漢字來對❼，因此我相信當時的漢字屬於塞音與塞擦音聲母的讀音裏，已經沒有清濁的對比，只有送氣與不送氣的對比存在了；還有幾個極少數的例子：

pe	pʻe	be	bʻe
帛	珀	伯	白
（並）	（滂）	（幫）	（並）

piŋ	piŋ	biŋ	bʻiŋ
冰	平	兵	并
（幫）	（並）	（幫）	（幫）

「帛」對不送氣清音，「平」對送氣清音，顯然符合古全濁字仄聲變同全清，平聲變同次清的那條規律，那麼同文韻統裏像：

ta	tʻa	da	dʻa
答	塔	達	達哈
（端）	（透）	（定）	

的例子，就可以不必解釋爲濁塞音還存在的證據了。

從上面舉的例子裏，可以看出當時的北方官話應該有 p、pʻ、t、tʻ、k、kʻ、ts、tsʻ 等聲母是沒問題的，至於當時有沒有舌面前及捲舌塞擦音，則要看以下的討論。

A、舌面前塞擦音：

這個問題關係著精、見二系字的細音顎化了沒有❽，及它們的音値一樣不一樣等問題，先談顎化的問題，藏文裏有一套舌面前：ᠵᠵᠵ，另外古藏語雙脣音和舌根音接 j 介音的，如 ᠵᠵ 和 ᠪᠪᠪ 在現代的拉薩話裏，也都顎化爲舌面音了，同文韻統卷三有這樣的例子：

༪	༭	༫		༄	༅	༆
tɕi	tɕ'i	dʑi		pji	p'ji	bji
齎	妻	齎		陛	妻	捿

「齎、齎、隮、捿」和「妻、妻」在廣韻裏是分別同音的精系字 ， 這可以證明同文韻統的時代，古代有 j 介音的雙脣塞音在當時所記的藏語裏變成了舌面音，而這些精系細音字的聲母 ， 是不是也如所對的藏文，是舌面音呢？當然這個現象或許還有解釋爲是用漢語 tsi 對藏語 tɕi 的可能，但是再看下面一些對比的例子：

༪	༭	༫	༬	
tsi	ts'i	dzi	dz'i	（卷二第一譜）
咨	雌	資	貲	

༪	༭	༫		
tɕi	tɕ'i	dʑi		（卷三第二譜）
齎	妻	齎		

「咨」和「齎」在今日國語有 tsɿ : tɕi 的對比，由演變的觀點來看，在同文韻統的時代，它們音值的對比可以有下面三種可能：(1) tsɿ : tsi (2) tsɿ : tɕi (3) tsi : tɕi，再看上列的對音，如果「齎」是 tsi，那麼何以放著༪組的 tsi 不對，反而去對༪組的 tɕi？去掉了(1)這個可能，則剩下的兩個可能就都顯示「齎、妻、齎」的聲母是 tɕ 類了。又如：

༪	༭	༫	༬	
tsin	ts'in	dzin	dz'in	
怎	岑音	賓音	貲音	

༪	༭	༫	༬	
tsen	ts'en	dzen	dz'en	（卷二第十一譜）
則恩	策恩	雜恩	劉恩	

tɕin   tɕʻin   dʑin

津   親   浸

　　　　　　　　　　　　（卷三第三譜）

tɕen   tɕʻen   dʑen

津   親   浸 ❾

如果當時精系細音字的聲母是 ts- 類，那麼奇怪的是爲什麼音值更相近的 ts-
類用二合字，音值差一點的 tɕ- 類反而直接用單個漢字對音。再如：

tsiŋ   tsʻiŋ   dziŋ   dzʻiŋ

曾   彭   曾   繒　　　　　（卷二第十二譜）

tseŋ   tsʻeŋ   dzeŋ   dzʻeŋ

曾   彭   曾   繒

tɕiŋ   tɕʻiŋ   diʑŋ

精   清   晶　　　　　　（卷三第四譜）

tɕeŋ   tɕʻeŋ   dzʑeŋ

精   清   晶

跟 ts-類對的是精系洪音字，現在國語聲母是 ts- 類，而跟 tɕ-類對的則是精
系細音字，現在國語聲母是 tɕ- 類，這種分用的現象應該不是偶然❿。那麼
綜合以上的例子來看，精系字當時的確已經分化，精系細音字的聲母也該如
所對音的藏文，是舌面音了。

　　另外，卷二有這樣的例子：

kja　k‘ja　gja　g‘ja
嘎　喀　噶　噶哈
鴉　鴉　鴉　鴉

卷三有這樣的例子：

kja　k‘ja　gja
嘉　掐　加

同樣的藏文卻用兩種不同的漢字對音，必需要注意的是：上面的例子是梵文的系統，下面的例子才是藏文的系統，上面的 kja 大概是 kja，而同文韻統用二合漢字來注它，顯然像 kja 這種音節是當時北方官話所沒有的，而屬於藏文的 kja 又有漢字來注它，那麼它的音大概就不是 kja，而是一個舌面音，因此無論是藏語的古舌根音加 j，或是漢語的見系細音❶，在同文韻統的時代都已經不是舌根音，也就是說都顎化了；但是同文韻統又有這樣的例子，卷二：

kin　k‘in　gin　g‘in
金　欽　巾　今
基切　欺切　機切　幾切
因　因　因　因

卷三：
kjin　k‘jin　gjin
金　欽　巾
基切　欺切　機切
因　因　因

所注的漢字，甚至連合聲反切都一樣，似乎可以作為前說的反證，但是這個例子也許可以這樣解釋：卷三藏文的例子是密合的對音，因此它們都是舌面音的藏音，卷二梵文的例子，因為漢字沒辦法找到密合的對音，而憑作者們對古音的了解，見系字的古音是舌根音，於是就作了這麼一個不大密合的對

音。

　　其次的問題就是見、精二系細音字它們當時的音值一不一樣，同文韻統的作者們大概是得著音韻顧做每個小韻上都註有字母等第之便，把這兩系字很清楚地分開，拿精系細音字注ཛ組和ཙ組的藏文，而拿見系細音字去注ཀྱ組的藏文，偏偏根據近代的方言調查，在以拉薩話為代表的衞藏方言裏，ཛ組和ཙ組已經完全混同了，然而卻仍和ཀྱ組有區別，卽：前者是 tɕ-組；而後者是 c-組，依照語音演變的公例，前代已經混同的音，到後代是不可能再產生分別的，旣然現在的衞藏方言ཛ、ཙ兩組和ཀྱ組大致都還有區別，那麼在同文韻統的時代也應該有區別才對，但是這也還不足以證明當時的見、精系音字一定有別，因為 tɕ-和 c-的音值實在太接近了，在衞藏方言裏固然是音位，有辨義的區別，可是在當時漢人的耳朵裏是否有別，是不是音位，那就很難說了，這裏我想轉引一段辛勉老師所提出來的證據，這段話原見於司都大疏釋性轉頌：

ཀྱ་ཁྱ་གྱ་རྣམས་ཅ་ཆ་ཇ་རྣམས་དང་ཚི་ཚེ་ཕ་རྣམས་ཕྱོགས་པ་བཅས་འ
བ་ཕྱིག་པ་དང་བསྒྱ་བརྒྱ་རྒྱ་སྒྱ་དྒྱ་སཔྱ་རྫ་རྣམས་སཙངབ་པར་ཕྱིག་པ་དང་།

辛老師的譯文是：

　　……kja、khja、gja 等和 tɕa、tɕha、dʑa 等和 spja、phja、bja 等讀音（依次各別）相同；因此 bsgja、brgja、rgja、sgja、dgja、sbja、rdʑa 等字的讀音也相同……

司都這段話的下面還有：

འཁྲུལ་པ་འཁྱམས་སུ་ཁྱེས་པ་རྣམས་ཀྱི་མཆང་ངིག་པར་རུས་སོ།།

　　……造成如此無邊無量的混亂，值得加以駁斥 ⑫

司都是乾隆時代藏地最著名的文典注釋學者，他指出當時確實有人把ཀྱ་ཁྱ་གྱ ཅ་ཆ་ཇ ཚི་ཚེ་ཕ 分別讀得一樣，那麼要讓漢人分得清楚恐怕更是難上加難，因此我比較相信同文韻統裏見、精系細音字對音的截然區別可能只是形式上的安排，當時的見、精系細音字的聲母都已顎化，而且讀音可能已無區別，這兩個舌面前塞擦音的音值是 tɕ 和 tɕʻ。

B、捲舌塞擦音：

華梵合璧諧韻生聲十二譜裏，知、照兩系字是涇渭分明的，但是在對音資料裏，情形就不同了：

to	t'o	do	d'o	tun	t'un	dun	d'un
卓	綽	拙	桌	諄	春	肫	屯
（知）	（穿）	（照）	（知）	（照）	（穿）	（照）	（知）

teŋ	t'eŋ	deŋ	d'eŋ
征	撐	鉦	貞
（照）	（徹）	（照）	（知）

在上文曾經說過每組第一、三、四字的對音常用漢字的同音字，而且用全清字來對，第二字用次清字來對，現在第一、三、四字同文韻統用知或照母字來對，而第二字則用穿或徹母字來對，如果當時知、照二系聲母仍然有別，那麼梵文這套字母可以只用其中一系字來對，現在既然兩系字都混用，可見在當時已經沒有區別了。

第二個問題是諧韻生聲十二譜裏，知、照二系字放的等列問題，因為在十二譜裏，知、照二系字可以出現在開齊合撮四呼，我用音韻闡微對過一遍，它大致是把二等的放在開合二呼、三等的放在齊撮二呼，但是也有自亂其例的，如二等的「鉏」跟三等的「諸、樞」放在撮口呼，三等的「錐、吹」放在合口呼，一共有八例[⑤]，此外第五譜最後有一個說明：

按音韻闡微咍韻顋字九音、咸韻監字十一音，韻譜例屬開口呼，今多讀作齊齒呼，故本譜正齒音酸剗潺山四字列為開口呼與齊齒呼栴擇屛攣四字似屬無異，惟即翻切求之，庶可得其微辨耳。

他這裏拿音韻闡微咍、咸開口部份最後的說明，即「今多讀作齊齒呼」以上，來證明「酸剗潺山」和「栴擇屛攣」似屬無異，其實音韻闡微在每個開口二等韻後面都有類似的說明，因為那時候見、曉系的開口二等字都變成齊齒呼了，跟照系字根本扯不上關係，因此在這裏只需要接受作者的語感：列在

開口的「酸剗潺山」和列在齊齒的「梆輝屏羈」讀起來似乎沒有什麼不一樣
；再看他們作的對音：

tu	t'u	du	dʻu	ṭen	ṭʻen	ḍen	ḍʻen
諸	初	朱	珠	眞	嗔	臻	針
(照三)	(穿二)	(照三)	(照三)	(照三)	(穿三)	(照二)	(照三)

二等字與三等字對同一套字，可見當時的確沒有二、三等的區別；至於它們
倒底是只接洪音還是只接細音，就上文所舉的藏譯梵文對音來看，都是不接
介音的，而第二卷第二譜有這樣的例子：

ṭja	ṭʻja	ḍja	ḍʻia
查	叉	楂	楂哈
鴉	鴉	鴉	鴉

如果當時的知照系字是接細音的，上例就可以直接用「查、叉、楂」等字來
對，現在既然用二合音，就表示當時的北方官話裏沒這種音節，也就是這類
聲母後面只接洪音不接細音。

　　第三個問題是：這類聲母當時的音值是什麼？藏譯梵文的對音是捲舌塞
音，我想對音的人只是取其部位相同，因爲在第三卷的藏文部份，第十二譜
有下列的對音和說明：

　　　　查　嗏字下加唎答克記號，天竺例讀作ᴇ唎，此讀作查。

　　　　叉　嗏字下加唎答克記號，天竺例讀作嗱唎，此讀作叉。

　　　　楂　嗏字下加唎答克記號，天竺例讀作嘎唎，此讀作楂。

比較天竺與西番讀法的不同，而梵文用二合字對音，藏文用一個漢字對音，
在現代的衞藏方言裏，古藏語是舌根音加 r 介音的字，現在都唸捲舌塞擦音
，從上面舉的對音來看，當時的梵文舌根輔音和 r 介音仍然很清楚，而當時
的藏文，舌根輔音和 r 介音應該已經融合爲單一輔音，也就是說現在衞藏方
言裏的捲舌塞擦音在同文韻統的時代已經產生了，而作者們又拿它來對漢語
的這套捲舌音，因此我相信當時這套聲母的音值是 tṣ, tṣʻ。

2.擦音：

A、捲舌擦音：

上文談捲舌塞擦音的時候，等於是把知徹澄照穿牀六字母的去路解決了，現在要問審禪兩母的字唸什麼，同文韻統裏是拿它們來對舌面前的擦音，但這個現象絕對不能解釋為審禪二母字當時還在舌面前音的階段，因為一則無論是梵文或是藏文都沒有捲舌擦音的字母，再則同文韻統對有關字母的分類是這樣子的：

卷一（天竺）

र	ठ	ए	ढ़	ष
ṭa	ṭʻa	ḍa	ḍʻa	ṣa
查	叉	袛	嵯哈	沙
正支齒阿緊切	正崇齒阿切	正之阿齒綏切	半槎齒哈半切喉	正師齒阿切

卷三（西番）

ಹ	ಹ	᠌	᠌	᠌
tṣa	tṣʻa	dẓa	ṣa	ẓa
寃鴉	妻鴉	意鴉	沙	紗
齒寃頭鴉切	齒妻頭鴉切	齒意頭鴉切	同與天緊竺	正時齒阿綏切

把舌面前擦音歸類為正齒，和捲舌音一類，而把跟它同部位的舌面塞擦音歸類為齒頭，在作者的觀念裏大概是把正齒視為捲舌音，這也就是為什麼它沒有用 ᠌、᠌ 跟心、曉等母的細音互注，而採用較早漢藏對音的辦法，拿它來跟審禪對音，因此雖然 ᠌、᠌ 是舌面前音，而我認為跟它對音的漢字，在當時是捲舌音。

其次就是審禪當時是否分清濁，藏譯的梵文字母有 ᠌ 無 ᠌，卷二有這樣的例子，顯示審禪混用：

᠌ ṣu 舒（審）　　᠌ ṣe 佘（禪）

藏文字母 ᠌、᠌ 都有，但是依照卷三西番字母說：「配合所成之字，與天竺同者不重列譜」，所以下面這個例子雖然一個天竺、一個西番，也應該是可以的：

卷二（天竺）　ɕen　　卷三（西番）　ʐen

　　　　　　　　身　　　　　　　　　　　伸

「身、伸」同音，都是審母字，又如卷三：

zaŋ　　zuŋ　　ʐeŋ　　ʐoŋ

禓　　　鼕　　　聲　　　驤

全用審母字對ᄋ，如果當時審禪還有清濁之別，則大可用審母字對ᄋ，禪母字對ᄋ，由此可見它們當時已不分清濁，這個聲母應該是ʂ。

　　卷三第十諧有一羣特別的對音，都是以ᄋ名根加ᄀ前加然後再拼其他符號而成，一共有二十個藏字，其中用單個漢字對音的一共有十三個，而且都是日母字，如：

gʐan　　gʐaŋ　　gʐu　　gʐuŋ

燃　　　穰　　　入　　　戎

ᄀ前加的字，現在衞藏方言都消失了那個舌根塞音的成份，看這些漢字對音沒一個用喉牙音字作二合音的，可能當時這些ᄀ前加已經消失了，而上文說ᄋ所對的漢字當時唸捲舌擦音，那麼這些日母字當時可能也讀捲舌擦音，但是日母與審禪二母的字在今日國語仍然聲母有別，當時自然不該同音，也許正如ᄋ所建議的是個濁音，也就是ʐ，這麼看起來同文韻統的時候已經有tʂ、tʂʻ、ʂ、ʐ了。

B、舌尖、喉與舌面前擦音：

　　十八世紀中葉的北方官話有舌尖擦音和喉擦音⑭應該是沒有問題的，如卷一的字母：

ᄀ sa 薩（心）　　　ᄀ ha 哈（曉）

藏文裏有分別和這兩個字母同部位而又清濁相對的兩個字母：ᄅ 和ᄀ，但是卷三裏拿心母字對ᄅ：

ᄅ za 戰（心）　　　　ᄅ zu 酥（心）

拿影母字對འ：

འ　ɦa　婀（影）　　　　འི　ɦi　依（影）

如果當時的北方官話裏還有濁的舌尖擦音跟喉擦音的話，那麼就該拿邪母字來對以ས為名根的字，拿匣母字來對以འ為名根的字，既然它不這麼作，可見這兩個部位都各只有一個清的擦音：s 和 h。

有沒有舌面前擦音是個比較麻煩的問題，因為心、曉二母的細音字同文韻統拿它來對以ས和ཧ為名根的字，如卷二：

སི　si　西（心）　　　　ཧི　hi　希（曉）

སིན　sin　心（心）　　　　ཧིན　hin　歆（曉）

སིང　siŋ　星（心）　　　　ཧིང　hiŋ　興（曉）

但這可能是因為同文韻統把舌面擦音ཤ、ཥ拿來和漢字的捲舌音對，不能再對心、曉二母的字，再加上作者們拜音韻闡微之賜，把心、曉二母的字分得清清楚楚，靠著他們對古音的了解，就作成了這麼嚴密的對音，簡直令人看不出兩者是否合流的痕跡；就語言演變的規律而言，同類的音該有相同的演變，如果相信當時見、精二系的細音字已經合流成了 tɕ、tɕ' 的聲母，那麼心、曉等母合流為 ɕ 也該是理所當然，所幸卷二有一個例子，可以提供一點線索：

ཧྱ hja　哈鴉

這個音可能是梵文的 hja，依照音韻闡微，那時候見、曉系的開口二等字已經變成了細音，那麼這個音應該可以用麻韻的「蝦」（魚蝦）來對它，而同文韻統卻採用了二合音，顯示 hja 這個音是當時的北方官話所沒有的，那麼「蝦」字的聲母應該不是喉牙音，而可能就是 ɕ 了，因此我認為當時舌面前擦音聲母 ɕ 也產生了。

3.鼻音、邊音與零聲母：

A、鼻音：

藏譯梵文有五個鼻音字母，其中舌尖的ན、舌面的ཉ、捲舌的ཎ，同文韻統用泥、娘二母的字來對音，卷二：

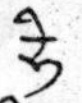

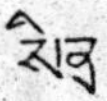

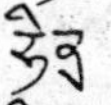

ॸॖ nan 難（泥）　　ৰेॖ nin 妊（娘）

ঽॖ ɳan 撚（泥）　　ঽৼ ɳaŋ 娘（娘）

ॸॖ nan 喃（娘）　　ॸৼ naŋ 曩（泥）

三種部位全部可用泥母或娘母字來對，可見當時泥、娘已混同，而且沒有梵文那三種部位的對比，也就是說只可以有一個音位，我選擇 n。

　　同文韻統用明母字對ঽ，如：ঽৼ man曼，應該沒有問題，就是 m。至於ঢ，我把它放到零聲母那小節來討論。

B、邊音：

　　藏譯梵文以及藏文都有ঽ、ৼ二字母，前者是 l，後者是 r，同文韻統用來母字對ঽ，如卷二：

ঽৼ laŋ 郎　ঽৼ liŋ 靈　ঽৼ luŋ 隆

用許多加了口旁新造的字對ৼ：

ৼ ra 喇　ৼ ri 哩　ৼ ru 嚕

有的時候也用來母字對它：

ৼৼ ráŋ 哴　ৼৼ ruŋ 哢

可見當時的北方官話沒有 l:r 的對比，只有一個 l 聲母。

C、零聲母：

　　同文韻統的ঢ幾乎一律對疑母字，這恐怕是受了古音的影響，因為有用疑母字對ঽʔ-和ঽj-的例子，卷二：

ঽ ʔo 鄂（疑）　ঽৼ ʔaŋ 昂（疑）　ঽ jo 岳（疑）

既然用疑母字來對不是舌根音起首的字，那麼當時的疑母字就不是舌根鼻音聲母，另外ঽ除了可用疑母字對音外，大部份都用影母字來對：

ঽ ʔa 阿　ঽ ʔi 伊　ঽ ʔu 烏

ঽ除了對疑母字外，還可對影、喻二母的字：

ᇝ ja 鴉（影） ᇝ ji 依（影） ᇝ ju 俞（喩） ᇝ je 葉（喩）

還有一個有關的字母 ᇝ w-，可以對影、微二母的字：

ᇝ wa 斡（影） ᇝ wi 微（微） ᇝ wu 無（微） ᇝ wo 窩（影）

可見這些藏文字母所代表的音值，在當時的北方官話裏根本是沒有對比的，也就是說：影、喩、微、疑四母的字都已經變成了零聲母。

根據上文的討論，可以把所得的結果排列出來，看看當時北方官話的聲母系統大致如何：

p	p'	m	( )
t	t'	n	
k	k'		h
tɕ	tɕ'		ɕ
tʂ	tʂ'	ʂ	ʐ
ts	ts'	s	
	○		

由於非敷奉三母的字並未出現在同文韻統的對音之中，非敷奉三母字當時北方官話的聲母應該是同時的藏譯梵音以及藏音所沒有的，所以沒有它的對音，如果依語音史的角度來看，這三母應該已經合流爲一個 f，再把它補進上表的空缺裏，和現在的標準國語比較一下，可以說在聲母系統上幾乎完全一樣。

韻　　母

同文韻統裏用單個漢字的對音，大部份都是出現在用藏文字母拼成 CV (C)⑮ 結構的情況，但是依華梵合璧諧韻生聲十二譜對當時漢字字音的三層分析：十一譜、三十六字母、四呼，大致是這樣的結構：

聲	韻　母	
母	韻頭	韻

那麼當時的漢字音一定會有 CSV(C)的結構，如果拿這種音節結構的漢字來和用藏文字母拼成 CV(C) 結構的字對音，這種對音就不能認作當時漢字確切的讀音，因此碰到這種情況的時候就得格外小心。

1.介音：

古藏語裏有 j r l w四個介音，到了現代的衞藏方言裏，j r 已經分別和它們前接的輔音融合成了舌面和捲舌輔音，而 l w 則完全消失，同文韻統裏的藏文，j r 和輔音融合，上文已經討論過，另外卷三的第十三譜有這個例子：

> 　kwa　嗢　嗢字下繫乾蔗 記號，天竺例讀作瓜，此仍讀作嗢，餘同此例。

這個例子說明了當時w的符號，梵語和藏語諗法的不同，「瓜」字諧韻生聲十二譜列在合口呼，表示當時的藏譯梵音還有那個w介音，而「嗢」字列在開口呼，則當時所記的藏語可能已經沒有w介音了；至於 l 介音，卷二第二譜的例子，漢字全用二合，如: kla 拉，一則可見當時的北方官話沒有這種音節，二則可見當時的藏譯梵音裏還存在，至於當時的藏語裏存不存在，因為卷三裏沒有例子，本文也不作推測；這麼看來，如果想在同文韻統裏找些可以看出介音的對音，只好求助於卷二的藏譯梵音了，卷二第二譜列出了各種字母和 j r l w加 a 相配的一張表，其中只有w介音的那行有單個漢字對音，其他三行用的都是二合漢字，這表示同文韻統所記的北方官話有w介音，r、l 介音可能沒有，至於 j 介音，可能當時北方官話裏以 -ja 為韻母的音比較少，剛好和本表不配合⑯，所以諧韻生聲十二譜所分的四呼，有三呼還得另找證據求它的音值。

諧韻生聲十二譜列在開口呼的字，現代的區語淪成沒有介音，而這類字相對的藏文也是 CV(C) 的結構，如：

> 　?a 阿　　kan 干　　teŋ 登

因此可以相信當時的開口呼是沒有介音的。

但是除了卷二的第二譜，同文韻統也拿 CV(C) 結構的藏文和其他三呼

的漢字相對，想用這類材料看出當時北方官話的介音是比較困難的，好在同文韻統裏還有一些別的資料可以配合，那就是同文韻統遵照音韻關徹的合聲反切法，其中的一項要求是：反切上下字都要儘量用跟被切字同呼的字；在諧韻生聲十二韻的第二譜裏，它們一律：齊齒呼用「伊」、合口呼用「烏」、撮口呼用「兪」做反切下字，這四個字的對音分別是：

ʔi 伊　ʔu 烏　ju 兪

而卷六的蕃茏字母合聲後說裏提到：「今以切韻諧聲，則阿、厄、伊、鄂、烏五字之內無撮口呼之音。」，這就是說：藏字所代表的五個元音的系統裏，沒有一個跟當時北方官話裏撮口呼一樣的音，因此上面「兪」字的對音可能只是採取 i 的舌位，u 的唇形拼成的⑰，它的音是 y，所以諧韻生聲十二譜第二譜裏，齊齒呼、合口呼、撮口呼三者的關係是：i u y；又「伊、烏、兪」三個字在其他各譜裏又分別做影、喻兩母字的反切上字，現在舉些例子來看看：

ʔin 因　ʔun 溫　jun 贇
ʔiŋ 英　ʔuŋ 翁　juŋ 雍

齊合撮三者的關係還是 i u y，由於這些藏字對音全都是 CV(C) 的結構，「伊、烏、兪」無論是出現在反切下字，或是反切上字⑱，齊合撮的關係都是 i u y，那麼這三個介音必定是分別近於這三個元音的音值的，現在為了方便，本文直接把它們寫作 i u y。

2. 韻尾：

同文韻統把屬於切韻系陰聲韻與入聲韻的字都用來和藏字的 CV 結構對音，現在舉些古入聲字的例子：

ta 答（合）　da 達（曷）　te 得（德）

在諧韻生聲十二譜裏也很習慣地把入聲字與陰聲字並排擺，現在只舉第二譜的例子：

開：作（鐸）嗟醝嗟嵯（歌）

齊：賓妻齊西（齊）席（昔）

合：矬矬矬蘇（模）俗（燭）

由此可見同文韻統所記的北方官話裏，入聲已經完全消失了它的塞音韻尾。

　　古代陽聲韻的字，屬於臻山深咸四攝的字，同文韻統拿來對收 n 尾的音節：

　　　　ཨིན ʔin 因（眞）ཞིན jin 音（侵）ཏན tan 梅（仙）ཐན tʼan 摲（咸）

在諧韻生聲十二諧裏也很習慣地把屬於「臻、深」、「山、咸」諸攝的字分別並排擺：

　　　　第六諧齊：津親森（眞）心尋（侵）

　　　　第五諧開：簪（覃）餐殘珊（寒）

由此可見古收 m 尾與 n 尾的字，當時已經合流爲收 n 尾了；屬於宕江曾梗通五攝的字，同文韻統拿來對收 ŋ 尾的音節：

　　　　ཏང taŋ 當（唐）　པང paŋ 邦（江）　པིང piŋ 冰（蒸）

　　　　པིང biŋ 兵（庚）　ཏུང tuŋ 東（東）

由此可見當時的北方官話，鼻音韻尾只有 n ŋ 兩種。

　　藏語自古到今，除了少部份由某音節加上 ʔ 或 ʕ 而節縮爲一個音節的例子[19]以外，幾乎都沒有 CVS 這種音節的結構，同文韻統裏也找不到可以代表這種結構的藏文或藏譯梵音[20]，因此要從對音上顯示出漢語的元音韻尾是很困難的；現代的標準國語有 i u 兩個元音韻尾，唸 i 韻尾的字，見於諧韻生聲十二譜的第九、十兩譜，唸 u 韻尾的字見於十一、十二譜；九、十兩譜的字，卷三用來和加ས後加的藏文對音，如：

　　　　ཀས kas 該　ཀོས kos 乖　ཧེས hes 黑　གུས gus 規

而且在西番字母後說裏提到：「惟繫薩字，天竺則讀帶斯字，西番則讀成匡伊衣字收聲，見第五譜。」，指出當時的藏譯梵音裏，韻尾輔音 -s 還存在，而藏音則 -s 消失，變成以「匡」或「伊衣」來收聲，「匡」有沒有元音韻尾暫時不假設它，但是「衣」和「依」同音，對音是 ཞི ji，可以證明九、十兩譜的字，的確是有 -i 韻尾的，但是當時相對的藏音是否也有 -i 尾，我則保持懷疑，因爲現代的衛藏方言裏，這類字並沒有 -i 尾，而且由於受到原來 -s 尾的影響，本來的元音 a 變爲ɛ、u 變爲y、o 變爲 ɸ，仍保持原來單元音的結構，如果說在同文韻統的時代產生了 i 尾，變成複元音，到現代又變成單

元音，這樣的演變是很奇怪的，我想當時藏文ᠵᠵ後加的字，a元音已經變成了 ε，而-s則完全消失，而當時作者的語言裏沒有ε這個韻母，聽起來跟ai也差不多，於是就按排列組合一路對音下去了❹。

至於十一、十二譜的字，同文韻統說它們是以ㄠ由字收聲，在西番字母後說裏有一段話：「又如用ㄠ由字收聲之字，則於本字之下繫以烏字，或繫以鄂字，亦與天竺例同。」，如果現在也暫時不假定這ㄠ由字收聲有沒有 u 元音韻尾，上面那段話說如果要拼ㄠ由字收聲的字，就在本字底下放「烏」字或「鄂」字，這兩個字的對音分別是ᠵᠵ和ᠵᠵ，也就是u和o，我想這話也是針對漢語而設，因為複元音根本是藏語很稀有的東西，全書用這兩譜的字對音的只一見，就是卷二第十譜的：ᠵᠵ　高，對音的藏譯梵音是個長元音o（或ɔ），這個音也是當時作者口中所沒有的，大概是聽來跟 au 很像，於是就注上了，在 u 和 o 之間，我認為當時的韻尾是-u。

根據以上的討論，同文韻統所記的北方官話有鼻音韻尾 n 和 ŋ、元音韻尾 i 和 u。

3.主要元音：

在討論主要元音前，先把諧韻生聲十二譜所分的韻列出來，除掉第一譜是總表外，剩下的十一譜，每譜以它四等的反切下字作代表，排列如下：

厄	阿	厄	安	恩	昂	韓	埃	額	敖	歐
伊	鴉	耶	焉	因	央	英	厓	伊額	ㄠ	由
烏	窪	窩	彎	溫	汪	翁	歪	威	塢敖	塢歐
俞	俞阿	曰	淵	云	俞昂	雍	俞埃	俞額	俞敖	俞歐

按照十二譜之後的華梵字母合璧後說，同文韻統的作者把這個韻母系統的後十韻分成屬陰與屬陽兩類，原文說：

以字母三十六字配厄伊烏俞四字收聲，成歌基姑居四呼各三十六字，是為第二譜；以下分列十譜：嘎干岡該高五譜^{各聲首}^{一字言}屬陽，以嘎基姑居各三十六字配陽韻收聲，成陽韻四呼各三十六字，歌根庚祧鉤五譜屬陰，以歌基姑居各三十六字配陰韻收聲，成陰韻四呼各三十六字。

所謂「陽韻」、「陰韻」的意義，和現在聲韻學裏「陽聲韻」、「陰聲韻」的意義是不同的，同文韻統的解釋是：

> 故阿厄伊烏兪五字爲韻首，阿厄皆開口呼，伊爲齊齒呼，烏爲合口呼，兪爲撮口呼……然阿厄二字，阿陽而厄陰……以伊烏兪三字屬之阿字，則阿伊烏兪四字皆屬陽，爲陽韻收聲之本，以伊烏兪三字屬之厄字，則厄伊烏兪四字皆屬陰，爲陰韻收聲之本……如陽韻阿阿仍爲阿、伊阿爲鴉、烏阿爲窪、兪阿爲 兪阿，則阿鴉窪兪阿 四字爲曖韻四呼之收聲也……陰韻厄厄仍爲厄、伊厄爲伊厄，烏厄爲窩、兪厄爲約平，則厄伊厄 窩約四字爲歌韻四呼之收聲也……自是而入眞文元寒刪先韻，以焉因字收聲，則阿轉爲安、厄轉爲恩，以阿伊烏兪四字配安字，成安焉髥淵陽韻四字收聲……以厄伊烏兪四字配恩字，則成恩因溼云陰韻四字收聲……自是而入東多江陽庚青蒸韻，以央英字收聲，則阿轉爲昂、厄轉爲鞥……自是而入佳灰及支微齊後半韻，以匡伊衣字收聲，則阿轉爲埃、厄轉爲額……自是而入蕭肴豪尤韻，以么由字收聲，則阿轉爲敖、厄轉爲歐……。

由這段話可以看出：「阿」、「厄」兩字是關鍵，作者以爲「陽韻」是由「阿」這個基礎轉成，而「陰韻」是由「厄」這個基礎轉成，「阿」、「厄」兩字分別用來對音ㄞ和ㄝ，也就是 a、e 兩個主要元音，那麼作者的意思就是把這十個韻依主要元音分爲 a 系統和 e 系統，拿上文討論過的介音和韻尾，配合這兩個主要元音，應該就可以拼寫出作者心目中的韻母系統了。

但是同文韻統這個韻母系統仍然有幾個小問題需要解決，第一：譜裏用二合漢字的，表示當時所記的北方官話裏沒那個音，因此上面那個表裏用二合字的韻類是當時系統裏不存在的，可以不必考慮。第二：第二譜跟第四譜開口呼的內容一樣，前者可以去掉。第三：譜裏有幾個地方是一等並列兩行的，需要處理，(1)第二譜齊齒呼精系字把「咨雌慈思祠」和「賫妻齊西席」上下並列，譜後有按語說：「齊齒呼齒頭音齊韻與支韻異，故列二層。」，旣然明講兩行字不同，跟康熙字典字母切韻要法處理這種情形的方式一樣⑫，那麼「咨雌慈思祠」的韻母該是和 i 接近的 ɿ，另外據上文的討論，當時

的捲舌音不配細音，齊齒呼裏的捲舌音該升格到開口呼裏、撮口呼的升到合口呼裏㉓，升到開口呼的韻母也是 ǐ，剛好開口呼原來擺的字已經去掉了，這麼調整不成問題。⑵第四譜的撮口呼並列兩行，上層用「約」作反切下字，下層用「曰」作反切下字，據後面的說明，這兩層只是來源不同，收聲其實相同㉔，因此可以合併。⑶第九譜合口呼列了兩層，它們的來源是蟹攝合口一二等的區別，下層是一等字，按語說：「灰韻限字收聲，或讀與威同韻。」「威」是第十譜的合口呼，顯然當時的蟹攝合口一等字已經跟止、蟹兩攝的合口細音字合流了，因此我把它併入第十譜的合口呼。

作者心裏的韻母系統經過以上的修訂之後，現在就用介音：i u y，韻尾：n ŋ i u 和同文韻統指出的兩個主要元音：a e 來進行拼寫：

ǐ	a	e	an	en	aŋ	eŋ	ai	ei	au	eu
i	ia	ie	ian	ien	iaŋ	ieŋ	iai		iau	ieu
u	ua	ue	uan	uen	uaŋ	ueŋ	uai	uei		
y		ye	yan	yen		yeŋ				

這個系統是否可以得到對音的支持？我想是可以的，由於同文韻統裏用單個漢字對音的實際上是 a i u e o 五個元音的藏文系統㉕，和當時所記北方官話的元音系統不同，再加上用藏文字母拼成 CSV (C) 的組合極少，而漢語這種組合極多，當所要對的元音是漢語所無，或不得已要用漢語 CSV (C) 的結構去對它 CV(C) 結構的時候，則勢必要找個雖然不同音，但是感覺起來和所要對的音比較相近的漢字來對它，如果這其中也有規律可循，那麼就可以依藏字所建議的音值，按規律推得相對漢字的音值，因此從對音的角度也可以替諧韻生聲十二譜所架構的抽象韻母系統提供一些比較具體的音值，以下是據十二譜的架構，判斷出一定不同音的對音裏，整理出來的對應規律；由於同文韻統用單個漢字對音的藏文多集中在開尾韻及鼻音尾韻上，規律只以這兩種韻為範圍，規律的書寫，採用音變規律的辦法，但把單向箭號改為雙向箭號，箭號左邊寫藏文所建議的音值，右邊寫漢字的音值，斜線後面的是條件，方括弧裏加正負號的是輔音的徵性，一橫表示ば對應的那個音，ば是音節的界限（因此一ば表示開尾韻），N 表示鼻音韻尾，規律如下：

(i)　a→ia／〔＋舌面〕—

　　　　山 ja 鴉　　⊰ʒ ɲan 熱　　ᠫᡓ tɕaŋ 漿

　這種以 a 為主要元音的CV(C)音節，同文韻統差不多都拿屬於開口呼的漢字來對，唯有以舌面音為開首輔音的，用屬於齊齒呼的漢字來對，顯然當時所記的北方官話裏，舌面音聲母不出現在開口呼，於是採用系統裏相近的音來對，既要齊齒呼，而音又要相近，那麼主要元音應該相同，所以對應的音是ia。

(ii)　i→ï｛〔＋捲舌〕㉖〔－舌尖〕㉗｝—ʅ

　　　⊰ ti 支　　⊰ t'i 蚩　　⊰ ɕi 施
　　　⊰ tsi 咨　　⊰ ts'i 雌　　⊰ zi 斯

　上文討論過同文韻統所記北方官話裏的捲舌音跟舌尖音不配細音㉘，這個與 i 接近的洪音應該是 ï。

(iii)　i→e／〔＋捲舌〕—N

　　　⊰ʒ tin 眞　　ᠫᡓ t'iŋ 撐　　⊰ʒ ɕiŋ 生

　在同一譜裏又有：

　　　⊰ʒ ten 眞　　ᠫᡓ teŋ 撐　　⊰ʒ ɕeŋ 生

的對音，顯然當時的北方官話，在捲舌聲母與鼻音韻尾之間，沒有 i 與 e 的對比，而當時捲舌聲母只接洪音，所以漢字的這個元音應該如第二行所建議的，是 e。

(iv)　u↔y／〔＋舌面〕—

　　　ᠫ jun 盒　　⊰ tɕu 苴　　山 ju 俞

　以 u 為主要元音的 CV(C) 音節，同文韻統多用屬於合口呼的字來對，唯有以舌面音為開首輔音的，拿撮口呼的漢字來對，可見當時的北方官話，舌面音聲母不出現於合口呼，與 u 相近的細音就是脣形不變，而舌位前移的 y。

(v)　e→ie／〔＋舌面〕—ʅ

　　　　ᠫ ɲe 揑　　山 je 葉　　⊰ tɕe 接

以 e 爲主要元音的 CV(C) 音節，多用開口呼的字來對音，但有一些例外，就是以舌面音爲開首輔音的，對音用齊齒呼的漢字，這也可證當時沒有是舌面音聲母而又開口呼的漢字，近於 e 又是齊齒呼的音是ie。

(vi) e↔i/〔＋舌面〕—N

        tɕen 津   tɕ'en 親   tɕeŋ 精

在同一譜又有：

        tɕin 津   tɕ'in 親   tɕiŋ 精

則當時的北方官話，在舌面音聲母與鼻音韻尾之間，沒有 i 與 e 的對比，而當時的舌面音聲母只接細音，所以漢字的這個元音該如第二行例子所建議的，是 i。

(vii) o↔ua/〔－舌面〕—N

        ʔon 彎   ton 端   goŋ 光

以 o 爲主要元音的 CV(C) 音節，多用合口呼的漢字來對音，根據上文的討論及諧韻生聲譜開齊合撮的對應關係，與「彎」對應的開口呼及齊齒呼韻母分別是an 及 ian，與「光」對應的開口呼及齊齒呼韻母分別是aŋ及 iaŋ，依例推下來，「彎」與「光」的韻母應該分別是uan 與 uaŋ，顯然是當時的讀音裏沒有 on 與 oŋ的韻母，於是借用 u 的圓脣，a 的開口度來模擬鼻音尾前的這個 o。

(viii) o↔ue/〔－舌面〕—#

        ko 鍋   to 卓   ts'o 磋

與「鍋」對應的開口呼是：ke 哥，依上文的討論，對應的齊齒呼韻母是ie，依四呼相承之例，這個漢字的韻母是ue。

(ix) o↔ya/〔＋舌面〕—N

        jon 爲   tɕon 鐫   tɕ'on 銓

根據第(vii)，既然拿漢字的uan韻對藏字的on，現在漢字的舌面音聲母又不配合口呼，只好拿撮口呼的音來對了。

(x) o→ye/〔÷舌面〕—ᵏ

ᛃ jo 岳　　　ᛁ tɕo 爵　　　ᛁ tɕʻo 雀

根據第（viii），因爲拿漢字ue的韻對藏字的 o，而漢字的舌面音聲母不配合口呼，只好拿撮口呼來對。

現在把當時所記北方官話的開尾韻及鼻尾韻韻母用藏文對音列出，有ᛁ山ᛃ作名根的對音就用之，沒有的才用其他名根，其中只用了一個 CSV 結構的藏字，那就是卷二的藏譯梵文對音：ᛃ 瓜，對音如下：

ti	?a	?e	?an	?en	?ap	?ep
?i	ja	je	jan	?in	jəp	?ip
?u	kwa	?o	?on	?un	?op	?up
ju		jo	jon	jun		jup

把這些對音用上面的十條規律加以改寫，凡是規律所沒有提到的，表示可以直接按藏文所建議的音值標寫，規律提到的，是不密合的對音，要依律改寫才能看出漢字的音值來：

ï	a	e	an	en	ap	ep
i	ia	ie	ian	in	iap	ip
u	ua	ue	uan	un	uap	up
y		ye	yan	yn		yp

拿這七韻的音值和同文韻統作者所建議的音值相比較⑳，可以看出它們是相當相合的，唯一的差別是對音中 e 在陽聲韻只拼開口呼，其他三呼都沒有，這和作者的理論並不違背，而且可能更合乎實情，我認爲對音可以反映作者相當程度的語感，旣然有對音的支持，那麼作者把後十韻以主要元音分爲 a、e 兩系統的辦法，應該是很合於當時的語言事實的；不過 a、e 恐怕也只能視作代表音位的符號，不能認爲當時這兩個元音的舌位眞的那麼靠前，它們兩個系統所顯示的，只是「中」、「低」的對比，尤其 e 這個音位，可能

只能表示當時已經沒有 e 和 o 的對比，就如同今日的 ɤ、ie、uo、ye照歸音位的法子可以合成一個韻部一樣，事實上，現在國語裏 ɤ、ie、uo、ye這四個韻母，早在兩百多年前就被同文韻統歸爲一個韻部了，所以它只能算是一個不低、可前可後，而會隨環境改變色彩的元音音位，爲了和有 e、o 對比的系統區別起見，我決定把它改爲 ə，因此這個韻母系統就可以改成：

ɪ	a	ə	an	nə	ɑŋ	əŋ	ai	əi	au	uə
i	ia	iə	ian	in	iɑŋ	iŋ	iai		iau	iəu
u	ua	uə	uan	un	uɑŋ	uŋ	uai	uəi	iəu	
y		yə	yan	yn		yŋ				

上面那十條對音規律就可以改成：

(i)　　a↔ia／〔÷舌面〕—

(ii)　　i→ɿ／{ {÷捲舌} {÷舌尖} }—#

(iii)　i→ə／〔÷捲舌〕—N

(iv)　u→y／〔÷舌面〕—

(v)　　e→iə／〔÷舌面〕—#

(vi)　e↔i／〔÷舌面〕—N

(vii)　e→ə／〔－舌面〕—

(viii) o↔ua／〔－舌面〕—N

(ix)　o↔uə／〔－舌面〕—#

(x)　　o↔ya／〔＋舌面〕—N

(xi)　o↔yə／〔＋舌面〕—#

等十一條，另外或者還可以加上三條語音性的規律：

(I)　　ə→ɤ／(C)—#

(II)　ə→e／{ { {i} {y} }—# ——i }

(III)　ə→o／{ u—# —u }㉚

這麼看起來，同文韻統所記的北方官話，它的韻母系統跟現在的標準國語比

較起來，也幾乎是完全一樣的。

　　至於聲調方面，它所提供的資料比起聲母、韻母來，眞是少得不成比例，這裏只引一段話作個點綴，諧韻生聲十二譜的第三譜，按語裏說：「娃本影母，與窪同音，今皆讀作喻母。」，這大概是說「娃」字在那個時代已經改讀陽平了。

結　　論

　　對音和等韻表都是研究語音史的上好資料，但也都有它們先天的限制；對音由於受制於其他語言系統的因素，沒法完全當作音標用，但是也有若干音標的功能；等韻表裏由於可能夾雜較古的成份，沒法完全作爲一個當時方言的聲韻配合總表用，但是也有部分聲韻配合總表的功能，同文韻統一書兼有對音、等韻表以及許多文字的描述，藉著這些文獻資料相互的配合，降低了每種資料原有的限制，而反映出一個相當清晰的聲母韻母系統，它告訴我們：在這兩方面，十八世紀中葉的北方官話已經發展得跟現代的標準國語一個樣子了，唯一可惜的是，它竟沒能多提供一點聲調方面的消息。

吳聖雄脫稿於民國七十五年母難日

後　　記

　　本文寫成後，丁邦新師、陳伯元師、姚榮松先生以及辦公室的同仁們都提供了很多中肯的意見，有好些地方都照他們的意思修改了，感謝他們對我的愛護，這篇文章如果有什麼可取之處，那都是他們的功勞，有不妥當的地方，就該怪我太堅持自己的意見，我要負全責；感謝辛勉老師教我藏文，沒有他的指導，我根本不可能做這個嘗試；謝謝孫天心先生，他提供我許多藏語方言的知識；最令我感動的是：伯元師聽說我要寫這篇文章，就親手印了些資料給我，謹深致銘感之意。

附　　註

❶ 如汪由敦是安徽休寧人，納延泰是蒙古人，章嘉胡土克圖是西藏人，但是章嘉及納延泰可能負責的是藏文跟蒙文，與漢語的審音關係不大。

❷ 這裏的討論以音節為單位。

❸ 但是像老乞大之類的書，A是中，B是韓，則對音關係則會發生在Y軸的左邊。

❹ 四庫本僅如此，上海涵芬樓影印乾隆內府原刻本尚有滿文與蒙文對音。

❺ 在卷首乾隆十四年七月初五的奏文裏有一段話說：「又御筆添註：『西番即唐古特、天竺即厄訥特珂克二處地名』，臣等謹擬寫於上卷首篇初見天竺、西番地名行內。」，因此這裏所謂的唐古特就是西番，也就是西藏。

❻ 它不用ㄖㄜㄟ而用ㄖㄜㄟㄟ是有點奇怪，因為梵文裏相對的字母是讀舌面音的，我想這個譯音也許根據的是北天竺的音。（參考羅常培1931B的說法）

❼ 梵文濁送氣的，它用全清而不用次清聲母的漢字來對，這可能是當時作者根本沒辦法分辨梵文濁音送氣與不送氣的分別。

❽ 這是一個方便的說法，實際上應該是說止攝以外精系的三四等字，和見系的三四等及開口二等字。

❾ 「怎」字有問題，可能是筆誤，這裏暫時闕疑；另外，「津、親、殺」同時與藏文的-in和-en對音，這個問題在韻母部分討論。

❿ 跟韻母的關係不大，因為它們同時都對-iŋ和-eŋ，可見主要的分別在聲母上。

⓫ 要注意上面的例子，它們都是見系開口二等字，由此可見當時見系的二等字早已變成細音了。

⓬ 以上兩段引見辛勉(1972)古代藏語和中古漢語語音系統的比較研究 p.166. 例2～167.4

⓭ 是二譜的「在、鉏」，三譜的「槎」，五譜的「屏、拴」，九譜的「豸」，十譜的「錐、吹」。

⓮ 這裏所謂「喉擦音」只是表示一個音位，實際的部位也可能是舌根，因為藏譯梵文跟藏文都沒有代表舌根擦音的字母，所以用漢字舌根擦音來對梵藏的喉擦音也是可能的。

⓯ 本文對音節結構的表示法，以C代表輔音，V代表元音，S代表半元音，括在圓括弧（ ）裏的，表示是可以沒有的成份。

⓰ 因為-ja只和零聲母及 tɕ、tɕʻ、ɕ配，卷二第二譜所列的藏譯梵音剛好沒有和這幾個聲母相當的字母。

⓱ 這是一個為了方便而顛倒的說法，實際上應該說是：當時北方官話沒有這個音節，於是選了一個舌位跟j相近，唇形跟u相近的字來對。

⓲ 諧韻生聲十二譜裏，「氲、雍」的反切上字是「羝」，從聲母的討論可知當時影喻已經沒有分別，而且在卷二的對音譜裏，「氲、雍」的反切上字就用了「矞」。

⑲ 如 ㄷ･ㄥ（我的）→ㄷㄥ，據辛老師的說法，這是爲了遷就句用來縮短字數的辦法。

⑳ 卷一卷二的藏譯梵音雖有像： 阿ㄚ 伊ㄧ 的辦法，但那只是代表長元音，而不是元音韻尾。

㉑ 同文韻統非常喜歡用類推的辦法來作排列組合，就拿這卷三的第五譜來講吧，它把藏文三十個名根統統安上ㄨ後加，再配上五個元音，總共排出一百五十個組合出來，我想音韻的配合一定是有所限制的，這一百五十個音不可能個個都是有意義的「語音」，我用手邊的幾本藏文字典查證了一下，果然大部份的組合都是查不到的，同文韻統其他各譜的情形也差不多。

㉒ 書裏提到過跟康熙字典、音韻闡微之理皆相符合的話，它這種處理應該是參考過字母切韻要法的，要法的處理參：吳聖雄(1985)康熙字典字母切韻要法探索 p.180.5～

㉓ 各韻都該這麼處理，下文不再重提。

㉔ 原文說：「按 恍 字收聲之字皆陽韻之入聲，本屬齊齒，約字收聲之字皆江陽之入聲，本屬合口或齊齒，今讀作平聲則成撮口，又切韻指南歌韻齊齒呼 迦呿茄三字切耶字，撮口呼訛䜣波等六字切曰字，亦係 恍 約二字收聲，而抑之使下，故各列二屬。」

㉕ 因爲藏譯梵音一碰到長元音的部份，用的就是二台，三台之類的漢字對音。

㉖ 這裏所謂的捲舌，還包括藏文的ㄖ跟ㄥ，因爲同文韻統把它們跟捲舌音都歸類爲正齒，相對的漢字也同類，爲了規律的簡單這麼處理，有限的討論請參本文 p.12

㉗ 例外的是 ㄒ 西，那是因爲 ㄖ 跟 ㄥ 被用來對捲舌音，只好拿 ㄒ 來對心母的舌面擦音，參本文p.14，另外，這裏所謂的舌尖是指舌尖塞擦音與擦音，不包括舌頭音 tt'n1 等。

㉘ 捲舌音不配細音參本文 p.10，舌尖音不配細音參本文 p.6～及 p. 21。

㉙ 見 p.22。

㉚ 這三條規律只是用來作爲當時音位化的韻母系統，和現代反映語音性的韻母系統，兩者之間比較用的參考，不能作爲證據。

引用書目

丁邦新

　　1979　上古漢語的音節結構　史語所集刊 50：717～739

　　1982　漢語方言區分的條件　清華學報新十四卷一・二期：257～273

　　1986　論官話方言研究中的幾個問題　（印刷中）

王　力

　　1958　漢語史稿　波文

　　1975　漢語音韻　弘道

允　祿

　　1750　同文韻統　上海涵芳樓影印乾隆內府原刻本　新文豐

　　　　　又　四庫全書本　商務

辛　勉

　　1972　古代藏語和中古漢語語音系統的比較研究　師大國研所博士論文

　　1977　藏語的語音特性　師大國文學報　6：237～272

李光地

　　1726　音韻闡微　學生

吳聖雄

　　1985　康熙字典字母切韻要法探索　師大國研所碩士論文

金　鵬

　　1981　藏語簡志

陳新雄

　　1974　等韻述要　藝文

　　1978　重校增訂音略證補　文史哲

　　1980　如何從國語的讀音辨識廣韻的聲韻調　輔仁學誌　9：109～151

鄭再發

　　1966　漢語音韻史的分期問題　史語所集刊　36:635~648

鄭錦全

　　1980　明清韻書字母的介音與北音顎化源流的探討　書目季刊
　　　　　　14.2:77~87

薛鳳生

　　1980　論 "支" 思韻的形成與演進　書目季刊　14.2:53~75

瞿靄堂

　　1963　藏語概況　中國語文　6:511~528

羅常培

　　1931　知徹澄娘音值考　羅常培語言學論文選集　22~53

　　1931　梵文顎音五母的漢藏對音研究　同上　54~64

Li Fang-Kuei（李方桂）

　　1933　Certain Phonetic Influences of the Tibetan Prefixes upon
　　　　　　the Root Initials　史語所集刊　4.2:135~157

Sun T.S.（孫天心）

　　1981　Aspects of the Phonology of AMDO Tibetan: NOZORGE
　　　　　　SƏME XƆRA Dialect　師大英研所碩士論文

論音韻闡微的協用與借用

林慶勳

提　要

　　合聲反切是音韻闡微表現拼音簡潔的方式，上下二字急讀即可成音。選字的標準是上字須無韻尾、下字擇零聲母的字。除合聲外今從廣韻、集韻舊切，都能符合此項條件。唯百分之六十六以上的今用反切，頗違此例。這是漢字先天性不宜當標音工具的缺陷，與編者無關。

　　為矯正今用反切的缺失，編者造協用與借用兩類反切加以彌補。本文從全書標為協用與借用的五百餘條反切分析觀察，發現它們固然在矯正拼音的便捷，其實更重要的是，它們也傳達了當時語音的真實訊息，對研究者提供了極佳的材料。本文亦針對其凡例所下定義，試做合理的解釋及批評，期使協用與借用的本質，讓後人能充分的認識與掌握。

　　音韻闡微對反切的經營，在音韻學史上是一件值得注意的問題。而這些新造的反切，至少求拼音的便捷，是它的目的之一。本文則試從協用，借用兩類反切，分析其他的目的及功能。

一、合聲精神的反切

　　音韻闡微除大量的引據廣韻、集韻的反切，以及少數的韻會、洪武正韻外，也新造了諸如「合聲」、「今用」的切語。這些新

造的反切，有一個共通處 —— 就是力求拼音簡單清楚。因此在切語用字上，儘量要求它們與被切字條件符合，個人曾經在「試論合聲切法」（1985）一文中有詳細的討論。其實不止「合聲」如此，「今用」、「今從集韻」、「今從廣韻」都有類似「合聲」精神的用意。就連「協用」、「借用」二類的反切，它們的目的也與其他反切相同，都是在讓拼音簡潔易明而已。

　　爲了本文以下論述的需要，有必要先將諸類反切的意義及作用說明如下。茲舉兩組例子做爲討論。

A　東韻三四等　（音韻闡微卷一）

組等	小韻	廣韻	集韻	合聲	今從	今用	協用
1. 見三	弓	居戎	居雄			居充	居邕
2. 溪三	穹	去宮	丘弓			區充	區邕
3. 群三	窮	渠弓	渠弓	渠融			
4. 知三	中	陟弓	陟隆			豬弓	豬邕
5. 徹三	忡	敕中	敕中			黜中	黜邕
6. 澄三	蟲	直弓	持中	除融			
7. 非三	風	方戎	方馮	夫翁			
8. 敷三	豐	敷空	敷馮	敷翁			
9. 奉三	馮	房戎	符風			扶洪	
10. 心四	嵩	息弓	思融			胥充	胥邕
11. 照三	終	職戎	之戎			朱弓	朱邕
12. 穿三	充	昌終	昌嵩			出弓	出邕

13.	匣三	雄	羽弓	胡弓		穴融
14.	喻四❶	融	以成	余中		余雄
15.	來三	隆	力中	良中	閭融	
16.	日三	戎	如融	而融	（廣韻）	

以上十六音，據東韻之後小注（音韻闡微 1881：38）說，除輕脣 7 至 9 是合口呼，其餘十三音都是撮合呼。合聲的反切，上字與被切字的聲紐、清濁、開合、聲調相同；下字與被切字也是要求同清濁、韻類、開合、聲調，而且祇能限制用零聲母的影、喻、疑等紐。這種限制，當然使拼音簡潔，祇要上下字急讀就能成音。這種條件如果舊韻書的廣韻、集韻已經具備，就不必另造合聲切，像 16 的戎字「今從廣韻」，也就是「如融」合乎合聲的條件，可以視做「合聲」看待。至於今用，祇不過上下用字稍微違其規則，但在音理上並不相悖，其實也是合聲反切的精神。1、2、4、5、9、10、11、12、14 今用的下字都是有聲紐，5、12、13 卻是上字聲調不諧，因此這些字都歸諸於今用。「今用」在全書的反切中佔 66.7% 弱（羅常培 1963：141），主要是受制於用漢字拼音的限制，此處不贅。

今用切語的缺點，音韻闡微也力求補救，造「協用」與「借用」加以矯正。協用的下字注意用零聲母字，其用意如同合聲，A 組因自己沒有清聲影紐，不能使其他清聲字造合聲反切（7、8 是合口呼，不在此論），祇好借當時讀音相同的二多韻「邕」（影紐）做反切下字以諧之，各字有了協用的切語，作用與合聲實無二致。在此之中，14 融字本身是零聲母，既不能造合聲，又無法

用協用矯之，因為在切字的方法上，下字是無法用已經同音的零聲母去相切，不得已祇得讓今用「余雄」做它唯一的反切。此外合口呼的 9 馮字今用「扶洪切」，也不能造協用來矯正，因為東韻另一類合口呼沒有濁聲紐零聲母的喻，疑紐的嶽字又不常見（音韻闡微切語用字講究常用與否，見音韻闡微 1881：8），祇好暫借匣紐洪字權充。除 9、14 兩字，其餘各字的反切，即 3、6、7、8、15 的合聲：16 的今從廣韻；13 的今用以及其他七個協用，沒有不是以上下二字急讀成音的反切。也就是合聲精神的切語。由此可見「協用」是在矯正切語下字非零聲母的用字，使其反切在拼讀時不必遭有累贅。音韻闡微的凡例說：「係以協用二字者，再借鄰韻影，喻二母中字，以協其聲也。」(1881：8) 正是此意。

B　拯韻二三等　（音韻闡微卷十）

	紐等	小韻	廣韻	集韻	今從	今用	協用	借用
17.	群三	殑	其拯	其拯		技拯	技郢	
18.	徹三	庱	丑拯	丑拯		恥拯	恥影	
19.	澄三	澄		直拯（集韻）			直郢	
20.	並三	憑		皮殑		陛拯	陛郢	
21.	照三	拯	蒸上聲	蒸上聲（廣韻、集韻）			止影	
22.	穿三	愂		尺拯		齒拯	齒影	
23.	審二	殊	色庱	色拯		史拯		史梗

　　B組七個字，23殊是二等字屬開口呼，其餘六音三等字屬齊齒呼（音韻闡微 1881：214）。不論是今用或今從廣韻、集韻，都是以有聲紐做切語下字，不符音韻闡微的反切用字要求，因此用零聲母的郢與影當協用下字來矯正。影、郢在上聲廿三梗，一屬影紐一屬喻紐，清濁釐分清楚。至於 23 殊屬開口呼，不能用影字協，當時的同音字在梗韻開口呼有影紐「礸」字，它極罕見不宜用做切語，祇得選用見紐的「梗」字，因為梗字是有聲母字，在拼音上稍有多餘的部份，所以稱為「借用」。凡例說：「係以借用二字者，乃雖借鄰韻，併非影、喻二母中字。其聲為近，而亦不甚協者也。」（音韻闡微1881：8）借用的作用與協用實在無別，祇不過條件有異而已。

　　協用與借用，既然是在彌補不能造合聲的缺陷，有協用與借用加上合聲，似乎音韻闡微拼音的理想已經達到，其實不然。協用、借用本身的問題極多，實在值得做深入的探討。本文針對此點，就全書內容做一詳細的分析。

二、不造協用的例外

　　協用與借用，全書總計五百多，佔全書切語的 13.9％（羅常培1963：141）。如果說協用與借用是為了彌補不能造合聲的缺陷，而66.7％ 的今用，區區五百多個協用與借用實在不成比例。當然全書有極多的現象不能以協用或借用矯正，先看C組的例子：

C 冬韻一等 （音韻闡微卷一）

	紐等	小韻	今從廣韻	今從集韻	今用	協用
24.	見一	攻			姑冬	姑翁
25.	端一	冬	都宗	都宗		都翁
26.	透一	炵			禿冬	禿翁
27.	定一	彤			徒農	
28.	泥一	農			奴彤	
29.	精一	宗			租冬	租翁
30.	從一	賨			徂農	
31.	心一	鬆		蘇宗		
32.	匣一	碐			胡農	
33.	來一	隆			盧農	

以上十音音韻闡微說是合口呼（1881：39），其中祇有四個字可以造協用，其他的字都是濁聲卻無協用可造。同音的東韻合口呼有零聲母疑紐「喁」字，因係罕用祇好放棄，情況與前述A組9馮字情況相同。這些濁聲紐雖然都是有聲紐下字的切語，因為在先天上找不到適當的字來切，祇好任其空白，莫可奈何。也因此造成協用、借用少，甚至與今用反切不成比例的現象。

全書類似前述情況，不能造協用者極多，今歸納分述如下：

㈠ 零聲母本字無協用者

音韻闡微中影、喻、疑、微四個聲紐，都已讀零聲母〔0-〕，
也就是說在同韻中，它們已無區別。持以當做它字的反切下字，
正是音韻闡微的切語特色，因爲它們的零聲母，不致於妨礙反切
二字急讀的要求。但是當它們自己做被切字時，問題就發生了。
一韻中並非影、喻、疑、微都具全，有時甚至是罕用字，或者清
濁不均，這些現象都會影響此四字，最後祇好以有聲紐字做切語。
音韻闡微全書中，此四紐的字根本無法造「合聲」，同理也無法
以「協用」來矯正。

全書中有兩個例外，其一在平聲十三元疑三「言」，今用爲
「宜掀」，卻造協用「宜賢」；其二在平聲八庚喻三「榮」，今
從集韻做「于平」，然後造協用「余瓊」。此二例是四個零聲母
字僅見的協用。但是「賢」在一先韻屬匣四，固然元、先當時已
同音❷，然匣紐爲有聲母，當時應讀舌根清擦音〔X〕，依照全書體
例，已經不能算是「協用」。「瓊」則同在庚韻群四，當時的聲紐
應讀舌根送氣清塞音〔K‘〕，取以做下字，也不能算是「協用」。
這是編者疏忽之處。可見零聲母本字，的確無法造協用。

（二） **零聲母屬罕用字者**

上聲一董有十四音屬合口呼，零聲母的字有影紐「蓊」，以
其非常用字，因此該韻無協用。當然更重要的原因，是它無適合
的他韻同音字，祇好協用空白。上聲九蟹有四音合口呼，零聲母
字祇有影紐的「崴」；上聲十賄開口呼廿一音，屬於零聲母的有
疑紐「騃」、影紐「欸」、喻紐「佁」。以上都是音韻闡微編者
心目中的險僻罕用字，因此不用它們來造協用。這也是用漢字當

標音工具的先天性缺點，就是編者也莫可奈何。

(三) 清濁有異者

平聲十一尤開口呼有十七音，其中有疑紐「齵」，並非常用字，同時又缺乏他韻同音字，因此全韻八個濁聲字祇得用匣紐侯字、來紐樓字做切語下字。此韻有影紐謳字，它是清聲字，在全書平聲字講究清濁有別的原則，不得相混。平聲十三覃開口呼十六音，也是類似現象。所不同的是清聲有影紐庵字，除庵本字外，凡非合聲的反切都用庵造協用以矯之。濁聲有疑紐「諵」字不是常用字，又無喻紐字，全韻濁聲字祇好用含（匣）、藍（來）、南（泥）、談（定）等有聲紐來做下字，無法造協用。

(四) 照系二等獨立切語者

平聲十二侵有二十六音，其中二等是開口呼、三四等是齊齒呼。既然二等是開口呼，它們的切語下字自然單獨一類，照二「簪、篸森切」、穿二「參、差森切」、牀二「岑、鋤淫切」、審二「森、師音切」，四音反切都是「今用」反切。森字借三等影紐字切是不得已，岑字借喻四的淫字切，也是清濁嚴別的苦衷。當然照系二等都是有聲紐的字，持以做切語下字造協用，又不違照系二等獨立系統簡直不可能。此外上聲四紙、去聲二十七沁、入聲十三職的照二都是類似情形，此不贅。

(五) 脣音字獨立切語者

去聲九泰開口呼，脣音是邦一「貝、布霈」、滂一「霈、破

貝」、並一「斾、步霈」、明一「眛、暮斾」，四音都是「今用」反切。在音韻闡微中，除平聲外下字的清濁可以不拘。並紐用清聲切的問題既然成立，益使脣音獨立爲一類，與其他音用疑紐艾字切，以及疑、影二字用蓋字切壁壘分明。其他音都儘量以無聲紐做下字，唯獨脣音不然，而且不造協用加以矯正，則是特殊現象。

㈥　嚴分三四等者

音韻闡微認爲三等與四等已無區別，凡同聲母者止爲一音（1881：51）。但是平聲四支合口呼有溪三虧，今用「枯龜」、協用「枯威」；溪四闚、祇有今用「枯規」。何以虧、闚二字已同音，闚不能同以威（微韻、影三）協用？又本韻影三亦有透字，其他清聲字取之爲下字者極多，獨闚不立協用？其實這是編者保守觀念所形成，因爲透、威是三等字，而闚是四等字，編者不使它們混用，無法造協用矯正。如此一來，便造成自相矛盾。同韻曉紐四等有「墮、呼規」、「傂、呼龜」，都是今用，後者卻有「呼威」協用，前者則無，也是一種矛盾。

㈦　編者疏忽

去聲十七霰有十九音屬撮口呼，全韻類中多數用喻紐院字做切語下字，例外者則以院造協用矯正，唯獨溪四「駽，去絢切」係今用，別無協用、借用，除了編者疏忽所致外，實在很難解釋。此類情況又見於上聲十一軫禪三「腎、是忍」（今從集韻）、二十一馬徹二「褚、褚寡」（今用）、去聲證徹二「覩、敕證」（今用）……此類情況極多，不必一一舉述。

除以上七類外，也有全韻多數字皆不造協用、借用加以協音，不知用意安在？如去聲九泰合口呼十五音，除見一「儈、固外」（今用）尚用疑紐外字，其餘全用有聲紐的會、最當下字，又不以協用矯正之。而這類現象，全書中還不少，是編者疏忽？還是另有解釋？

三、協用的作用

根據前引凡例對「協用」所下的定義：「借鄰韻影、喻二母中字，以協其聲也。」其實所謂「鄰韻」、「影、喻」，就內容看都不是很周延的說法。有同韻中的協用，亦有影喻之外的協用❸。但是協用的目的，的確是在協其聲，也就是使非合聲的反切改易成拼音簡潔的反切。

音韻闡微全書的體制謹嚴，而且恪遵傳統的面貌，個人在「論音韻闡微的入聲字」（1986）中早有論及。但是在保守的外表之外，也不時透露當時北方語音的狀況，除凡例、各韻小注外，出現最多的恐怕就是「協用」反切。個人曾經仔細的觀察，依照協用切語的指示可以系聯好幾個不同韻的部份字。這些訊息是否意味着協用的切語，正是就當時北方語音編成，甚至其他與廣韻、集韻相對排列的反切，諸如合聲、今用等都有這種可能。否則李光地、王蘭生不憚其煩逐字新造反切，他們的用意何在？在李、王背後保守的壓力下（見林慶勳1986：9～13），何不直接選用廣韻、集韻等反切？若非他們也想表達傳統之外的讀音，實在毋須如此煞費周章。當然此點有必要再進一步加以證明。如果

就協用本身切語的功能做觀察，個人認為它有以下幾點的現象：

㈠ 使切語下字皆能以零聲母切

此點凡例已經明白揭示。因為合聲精神的反切，希望上字的主元音與下字的主元音相同，而且下字不能有聲母，如此二字急讀就可以直接拼讀所要的音。像前舉Ａ組４中字，今用「豬弓」，上下字雖然主元音同是〔y〕，但下字有聲紐〔k-〕夾雜其間，影響拼讀，形成累贅。造協用「豬邕」後，困擾頓失。然協用也有其先天的侷限性，前已討論，即零聲母影、喻、疑、微等字，本身乃協用必然選用的下字，輪到自身當被切字時，即無法以協用協其聲。此外若某一韻類根本沒有零聲母，一般處理的辦法是逐字造協用給予矯正，當然它須有異韻同音的零聲母可借，否則祇得任其闕如，第二節「不造協用的例外」所述，有極多無同音字遂不得造協用的現象。去聲一送撮口呼有八音、二宋合口呼亦有八音，此二類前者為三等後者一等，皆無零聲母的影、喻等字，因此唯有逐字造協用以矯之，這類現象在全書中並不多見。

㈡ 證明異韻同音字

音韻闡微全書分106韻，與康熙詔令敕修的「佩文韻」並無二致，而與當時北方音恐不能沒有出入。協用的反切正好補其差異，使異韻同音者得以連綴一處。如：

D組：

	韻呼	紐等	小韻	今用	協用	合聲	今從廣韻
34.	東攝	見三	弓	居充	居邕		
35.	東攝	溪三	穹	區充	區邕		
36.	東攝	心四	嵩	胥充	胥邕		
37.	東攝	照三	終	朱弓	朱邕		
38.	東攝	穿三	充	出弓	出邕		
39.	冬攝	見三	恭			居邕	
40.	冬攝	溪三	蛬			區邕	
41.	冬攝	心四	淞			胥邕	
42.	冬攝	照三	鍾			朱邕	
43.	冬攝	穿三	衝	出邕			
44.	庚攝	見四	泂	居榮	居邕		
45.	庚攝	溪四	傾	區營	區邕		
46.	庚攝	心四	騂	胥榮	胥邕		
47.	青攝	見四	扃			居邕	古螢

　　由協用反切的標示，34 弓、39 恭、44 泂、47 扃，在當時
應該是同音，而這四個字隸屬於東、冬、庚、青四韻。協用的最
大作用是在協其聲，使有聲紐的下字替換成零聲母，讓反切上下
字急讀成音。然而因其借鄰韻零聲母字爲切，也附帶證明這些鄰
韻字其實都是同音字。例中 35 穹、40 蛬、45 傾、36 嵩、41 淞、
46 騂；37 終、42 鍾；38 充、43 衝，彼此間因協用的關係可
以證明同音。異韻同音除了在協用的反切可以看出來外，各韻之

後的小注也都有論述，此處不贅。總之全書此類異韻同音之證的協用最多，雖然編者造協用的目的在彼不在此，可是對後人研究該書的語音系統，倒是提供了極其寶貴的證據。

㈢ 證明同韻同音字

音韻闡微歸併廣韻、集韻的韻部為106韻，就如同平水韻的情況一樣。比如廣韻的五支、六脂、七之三個韻，音韻闡微合併為四支。因編者保守的觀念所致，隨時都要注意古今的差異，雖然所據的當時語音已經相同，仍然在注中交代才能放心，四支的注說：

> 按廣韻、集韻，皆分五支、六脂、七之為三韻，而律同用，宋劉淵併為四支，五音集韻、韻會、韻鑰等書，遂按母以併其音。今詳三韻之譜，其呼法無異，等第又同，鄭樵與明鄭世子載堉，雖細為區別，然終不能指其分韻之確據，故今亦將三韻併列之，以便按母檢字，而韻名與音切，仍分註於各音首字之下，以存其舊。（音韻闡微 1881:44）

所以已經同音的見三基、䶅、飢三字，為了表示廣韻、集韻傳統韻書有別，因此「基」下注之韻、「䶅」下注支韻、「飢」下注脂韻。全書中這種黨中分派的觀念極為強烈，凡傳統韻書不同韻的字，雖已合併為同音，在新造的反切中絕不相混。如此處理無形中造成不必要的困擾，祇好借協用來協音，以證明它們是同音。如：

E 九佳齊齒呼 （音韻闡微卷二）

	紐等	小韻	今用	協用	廣韻韻目
48.	見二	佳	基釵	基挨	佳
49.	見二	皆	基挨		皆
50.	並二	排	蒲諧	蒲崖	皆
51.	並二	牌	蒲崖		佳
52.	匣二	諧	奚埋	奚崖	皆
53.	匣二	鞋	奚崖		佳

　　佳韻係由廣韻、集韻十三佳、十四皆合併而成，聲紐、等第完全相同的兩音，仍然各自注上所源的韻目，甚至今用的下字各用各涇渭分明。如果以 48 佳與 49 皆的今用觀察，它們似乎兩個不同的音，音韻闡微固然聲明：「凡同母者止爲一音也。」(1881：51) 但明知其同苦無證據。48 的協同「基挨」，給予最好的證明，與 49 的今用切語全同，可見佳、皆兩字的確同音。其他 50 排與 51 牌，52 諧與 53 鞋，都是同理可證的同音。這類現象在全書中也不算少數。如果佳借皆、皆借佳也算做鄰韻相借的話，編者的「鄰韻」標準就太無定了，顯得毫無意義。

　　矯正所有反切下字都能改用零聲母，這是協用的最大作用，也是音韻闡微改良反切精神的要求。全書中凡是標協用之處，都可用這種觀念看待而不誤，至於證明異韻同音字，乃協用的額外作用，對研究語音系統則是一份珍貴的資料。證明同韻同音，固

然也是語音研究的重要證據，但顯然地編者的目的，恐怕是着眼
於解決內部系統的矛盾。

四、協用的幾種現象

協用的作用既已如前述，不論係直接或間接，編者處理的觀
念應該沒有不同。倒是這四百多個協用反切，在各韻類中有不同
的表現和背景，試做分類說明如下：

㈠ 照系二等的協用

音韻闡微一韻中若同時兼有二、三、四等者，該二等字通常
祇有照系有字，而此類照系二等字，當時讀音都與三、四等有異，
各韻後小注都會說明。遂形成照系二等為韻中獨立的一類。如平
聲七陽有一組二十九個音的字，據其小注說，二等讀合口呼，三、
四等齊齒呼（1881：121）。韻中的二等是（F組）：

	紐等	小韻	今用	協用
54.	照二	莊	菑央	菹汪
55.	穿二	瘡	差央	初汪
56.	牀二	牀	岑陽	鋤王
57.	審二	霜	師央	疏汪

它們的今用反切下字，央與陽已經是影、喻紐，所以須改成協用
的汪與王，實在是央、陽係三、四等的齊齒呼，改用在同韻合口

呼的汪與王，音理始合。

　　照系等有時在同類字中找下字，然其中因清濁的關係必有例外，不得不借三、四等不同類的字切，最後還是靠協用來矯正。如聲六語二等合口呼（G組）：

	紐等	小韻	今用	協用
58.	照二	阻	捉楚	菹五
59.	穿二	楚	初阻	初五
60.	牀二	齟	助語	助五
61.	審二	所	疏阻	疏五

58、59、61 係清聲，可以用阻、楚二字爲切，60 因屬濁聲，祇好借三等撮口呼語字爲切，爲了矯正此類切語，因此從七麌借五字來協之。

㈡　輕脣字的協用

　　祇出現在平聲二冬、十三元、七陽及去聲一送、二宋五組韻類中。其餘的非系字都無協用，或以無同音字而闕如，即或有同音字因其罕僻，遂無法造協用。輕脣字的今用，雖與同類一樣屬三等字，但係合口乎，不能不造協用以矯正。其現象與照系二等全同，不必舉例。

㈢　嚴分清濁之別所列的協用

　　音韻闡微對平聲反切各種條件的要求極嚴，至於其他聲調，

因主觀因素的不許可（即用漢字做標音工具的先天缺點），祇好從寬。如上聲四紙合口呼見三有今用「軌、舉洧切」，軌廣韻屬旨韻，下字洧則係旨韻喻紐，此是濁切清的例外。其實在音韻闡微四紙中有一個影紐的委，祇因廣韻屬紙韻，編者遂不敢直接取做下字❹，而在清濁不協的情況下，繞了一圈最後還是造協用「古委切」。所以這個協用仍借「委」字的用意，不過是要讓清濁有別而不混。此類現象，亦可視做協用的作用之一。

又如平聲十三元齊齒呼疑三今用有「言、宜掀切」，掀字係清聲曉紐，平聲字中清濁相切極少見，因為同韻中除了一個罕用的籛（群三）外，都無濁聲紐，祇得借掀字切。可是編者立刻以「宜賢」為協用矯之，祇是「賢」字係一先的匣紐有聲字，稱作協用恐有不妥❺。零聲母字本不宜造協用或借用，前面已有討論「言」是疑紐也屬零聲母，全書中僅此一字而已。

㈣　無其他反切的協用

平聲十五刪齊齒呼有疑二顏字，合口呼有見二鰥字，依照全書體例列廣韻、集韻舊切外，應列今用、合聲、今從舊切等，然後再加協用或借用。但是顏、鰥二字列舊切外，祇有協用，「宜閑」與「姑彎」，顯然這是有問題的。按：協用的作用最主要在矯正下字切語的用字，此處僅有協用，卻無欲協的對象今用或今從舊切。唯一的解釋是此二字有缺文，各種版本竟然都是如此。羅常培統計全書祇有協用的反切，高達四十七個，佔全數反切1.2%強（1963：141）。個人很仔細地對全書檢視再三，似乎並無此現象，不知羅氏的計算根據如何？

㈤ 借俗字的協用

平聲九佳合口呼有曉二𧈛，今從集韻「呼乖」，協用「呼歪」。按：歪字未在全書中出現，僅在本韻見二𧈛下注：「歪係俗字借用。」其實本韻影紐有「蛙」字，音「烏乖切」而不用，恐怕是編者顧忌與麻韻的「蛙、烏瓜切」易混，所以此處去蛙取歪。因爲本韻讀音有〔-i〕尾，麻韻則無尾，在音理上恐生誤會，歪字雖是未見於全書的俗字，至少讀音是相合，佳韻的清聲字今用全取歪做下字，也是一項旁證，否則用本韻的蛙，恐會讓人讀成無尾。這也是以漢字當標音工具的困擾之一。

㈥ 誤借用爲協用

協用與借用最大的區別，是前者的下字爲零聲母，後者則否，凡例中已經說得極清楚。全書有幾個例外，標爲協用其實是借用，也許是編者或謄抄者筆誤所致也未可知。如平聲十三元齊齒呼疑三「言、宜賢」、十五刪齊齒呼來二「斕、勒寒」、一先開口呼牀二「潺、岑寒」、八庚攝口呼喻三「榮、余瓊」❻、九青攝口呼影四「嫈、紆兄」❼、十蒸開口呼牀二「磳、岑恒」、齊齒呼喻四「蠅、移形」❽、十五咸合口呼奉三「凡、扶含」；上聲廿四迥攝口呼影四「濴、紆隴」❾；入聲十藥合口呼照二「斮、捉郝」。以上各字若做協用，實在無法解釋。此外平聲咸韻合口呼敷三「芝」字，列「敷庵」爲協用、列「敷淹」爲借用，庵屬覃開口呼影紐，淹屬鹽齊齒呼影紐。以條件說，協用的開合相異，借用則下字不符開合亦異。凡此皆爲難解處，究竟是音理的安

排？抑或根本是筆誤所致？

對語音系統的研究，固然要注意全體共有的現象，但是對個別的例外，絕對忽略不得，有時它反而是一個特別的語音現象亦未可知。以漢字當標音工具，因爲受到先天的條件限制，所以某些例外自然不能輕忽。上述各種現象，除誤借用爲協用及無其他反切的協用外，其他各類都有它存在的背景，如果不仔細推敲，恐怕會忽略它的個別作用，像照系二等或輕脣字與同韻類字間的不同，就得不到強有力的證據。

五、借用的幾種現象

借用是在無法造協用的情況下所產生。因爲它的下字非影喻等的零聲母，所以外貌與「今用」相似而稍異。今用之所以不合「合聲」的要求，有時是上字，偶而也會是下字，借用則重點純粹在下字。借用因性質接近今用，可以容許沒有其他反切下祇造借用，不必像協用必須先有其他反切，因下字不協再造協用矯正。書中祇有借用而無其他反切的有十六個字❿，羅常培的統計卻有三十三個之多（1963：141），也不知他的根據標準是什麼？

借用既然毋須管下字的零聲母問題，在用字的選擇上較寬裕，也因此零聲母本字可以造借用協音，不必像協用一般，遇影、喻、微、疑本字遂不能造反切。借用既然是協用的補充條例，條件又有限制，它的作用祇能侷限在異韻同音及同韻同音的證明上，這兩點倒是與協用所相同。

證明異韻同音者，如上聲拯韻開口呼有審二矧，今用作「史

拯」，借用作「史梗」；二十三梗開口呼審二有今用「省、史梗」。
由此可證當時拯、梗二韻相通的道理。證明同韻同音者，如平聲
四支開口呼，從紐有三字，今用的是「慈、層時」(屬廣韻脂)，
祗有借用的兩字是「疵、齊時」（屬廣韻支）、「茨、層時」
（屬廣韻脂），因爲音韻闡微嚴分舊韻書的來源，所以爲了證明
它們三字同音，所以疵、茨二字乃借用「時」爲切，以達到當時
同音的說明。不論是欲證明何類同音相協，其道理與協用的現象
相同，此處不贅，請參見前面討論。

　　全書借用雖然不多，僅及協用的十分之一左右，它們仍有下
列的各種現象：

㈠ 零聲母的借用

　　前面已經說過，借用的下字不必限制在零聲母，因此零聲母
字本身當然可以造借用。如去聲二十五徑撮口呼影四有今用作
「瑩、郁寗」，撮口呼祗收四音，因字少祗好借同韻齊齒呼「寗」
爲切，以其呼等有異，再造借用「郁衆」以矯正之。此字之外的
其他三音「扃、絅、濚」，恐係編者心目中的罕用字，所以無法
造一般正常的今用，此其一；瑩字本身是零聲母，不能從異韻同
音字的零聲母取之造協用，此其二。最後祗得從送韻中借衆爲
切，這是一種不得已的辦法，至少解決了不同呼的困擾。至於入
聲十二錫撮口呼喩四棫的借用「余局」與十三職撮口呼喩三域的
借用「余局」，都是同類字少先以清聲紐做了下字，此時欲以群
紐的局字去矯正。

㈡ 同類字少的借用

上聲二腫合口呼祇收「滃、穠、槞」三音，彼此互做切語，又有字少字僻的困擾，索性僅造借用「䫋孔」、「弩孔」、「姥孔」，在併音上簡單明白。孔在董韻溪紐，董韻零聲母祇有影的蓊，係罕用，因此不得造協用。平聲五歌齊齒呼「迦、呿、茄」三音，十五咸齊齒呼「顩、芝」二音，都是類似情況。倘非借用的指示，這些同類字少的小韻類，與何類同音真要缺乏證據了。

㈢ 讀音不同的借用

平聲九佳合口呼影二有蛙字，借用作「烏乖切」，與同韻同等呼的小韻「崴」切語全同，這是有辨音作用的。一般蛙字的讀音都傾向無韻尾，即麻韻的「烏瓜」，而在佳韻的蛙是有韻尾〔-i〕，為免二字相混，所以靠借用的反切來矯正並做區別。也因為它們易混淆，佳韻齊齒呼多數字遂不敢拿它做切語下字❶。

㈣ 統一下字的借用

去聲二十四敬開口呼有十五音，零聲母祇有影紐「纓」字，編者以其罕用並未取做下字。全韻用孟、諍做下字，此韻包括廣韻的映、諍二韻，映韻用孟字、諍韻用諍字。孟、諍二字今用分別作「暮更」、「滓迸」，以其既為全韻下字，又因廣韻孟在映、諍在諍，兩個下字未能互用。編者以其二字例外，加借用以矯之，「孟、暮諍」、「諍、滓孟」，二者音理雖然不誤，借用的目的似乎祇在統一下字的用字而已，當然異韻同音中無法找到零聲母

造協用，不得不推而求其次祇好以借用來證明同韻同音。

㈤　誤協用爲借用

　　借用與協用的區別，祇在下字有無聲紐而已，極易分辨清楚，全書中卻有下列的標示借用：平聲十一眞開口呼照二「臻，仄因」，八庚合口呼曉二「轟、呼翁」及「諻、呼翁」，十五咸齊齒呼溪三「㯟、欺淹」及合口呼敷三「芝、敷淹」；去聲二十四敬合口呼曉二「轟、虎甕」及匣二「橫、戶甕」、撮口呼曉四「敻、許用」，二十五徑撮口呼匣四「濙、穴用」；入聲十一陌撮口呼見四「鵙、居郁」、溪四「䟆、區郁」、清四「䠗、趨郁」、曉四「殈、虛郁」，十二錫撮口呼見四「臭、居郁」、溪四「闃、曲郁」、曉四「殈、虛郁」，十三職撮口呼曉三「洫、虛郁」。它們的下字全是零聲母，何以被標做借用而不是協用，分明與凡例所說相左。是筆誤還是音理上的問題，恐怕讓人疑惑不解。

　　借用是協用的變例，在條件上距離合聲切的精神稍遠。在作用上又不如協用積極，爲的祇是證明某些同音現象而已。在數量上又少於協用很多，吾人明知它的功能與協用相同，但是它能表現的同音證據，其實協用已經加以說明於前了。因此上列所述的現象，自然顯得極端貧乏，似乎僅僅說明某些個別問題而已。

六、結　語

　　王力(1957：519.520)說：「協用是對於今用的一種救濟方法。」對協用所下的定義則是：「有時候同韻沒有適當的字可

用，只好在鄰韻中找字，這就叫做協用。」言下之意，似乎把協用功能侷限在一小部份，也難怪他認為協用是救濟今用的反切而已。王力又說：「協用的好處在乎順口，而壞處在乎頗違古法，擅用鄰韻的字。」(1957：521) 如果站在保守的觀念上，王氏的話是不錯的；但是站在同情編者的苦衷上，就不是違不違古法的問題，何況音韻闡微絕不是一味存古的韻書，前面所論已多，不必重複。至少協用與借用的反切，已經充分的表達當時北方官話的語音系統，較之於小注等所論，更具體更明確，而且是信而有徵的。

附　註

❶ 音韻闡微各版本，此處皆作「喻三」。按：音韻闡微書前「韻譜」第一圖，融字列四等，據此改為「喻四」。

❷ 此類同音，即「㈢協用的作用、㈡證明異韻同音字」的同音。靠「協用」及各韻小注，都可看出當時已經同音，參見該節之有關討論。

❸ 同韻中的協用，參見本節「㈢證明同韻同音字」的討論。影、喻以外的協用，屬疑紐出現最多，如上聲六語二等合口呼照系字全以「五」字協用；去聲六御二等合口呼照系字也是以「誤」字協用。五字在麌韻、誤字在遇韻，都是疑紐字。

❹ 參見第三節「㈢證明同韻同音字」所論。這類現象是編者保守、謹慎的產物。

❺ 誤借用為協用者，本節第㈥小節尚有討論。

❻ 此字本身係零聲母，根本不可能造協用〔參見第二節㈠零聲母本字無協用者〕，顯然此處是錯誤。

❼ 同註❻。

⑧　同註⑥。

⑨　同註⑥。

⑩　上聲二腫合口呼端、泥、明三字；平聲四支開口呼從紐二字；上聲四紙開口呼精二字、心一字、照一字；平聲五歌齊齒呼見、群二字；平聲九佳合口呼影一字；去聲二十九豔齊齒呼影、喻三字；平聲十五咸齊齒呼溪一字。以上合計十六字。

⑪　參見上節㈤借俗字的協用討論。

引用書目

王　力

　　1957　　漢語音韻學。(1969　　泰順書局影印本）

李光地、王蘭生等

　　　　　　音韻闡微，文淵閣本（商務影本）　又光緒七年
　　　　　　（1881）淮南書局重刊本（學生書局影本）

林慶勳

　　1985　　「試論合聲切法」，高雄師範學院國文所系教師論
　　　　　　文發表會論文。

　　1986　　「論音韻闡微的入聲字」，中央研究院、第二屆國
　　　　　　際漢學會議論文。

羅常培

　　1963　　「王蘭生與音韻闡微」，羅常培語言學論文選集，
　　　　　　中華書局，　122～141。

《諧聲韻學》的幾個問題

林慶勳

摘　要

　　《諧聲韻學》稿本十八卷，今藏台北故宮博物院圖書館，因書中無序跋及任何文字說明，所以歷來有關此書的作者及時代問題，比較難下定論。

　　就該書的音韻系統分析，聲母標目有二十一，其實疑、微是虛位，眞正的聲類祇有十九個。韻母有十二攝，其中〔-m〕已歸入〔-n〕韻中，〔-P〕、〔-t〕、〔-k〕尾字也混入陰聲韻中。聲調以音、調、理、韻四字代表陰平、陽平、上、去四聲。這些現象充分表示它是一部代表北方官話的韻書。惟書中又有意的保留某些傳統舊讀，如聲母疑、微的存在，聲調全濁上聲歸去者，讓上、去並存等，似乎該書又非單純的祇在表現方音而已。

　　《音韻闡微》一書是康熙、李光地、王蘭生三人討論及擬訂體例之作，成書於雍正四年（1726）。其書以三十六字母標目，一一二韻歸類韻部，分平上去入四聲，表面是保守襲古之作，其實音韻系統與《諧聲韻學》極爲接近。加上李、王二人都曾奉命校看《諧聲韻學》，因此二書的關係頗爲深厚。

　　本文卽以《諧聲韻學》的作者問題、所反映的音韻系統問題，做一詳細探討，最後擧《音韻闡微》與《諧聲韻學》音韻系統相似部份做一比較說明，雖然未能重訂作者是何人，但是二書的深厚關係是不可否認的。

一、有關《諧聲韻學》其書

　　《諧聲韻學》稿本十八冊，今藏台北故宮博物院圖書館，原

書有清點編目卡片稱其爲「明刊本」恐不可信，或許因該書係以明刊本《五音集韵》剪貼而成，致有此誤亦未可知❶。此書前後無序跋，不知成於何人之手？全書十八卷分裝爲十八冊，其內容爲：

　　上套：

　　　　卷　一　吉，及攝一，開口正韵、開口副韵上。
　　　　卷　二　即，及攝一，開口副韵下。
　　　　卷　三　古，及攝一，合口正韵。
　　　　卷　四　句，及攝一，合口副韵。
　　　　卷　五　干，干攝二，開口正韵。
　　　　卷　六　見，干攝二，開口副韵。
　　　　卷　七　官，干攝二，合口正韵、合口副韵。
　　　　卷　八　庚，庚攝三，開口正韵、開口副韵。
　　　　卷　九　工，庚攝三，合口正韵、合口副韵。
　　下套：
　　　　卷　十　罡，罡攝四，開口正韵、開口副韵、合口正韵、
　　　　　　　　合口副韵。
　　　　卷十一　根，根攝五，開口正韵、開口副韵、合口正韵、
　　　　　　　　合口副韵。
　　　　卷十二　該，該攝六，開口正韵、開口副韵、合口正韵、
　　　　　　　　合口副韵。
　　　　卷十三　刧，傑攝七，開口正韵、開口副韵、合口正韵、
　　　　　　　　合口副韵。
　　　　卷十四　高，高攝八，開口正韵、開口副韵、合口正韵、

合口副韵。

卷十五　鉤，鉤攝九，開口正韵、開口副韵、合口正韵、
　　　　合口副韵。

卷十六　祴，祴攝十，開口正韵、開口副韵、合口正韵、
　　　　合口副韵。

卷十七　革，革攝十一，開口正韵、開口副韻、合口正韵、
　　　　合口副韵。

卷十八　朶，朶攝十二，開口正韵、開口副韵、合口正韵、
　　　　合口副韵。

　　此書十二攝與《康熙字典》前之《明顯四聲等韵圖》所列迦、
結、岡、庚、祴、高、該、傀、根、干、鉤、歌十二攝多有異同。
前列各卷之後「吉即古句」等字，係該卷見紐收字，書於各卷書
腳下以資區別，並無特殊意義。開口正韵、開口副韵、合口正韵、
合口副韵即開齊合撮之謂，就各攝收字多寡或合於一卷，或分散
於數卷。惟各攝未必四呼整齊，有生造新字湊足該呼者，如鉤攝
合口副韵收「𡰪、𡰨、𡲢、𢩑、𢫨、𢪒、𢪈、𡲶」八
字皆非漢字所有，顯然是拼音需要所添加。

　　在該書第一卷夾有故宮清點編目卡片，書有：

版本：明刊本。

原存：南書房。

查點號數：元二四三。

附註：原書殘缺，逐條剪貼成帙，仍作半葉十行。

「原書殘缺」恐未必，因該書係剪貼完成，爲遷就原書行款因此
黏貼間屢見空白，又版心無頁碼惟井然有序，個人曾將各攝小韵

及反切臨一過，並未發現有任何殘缺。故宮編目卡片所稱，或許是想當然耳。此書因係稿本故有另一特色，即各卷夾入數量極夥的浮籤，總數在千餘左右，個人在第十卷罷攝即下套第一冊首葉襯紙中發現一紙，上面有浮籤計數如下：

第　十　本	69 條
第十一本	69 條
第十二本	53 條
第十三本	66 條
第十四本	95 條
第十五本	52 條
第十六本	149 條
第十七本	110 條
第十八本	42 條

　　共浮籤七百零五條

則上套九冊數目應不少於其半。全書幾乎每葉都有字跡極工整的浮籤，有時甚至一葉多至三、四張，此必南書房奉旨校看的大臣（如李光地、王蘭生等，詳後）所書。個人曾詳閱浮籤所述校語，稿本多數已更正，惟經校閱後仍留置浮籤於各葉而已。

　　《諧聲韵學》編排不同於一般韵書，舉及攝章開口副韵為例：

　　端，⟨調⟩：狄店移切。荻徒歷切。棻地一切。悌特亦切

　　端，⟨理⟩：底店矢切。邸都禮切。弟徒禮切

　　端，⟨調⟩：弟店易切。第特計切。帝丁易切。地徒四切

　　端，⟨音⟩：的店乙切。窒得居切。低都矢切

　　透，⟨調⟩：提天移切。嗁杜矢切

透，㊉：體天矣切

透，㊌：替天易切

透，㊖：剔天乙切。逖他歷切。梯土雞切

所標聲母端、透並非三十六字母，乃是依據語音合併仍借端透字母標目而已，由各紐所收各字反切歸納，端包括字母的端及定仄聲，透則是字母透及定平聲。全部聲母有二十一，即見、群、疑、端、透、娘、照、床、審、邦、滂、明、奉、微、精、從、邪、影、曉、來、日，歸併全濁聲紐的情況極清楚。聲調以調、理、韻、音順序排列，分別代表陽平、上、去、陰平，中古入聲已分別歸入各調之中，由反切下字可以明顯看出。調理等字標目皆以朱泥章戳印，有別於陰文之聲母，各隸屬關係皆極醒目。上列舉例收有反切之小韻，同音字則從略。同音字各反切之間以單硃圈隔開，各聲調最後以雙硃圈表示結束，二者有時疏忽遺落，然從反切仍可辨識。反切多數仍維持《五音集韻》之舊，惟各聲調起首小韻多數趨於統一，如上舉端透上字一律用店、天二字，下字則以乙、移、矣、易固定為陰平、陽平、上、去用字，足證此書有統一及簡化切語用字之企圖。端紐調下狄、荻、奲、梯四字雖各有反切，其實此書已合併為同音。

若以全書排列方式觀察，聲母系統為二十一，韻母則合併為十二攝。聲調則入聲消失，分別散入相關陰聲字，平聲又分陰陽，故亦有陰平、陽平、上聲、去聲四調。與今日國語極為相近。又中古深攝、咸攝原收〔-m〕鼻音字，亦已散歸根、干二攝收〔-n〕中，也是與國語情況類似。總之此書的編排與《廣韻》、《五音集韻》甚至《中原音韻》大異其趣，可謂前無所承自我獨創。惟

十二攝各呼韻書之前列有各聲調起首小韻，如上舉「狄底弟的、提體替剔」八字在列，似乎有韻譜之意。時代與此書稍有先後之《五方元音》(1624～1672間)、《音韻闡微》(1726)，同樣於韻書之前置有韻譜，或許是受等韻影響較深所編的韻書共有現象。

二、作者問題

《諧聲韻學》因係稿本，原書又無任何序跋說明，因此成於何人之手，遂成為一個謎。趙蔭棠(1932：57)據家藏《三教經書文字根本》上題有：

> 阿摩利諦訂集十二攝　　司馬溫公集二十一母
> 滿州胡文伯訂集切音　　漢人虞嗣訂集《諧聲韻學》

以此段記載，定《諧聲韻學》作者為虞嗣其人❷，可惜虞嗣生平不可考。趙氏在同文(1932：50)說：

> 我以(北平故宮博物院圖書館)該館出入不便，草抄數頁，與家藏《三教經書文字根本》對校起來，無一不合。故知《諧聲韻學》該書即依《三教經書文字根本》而作者。

草抄數頁加以對校就遽下結論，謂《諧聲韻學》是依據阿摩利諦所著而作，此外僅據書前「虞嗣訂集」字樣就定《諧聲韻學》的

作者，似乎皆嫌證據薄弱。此《諧聲韻學》是否彼《諧聲韻學》？
《三教經書文字根本》書上既題有《諧聲韻學》，則《諧聲韻學》
在《三教經書文字根本》之前可知（陸志韋1948：15），而趙
氏說正相反，有何證據？是否《三教經書文字根本》與《諧聲韻
學》，都是依據「某書」刪訂而成？虞嗣生卒籍貫無可考，阿摩
利諦有無其人恐怕也是問題（陸志韋1948：15）？此類問題在
新證據未出現前，恐怕都僅止於推測而已，似乎有關《諧聲韻學》
的作者將永遠無法得到答案，其著作年代也相對的難以確定。

　　王蘭生（1680～1737）直隸交河人，受李光地（1642～
1718）影響對音韵之學稍有涉獵，其後受康熙知遇入蒙養齋修
書，有機會遍觀各類音韵學著述，眼界亦爲大開（羅常培1963：
126～131、138）。在王氏與李光地奉命修纂《音韵闡微》
(1726)之前，康熙已經詔他修韵書，在《交河集》中有以下記載：

康熙五十二年（1713）九月二十日
　　自入蒙養齋分較《律呂正義》、《數理精蘊》、《卜筮
　　精蘊彙義》，纂輯韵書。（卷一，恩榮備載）
康熙五十三年（原註：甲午，是年公三十五歲。）正月二十一日
　　奉旨發下《諧聲韵學》目錄譜子一本，一卷至四卷四本，
　　摺子二簡。（同上）
康熙五十三年二月二十八日
　　張常住等奉旨，交來《諧聲韵學》十四本，五卷至十八
　　卷。（同上）

此處《諧聲韵學》十八卷，即是舊藏清宮南書房，今在台北故宮

其書應無問題。以上三條記述，後二條明白提及「發下」、「交來」《諧聲韵學》。前一條則有「纂輯韵書」之說，此韵書當然不是《音韵闡微》❸，雍正「御製《音韵闡微．序》」說修《音韵闡微》始於康熙五十四年，可見五十二年「纂輯韵書」是另有其書。如果將上引三條合讀，並注意「發下」或「交來」《諧聲韵學》等詞意，似乎可以大膽假設，王蘭生在康熙五十二年纂輯的韵書也許是《諧聲韵學》，而依據舊稿修訂的可能性較大。

李光地是福建安溪人，曾想修訂一部「合時諧俗」，專為當代審音的韵書，體例是仿效滿文十二字頭，韵部以麻支微齊歌魚虞為首，字母以影喻起始的新韵書❹。此種韵書勇於表現時音，與傳統韵書大異其趣，即李氏所說:「所據者皆今日同文之音也，考之唐宋間則已別，稽之於古則又殊。蓋是編之意存乎明韵而已，非隨時則不通，非諧俗則不悟。」(「榕村韵書略例」) 其後因故未編成，而李氏觀念也變得趨於保守。惟王蘭生早期受李氏影響極深，加上他是道地北方人，康熙五十二年進入蒙養齋奉命修韵書，如果修一部隨時諧俗的《諧聲韵學》應有可能。其後因康熙以其更易太甚，加上李氏的駁難（見下節引「覆駁《諧聲韻學》箚子」），最後祇得改弦易轍與李光地修纂《音韵闡微》。此種假設可以從王蘭生《交河集》兩段記載得到佐證，值得注意的是兩段記述時間都在康熙五十四年開始編纂《音韵闡微》前不久。

康熙五十四年五月二十七日

　　再到熱河行在，因母病又乞假回家。奉旨，許他回去，
　　叫他將韵書帶回家去收拾，有不明白處，問大學士李光

地，欽此。（卷一，恩榮備載）

康熙五十四年八月二十日

臣自回家後，謹依李光地所説，將平聲、上聲，按字查
對編次，雖略有草稿，以臣愚陋，實難自信。及八月內，
臣家事釐安，隨於十八日到京，再問大學士李光地。謹
擬凡例數條，式樣數頁。然李光地亦未敢定其可用與否？
惟求皇上裁示。（卷三，奏摺）

康熙所說「叫他將韻書帶回家去收拾」，此韻書當然不是《音韻
闡微》，而是五十二年在蒙養齋所修者，有可能就是《諧聲韻學》。
如果這個假設可以成立，則因李光地覆駁過其書，因此康熙以下
又說「有不明白處，問大學士李光地」，祇有李氏最能明白「其
書之非」，接著李、王二人反覆討論，王蘭生觀念也有改變❺，
才有八月二十日摺子所說擬《音韻闡微》凡例數條、式樣數頁的
話。

《諧聲韻學》的音韻特點，經個人仔細分析（見拙著 1986：
54～93）竟然與《音韻闡微》有太多的吻合，祇是後者的韻書
形式與前者不同較為保守而已。而這些相同與吻合如全濁清化、
聲母合併、韻類趨於簡單、陰陽平分化及濁上歸去等，《諧聲韻
學》皆直接表現於韻書中，《音韻闡微》則隱藏於凡例、按語甚
至於「合聲系」反切中❻。如果二書的編者不是同一批人，何以
能如此的相似？因此由《音韻闡微》的編纂過程，可以推測其前
身可能是《諧聲韻學》。不過這僅是個人的臆測，在缺乏直接證
據之前，以上的推論也是各說各話而已。

三、其書所反映的聲韻問題

李光地有「覆駁《諧聲韵學》箚子」一文，將該書批評得一無是處，與他個人在前引「榕村韵書略例」中主張編修合時諧俗的韵書，真是判若兩人。李文說：

> 臣李光地謹奏，南書房奉旨發下《諧聲韵學》五冊，交臣看閱，欽此。臣看得等韵原有三十六字母，今此書刪去其十五，只存二十一母。蓋等韵備清濁之聲，而此書不分清濁故也。聲有清濁，自古已然，故宋藝祖《中原雅韵》、明太祖《洪武正韵》，雖韵部有歸併，而清濁不改；邵子《皇極經世》，又增多至四十八母，雖并有音無字者，而兼收之略與等韵同異，然於清濁之辨，亦未嘗稍渾也。此書清濁不分，可否通行，伏候聖裁。又每字母中所收平聲多是入聲，入聲多是平聲，蓋此二聲北人多不能辨，故有此誤。若編為成書，似須用古今韵書參對，庶幾平上去入不至譌錯。又字樣多係生造，似亦當六書所有之字乃可行遠，至有音無字，則倣邵子之法，直空其位可也。統候聖裁。(《榕村集》，卷二十九，葉二十九、三十)

李氏此文批評有三點：①三十六字母，只存二十一，而且不分清濁；②平聲與入聲收字相混；③字樣多係生造。①②兩點都是當時北方官話特有現象，李氏不可能不知道，所以如此反對，恐怕

與康熙不太贊成編輯表現方音性質的韵書有關❼，帝政時代的無奈下，李氏不能不如此表態一番。

如果純就《諧聲韵學》的材料性質看，它的確反映了北方官話的某些特點，以下分別從聲母、韵母、聲調三方面說明。

(一) 聲　　母

此書聲母標目共有二十一，依照原書排列順序分類如下：

牙音：見、群、疑

舌音：端、透、娘

脣音：邦、滂、明、奉、微

齒音：精、從、邪、照、床、審

喉音：影、曉

半舌：來

半齒：日

(1) 全濁清化

此書全濁聲母已經清化，全面表現於次濁聲紐之外的各類中，以下舉塞音、塞擦音及擦音各組爲例說明。

①見，調：及 見移切。極 渠力切。劇奇逆切。（及攝章開口副韵）

②見，理：已 見矢切。几 居矢切。技 渠綺切。（同　上）

③見，韵：計 見易切。冀 几利切。悸 其季切。（同　上）

④見，音：吉 見乙切。雞 古奚切。機 居依切。（同　上）

⑤群，調：奇 欠移切。其 渠之切。祈 渠希切。（同　上）

⑥群，理：起欠矣切。企丘體切。啓康禮切。（同　上）

⑦群，韻：氣欠易切。契苦計切。棄詰利切。（同　上）

⑧群，音：乞欠乙切。泣去急切。谿苦奚切。（同　上）

以上八組中古清濁聲紐已經混而不別。中古的群紐，平聲歸到送氣的清聲紐，如⑤奇、其、祈三字；仄聲則歸入不送氣的清聲紐，如②技、③悸。而①及、極、劇三字則是中古入聲字，在此書雖讀陽平（調），但不受上列變化限制。

⑨精，理：井卽影切。井俎醒切。靜疾郢切。（庚攝章，開口副韻）

⑩精，韻：淨卽應切。靜疾郢切。甑子孕切。（同　上）

⑪精，音：精卽英切。醴卽陵切。菁子丁切。（同　上）

⑫從，調：情七盈切。繒疾陵切。（同、上）

中古的從紐，平聲讀送氣清聲紐，如⑫情、繒二字；仄聲讀不送氣清聲紐，如⑨井、靜，⑩淨、靜四字。

⑬曉，調：回惠韋切。或胡國切。（祴攝章，合口正韻）

⑭曉，理：悔惠韋切。賄呼罪切。疾胡罪切。（同　上）

⑮曉，韻：會惠位切。誨荒内切。慧胡桂切。（同　上）

⑯曉，音：灰惠威切。揮許歸切。麾許為切。（同　上）

中古匣紐係濁擦音，清化後不論平聲或仄聲一律讀成清擦音，⑬回是平聲，⑭痗，⑮會、慧三字則是仄聲，同樣讀成此書曉母。⑬或字中古屬入聲，此書已變入陽平，也讀清聲曉母字。

　　綜合以上舉例所見，《諧聲韻學》之全濁聲紐已經清化無疑。二十一聲紐中除次濁疑、娘、明、微、來、日六母外，其餘十五個聲母全是清聲紐，正是李光地所批評的「此書不分清濁」。不過它卻是北方官話的實際現象，以下可以給此十五紐重新做一分類：

	塞　　　音	塞擦音	擦　　音
清不送氣	見、端、邦（影）❽	精、照	
清　送　氣	群、透、滂	從、床	邪、審、奉、曉

(2) 非敷奉合併

《諧聲韻學》有非系字的爲：及攝、干攝、庚攝、罡攝、根攝、高攝、鉤攝、祴攝、革攝、尖攝十攝的合口正韻，與《音韻闡微》的非系收字幾乎相同。其中高、革、尖三攝衹收中古入聲變來的陰聲字，《音韻闡微》則仍收在入聲韻。此外《諧聲韻學》的及、干、庚、罡、根、該、傑、祴、革、尖十攝合口副韻，以及該、傑二攝合口正韻都收有非系字，所不同的是它們收的全是漢字有音無字，而編者新造顯然是在塡其空位的生造字，如及攝「李堯 于切，李堯 于切」兩字，庚攝「熔本容切，熔宰 容切」兩字。

除生造的非系字可以不論外，《諧聲韻學》將非、敷、奉合併爲「奉」紐（微紐以下另有討論）。

⑰奉，調：扶凡胡切。浮縛某切。幞房玉切。佛符勿切。伏房六切
（及攝章）

⑱奉，理：府凡府切。撫芳武切。父扶雨切。甫方矩切。（同上）

⑲奉，韻：父凡戶切。婦房久切。富方副切。副敷救切。（同上）

⑳奉，音：夫凡忽切。敷芳無切。福方六切。弗分勿切。（同上）

㉑奉，調：逢夫紅切。馮房戎切。（庚攝章）

㉒奉，理：俸夫嗊切。覂方勇切。捧敷奉切。奉扶隴切。（同上）

㉓奉，韻：奉夫乘切。瞢撫鳳切。鳳馮貢切。諷方鳳切。（同上）

㉔奉，音：風夫烘切。豐敷弓切。封府容切。峯敷容切。（同上）
⑰至⑳是陰聲韵，㉑至㉔是陽聲韵，中古的非、敷、奉三紐，《諧
聲韵學》都已無別讀爲清擦音，與今日國語情況相同。⑰幞、佛、
伏，⑳福、弗五字，是中古入聲變爲陰聲，與各組相同並無特別。

(3) 泥娘合併

㉕娘，韵：匿年易切。泥奴計切。昵乃吉切。膩女利切。暱尼質切
　　　　恧奴歷切。（及攝章，開口副韵）

㉖娘，理：碾尼演切。撚乃珍切。赧奴板切。輦力展切。

　　　　（干攝章，開口副韵）

泥與娘合併，在全書中隨處可見，合併後亦與現代國語讀音相同
爲是。㉖輦字屬來母，除在干攝章娘母出現外亦收入來母，此字
現代方言中祇有南方的廣州、廈門、潮州、福州仍然保存中古
〔l-〕的聲母，其餘都是讀舌面音〔ɲ-〕或舌尖音〔n-〕，北方
官話中北平、太原讀〔n-〕（北大中文系1962：180），可證編
者據所謂北音編書應該可信。

(4) 知系與照系合併

㉗照，理：整支影切。程文井切。澄直拯切。盯張梗切。
　　　　（庚攝章，開口副韵）

㉘照，韵：正支應切。鄭直正切。倀豬孟切。乘實證切。諍側迸切
　　　　（同上）

㉙照，音：箏支英切。爭側莖切。征諸盈切。徵陟陵切。（同上）

㉚床，調：呈尺盈切。傖助庚切。澂直陵切。承署陵切。繩食陵切

成是征切。（同上）

㉛床，韵：秤尺應切。齔丑證切。瀬楚敬切。丞常證切。趂丑鄭切
（同上）

㉜審，調：繩失盈切。承署陵切。成是征切。（同上）

㉝審，韵：聖失應切。盛承正切。勝詩證切。丞常證切。（同上）

中古的知、徹、澄與照、穿、牀、審、禪合併後，《諧聲韵學》
祇讀成照、床、審三音，而此時舌尖元音〔-ʅ〕尙未成立（詳韵
母討論），加上此類字僅見於各攝細音，故不宜與現代國語相同
讀成〔tʂ-〕、〔tʂ'-〕、〔ʂ-〕。

此地值得注意的是㉚承、成二字，也在㉜出現，反切全同。
若依照中古條件承、成都是禪紐字，濁音清化後應歸審紐續清擦
音，也就是編者置於㉜部份，然而這兩字在當時北方官話，或許
與現代國語同樣讀送氣清塞擦音，因此編者將之又編入㉚部份，
以示當時實際讀音。現代北方官話除北平外，濟南、西安也是讀
〔ₑtʂ'ən〕（北大中文系，1962：247），仍保留清送氣塞擦音。
此類例子全書中不少，如㉛與㉝的丞字，根攝章，開口副韵有
「辰植鄰切」、合口副韵有「純常倫切」，罡攝章開口副韵有「常
市羊切」、鉤攝章開口韵有「讎市流切」等都是床、審二收。這些
例字南方方言如廣州、潮州、廈門等都保存擦音讀〔ʃ-〕或〔ʂ-〕，
北方官話如北平、濟南、西安等則讀送氣塞擦音〔tʂ'-〕。由此可
證《諧聲韵學》除依照實際語音編書外，也保存了某些傳統的讀
書音，讓二者並行存在同一書中。這類現象也見於牀、疑、微等
紐中，以下另有討論。

又如牀紐字也有兩收的情況，如及攝章開口副韵有「食乘力切」、

「實神質切」兩字，既收於照紐調，又見於審紐調。前者讀塞擦音，是依據中古牀紐歸併的舊讀；後者才是當時北方官話實際讀音，讀成清擦音，現代北方官話如北平、濟南、西安都讀〔ₑsʃ〕可證。上列⑳與㉜的繩字亦是如此，㉚歸在送氣塞擦音是中古舊讀，㉜清擦音才是實際讀音，不過在㉜因為是小韻，依體例已更易其反切為審紐。以上牀紐依舊讀與當時讀音兩收的現象，書中尚有多見，不必一一舉證。

(5)　影喻微疑同音

㉞影，調：吳剡胡切。吾五乎切。無武夫切。（及攝章，合口正韻）

㉟影，理：舞剡虎切。武文甫切。五疑古切。隝安古切。（同上）

㊱影，韻：誤剡戶切。務亡遇切。顒王勿切。汙烏路切。（同上）

㊲影，音：屋剡忽切。顒王勿切。頌烏沒切。烏哀都切。（同上）

由以上例子可證《諧聲韻學》之影、喻、微、疑四紐同音，與現代國語讀〔φ-〕應無不同。但是書中二十一母仍分列影、微、疑三類，容易使人誤認此書保存微、疑二紐聲母 ❾。如果仔細對照全書影、微、疑在同攝中的收字，其實多有重複，如㉞無、㉟武、㊱務三字亦收入同攝微紐下；㉞吾（吳同音）、㉟五、㊱誤三字同攝疑紐亦有收字。此類現象在全書中所以如此安排，其實是對傳統與實際讀音並存的措置。影紐下收喻、微、疑三紐字，是表示當時北方官話的實在讀法；獨立微、疑二紐，讓其與影紐並存，是對中古傳統讀音的保留。這種做法與前述牀、禪都有塞擦音二讀的用意相同。

　　若依此點所論，微、疑二紐祇是空位，則《諧聲韻學》實際

聲母祇得十九，此十九聲類乃是實際的讀音，與個人所考的《音韻闡微》聲類完全一致 ❿ 。

㈡ 韻　　母

此書韻母有十二攝，依實際語音歸併，〔-m〕已歸入陽聲〔-n〕，〔-p〕、〔-t〕、〔-k〕三類塞聲尾則分別併入陰聲各攝中，因此十二攝可分別爲陰、陽兩類收尾：

陰聲　　及、該、傑、高、鉤、祴、革、朵八攝。

陽聲　　干、庚、罡、根四攝。

它們與中古的關係，大致如下：

《諧聲韻學》	《切韻指南》十六攝
及 攝	止、遇攝，及臻、梗、曾、通、深攝入聲。
該 攝	蟹攝，及梗、曾攝入聲。
傑 攝	果、假攝，及山、咸攝入聲。
高 攝	效攝，及江、宕攝入聲。
鉤 攝	流攝
祴 攝	止、蟹攝，及臻、梗、曾、通攝入聲。
革 攝	果、假攝、及山、江、宕、梗、曾、通、咸攝入聲。
朵 攝	假攝，及山、咸攝入聲。
干 攝	山、咸攝。
庚 攝	梗、曾、通攝。
罡 攝	江、宕攝。
根 攝	臻、深攝。

⑴ 舌尖前元音〔-ɿ〕之獨立

《諧聲韵學》及攝章開口正韵，除各紐生造字外，祗在精、從、邪三紐收有漢字音：

㊳精，調：自籥詞切。

㊴精，理：子籥死切。姊將几切。紫自爾切。

㊵精，韵：字籥四切。自疾二切。紫自爾切。恣資四切。

㊶精，音：眥籥思切。

㊷從，調：慈參自切。雌此移切。

㊸從，理：此參子切。

㊹從，韵：次參字切。廁初吏切。

㊺從，音：眥參眥切。雌此移切。

㊻邪，調：詞三自切。

㊼邪，理：死三子切。枲胥里切。似詳里切。

㊽邪，韵：四三字切。寺祥吏切。似詳里切。

㊾邪，音：思三眥切。

《中原音韵》的支思韵，收有止攝知照系、精系字，以及日紐字，因此不能不考慮其音為〔ɿ〕（董同龢1972：63，陳新雄師1981：35）。而上列收字全屬於精系字，自然祗是〔-ɿ〕而已，而《諧聲韵學》將支思韵的知照系、日紐字及齊微韵部份字收入及攝章開口副韵，應是讀成〔-i〕（趙蔭棠1932：51），兩者分開絕不相混。此外㊳至㊾收字，現代北方官話如北平、濟南、西安、太原，甚至其他方言如漢口、成都、揚州、蘇州、溫州、長沙、雙峯、南昌、梅縣、潮州等絕大多數讀〔-ɿ〕，其他方言區

偶有讀〔-i〕的例外，北方官話則一律讀〔-ʅ〕。這種現象似乎可以說明，當時北方官話舌尖元音祇有舌尖前的〔-ɿ〕獨立於外，而舌尖後的〔-ʅ〕與〔-ə˞〕仍然留在讀〔-i〕的階段而未變。除非這些精系字單獨在及攝章開口呼是中古讀音的特別安排，否則應是當時北方官話的特有現象無疑。

(2) **塞音韵尾〔-p〕、〔-t〕、〔-k〕之消失**

⑩照，音：支占乙切。陟竹力切。縭章移切。菑側持切。知陟離切
稜阻力切。職之翼切。窒陟栗切。秩直一切。櫛阻瑟切
質之日切。蟄陟立切。戢阻立切。執之入切。藗竹益切
集之石切。（及攝章，開口副韵）

⑪曉，調：何黑何切 ❶。盍胡臘切。麬下沒切。曷胡葛切。劾故得
切。覆下革切。涸下革切。（革攝章，開口正韵）

⑩陟、稜、職、藗、集，⑪劾、覆、涸八字中古收〔-k〕；⑩窒、秩、櫛、質，⑪麬曷六字中古收〔-t〕；⑩蟄、戢、執，⑪盍四字中古收〔-p〕；⑩⑪ 以上之外皆是中古陰聲字。中古不同韵尾的收字，可以和陰聲無尾字讀成同音，可見當時塞聲韵尾已經消失。塞聲韵尾消失後，多數歸入無尾的陰聲及、傑、革、尖四攝中，少數才變成有〔-i〕或〔-u〕尾的陰聲該、高、裓三攝字，與中古變成現代國語的情況極相似（董同龢1972：217、218）。

(3) **雙脣鼻音尾〔-m〕之消失**

⑫曉，調：賢希延切。閑戶閒切。咸胡讒切。（干攝章，開口副韵）

⑬見，音：斤吉音切。巾居銀切。金居吟切。（根攝章，開口副韵）

(52)咸、(53)金兩字，分別是中古咸、深攝字，都收〔-m〕，《諧聲韵學》收入干、根攝，顯然已讀〔-n〕尾，必然是當時北方官話的實際讀音。在根攝章的收字，是深攝變來的，祇有開口副韵有字；干攝章則是咸攝變來，有開口正韵與開口副韵，這些讀音都與中古變成現代國語相同（董同龢 1972：217、218）。惟咸攝知照系如占、斬、詔、閃，以及日紐冉、染等字，在干攝章仍讀齊齒；咸攝非系字凡、范、梵等字，在干攝章讀合口呼。二者都與現代國語讀音有異，或許它們仍讀成〔tʃian〕、〔tʃʻian〕、〔ʃian〕、〔ʒian〕、〔fuan〕，尚未因異化作用變成現代國語的〔tʂan〕、〔tʂʻan〕、〔ʂan〕、〔ʐan〕、〔fan〕。

(三) 聲　　調

《諧聲韵學》各紐之下以調、理、韵、音順序排列聲調，它們分別代表陽平、上、去陰平四聲。中古的入聲消失後，分別變入陰聲攝的陰平、陽平、上、去四聲中，與現代國語的情況類似，不像《中原音韵》入聲祇歸入陰聲韵的陽平調。

(1) 中古平聲分化

(54)端，調：毒端胡切。突陀骨切。獨徒骨切。（及攝章，合口正韵）

(55)端，音：都端忽切。咄當沒切。篤冬毒切。瞉丁木切。（同上）

(56)曉，調：紅户弘切。弘胡肱切。硡户冬切。宏户萌切。洪户工切

（庚攝章，合口正韵）

(57)曉，音：烘户翁切。薨呼肱切。諻虎横切。（同上）

《諧聲韻學》全書對陰平（音）、陽平（調）的分別，是陰平爲清聲字，陽平爲濁聲字，全書多數無例外。⑭毒字是小韵，中古屬定紐濁聲，爲統一反切上字才改成端；⑰烘字情況相同，中古屬曉紐清聲，此處也是統一反切上字改成戶。平聲分化的標準既然以清濁爲條件，則次濁聲類疑、娘、微、來、日、明六紐，在理論上似乎沒有陰平字，陽聲攝則部份由中古入聲字補足。總之多數陰平與陽平的區別，與國語差不多相同。

(2) 全濁上聲歸去

《諧聲韵學》安排全濁上聲歸去的辦法是上、去兩收，列於上聲表示中古以來的傳統聲調，置在去聲則代表實際聲調。這種歸字法與零聲母字在影與疑或微二見的情況相似，恐怕歸於上聲的全濁字是虛位，或者當時有上、去二讀？以下列及攝章開口副韵上、去二讀的例字。

　　見：技 渠綺切　　端：弟 徒禮切（理），弟 店易切（韵）

　　幫：陛 傍禮切　　精：薺 阻禮切　　照：豸 池爾切　　審：士 鉏禮切

　　　　（理），士 山易切（韵）。喝 神爾切。視 丞矢切

　　曉：溪 胡禮切

弟、士二字因去聲做小韵，故其反切修改後與上聲不同。全書讀去聲的全濁上聲字，現代國語亦多讀去聲。

　　綜合以上聲母、韵母及聲調的討論，可以看出《諧聲韵學》除了在書中反映當時北方官話的實際語音外，也記載了某些中古以來的傳統讀音。雖然二者並存，但是表現實際語音的狀況仍然極爲明顯，根據本文的分析，它的聲母應將疑、微從二十一個中

減去，眞實的讀音僅有十九類；韵母不分開齊合撮之別，共得十二類；聲調則有陰平、陽平、上、去四類。

四、結　語

李光地與王蘭生曾經先後由南書房奉旨發下《諧聲韵學》一事，前面已有引述，李氏甚至撰「覆駁《諧聲韵學》箚子」批評其書僅符合北方音，康熙審閱後批示如何不得而知，但李、王二人其後奉命同修《音韵闡微》則是事實。《音韵闡微》雖然迄雍正四年（1726）修成，李氏也在康熙五十七年五月病卒，然王蘭生始終以當初研擬的體例修訂編纂（見羅常培 1963：131-140）。該書計分平、上、去、入四聲總爲十八卷，聲母以三十六字母標目，韵母則仿《佩文韵府》一一二韵分類，書前有韵譜三十八圖，是模仿《切韵指南》而編成。表面上它是一部襲古而且保守的韵書，但從其改良反切的系統以及書中凡例、按語看，却是一部以十八世紀初北方官話爲基礎所修訂的韵書。

如果將《諧聲韵學》與《音韵闡微》做一比較，它們的音韵現象有太多的相似處：

⑴《音韵闡微》的凡例（1881：11）說：①疑、微、喩北音相同 ❷ ；②知、徹、澄今音與照、穿、牀相近；③泥與娘今音同讀；④非與敷今音同讀。四點之外加上從反切可以清楚看出全濁音已經清化 ❸，則實際的聲類祇有十九個，與前述《諧聲韵學》的情況一致。

⑵《音韵闡微》雖有一一二韵，據其反切及按語說明，可以

歸併爲六十一韻類，如果扣除〔-m〕、〔-p〕、〔-t〕、〔-k〕尾二十五類，得陰聲與陽聲三十六類。《諧聲韻學》十二攝，每攝都以開合口正副韻機械性區分四類，其中如傑攝開口正韻與合口正韻祇收生造字，又祕攝開口副韻祇收「誰」一字，扣除這類情況有十類，則得其韻類爲三十八，與前述三十六類已極爲接近。如果王蘭生的確受到《諧聲韻學》影響之後才編《音韻闡微》，那麼何以後者收有雙脣鼻音尾及塞音尾的韻目，祇要看看前引李光地批評《諧聲韻學》僅是北音韻書的話就可以明白了。

(3)《音韻闡微》的反切，在平聲用字對清濁區別極爲嚴格，也就是清聲被切字一定用清聲的反切上下字，濁聲波切字也用濁聲的上下字，此種安排是在反映平聲分化爲陰平與陽平的事實。而表現全濁上聲讀去聲，則在董韻的按語（1881：152）說上聲反切下字用清聲母者讀去聲，如「動、杜孔切」，孔是清聲紐，則動字讀去聲。此種平聲與上聲的聲調變化，上一節《諧聲韻學》的情況也是一致。

(4)《音韻闡微》的反切用字，求其簡單易切，尤其下字儘量以影、喻二紐切，正是此書的一大特點。而《諧聲韻學》各紐小韻統一上下字反切用字，正是前書「合聲」反切的先河。

此外《諧聲韻學》造了許多漢字所無的字，主要目的是塡實有音無字的空缺。雖然這項缺點可以由滿文來彌補，但是康熙本人並不贊成此類做法，他在《音韻闡微》修纂期間，也就是康熙五十八年（1719）冬十月壬子，給內閣學士長壽一道上諭可以看出：

　　朕於聲音之學，究心二十餘年，雖未能親至鄉里，而鄉里
　　人的聲音，無不悉知。有如清字之音，有漢字所無者；漢
　　字之音，亦有清字所未備者。朕將此《聲音圖》討論多
　　日，欲該括各國聲音，斷乎不能。朕以為《性理精義》內
　　邵子《聲音圖》，宜仍用漢字，其清字圖可以不用。蒙養
　　齋修書舉人王蘭生諸曉音韵之學，爾與之商酌，觀其意
　　見如何？（《十二朝東華錄》，卷二十一）

在此之前李光地已批評《諧聲韵學》的生造字，因此《音韵闡微》
當然不再用生造漢字甚至清字。

　　其他如《諧聲韵學》各攝之前各紐代表字，作用與韵圖無殊，
而《音韵闡微》書前亦有韵譜；非系字出現的韵攝，兩書完全一
致；舌尖元音祇有〔-1〕的特殊現象，兩書也是相同。在在都可
證明兩書的關係極為密切。即使《諧聲韵學》不出於王蘭生之手，
但是兩書音韵系統如此吻合的事實的確讓人驚奇不已。

　　最合理的推論，或許可以解釋為兩書取材相同，編書的觀念
也相近，因此表達的方式自然是大同小異。不過如果仔細研讀第
二節所引王蘭生與《諧聲韵學》的關係，再加上《音韵闡微》編
纂的時間，以及康熙與李光地兩人對《音韵闡微》主張不輕變古
的觀念，都可以看出《音韵闡微》與《諧聲韵學》的關係極為深
厚，而且前者受後者的影響，尤其在音韵系統方面，任何人都無
法否認。

　　以上是就《諧聲韵學》與《音韵闡微》在音韵系統相同方面

所做的推論，至於其相異處，尤其是《音韵闡微》表達的保守性，都可以做合理的解釋。因此有關《諧聲韵學》的作者到底是誰已經不重要，而兩書音韵系統的一致性，足以讓這部沒有序跋及任何文字說明的《諧聲韵學》，有了一個稍微合理的歸屬。另一方面對此書的研究，今後也許能踏出較穩健的一大步，讓它在音韵學史上得到該得的評價。

附　　註

❶　此書以清人編輯之可能性較大，詳見次節有關作者之討論。

❷　陸志韋（1948：15）亦同意趙氏此說。

❸　羅常培（1963：128）以爲就是《音韵闡微》。

❹　見「榕村韵書略例」，《榕村集》，卷二十。

❺　見《交河集》卷五，「啓安溪相國」、「再啓安溪相國」二文。

❻　參見拙著《音韵闡微研究》，台北：學生，1988、4。

❼　同❻。

❽　影紐在本書屬於〔ɤ-〕，以下有討論。

❾　趙蔭棠（1932：53）未細審材料，即有此誤。

❿　參見拙著《音韵闡微研究》第五章，聲母系統部份。

⓫　何字以何下字切，有問題。而革攝章開口正韵「調」聲韵統一用何爲下字，似乎編者想修正都無能爲力。

⓬　此處凡例省略影紐不提，其實影紐當時已是零聲母。

⓭　參見拙著《音韵闡微研究》第五章討論聲紐部份。

引用書目

王蘭生（撰）、桂庯（編）

　　1836　　《交河集》，道光丙申刊本，中央研究院歷史語言
　　　　　　研究所傅斯年圖書館藏。

北大中文系語言學研究室

　　1962　　《漢語方音字滙》，北京：文字改革出版社。

李光地

　　　　　　《榕村集》，台北，商務印書館（四庫全書文淵閣
　　　　　　影本）。

李光地、王蘭生（合編）

　　1726　　《音韵闡微》，台北：學生書局（1966，光緒七
　　　　　　年1881淮南書局重刊影本）。

林慶勳

　　1986　　「論《音韵闡微》的入聲字」，中央研究院第二屆
　　　　　　國際漢學會議語言文字組論文。

　　1988　　《音韵闡微研究》，台北：學生書局。

陳新雄

　　1981　　《中原音韵概要》，台北：學海出版社。

陸志韋

　　1948　　「記《三教經書文字根本》」（附《諧聲韵學》），
　　　　　　《燕京學報》34，15 - 20。

董同龢

　　　　　《漢語音韵學》，台北：學生書局(1972三版)。

趙蔭棠

　　1931　「《康熙字典，字母切韵要法》考證」，《中央研究院歷史語言研究所集刊》3：1，93-120。

　　1932　「《諧聲韵學》跋」，《中法月刊》1：3，49-59。

蔣良驥（原著）、王先謙（改修）

　　　　　《十二朝東華錄》，台北：大東書局（影本）。

羅常培

　　1963　「王蘭生與《音韵闡微》」，《羅常培語言學論文選集》131-140（北京：中華書局）。

撰人不詳

　　　　　《諧聲韵學》，稿本十八卷，藏台北故宮博物院圖書館。

江永聲韻學抉微

董忠司

在撰寫〈江永的聲母論〉一文的時候❶，體會到江永的聲韻
學頗具體系，也略有一些聲韻學史未曾提及的觀點，因此不揣淺
陋，想爲江永抉其隱微，這篇研究報告就是這個心願的一點點成
果❷。

一、關於江永的聲韻學論著

江永字愼修，安徽婺源人（西元 1681～1762）。其學先有
所成的是禮學，四十一歲所撰《禮經網目》爲其代表。除禮學以
外，也精研律呂、地輿、古今制度、四書義理等❸。江氏完成
《春秋地理考實》之後，晚年的心力便專注到聲韻學上面了。

江愼修的聲韻學見解，主要見於《四聲切韻表》❹，《古韻標
準》❺，《音學辨微》❻三書，他的《善餘堂書札》中〈答戴生
東原書〉，〈答甥汪開岐書〉二文件也有論及聲韻的話❼。

江氏的聲韻學三書，著作的先後是：一、《四聲切韻表》，
二、《古韻標準》，三、《音學辨微》，證據在〈古音標準例言〉
和〈善餘堂書札〉中。江氏說：

> 接來札道及音韻一事，……此事愚生平頗有心得，所著有
> 《古韻標準》、《四聲切韻表》二書，又有《音韻辨微》，

方屬稿而未成書也。**❽**

又說：

> 余旣為《四聲切韻》表，細區今韻，歸之字母音等，復與
> 同志戴震東原，商定《古韻標準》四卷、《詩韻舉例》一
> 卷，於韻學不無小補焉。**❾**

上二段話，前一段所謂《音韻辨微》一書，殆未寫成書以前暫定
的書名，殆即今日所傳《音學辨微》一書。後一段話所說的〈詩
韻舉例〉，並未獨立成書，而附在《古韻標準》之卷首。這二段
話，前一段話可以證明《音學辨微》一書完成的時間最晚，後一
段話可以推定《四聲切韻表》成書較早。因此我們可以看到《四
聲切韻表》和《音學辨微》重複之處往往是《音學辨微》較詳審
而可以為江氏之定論。

　　《四聲切韻表》、《古韻標準》、《音學辨微》三書，形成
了江愼修先生的聲韻學體系，不可分割。所以江氏在他的書中常
常把這三書並提而論，除前兩段話以外，還有：

> 今為三百篇考古韻，亦但以今韻合之，著其異同，……今
> 韻之有條理處，別有《四聲切韻表》、《音學辨微》二書
> 明之。**❿**

所謂「為三百篇考古韻」是指江氏所著《古韻標準》而言，論古

韻而不遺今韻，是從古今的觀點來建立聲韻學體系。江氏又說：

> 余有《四聲切韻表》四卷，以區別二百六部之韻；有《古韻標準》四卷，以考三百篇之古音，兹《音學辨微》一卷，略舉辨音之方，聊為有志審音，不得其門庭者，導夫先路云爾。⓫

這一段話是從研究和學習聲韻學的觀點來說明三書的關係。我們也許可以用下表來推想江永的聲韻學體系：

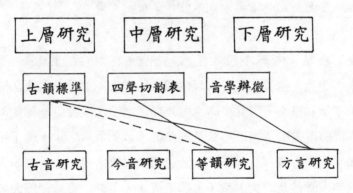

這個簡表只能粗略的表示江永聲韻學體系，欲知其詳，尚需從江氏三書中去探討⓬。

二、江永的四聲八調說

江氏的篤守中古有四聲之說，是無庸置疑的。他的《四聲切韻表》一書以「四聲」標名，書中依《廣韻》二百六韻，「條分

緫析，四聲相從，各統以母」❸；他的《音學辨微》一書中有
〈辨四聲〉一節，申辨四聲之名與其源起等問題：足以看出他是
篤守中古有四聲之說的。但是，江永在論及清濁時，似乎又有
「八聲」的看法，他在《音學辨微》五〈辨清濁〉說：

> 平聲清濁易辨，學者先辨平聲。桐城方以智製啌嗉二字，
> 以為平聲清濁之準。啌音空，嗉音堂。凡聲之高而揚如啌
> 者皆清，低而下如嗉者皆濁也。然平有清濁，上去入皆有
> 清濁，合之凡八聲，而方氏以啌嗉上去入為五聲，誤矣。
> 蓋上去入之清濁方氏不能辨，故也。❹

關於這段話，千萬不可像江有誥不瞭解江永的古聲調論而說他
「未有定見」那樣，犯了同樣的錯誤。這段話似乎是主張「八聲」
的，不是和前文「四聲」的主張不同了嗎？江永會這麼糊塗的提
出不同的主張嗎？應該不會是糊塗的。我們看到江永所說「平有
清濁、上去入皆有清濁」，這話裏明明提出「平、上、去、入」
四個字，當然是四大調類了，那「清」、「濁」應該是四大調類
中各分出的小類（或稱「次類」），可以列成下表：

四大調類（四聲）	八大小類
平	清（可稱爲清平）
	濁（可稱爲濁平）
上	清（可稱爲清上）
	濁（可稱爲濁上）

去	清（可稱爲清去）
	濁（可稱爲濁去）
入	清（可稱爲清入）
	濁（可稱爲濁入）

用這個表格來理解江氏的話，和四聲說不會衝突，應該是合理的。只是「清平」「濁上」這些名稱並非江氏所定，是暫時代爲擬訂的。

　　江愼修從平上去入四聲，各分出清濁二類，江氏自己稱爲八聲」，但是，我們爲了指稱上的方便，可以採用「四聲八調」這個詞語。這「四聲八調」，意思是說「調類有四個，叫做『四聲』；調值有八種，是由四聲分出來的，每聲分出兩類，就是『八調』。」

　　「八調」是「四聲」各因聲母的清濁而分派出來的，江氏並未指出分派「八調」的時代，但是，因爲這段說明「八調」的文字，前後都是說明三十六字母之清濁的話，所以這「八調」一定是分派於三十六字母的時代，　很可能就是以唐宋爲代表的「中古」了。

　　關於中古的四聲八調，　日本和尙安然在《悉曇藏》卷五曾經提到「承和之末」（約相當於西元847年）「四聲之中，各有輕重。」「四聲皆有輕重」等話❺，現代漢語方言像閩南話、客家話、吳語、粵語等，多有四聲之中再分陰陽的現象，近人如周祖謨關於唐代方言中四聲讀法的一些資料、杜其容〈論中古聲調〉皆曾言及。清代的江永如果不是曾經接觸過安然《悉曇藏》一類的資料，我們只好說他有超人的卓見了。

　　杜其容的〈論中古聲調〉一文曾經特別表彰陳澧〈切韻考〉「四聲各有一清一濁合之凡八聲」之說⓰，並另有〈陳澧反切說申論〉一文⓱，力辨陳澧持四聲八調說，竊以爲陳澧的反切結構說與四聲八調說相關，而似乎都源自江愼修，試用下列對照表來說明：

學說	江　　　　永	陳　　　澧
四聲八調說	凡聲之高而揚如嘡者皆清，低而下如噇者皆濁也。然平有清濁，上去入皆有清濁，合之凡八聲。…… 三十六字母十八清十八濁，陰陽適均，………	四聲各有一清一濁，合之凡八聲。
反切結構說	切字者，兩合音也。……上一字取同類同位（原註：七音、同類，清濁、同位），下一字取同韻（韻窄字少者，或借相近之韻）。取同位同類者，不論四聲（原註：平上去入任取一字）；取同韻者，不論清濁（原註：清濁定於上一字，不論下一字，如德紅切東字，東清而紅濁，戶公切紅字，紅濁而公清，俱可任取。蓋德與東、戶與紅，清濁定於此也。後人韻書有嫌其清濁不類，難於轉紐者，下一字必須以清切清、	切語之法，以二字爲一字之音。上字與所切之字雙聲，下字與所切之字疊韻。上字定其清濁，下字定其平上去入，上字定其清濁而不論平上去入：如東德紅切，同徒紅切，東德皆清，同徒皆濁也，然同徒皆平可也，東平德入亦可也。下字定平上去入而不論清濁：如東德紅切，同徒紅切、中陟弓切，蟲直弓切。東紅、同紅、

以濁切濁，固爲親切，然明者觀之，正不必如此。倘譏前人之切爲誤，則不知切法者矣！）⑱

中弓、蟲弓皆平也，然同紅皆濁，中弓皆清可也；東清紅濁，蟲濁弓清亦可也。東同中蟲四字在一東韻之首，此四字切語已盡備切語之法，其體例精約如此，蓋陸氏之書也。⑲

由這個表，可以看出陳澧的學說，有許多承襲於江永的地方，如果再從反切上字表的整理，韻類韻圖的編排，以及其他聲韻學說的比較，我們一定可以看出陳澧的聲韻學有一部份是參考並承襲了江永的優點而進一步發展的。陳、江的四聲八調說，是江奠基於前，陳申述於後。甚至可以說，陳澧沒有多少的創見，實在只是江永的繼承者而已。

江氏永在說明「四聲八調」時，有一個說明調值的地方，非常值得重視。江氏是這樣說的：「凡聲之高而揚如唑者皆清，低而下如噇者皆濁也。」揆其意，如下圖：

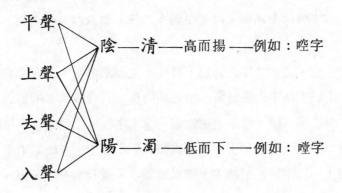

喤字不見於《廣韻》、《集韻》、《康熙字典》❷，喠字見於
《玉篇》、《廣韻》、《集韻》、《類篇》、與《康熙字典》。
《廣韻》四江「許江切」下有「喠、喠嗔語，出聲譜。」諸書音
義皆同，《集韻》「喠」字又有「枯江切」之音，訓：「一曰嗽
也」。然而，《廣韻》、《集韻》等所見之「喠」字，雖爲陰平
調之字，卻非江氏之所取用者。此喠喤二字，江氏明言爲桐城方
以智所自製。考方以智《通雅》卷五十〈切韻聲原〉中取「喠、喤、
上、去、入」五字以說明五種聲調，試代方氏製成簡表：

平		上	去	入
喠	喤			
開	承	轉	縱	合
○	∪	⊃	⊂	e

方以智《切韻聲原》說：

> 平中自有陰陽，張世南以聲輕清爲陽，重濁爲陰；周德清
> 以空喉清平爲陰，以堂喉濁平爲陽，智故以喠喤定例。

方氏於「空、堂」二字之旁加「口」，表示取其音，此與佛典中
「啊」「嚩」諸字之表音者，用意相同❷。其喠字所表的聲調應
該和「空」字一樣，喤字也應該和「堂」字同。《廣韻》上平聲
一東韻：「空，苦紅切」，而《廣韻》下平聲十一唐韻：「堂，
徒郎切」。二字皆爲平聲字，空爲清聲字，堂爲濁聲字。方、江

二人取此二字來表示平聲之清、濁二調，是適當的。二氏之不同在：方氏舉此二字只以標識平聲之二調，而江氏以此二字為例，類推上去入之各分派為二，並用以說明調值。

江氏頗知方音之多歧異❷，故於四聲八調之讀音，未予以指實，而唯概括性的說明了陰調（清）高揚，陽調（濁）低下，這實在是一個重要的發現，值得研究方言學、聲韻學、語音學者的重視。

這種「清──高」「濁──低」調值的發現，我們可以找到證據來支持江氏的說法，其中最重要的證據是日本和尚了尊《悉曇輪略圖抄》卷第一〈八聲事〉說：

> 私頌云：平聲重，初後俱低，平聲，初昂後低；上聲重，初低後昂，上聲輕，初後俱昂；去聲重，初低後偃，去聲輕，初昂後偃。入聲重，初後俱低，入聲輕，初後俱昂。❸

所謂「初」與「後」，指的是一個字音節的「前一部份」和「後一部份」，前一部份當然包括聲母在內。如果把了尊的話整理一下，就如下表：❷

清濁	聲 調 名	音	節
		初（ 前一部份 ）	後（ 後一部份 ）
（清）	平聲（ 輕 ）	昂	低
（濁）	平聲重	低	低

（清）	上聲輕	昂	昂
（濁）	上聲重	低	昂
（清）	去聲輕	昂	偃
（濁）	去聲重	低	偃
（清）	入聲輕	昂	昂
（濁）	入聲重	低	低

這種聲調的描述，在日本古代和尚之間，是相當重視的，因爲在
誦經時必須用到。在中國文學史中，我們也可知道唐代和尚在講
經與敷演變文時，也極重視聲韻調，因此，釋家相傳的文字聲調，
很值得讓我們注意到不同時代的類似記載。了尊的記述，是日本
弘安十年(西元1287年)❷，他的話又被日本明覺和尚《悉曇要訣》
運用在解說梵文之中，明覺《悉曇要訣》卷一〈十四音義〉中說：

> 初平後上之字及初平後去之字，六聲家同爲去聲，……今
> 私案之，初昂後低爲平聲之輕，初後俱低爲平聲之重；初
> 後俱昂爲入聲之輕　，初後俱低爲入聲之重　。當知重音者
> 初低音也。初後俱昂名爲上聲，是六聲之家義也。初低終
> 昂之音可爲上聲之重，……❷

了尊和明覺的話除了可以證明有多於四個調類的釋家讀法之外，
我們更應該注意到明覺話中所明言的「重音者初低音也」，這和
前文所列了尊八聲表中，凡重音（濁聲）的「初」音都是「低」
音的現象相合。這些悉曇書中所述的「低」音，當然是指聲調的

「音高」較低，也就是聲帶顫動的頻率較低的字音。這種濁聲調低下的說法，正與江愼修的主張相同。

清聲調就是陰聲調，濁聲調就是陽聲調，聲調之分陰陽，多見於方言。漢語各地方言之陰陽分調，雖然不一定逢陰調則高，陽調則低❷，但確有許多方言是陽調低、陰調高的，如蘇州話、紹興話、永康話、廣州話、越南東京漢越語等❷，辛勉《古代藏語和中古漢語語音系統的比較研究》一著更引述瞿靄堂與金鵬的話，謂卓尼藏語和嘉戎話裏「清聲母聲調高，濁聲母聲調低。」從這些語音的現象或是文獻資料，都可以知道江愼修對於聲調「清──高」「濁──低」的發現，如果不是基於方音或文獻的事實，便是他精密的語音審辨工夫所獲致的。私以為聲韻學史裏對於江愼修「四聲八調」說及其陰陽調值的見解，應該記上一筆。

三、關於古聲調說

關於古音裏的聲調問題，論者往往昧於江氏永的真正意旨，而輕易的說他和顧炎武的古聲調說相同相近。例如江有誥〈再寄王石臞先生書〉曾說：

> 四聲一說，尚無定論，顧氏謂古人四聲一貫，又謂入為閏聲。陳季立謂古無四聲，江晉齋申明其說者不一而足，然所撰《古韻標準》仍分平上去入四卷，則亦未有定見。❷

江有誥此言有誤，也許是他沒有看到江永的《古韻標準》，要不

然便是他沒有讀懂江永的文字，以致於說江永主張「古無四聲」，
實在是弄錯了。但似乎很少人替江永辨誣，像周祖謨更誤以爲江
氏的「四聲通韻」是用來證明「古無四聲」的，周氏〈古音有無
上去二聲辨〉一文說：

> 爾後江永服膺顧說，復舉《詩》中四聲通韻之例爲證，由是
> 古無四聲之論乃風靡一時。❸⓪

此語只有三短句，每一短句皆與事實有違。至於張世祿的《中國
古音學》和《中國音韻學史》，見解較爲正確，但亦有小誤。張
氏說：

> 江氏對於古音上的字調問題，大致和顧炎武『四聲一貫』
> 之說相合，以爲雖有四聲，而平仄可相通押；但是同時又
> 謂入聲和去聲最近，並且主張『數韻共一入』，所列入聲
> 的八部，可隸屬於陰聲韻，也可隸屬於陽聲，已開陰陽入
> 通轉說的端緒。❸①

後世學者有這種看法的，不在少數，實在有必要替江氏辨駁。
　　江氏《音學辨微》曾說的：「漢以前不知四聲，但曰某字讀
如某字而已。四聲起於江左，……以詩韻讀之，實有其聲」❸②云
云，可以明白看出他是主張《詩經》代表的古音中是有四聲的。
此外，《古韻標準》一書的〈例言〉第六條說：

四聲雖起江左，按之實有其聲，不容增減，此後人補前人
未備之一端。平自韻平，上去入自韻上去入者，恒也。亦
有一章兩聲或三四聲者，隨其聲諷誦咏歌，亦有諧通，不
必皆出一聲，如後人詩餘歌曲，正以雜用四聲為節奏，詩
韻何獨不然。前人讀韻太拘，必強紐為一聲，遇字音之不
可變者，以強紐失其本音，顧氏始去此病，各以本聲讀之。
不獨詩當然，凡古人有韻之文皆如此讀，可省無數糾紛，
而字亦得守其本音，善之尤者也。然是說也，陳氏實啓之，
陳氏於『不宜有怒』句，引蔣氏怒有上去二音之說，駁之
曰：『四聲之說起于後世，古人之詩取其可歌可詠，豈屑
屑毫釐，若經生為耶？且上去二音亦輕重之間耳』又於『綢
繆束芻，三星在隅』註云：『芻音鄒，隅音魚俟切，或問
二平而接以去聲，可乎？曰：中原音韻聲多此類，音節未
嘗不和暢也』。是陳氏知四聲可不拘矣，他處又仍泥一聲，
何不能固守其說耶？四聲通韻，今皆具於舉例，其有今讀
平而古讀上，如予字；今讀去而古讀平，如慶字；可平可
去，如信令、行、聽、等字者，不在此例❸

又〈例言〉第九條說：

顧氏《詩本音》改正舊叶之誤頗多，亦有求之太過，反生
葛藤。如一章平上去入各用韻，或兩部相近之音各用韻；
率謂通為一韻，恐非古人之意。小戎二章以合軜邑叶驂，
以念字叶合軜邑，尤失之甚者，今隨韻辨正，亦不能盡辨

也。㉞

又卷四入聲第一部〈總論〉說：

> 入聲與去聲最近，詩多通為韻，與上聲韻者間有之，與平
> 聲韻者少，以其遠而不諧也。韻雖通而入聲自如其本音，
> 顧氏於入聲皆轉而為平為上為去，大謬，今亦不必細
> 辨也。㉟

從江氏的這些話當中，我們應當強調出音《學辨微》中說的：詩韻實
有四聲的話，配合古《韻標準》所說：「四聲雖起江左，按之實有其
聲，不容增減。」一併看待；其次再注意到他說的：「平自韻平，
上去入自韻上去入者，恆也。」這些是「古無四聲」的論調嗎？
不，正正相反，這都是確定古有四聲的言詞。

　　江氏於《詩經》中一章而有不同聲調的押韻現象，提出一個
合理的解釋。他說：「……隨其聲諷誦詠歌，亦有諧適，不必皆
出一聲，如後人詩餘歌曲，正以雜用四聲為節奏，詩韻何獨不然。」
而主張要「各以本聲讀之」，這裏所說的「聲」是「聲調」，也就
是用歌曲的觀點來看待《詩經》異聲調互相押韻的現象，反對強
改聲調而失掉原來的聲調，可見他是肯定四聲之後再提出四聲可
以通押的。江有誥和張世祿等人，隨意的看到一部份，便說江永主
張古無四聲，我們只好慨嘆讀書難了。

　　至於周祖謨說江永以「四聲通韻」證「古無四聲」之論，其
疏誤有甚於張世祿者，由上文可以看出來。事實上，江永的「四

聲通韻」實在是用來證明：「古有四聲而通押」的，一點都沒有
說「分不出四聲的界限」一類的話。《古韻標準》卷首〈詩韻舉
例〉四聲通韻舉出詩經一九三章，二百零一例，這些四聲通押的例
子，和他在古音各韻部中所列舉的一致，沒有一個地方說到《詩
經》中沒有四聲，而只說「○○爲韻」或「○○通韻」，意思當
然是說他處之押韻，四聲分押，這些地方則有異調相押的現象。

　　江氏的「四聲通韻」是肯定古有四聲而可通押的，但是如果
進一步追問其何以得通押而不似唐人爲詩之四聲分押？江氏於
《古韻標準》例言中因之提出一種值得重視的理論來解說，他在
第九條說：「……亦有一章兩聲、或三四聲者，隨其聲諷誦咏歌，
亦有諧適，不必皆出一聲。」意思是說：依《詩經》篇章用韻之
聲調來諷誦、吟詠、或歌唱，聲調有平上去入之異的，在吟唱之
中，由於音樂的作用，亦是諧和的。又說：「如後人詩餘歌曲，
正以雜用四聲爲節奏，詩韻何獨不然。」意思是說：後代的詞、
曲，在文學史上是承接唐詩的重要文體，詞曲正是以四聲通押來
造成高低抑揚的節奏，這種聲律上的效果，《詩經》的用韻也可
以因爲四聲通韻而得到。江氏這些話的內容，包含了：

1.《詩經》是合樂的，〈國風〉和〈大小雅〉，甚至〈頌〉都
　是可以歌唱的，對《詩經》的四聲應當站在這個基礎
　去考察。
2.四聲通韻在誦讀歌唱時是諧和的。
3.《詩經》之後像宋詞、元曲，都是四聲通韻的證據。
4.四聲通韻可以造成「節奏」的音樂效果。

這樣的說法是相當完整的，適用於《詩經》的押韻現象，正如前引江氏自評之語：「不獨詩當然，凡古人有韻之文皆如此讀，可省無數糾紛，而字亦得守其本音，善之尤者也。」這話說得實在像先知之話，惜乎江永之後，清代學者不加以重視，以致上古聲調方面人各一說，如戴震有「四聲通為一音」之說、段玉裁有古無去聲與古二聲說、錢大昕有古聲輕重緩急說、孔廣森有古無入聲說、張惠言有古無所謂四聲說 等，與江永上古四聲說不合；又如江有誥、夏燮等主張上古 有四聲❸⑥；此不正是江永所謂「無數糾紛」嗎？近日學者於上古聲調漸又走回四聲說 ❸⑦，不是又回到江永所發現的路子嗎？

四、關於古韻四十七部

　　近人論及上古韻部，一般都說江永的研究結果是十三部，像張世祿、姜亮夫、……等，不一。最常見的說法，如張世祿《中國聲韻學史》說：

　　　　江氏作《古韻標準》，……根據音理把顧氏的十部重訂為
　　　　十三部。❸⑧

後人大多相沿轉述，如李新魁《古音概說》❸⑨。這種說法不能算是大錯，也許是出於與不分四聲的古韵學家比較時的方便，但是實在沒有把江永畫分上古韻部的本意完全敍述出來。
　　江永他主張上古有四聲，所以在《古韻標準》中，依四聲分為四

卷：平聲十三部、上聲十三部、去聲十三部、入聲八部，以數字
為韻部之名，如：「平聲第一部」「平聲第二部」「上聲第一部」
「去聲第一部」「入聲第一部」……等等之名，合計為四十七韻
部。如果根據江永古韻標準，最好說他主張古韻有四十七部，否
則也應說他分出的韻部平上去三聲各十三部、入聲有八部。

五、「今音輕唇，古音重唇」

江愼修先生在他的聲韻學三書中，幾乎都不談到對上古聲母
的意見。雖然《古韵標準》一書，每一個韵字都注以反切如：

平聲第一部　重、直容切　（按：廣韵：直容、直勇、直用三切。）

平聲第二部　罘、扶之切　（按：廣韵：縛謀切）

平聲第七部　蛇、唐何切　（按：廣韻：託何、弋支、食遮三切。）

平聲第十二部　風、孚金切　（按：廣韵：方戎、方風二切。）

輕唇音者未改讀重唇，舌上者未改讀舌頭，而其韻母，則或改注
以古韻部了，可見無法憑《古韵標準》的反切來推定江氏上古聲
母的看法。要得知江氏古聲母說，只得從他別的書中去搜尋一鱗
半爪。江氏在〈四聲切韵表凡例〉第五十九條說：

> 舌唇二音，古或用隔類切，或以舌頭切舌上，舌上切
> 舌頭，或以重唇切輕唇，輕唇切重唇，今一用音和，免致
> 滋誤。❶

這裏所說的「古」，也許是以唐宋爲主的中古，也許還包含以詩經時代爲主的上古，但至少表示江氏已經注意到舌頭舌上的混淆於古代，也已經注意到重唇音輕唇音的混淆於古代。對於舌上舌頭，江氏未進一步提出導致混淆的解說。對於重唇與輕唇的古讀，江氏說：

> 尤有宥別分一類，古音通之止志者，得其牧、郁、福、服字，福、服今音輕唇，古音重唇，如職韻之愎、逼也。⓫

所謂「如職韻之愎、逼」，除了指出「福」與「逼」諧聲偏旁外，還告訴我們「福、服」上古讀音如「愎、逼」二字。《四聲切韻表》蒸拯證職三等開口呼：「逼、彼力（切）」「愎、弼力（切）」，前者爲幫母，後者爲並母；又尤有宥屋三等開口呼：「福、方六（切）」「服、房六（切）」，前者屬非母，後者屬奉母。江氏是告訴我們《廣韻》(中古) 的輕唇音，古音 (上古) 要讀爲重唇，因爲《四聲切韻表》表現的是中古韻書(尤其是《廣韻》)的音讀，故所謂「古音重唇」應該是指《廣韻》以前之「古」，那應該是魏晉以前「詩經時代」吧？這個「今音輕唇、古音重唇」，不就是後人許爲錢大昕的創見嗎？江氏《四聲切韻表》完成的年代，最遲是西元 1759 年⓬，時錢大昕才成進士四年，31 歲⓭，錢氏《十駕齋養新錄》自序於嘉慶三年，阮元爲之作序於嘉慶9年(西元 1804 年，即錢氏卒年)，其刊刻必在嘉慶 9 年之後，上距《四聲切韻表》成書已四十五年。雖然江氏之「今音輕唇、古音重唇」乃就若干字而言，但是此概念的提出，功勞不小，是一個可以稱

述的史實。

六、「別起」「別收」

採用「發、送、收」來分析字母，說明字母的發聲方法可能以明代方以智為最早，他把字母分為「初發聲」「送氣聲」「忍收聲」三類❹，後來江永、錢大昕、江有誥、陳澧等，便都採取了方氏的辨法。羅常培在《漢語音韻學導論》中說：

> 舊韻學家就聲母發音方法以釐定其種類者，自等韻之『全清』『次清』『全濁』『次濁』四類而外，以明方以智所分之『初發聲』『送氣聲』『忍收聲』三類為最早。其後錢大昕分『出聲』『送氣』『收聲』三類；江永江有誥陳澧分『發聲』『送氣』『收聲』三類；大體均與方氏相同。洪榜分『發聲』『送氣』『外收聲』『內收聲』四類；勞乃宣分『戛』『透』『轢』『捺』四類；邵作舟分『戛』『透』『拂』『轢』『揉』五類；則與方氏微有出入。❺

羅氏此語說得不錯，但略有小疵。他把錢大昕列於江永之前是錯誤，錢大昕說見於《十駕齋養新錄》❻，錢為戴震之友，戴震是江永之徒，戴與錢初會時，江永已逝世，後來錢氏曾為江戴寫傳，故錢說宜在江之後，羅氏指出江永發、送、收三類與方氏同，意指本出於方氏，此言不訛，然謂江氏分為「發、送、收」三類，則實有疏漏，請先看江慎修之言。江氏說：

三十六母之理，牙、舌、脣、齒皆三列，一位發聲，二位
三位送氣、四位忍收，此牙、舌、脣之例也。送氣二位，
清濁相對，發聲無濁，忍收無清。齒音亦三列，忍收獨有
清，所以有心審。喉音惟有二列，清濁各相對，淺喉在外
居前，深喉在內居後。❼

從江氏的話看來，江氏是採用了方以智的三分法而略改名稱爲
「發聲」「送氣」「忍收」（江氏所用爲「忍收」一名，羅氏誤
爲「收聲」），羅氏說得對，但羅氏沒有看到江氏在《音學辨微》
〈辨七音〉之末，還有一段更重要的話。江氏說：

……見爲發聲，溪群爲送氣，疑爲單收。舌頭、舌上、重
脣、輕脣亦如之，皆以四字分三類，精爲發聲、清從爲送
氣、心邪爲別起別收，正齒亦如之，此以五字分三類。曉
匣、喉之重而淺，影喻、喉之輕而深，此以四聲分兩類。❽

這段話應該和論清濁的話互相參照。江氏說：

牙音、舌頭、舌上、重脣、輕脣，皆四位三列，二三相對
爲清濁，首位無濁，四位無清。齒頭、正齒，五位三列，
首位無濁，二三相對爲清濁，四五亦相對爲清濁也。喉音
四位兩列，一與二，三與四，各相對爲清濁也。❾

這兩段話參照來看，發送收與清濁的關係便非常清楚了。其中有

兩點值得注意：1.前引文所稱「忍收」，此處則有「單收」「別起」「別收」三名稱，大抵是前引文之「忍收」為總名，此處為細分之名。2.喉音四母未說明屬「發、送、收」三類中那一類，但和清濁對照來看，影母是最清，當屬「發聲」。喻母與之清濁相對，似亦屬「發聲」，但喻母是「次濁」，又似為「單收」；曉母是「次清」，匣母是「最濁」，當屬「送氣」。現在根據這些了解，繪清濁與發送收對照表如下：

		發聲	送氣	忍 單收	收 別起	別收
喉	清	影(即喻之清)	曉(即匣之清)			
	濁	喻(即影之濁)	匣(即曉之濁)			
牙	清	見	溪(即群之清)	(疑之清無字)		
	濁	(見之濁無字)	群(即溪之濁)	疑		
舌頭	清	端	透(即定之清)	(泥之清無字)		
	濁	(端之濁無字)	定(即透之濁)	泥		
舌上	清	知	徹(即澄之清)	(娘之清無字)		
	濁	(知之濁無字)	澄(即徹之濁)	娘		
正齒	清	照	穿(即神之清)		審(即禪之清)	
	濁	(照之濁無字)	神(即穿之濁)			禪(即審之濁)
齒頭	清	精	清(即從之清)		心(即邪之清)	
	濁	(精之濁無字)	從(即清之濁)			邪(即心之濁)
重唇	清	幫	滂(即並之清)	(明之清無字)		
	濁	(幫之濁無字)	並(即滂之濁)	明		
輕唇	清	非	敷(即奉之清)	(微之清無字)		
	濁	(非之濁無字)	奉(即敷之濁)	微		

（附註：來日二母，江氏未提及於發送收何屬。）

由這個表，我們可以了解江慎修對發送收的看法，比起方以智、錢大昕、江有誥、陳澧等，要精密多了，這當然是由於江慎修善於審音之功所致。

江慎修雖然使用了「發聲」「送氣」「忍收」「單收」「別起」「別收」這些名稱，但是，與「最清」「次清」「最濁」等名稱相同，他並沒有把這些名稱加以解說。其中「忍收」即「收聲」，與「發聲」「送氣」三者都是一般人熟知的，清代陳澧曾經解說過❺⓪，「發聲」相當於「塞聲」與「塞擦聲」，「送氣」是「發聲」加上強氣流，「收聲」或「忍收」大抵指「發聲」「送氣」之外的發聲方法，其中大多是口腔通道未大開的狀態下所發出的音，也就是陳澧所謂「其氣收斂」的音。而「單收」就是沒有清聲相配的「忍收」（見前引《音學辨微》之文）。

至於「別起」「別收」，既名為「別」，應該和其他「忍收」「發聲」等不同，如果從江永用以專指「齒音」而觀，再從江永對「精、清、從、心、邪」與「照、穿、牀、審、禪」的發聲描述：「音在齒尖」與「音在齒上」來看，「別起」「別收」是江永特別用來指稱相配於「精」「照」等塞擦聲的清擦聲和濁擦聲。這兩個名詞可以說明江永審辨音讀的能力有值得推崇之處，而羅常培的一時疏忽應該改正過來。

七、反切法的三個層次

江慎修在《四聲切韻表》表前附以小語，說：「此表為音學設，……學者熟玩，音學可造精微，切字猶其粗淺也。」❺① 音學

就是現代所謂「聲韻學」，是指漢語古今聲、韻、調的研究而言，韻表上面的切字是聲韻學比較粗淺的一部份，所謂「粗淺」也許是指表面的、運用的學問而言，相對於精密而深入的音理。但是，江永雖然以切字爲粗淺，卻在討論反切時，頗有深入的發現。

關於反切結構，我們可以把江氏的意見分三個層次來說：

1. 「切字者兩合音也。」

2. 「上一字取同類同位，下一字取同韻，取同類同位者不論四聲，取同韻者不論清濁。」❻

3. 「取上一字有寬有嚴，其嚴者，三四等之重唇不可混也，照穿牀審四位之二三等不相假也，喻母三等四等亦必有別也。各母所用之字分別等第，列於表末。」❺

我們可以把第一層次視爲總綱，第二層次爲申說，第三層次爲精密的探討。陳澧《切韻考》所述的反切結構法是學者最熟悉的，但是恐怕是承襲自江愼修的，而且只取至江氏的第二層次，江氏的第三層次，他似乎完全忽略了❺。也許由於陳澧的影響力，近世聲韻學者言及反切之法❺，大抵也和陳澧相似（略有精粗之分），不出江氏的第二層次。

江氏反切之法的第三層次，是由於他發現反切上字的等第和被切字或反切下字的等第，有時具備著密切的關係，有些字母的反切上字，異等可通用，有些字母的反切上字絕少通用，他在《音學辨微》的〔反切上字常用字等第表〕❺中，曾有八處說明反切上字異等的通用與否，現在摘錄於下：

(1)牙音字須取同等者為的，然韻書亦不能審細，一二三等通用，唯用四等字必是切四等之音。

(2)舌頭母一二等字可通用。

(3)重唇母一二與四等字可通用，三與四不可通，三等亦不得借用一等。

(4)輕唇母皆三等。

(5)齒頭音唯邪母專四等，精清從心四母，一四等字可通用。

(6)正齒音唯禪母專三等，照穿牀審四母二三等不通用。

(7)喉音母匣無三等，喻無一二等，曉匣影諸等字可通定，喻母之三四等字不通用。

(8)來母半舌一二三四等字可通用，日母半齒音專三等。❹

以上八則不可視為即韻圖而言者，乃歸納韻書反切上字而後參考韻圖分等所言，江氏原書言之甚詳，不可誤會。此八則中缺舌上音的說明，其中除(1)不盡符合，(4)所言未詳，(8)言之過略，以及未慮及重紐外，大抵與今人所論《廣韻》反切上字的分等而用，同為極其綿密之見，而竟先兩百年而知之。今人在研究反切時，如果像江氏的反切結構分析那樣，注意到反切上字不僅只表示聲母而已、反切上字常常選用和被切字或反切下字等第相同的，那麼在研究結果方面，通常能有比較可觀的成績，足見江永的眼光實在不同凡響啊！

江氏由於注意到有些字母的反切上字分等而用，因此整理出一種〔反切上字常用字等第表〕，錄於《音學辨微》和《四聲切韻表》，《四聲切韻表》把這個反切上字表取名為「切字母位用字」。

由於《四聲切韻表》成書在前,所以音學辨微的〔反切上字常用字等第表〕收字較多,說明較詳。音學辨微的版本很多❺,各本參差不少,今以借月山房庫鈔本爲主,整理校訂,列爲本文附錄。這一個表原來是附在《四聲切韻表》之後,是爲韻表的反切而作的,移到《音學辨微》時略有更動增加,已不是專爲一書服務而是擴大到爲韻書、字書、音義書服務了,故於〔等第表〕之末說:「已上諸字,韻書所恆用,其餘倣此可知。」這個表只是一些比較常見的反切上字,用來讀古書當然不夠,像慧琳《一切經音義》一書所用反切上字就有一千七百零三字,光是見母的反切上字便有一百三十八個,影母反切上字有一百一十九個❺,因此,後人於反切用字表,遞有續作,但是,陳澧《切韻考》以後的學者整理反切所列出的反切上、下字用字表,其創始之功似乎宜歸江永。

八、重視分析、提出理論

江氏論學,曾提出「淹博」「識斷」「精審」三難(後來常被戴震引用)❺,可見其學術的三個指標也在此。而所謂「精審」與「識斷」,正是從「分析」得來。江氏在《古韻標準》中提到「分析其緒」❻,提到「音韻精微,所差在毫釐間」❻,提到「條分縷析」❻,提到「剖析毫釐、審定音切、細尋脈絡、曲有條理」❻。在四聲切韻表也提到「條分縷析」❻,提到「凡分韻之類有三:一以開口合口分,一以等分,一以古今音分。」❻,提到「審音是位,分類辨等」。在《音學辨微》一書,十二章的標題都以「辨」字開頭,如「辨清濁」「辨七音」,所謂「辨」就是「分

析」，其書名「辨微」，正是分析至微的意思。從江氏聲韻學三
書看來，江氏研究聲韵學的基本態度便是「分析」。由於重分析，我
們才了解江氏何以能拿審音工夫去研究古韵，才明白他何以要作
《四聲切韵表》，才明白他是怎麼去搜集各地方音而洞見其是非的，
才明白他的反切法研究得如此精細的原因，……他的學問，實在
是從「分析」得來的。因爲有「分析」的意念，所以江氏在舉例
說明聲韻問題時，便常常利用「最小差別法」⑯，例如：

江氏在舉例之後說：「此類之字，音切不同，皆非、敷之分，其
辨在脣縫輕重之異，毫釐之間，若不細審，則二母混爲一矣！」
⑰，他所舉的例子，韻尾、主要元音、介音完全相同，而且都是
輕脣音，發聲部位與方法絕大多數相同，只有送氣的多寡微有差
異，眞是析入毫釐了。這類的例子，在《音學辨微》中隨處可見。
江氏對於這樣的處處分析是很有自覺意識的，他說：

> 蓋愚意主分析，吾友主合併，是以齟齬而不相入。……吾輩
> 讀書窮理，皆辨析毫釐，聲音一事，愈細則愈精。⑱

這樣的話，簡直是建立語音分析學的宣言，甚至把分析法推廣到
一切讀書和窮理之事。

江氏的分析法，可以說是「盡精微」之學，而他，也能「致廣大」的運用音理到今音、古音之學上面。江氏知道方音中既有古音，可以自方音中運用比較方法，以三十六字母爲綱而求得其音讀。江氏說：

> 五方風土不同，言語習俗不同，人之稟賦、牙舌唇齒又各有不同，或呼之而清正，或呼之而混雜，饒於此者，乏於彼，故天下皆方音，三十六位未有能一一清析者，勢使然也，必合五方之正音呼之，始爲正音。⑲
> ……而方音唇吻稍轉，則音隨而變，試以今證古，以近證遠，……⑳

這樣的擬測古音的方法，是今人得之西洋歷史語言學才有的，不意江永在二百多年前便已經說出來了。

不僅能精微，能廣大，江氏還能從客觀材料的研究中，提出形而上的理論。

本來江氏在刻板的考據工作中，便能常常提出一些原則性的言論，上文論「分析」時已可看出，此外還有：

> 考古貴原情立論、貴持平焉耳。㉑
> ……以此知音學須覽其全，一處有闕，則全體有病。」㉒
> 聲音之理，異中有同，同中有異，不變中有變，變中有不變。㉓
> ……考之偏旁而可知，證之它書而皆全㉔。

按：凡一韻之音變，則同類之音皆隨之而變，雖變而古音
未嘗不存，各處方音往往有古音存焉。……大抵古音今音
之異，由脣吻有侈弇，聲音有轉紐，而其所以異者，水土
風氣為之，習俗漸染為之，人能通古今之音，則亦可以辨
方音，入其地，聽其一兩字之不同，則其它可類推也。㊟

這裏所引的第三、五條，實在是非常進步的音變理論，第五條所
謂「入其地，職其一兩字之不同，則其它可類推也」，不就是今
人所追求的對應規律已存在於江氏腦中才能辦到的嗎？

除了這些理論之外，江氏還有「嬰童之音為人之元聲說」，
江氏說：

人聲出於肺，肺脘通於喉，始生而啼，雖未成字音，而其
音近乎影喻二母，此人之元聲也。是時不能言，言出於心，
其竅在舌，心之臟氣未充，舌下廉泉之竅未通，則舌不能
掉，鹵西南火金未交也。及其稍長，漸有知識，心肺漸開，
火金漸交，於是舌亦漸掉而稍能言，能呼媽，脣音明母出
矣，能呼爹，舌音端母出矣，能呼哥，牙音見母出矣，能
呼姐，齒音精母出矣。由此類推之，亦可借嬰童之音以辨
字母，而人常忽之，所謂百姓日用而不知也。㊟

他雖然用了一點陰陽五行的術語，意思是在說嬰兒初生的生理結
構還未適合於發出語音，然後指出嬰兒語音的發展為：「喉音→
脣音→舌音→牙音→齒音」，這種觀察也許需要討論和證實，而

他從生理、心理的眼光來研究語音,有些理論,真值得後人繼續去研究。

　　江氏的「五十音圖」,也許是有見於邵雍皇極經世四十八聲,潘耒《類音》中五十音的訛謬而提出,但基本上,我們從他對清濁相配的討論上,知道他是基於大自然的整齊相配而想建立語音中的整齊性。他的五十音圖是這樣的:

五十音圖

字在圓圈者清聲,在方圈者濁聲,與圓圈者有音燕字之清,與方圈者有音燕字之濁。

見　端　知　邦　非
溪　透　徹　滂　敷
羣　定　澄　並　奉
疑　泥　孃　明　微
來……

他說:「合有字無字共得五十位,符大衍之數,亦出於自然也。」 ⑰
可見江氏是有理論建構思想的人,其理論之基點,正在於人類思
維中必然存在的兩分法——陰陽之相對與相配。本來三十六字母
已有相對相配的趨勢,只是在整齊中有不整齊,江氏則提出了一
個理想的整齊架構,他當然知道是現實語言所沒有的,因爲他是
主張三十六字母不可增刪移易的人 ⑱。

　　由於江氏善於易學,有《河洛精蘊》一書,深知易經、河圖
洛書、陰陽五行之關係,故在《河洛精蘊》與《音學辨微》二書,
都提出了「圖書爲聲音之源」的說法,其文甚長,由於大多是無
法驗證的語言,不錄,只錄他的〔字母配河圖之圖〕:

這一個說法是江氏所有理論中最抽象，而且最弱，最被視為附會河圖洛書而為玄虛不實的，我們因為它缺乏分析性，是不嚴謹的說法，而認為是江永的聲韻學理論意識過度膨脹，而導致空洞的產物，不必深論。但他在繁瑣的聲韻學研究工作中，有興趣於提出音學理論，實在值得我們重視。

九、結　語

　　江永在聲韻學史的地位是被肯定的，連譏誚他「復古」，甚至斥為「不懂」「不通」❸⓪的趙蔭棠，也忍不住要說他的「（字母位有定而字無定」❸①為「深知『聲值』之表現」。現代學者大都表揚他的上古韻「十三部」、「數韻同一入」、四等洪細論、三十六字母音讀之描述、濁上轉去說、……等，竺家寧更強調他的重視方言資料，與語音分析❸②，竊以為竺氏所強調的還值得再鼓吹，同時江氏聲韻學三書尚有若干隱微未發之處，如果能夠提出來，也許有助於聲韻學史之一二，本文所述，限於才智，孤陋殊甚，尚祈教正。

附　註

① 見《孔孟學報》第五十一期。

② 筆者另有《江永聲韻學評述》一書，將由文史哲出版社印行。

③ 參見拙著《江永聲韻學評述》第一章。

④ 此書之版本參見註❸所引書，本文所用爲應雲堂藏本，貸園叢書本、和音韻學叢書本。

⑤ 此書之版本參見註❸所引書，本文所用爲四庫全書本、貸園叢書本和音韻學叢書本。

⑥ 此書之版本參見註❸所引書，本文所用爲借月山房彙鈔本和音韻學叢書本。

⑦ 《善餘堂書札》見錄於《制言》半月刊第七期。

⑧ 見〈答甥汪開岐書〉，在《善餘堂書札》中。

⑨ 見《古韻標準》〈例言〉第一條。

⑩ 見前引書〈例言〉第十一條。

⑪ 見《音學辨微》〈引言〉。又《四聲切韻表》〈凡例〉第三條說：
「……審音辨似，別有音學辨微詳之。」

⑫ 參見拙著《江永聲韻學評述》一書。

⑬ 見江氏《四聲切韻表》〈凡例〉第一條。

⑭ 見《音學辨微》葉 12 上。

⑮ 詳見《大正新修大藏經》84 卷 414 頁，又淨嚴三密鈔也有類似文字。

⑯ 見中華文化復興月刊第九卷第三期，頁 28～29。

⑰ 見書目季刊八卷四期。

⑱ 見《音學辨微辨翻切》，葉 22 下，23 上。

⑲ 見陳澧《切韻考》卷一，葉 1 上、1 下。

⑳ 今中文大辭典等辭書亦不收。

㉑ 佛典「啊、嚩」一類的字，多見於悉曇章一類的書中，是梵文中的字

音而漢語裏沒有相同讀音者，不得已而造的字，方以智以「口」旁造
新字以表示取其音，意與佛典同。

㉒ 江愼修在《音學辨微》中常舉方音歧異之例，在《古韻標準》一書中
也當用方音解釋詩經異韻相押的現象。

㉓ 見《大正新修大藏經》84 卷 657 頁。「平聲」二字下宜增一「輕」
字。

㉔ （ ）者，非了尊原文所有。

㉕ 了尊《悉曇輪古圖抄》作文日本「弘安滿數之歲」，亦即弘安十年，
約當元世祖至元 24 年，西元 1287 年。

㉖ 見《大正藏》84 冊，頁 507。

㉗ 如閩南語陰平 ㄏ較高，陽平 ㄟ由低而高，是陰高而陽低；但陰去 ㄥ，
陽去 ㄣ，陰入 ㄟ，陽入 ㄟ，是陰低而陽高。

㉘ 這裏只是舉例性質，參見《漢語方言概要》、《漢語方音字彙》、
《漢語方言詞匯》、《漢越語研究》。

㉙ 見所著《唐韻四聲》正卷首。

㉚ 見《問學集》32 ～ 80 頁。

㉛ 見所著《中國音韻學史》第八章〈明淸的古音學〉頁 270。

㉜ 見《音學辨微》〈辨四聲〉，葉 4 下。

㉝ 見《古韻標準》〈例言〉葉 6 下～ 7 下。

㉞ 見前引書〈例言〉，葉 8 下～ 9 上。

㉟ 見前引書卷 4，頁 3 下。

㊱ 見陳新雄《古音學發微》第四章。

㊲ 見丁邦新論語孟子及詩經中並列語成分之間的聲調關係與漢語聲調源
於韻尾說之檢討二文。

㊳ 見該書下冊第八章第一節，頁 269。

㊴ 見該書第四章上古音第一節，頁 58。

㊵ 見《四聲切韻表》葉 19 上。

㊶ 見前引書〈凡例〉第三十三條。

㊷ 江永聲韻學三書成書之先後，四聲切韵表最早，音學辨微最晚，已見於

本文第一節。辨微完成的年代，據其序言爲「乾隆已卯仲春」，相當於西元 1759 年 2 月，時江永 79 歲。

㊸　見《清史》〈儒林錢大昕傳〉。

㊹　見方以智《通雅》卷 50〈切韻聲原〉。

㊺　見羅氏書頁 33。又見《漢語音韻學》羅常培序。

㊻　見該書卷 5。

㊼　見《音學辨微》附錄榕村等韻辨疑正誤皇極經世韻附，葉 43 上。又江氏亦曾經用「發、送、收」之名稱，見於江永〈答戴生東原書〉。

㊽　見前引書葉 9 下～10 上。

㊾　見前引書葉 12 下～13 上。

㊿　見《切韻考》〈外篇〉卷三。

㉛　見《四聲切韻表》〈凡例〉後、〈韻表〉前小序。

㉜　此二層次之語，見江永《音學辨微》，本文第二節已引其全文，此爲摘錄。

㉝　此一層次之語，摘錄自《四聲切韻表》〈凡例〉第 61 條。另有 36 字母反切上字表中之說明。

㉞　陳澧反切說已見引於本文第二節，玆不重複。

㉟　此處所謂近世聲韻學者，指黃侃、王力、張世祿、姜亮夫、李植、羅常培、董同龢……等人，文繁不引，請參見拙著顏師古所作音切之研究第五章所引。

㉖　見《音學辨微》辨翻切，葉 23 下～26 下。其校正本見本文附錄。

㊲　見註❻。

㊳　語出拙著《顏師古所作音切之研究》第五章第五節。

㊴　見《古韻標準》〈例言〉第二條。

㊵　見前引書〈例言〉第一條，第十一條。

㊶　見前引書〈例言〉第五條。

㊷　見❸。

㊸　見前引書例言第十條。

㊹　見四聲切韻表〈凡例〉第一條。

(65) 見前引書〈凡例〉第21條。
(66) 此處可參見竺家寧〈音學辨微在語言學上的價值〉一文，《木鐸》第7期。
(67) 見《音學辨微》〈辨疑似〉。
(68) 見《善餘堂書札》〈答戴生東原書〉。
(69) 見《音學辨微》〈辨嬰童之音〉。
(70) 見《古韻標準》第一部〈總論〉。
(71) 同⑪。
(72) 《古韻標準》〈例言〉第三條。
(73) 見前引書第三部〈總論〉。
(74) 見前引書第六部〈總論〉。
(75) 見前引書第八部〈總論〉。
(76) 見《音學辨微》十一〈辨嬰童之音〉。
(77) 見前引書十〈辨無字之音〉，亦見《河洛精蘊》卷七。
(78) 見第四章。
(79) 見《音學辨微》十二，《河洛精蘊》卷七。
(80) 見《等韻源流》第四編第一章。
(81) 見《音學辨微》〈辨字母〉，葉八上～八下。
(82) 見(66)。

附錄

〔常用反切上字等第表〕

取上一字有寬有嚴，甚嚴者三四等之重脣不可混也，照穿牀審之二等三等不相假也，喻母之三等四等亦必有別也，餘可從寬，不必以等拘矣。諸韻書所取上一字雖不能羈載，其常用者分別之如左：

見
四等
一二三
○公工姑沽古各一佳格二居俱拘擧几紀甄九等稽堅頸規兼吉四等

溪
四等
一二三
○空枯康孔苦口顆渴恪・廓等一客二欺墟祛區驅卿傾丘欽綺起豈去乞・等牽輕窺䂅謙棄三
詰缺等四

群
三四
○奇茇渠強求巨窘郡局極等三

疑
四等
一二三
○吾五偶㗢罯等一牙等宜疑魚虞牛元危語等姸等四
右牙音字母須取同等者爲的，然韻書亦不能審細，唯用四等字必是切四等之音。
一二三四通用，

端
一四
○冬都當覩德得等一丁典的等四

透
一四
○通他它台湯土吐託等天・

定等一四　○同徒陀唐堂大度特等　一田四

泥等一四　○奴那乃內諾等　泥等
右舌頭母一四等字可適用。

知等二三　○中知株豬張胝竹等三

徹等二三　○搐癡抽恥褚丑勅敕等三

澄等二三　○宅等二△池治遲廚陳傳場佇丈直等三

孃等二三　○尼女匿等三

邦等一二三　○逼晡補博北△一巴百伯等二悲兵彼鄙筆等三卑賓邊幷比俾畀必等四

滂等一二三　○鋪滂普等一拍扳△二丕披等三紕批篇譬匹疋等四

並等一二三　○蒲裴部步傍薄等一白二平貧皮弼等三毗頻騈便婢等四

明等一二三　○模謨忙莫慕母一眉明謀麋美三民彌弭米等
右重脣母一二與四等字可適用，三與四不可適，三等亦不得借用一等。

非等三　○封分方甫府等三

敷等三　○峯妃芬孚敷芳撫捧等三

奉等三　○馮逢符扶防房浮縛等三

微
等三　○無巫文亡武望　等三
右輕脣母
皆三等。

精
等一四　○臧祖則一　咨資津遵將子借即　等四

清
等一四　○粗麁倉采錯　等一　雌親千青此取且七　等四

從
等一四　○徂才藏在昨　等一　慈秦前牆情自匠疾　等四

心
等一四　○蘇桑素　等一　斯雖私思司須辛先相損寫想息悉錫　等四

邪
等四　○詞徐旬旋祥詳似寺夕　等四

右齒頭音，唯邪母專四等，精
清從心四母一四等字可通用。

照
等二三　○菑莊爭鄒簪阻側仄　二　支脂之諸朱珠章征旨止主煮質隻職　等三

穿
等二三　○窗初差叉剏楚廁創測　二　充蟲昌稱齒處叱尺赤　等三

牀
等二三　○鋤鉏查牀士仕助　二　神船乘食　三

審
等二三　○雙師疏山沙所數色率　二　施詩書舒商傷始賞式先識　等三

禪
等三　○時殊臣常丞承氏是市視嗜豎上殖植　等三

右正齒音唯禪母專三等，照
穿牀審四母二三等不通用。

曉
等一二三　○呵荒虎火黑霍　一　赫　等二　呼虛香翾休許詡朽況　等三　隙罄　等四

匣
一二三〇乎胡何侯黃戶合 一下 等二

影
一二三〇烏哀安扆遏 等 握二 等 於紆衣䌽央愛倚憶億乙委鬱 等三 伊淵烟縈益 一四 等

喻
四三〇于爲云王羽禹雨洧遠永越 三 餘余俞羊營移庚與夷以演欲弋翼悅 等 四 等

右喉音母、匣無三等，喻無一二等，曉匣影諸等字可通用，喻母之三四等字不通用。

來
一二三〇盧來郎魯朗浪落洛 等一 力離閭龍倫梁良林里呂 三 等 四 等

日
三〇而兒如人仍耳汝忍日 三 等 四 等

右來母，半舌音，一二三四等字可通用。日母半齒音，三等。

已上諸字韻書所恆用，其餘倣此可知，學者或不能辨位辨等，熟玩當可會悟。（註四五）

附註：△表示移動位置。〇表示改動文字。・表示增加字（比四聲切韻表切字母位用字表增多）

從編排特點論《五方元音》的音韻現象

林慶勳

《五方元音》(以下簡稱《五方》)是模仿蘭茂《韻略易通》(以下簡稱《易通》)的體制編輯而成，樊騰鳳說：「因按《韻略》❶一書，引而申之，法雖淺陋，理近精詳。」(《五方·自敍》)，可見《五方》在前人的影響之外，也能積極闡述作者的音韻理念。不過作者在書中，並非祇單純的反映自己堯山方音，從全書體例觀察，似乎樊氏有意建立一個五方通用的類似標準音。

樊騰鳳河北堯山人，據趙蔭棠 (1936：77 - 78) 考訂，樊氏與同邑友人魏大來參訂《五方》的年代，約在順治十一年(1654)至康熙十二年 (1673) 之間。距蘭氏《易通》(1442) 成書約二百二十年之後。《五方》有樊氏原本及清雍正五年 (1727)廣寧年希堯敍的增補本，兩本除了收字多寡不同外，內容有極大差異，甚至屬於兩個不同的音韻系統。本文以下所據，樊氏原本用寶旭齋刊本，年氏增補本則取善成堂刊本 ❷。此外有繁水趙培梓嘉慶十五年 (1810)自敍本的《剔弊廣增分韻五方元音》，與前面樊氏原本及年氏增補本大異其趣，本文從略。

一、聲　母

近代音的韻書，首先以字母爲標目的是《易通》，取早梅詩二十字代表聲母二十類，置於每韻收字之上，取其見母而知類，

顏類似於韻圖之作用。但是《易通》因遷就早梅詩的順序，所以
聲類的先後可想而知。《五方》是據《易通》而引申之的一部韻
書，體例上的模仿是當然的事，甚至連字母數都依據《易經》的
二十類，祇有字母排列順序重新組合，所謂：「於〔《易通》〕
聲之錯亂者而敍之。」（《五方·自敍》）至於《五方》的二十
個字母與早梅詩有何差異？以及它有什麼特點？本節將做詳細的
分析與討論。

1·1 母聲的修正

蘭茂《易通》以早梅詩：「東風破早梅，向暖一枝開。冰雪
無人見，春從天上來。」二十字代表二十字母，在書中以之為順
序，頗覺檢索不易。樊氏《五方》雖亦列字母二十，但排列井然，
先脣音「梆、匏、木、風」，次舌音「斗、土、鳥、雷」，次齒
音「竹、虫、石、日」及「剪、鵲、系」，次牙音「金、橋」，
再次喉音「火」❸，最後殿以零聲母「蛙」，另一零聲母「雲」，
則廁於「系」之後，「金」之前。以其排列較《易通》有規則，
故翻檢極為方便。

若將《易通》早梅詩持與《五方》二十字母對照，其關係
如下❹：

《五方》	《易通》	卅六字母
梆	冰	幫並（仄）
匏	破	滂並（平）
木	梅	明

風	風	非敷奉
斗	東	端定（仄）
土	天	透定（平）
鳥	暖	泥娘
雪	來	來
竹	枝	照知牀（仄）澄（仄）
虫	春	穿徹牀（平）澄（平）禪（平）
石	上	審禪（仄）
日	人	日
剪	早	精從（仄）
鵲	從	清從（平）
糸	雪	心邪
金	見	見群（仄）
橋	開	溪群（平）
火	向	曉匣
雲	—	影喻疑
蛙	—無	影喻疑微

《易通》的「—」母，屬於零聲母，惟洪音與細音字共收。《五方》則以雲母、蛙母分別收細言與洪音，卷首《二十字母》圖說舉例，雲母舉「因言、鴛元」，蛙母舉「文晚、恩安」，可證雲細蛙洪。又《五方》與《易通》相當的各韻，皆表現洪細分與不分的現象：

《五方》　　　　　　　《易通》

龍韵雲母	邕縈濘用	東洪韵	一母	容邕勇用玉
	英盈影映			翁蓊甕屋
龍韵蛙母	翁〇蓊甕	庚晴韵	一母	英盈影映益
	嚶〇〇〇			嚶〇〇〇厄
				縈永詠域
牛韵雲母	憂尤有又	幽樓韵	一母	尤叟有又
牛韵蛙母	歐〇偶漚			歐偶嫗

以上例字皆取出現第一個字的小韵爲代表，儘管用字稍有出入，但《五方》區別洪細，《易通》則混而不分事實極爲明顯。又前面曾論及字母排列次序，說雲母置於齒音「系母」之後，牙音「金母」之前，是否祇爲與洪音蛙母有別而隔離？抑或代表其他意義？則尙不能知曉。

　　《易通》的「無母」，是一個脣齒擦音〔ʋ-〕（見趙蔭棠 1957：210），由前列字母對照關係看，《五方》已經消失〔ʋ-〕。這個由中古微母變來的〔ʋ-〕，到《五方》一書，已經變與「蛙母」同音，也就是由ʋ-→ɤ-，更詳細的說就是變成介音有〔-u-〕或〔-w-〕（見李新魁 1983：306）的零聲母，幾乎與現代國語沒有不同。

　　《五方》於字母排列先後次序，較《易通》有系統，不論韵書或韵圖，翻檢時前後的關係極清楚，此是《易通》不及之處。至於《易通》的「一母」，區別洪細分屬《五方》蛙雲二母，則

是樊氏審音排列超越《易通》之處；而《易通》無母消失，變與
《五方》蛙母相同，純粹是語音自然演化，無關編排優劣。

1.2 雲母與蛙母的區別

《五方》的雲母與蛙，其實都是零聲母〔ʘ-〕，等於《易通》
的「一母」。李新魁（1986：78）說《五方》祇有十九個字母，
而湊足爲二十之數，此話並不錯。但是樊氏何以硬要從十九湊成
二十？其實是不滿意於《易通》一母洪細通收，改良爲蛙母收介
音屬洪音者，雲母則專收屬細音者，使《五方》的零聲母字洪細
有別。

樊氏在書前〈二十字母〉圖說，雲母下舉「因言氳元」四字，
其介音屬於細音；蛙母下舉「文晚恩安」四字，介音皆屬洪音。
可見將零聲母區別洪細，使聲母分類更趨精細，當是《五方》的
優點。樊氏自己亦說：

> 如《指南》之三十六，併之止該十九；《韻譜》之七十六，
> 四分之亦止十九。而雲、蛙二母，相近而實相分，亦經緯
> 所必至，理數不能無，是在同志者加意而已。（《五方・五
> 聲釋》）

《易通》的「無」母讀〔v-〕，《五方》一書〔v-〕已零聲母
化，原「無」母歸字自然改入「蛙」母中，前舉蛙母下有例字
「文晚」二字可證。但是羅常培（1963：77）將《易通》無母下
與《五方》的對照處留空白，顯然稍有瑕疵。無母即是三十六字

母的「微」母，《五方》全置於「蛙」母下無一例外：

天韵　　○○晚萬❺

人韵　　○文冽問

羊韵　　○亡罔妄

虎韵　　○無武務勿

馬韵　　○○○○襪

地韵　　○微尾未○

　　微母字在中古末期，是屬於合口三等韵，演化到現代國語全部讀成有〔-u-〕韵頭的零聲母，而這種現象在《五方》就已經反映出來。也因此《五方》將此類字歸入「蛙」母下，是符合實際音讀的做法。上述 1.1 中將羅常培（1963：77）字母對照稍做修正，即緣此而來。

1.3　竹蟲石日各組內部對立的排列

　　《五方》竹、蟲、石、日四母，與《易通》枝、春、上、人收字差異不大，與三十六字母知系、照系相應。趙蔭棠（1957：210，1936：83）與李新魁（1986：75、78，1983：306），都將兩書四母同擬成捲舌音〔tʂ-〕、〔tʂʻ-〕、〔ʂ-〕、〔ʐ-〕，兩氏前後應裕康先生（1972：351）、王力（1985：393）也擬竹、蟲、石、日為舌尖後言，與趙氏沒有不同，惟王力日母擬〔ʐ-〕也是舌尖後音。祇有陸志韋（1948：2）對《五方》四母擬成〔tɕ-〕、〔tʂ-〕，〔tɕʻ-〕、〔tʂʻ-〕；〔ɕ-〕、〔ʂ-〕；〔ʐ-〕兩組聲母，他在

擬音之後解釋說：「照二等雖然都變爲捲舌，可是照三、知等的捲舌化不像　孝〔《等韻圖經》〕所記順天方言的積極。」陸氏注意到聲母條件造成不同的演化，此種觀察值得背定，但是稍嫌大而化之，因此擬成〔tɕ-〕、〔tɕ'-〕、〔ɕ-〕一組，有待斟酌。

　　陸氏前引說《等韻圖經》（1602）較積極、指的是該書將知、照二、照三系合成一組捲舌音，差不多與現代國語完全相同。《五方》十二韻中對竹、蟲、石、日的處理却有許多種排列方式，如四羊韻：

	竹	蟲	石	日
A	張○漲漲	昌長敞唱	商常賞上	○穰壤讓
B	莊○奬壯	窻床硶創	霜○爽崇	

以上例字是舉各小韻第一個字爲代表，A、B兩組做比較，顯然A組的介音是〔-ǫ-〕，B組是〔-u-〕，此無妨於聲母〔tʂ'-〕系的拼音。此類現象尙有八駝、九蛇、十馬、十一豺四韻，合計此五韻可以稱爲「甲類」。

　　「乙類」更單純，祇有C組，如七虎韻：

	竹	蟲	石	日
C	朱○主助疧	初除楮處出	書殳暑數術	○如乳茹入

虎韻的擬音，趙蔭棠（1936：79）、陸志韋（1948：12）、應裕康先生（1972：359）、李新魁（1923：305）等都擬成〔-u〕，

除入聲外與今天國語沒有不同，因此C組當然是〔tʂu〕、〔tʂ'u〕、〔ʂu〕、〔ʐu〕及〔tʂuʔ〕、〔tʂ'uʔ〕、〔ʂuʔ〕、〔ʐuʔ〕❻，應不成問題。

「丙類」則有五牛、六癸二韻，各分D、E二組，以下舉牛韻收字爲例：

	竹	蟲	石	日
D	周〇帚冑	抽儔丑臭	收〇首首	〇柔楺〇
E	鄒〇縐皺	篘愁鯫㑳	搜〇溲瘦	

D組屬於中古的知系、照系三等及日紐，E組則清一色都是照系二等字。依據《音韻闡微》(1726)全書的處理，照二系都讀洪音，照三系讀細音，而且其書也代表近代北方音系。如此似可假設D組有介音〔-i-〕，E組則是洪音的〔-ɤ-〕，因此D組必須拼成〔tʂiou〕系，E組則是〔tʂou〕系。

最後有「丁類」，一天、二人、三龍、十二地四韻屬之，它們都有三組字，舉人韻爲例：

	竹	蟲	石	日
F	諄〇准稕	春〇蠢〇	〇脣盾順	〇窀㖟閏
G	真〇秋鎮	嗔陳輾疢	身神哂甚	〇人飪認
H	臻〇齔櫬	參岑磣櫬	籸〇瘆滲	

F組有〔-u-〕介音，剩下G與H兩組，如同丙類的對立情況。不

不過 H 組屬照二系，G 組屬照三、知系及日紐，亦可比照丙類處理辦法，定 G 組有〔-i-〕介音，H 組則否。惟天韵、龍韵的 H 組都雜有少數的知系字，地韵 H 組更是知系、照二、照三系混合，則界線不如丙組單純。

　　就以上現象看，甲、乙兩類容易解釋；丙類及丁類 G H 組，似乎以〔-i-〕之有無，為對立之標準較妥。因此前與陸志韋氏將照三及知系擬成未捲舌的〔tɕ-〕、〔tɕ'-〕、〔ɕ-〕，可能有待商榷，而趙蔭棠以下各家，不管 D 與 E 及 G 與 H 的對立，一律擬成〔tʂ-〕、〔tʂ'-〕、〔ʂ-〕、〔ʐ-〕，是否恰當？因各家都未加說明，不得而知。李新魁(1983：306) 則簡單舉地韵部份字說：「知——支、智——止❼、癡——鴟、恥——齒、世——士尚有對立，前者讀〔tʂi〕等，後者讀〔tʂʔ〕等。」李氏如此分別，是《五方》將 G 與 H 對立編排為前提的解釋，個人極為贊同。在現代讀音中〔tʂi-〕雖然未必被接受，但其擬音的理論應該沒有錯，何況方言中如廣東大埔話和興寧話，就有如下的讀法：

　　　真珍振鎮、貞整正　〔tʂin〕

　　　陳辰晨、稱程澄　〔tʂ'in〕

　　　升盛勝　〔ʂin〕

　　　周舟州　〔tʂiu〕

　　　抽丑獸售　〔tʂiu〕❽

可見丙類 D 組與 J 類 G 組，各讀成〔tʂi-〕系，而 E 組與 H 組讀成〔tʂ-〕系，不論在《五方》的編排，或者擬音的假設上，都能

得到合理的解釋。

二、韻母與聲調

《五方》的韻部，是刪併《易通》二十韻為十二，「以象時月世會，與天地之一元相配而不可增損」；取天、人、龍、羊、牛、獒、虎、駝、蛇、馬、豺、地十二類標目，「前六韻入聲俱無，輕清上浮以象天；後六韻入聲全備，重濁下凝以配地」。聲調則添《易通》之四聲為上平、下平、上、去、入五聲，「以象行數方音，與天地之五位相當而並無失遺」❾。樊氏如此安排，自然是表達其主觀的音韻見解，它所以能有別於《易通》亦在此。以下擬就韻部簡化及入聲改配等編排特點，以及由此所演化的韻母及聲調等問題加以討論。《五方》既然是就《易通》一書引而申之，則受《易通》的影響自然不可免，因此討論時有必要將兩書做比較，不論同或不同，皆可藉以明瞭樊氏編書時的背景，以及所以沿襲或者更易的意義所在，吾人不能不加留意。

2·1 韻部簡化

傳統上韻書中韻部的命名，皆取《切韻》韻目舊名。甚至《中原音韻》體制雖異於《切韻》系韻書，然標目仍多數沿襲《廣韻》；儘管改用東鍾、江陽、支思雙字命名，但十九個韻部的次序則一如《廣韻》，未加任何改變。《易通》韻目有二十，模仿雙字命名❿，以東洪、江陽為韻目，但用字多與《中原音韻》不同。而且為了排列整齊，前十韻東洪至廉纖屬陽聲韻，係有入

聲相承的「四聲全者」；後十韻支辭至幽樓屬陰聲，係「皆無入聲」者。

《五方》韻部則以極特殊的天、人……地等十二字訂為韻目，既非《廣韻》之舊目，又不守《中原音韻》命名系統，甚至連韻目排列先後次序，都與任何韻書有異，可謂獨創一格，或許語音自然演化的現象，使樊氏在韻目安排無法模仿前書。無入聲相配的前六韻「天、人、龍、羊、牛、獒」前四者屬陽聲，後二者是收〔-u〕尾的陰聲，樊氏將此六韻列為一組置於全書上卷，並且解釋說：「前六韻輕清象天，其入聲字音重濁，不便混入，俱寄形於後韻中。」(《五方·韻目》)後六韻「虎、駝、蛇、馬、豺、地」，全屬陰聲，有入聲相配，置於全書後卷，樊氏亦解釋：「後六韻重濁象地，其入聲字音亦皆重濁，取同類相從，五聲備具。」(《五方·韻目》)如此安排必定是實際語音的反映，當入聲韻尾已不再是清塞音尾〔-p〕、〔-t〕、〔-k〕時，它就與陽聲字關係隔絕，反而與陰聲字密切。入聲字在《五方》一書的編排，除了不與「天、人、龍、羊」的陽聲相配外，亦不與收〔-u〕尾的陰聲韻「牛、獒」兩韻相從。現代國語由入聲變來的陰聲字，少有收〔-u〕尾字 ⓫ ，似乎可以解釋何以牛獒兩韻不配入聲的緣故。因此《五方》對入聲的措置，真實的語言現象，必然是其考慮因素之一。

《五方》對韻部的安排，既然是以實際的音韻背景做考慮，化約《易通》二十韻為十二韻，則是自然的事。樊氏〈自敘〉所說「按《易通》一書引而申之」，對《易通》的影響絕不能忽略。以下先列兩書韻部比較：

《五方》　　　　《易通》

1 天　4 山寒、5 端桓、6 先全、9 緘咸、10 廉纖

2 人　3 真文、8 侵尋

3 龍　1 東洪、7 庚晴

4 羊　2 江陽

5 牛　20 幽樓

6 獒　16 蕭豪

7 虎　13 居魚（枝、春、上、人四母）、14 呼模、1 東洪（入聲）、3 真文（入聲）、7 庚晴（入聲）

8 駝　17 戈何、2 江陽（入聲）、4 山寒（入聲）、5 端桓（入聲）、9 緘咸（入聲）

9 蛇　19 遮蛇、4 山寒（入聲）、6 先全（入聲）、7 庚晴（入聲）、10 廉纖（入聲）

10 馬　18 家麻、4 山寒（入聲）、5 端桓（入聲）、9 緘咸（入聲）、10 廉纖（入聲）

11 豺　15 皆來、3 真文（入聲）、7 庚晴（入聲）。

12 地　11 支辭、12 西微、13 居魚（枝、春、上、人四母之外）、1 東洪（入聲）、3 真文（入聲）、7 庚晴（入聲）、8 侵尋（入聲）

由以上兩書韻部的分合，可以見到，表面上《五方》僅是合併《易通》二十韻成為十二韻，事實上此種合併是以實際語音為依據。就前六韻來看，緘咸、廉纖、侵尋併入《五方》天、人二韻，

證明雙層鼻音尾〔-m〕至此已完全消失；陽聲韻祇剩下天〔-ŋ〕、人〔-n〕、龍〔-ŋ〕、羊〔-ŋ〕四類，與現代國語完全一致，尤其是《中原音韻》與《易通》的寒山（山寒）、桓歡（端桓）、先天（先全）⑫，《五方》僅有一組天韻；牛、獒二韻收〔-u〕尾，未雜有任何一個入聲字。就後六韻來看，除承襲《易通》相當的陰聲各韻外，亦收有來源不同的入聲韻，顯然這些入聲字已不再有〔-p〕、〔-t〕、〔-k〕的塞音尾；由地韻合併的陰聲來看，它至少包含有〔-ï〕、〔-i〕、〔-y〕、〔-ei〕四類韻母（見趙蔭棠1936：79及李新魁1983：306）。

　　將《易通》二十韻合併為十二韻，的確是《五方》的一大特點。收〔-m〕固然已併入收〔-n〕各韻，在天韻中更可以見到《易通》的山寒、端桓、先全已併為一韻，也就是說《五方》一書該三韻已不復區別了。其中較為特殊的是地韻，合併不過是支辭、西微、居魚（部份字）三韻而已，但其中所含的韻母部有四組，不如其他各韻單純。其它作者也知道這該再分出不同的韻母，可是受制於自己依附的「十二」，將之視為天地間不可增減的數目，樊氏在《五方・十二韻釋》說：

　　　　一元有十二會，一運有十二世，一歲有十二月，一日有十二時。日月一年有十二會，黃鐘一年有十二律，韻亦十二。出於自然，增之不可，減之不可，謂非天地之元音亦不可。（卷首，葉四b）

如果不受十二的限制，《五方》的分韻應該可以較完美。

2·2 入聲改配

《五方》全書明顯地以陰梓棕上平、下平、上、去、入五個聲調，上平、下平就是陰平、陽平之謂。《易通》僅標平聲，偶有陰陽之別，才以圓圈隔開，惟圓圈上下又非統一為陰陽順序，體例當然不如《五方》有規則。

《五方》的入聲，僅見於陰聲後六韻、趙蔭棠（1936：81-83）因此說〔-m〕已取消，〔-p〕、〔-t〕、〔-k〕系統當然弄亂，並舉北方無入聲自明代以來即如是為證，斷定《五方》入聲應讀同陰聲。李新魁（1983：307）則以《五方》卷首所附韻圖，普遍保留入聲韻，入聲字配陰聲韻，但也借配陽聲韻，配陰聲韻者陽梓，配陽聲韻（及〔-u〕尾韻牛、葵等韻）者陰梓。既然有陰陽兩配的現象，則入聲字大概保有〔-ʔ〕尾，也可能是變為短調的開尾韻。趙、李二氏，一據韻書，一據韻圖排列而立論，結果互有不同。個人則認為在《五方》韻書中，有入聲後六韻，皆將入聲收字獨立於陰平、陽平、上、去之後，未混入其他聲調，顯然有入聲一調存在之可能。〔-m〕在《五方》已經消失，所以混入天、人二韻之中，否則必然獨立成韻，此種排列體例，亦可旁證入聲之分立必有其意義。而李氏說入聲陰陽兩配，或許所據版本有變，個人所見之寶旭齋刊本，則僅在天、人兩韻有陰梓入聲字，其餘龍、羊、牛、葵四韻入聲位置，皆以墨圍填實，不知何意？是否韻圖草率為之（詳3節）有此差異？抑或墨圍處入聲字與天、人二韻雷同，故不重複？惟以陰陽兩配之事實觀察，個人較傾向於樊氏編書時有入聲調一說，綜合韻書、韻圖編排入聲之

特質，《五方》一書有入聲存在，應是不爭的事實。

　　《五方》自敘及上、下卷開端，作者樊氏皆署「堯山」，堯山即今河北省唐山地區，依據潘鴻文（1959：104-105）分析，唐山地區聲調與北京差別不大，一樣有陰平、陽平、上、去四個調，可見唐山並無入聲。如果我們也假設樊氏語言中沒有入聲，則何以他與同邑友人魏大來編修的《五方》，却明白還有入聲調，兩者看似矛盾，其實不然。前面說過，《五方》一書係就《易通》引而申之編成，其體例多所模仿，固有就語音發展而刪倂，然承襲舊制有何不可。何況當時許多方言，包括北方官話在內，亦不乏有入聲存在，樊氏考量實際情況，讓入聲出現於《五方》書中而不完全反映自己方言，應該可以說得過去。又陰聲韻所配入聲字，已經不似中古音的整齊，如蛇韻收有《易通》先全、庚晴、山寒、廉纖等的入聲，因此蛇韻的入聲韻尾不可能是〔-p〕、〔-t〕或〔-k〕。加上《五方》韻圖中，又可見到蛇韻入聲字同時配於陽聲天韻下，不過是以陰梓有別於蛇韻的陽梓。此種陰陽兩配的現象，如果說《五方》已經失去入聲，恐難令人折服。基於以上所論，以及入聲見於《五方》韻書、韻圖中的安排，似乎可以假設其韻尾屬喉塞音尾〔-ʔ〕，惟有如此解釋，才能較爲合理。

　　《易通》有二十個韻部，前十韻屬陽聲，並有入聲相配，後十韻屬陰聲則否。《五方》引而申之，變易二十韻爲十二韻，入聲則完全分配於後六韻陰聲中，並特意安排於各韻的去聲之後，表示入聲並未混同陰聲而須完全獨立。樊氏如此安排，必然有他對音韻分析的見解。尤其在作者自己的方言，恐怕已經沒有入聲存在的情況下，仍然刻意讓入聲明顯的獨立於韻書中，以及兩配

於書前的韻圖中，此種苦心，似乎我們可以解釋爲作者是在經營一部「五方」通用的標準韻書。如果此種看法並不離譜的話，那麼入聲字存在《五方》的意義，絕對與入聲措置於《易通》陽聲各韻下大有不同。此點是兩書編排最大的差異。

2.3　部份入聲字的反切

　　《五方》全書收字，原則上多數依據《易通》而來，偶有《五方》更改收字順序，或者簡化注釋等，此是必然現象不足爲奇。不過《易通》全書絕對不以反切注音，與《中原音韻》體例相似。《五方》原則上沿襲此項編排，惟後六韻入聲字注反切者有五十五見之多❸；很可能是有特別意義。舉八駝韻數例如下：

字母	收字	反切
雷	落	樓各
竹	着	張恪
系	削	先角
雲	藥	以灼
金	角	江約
火	學	香覺

　　值得注意：①五十五個反切祇出現在入聲，後六韻的十一豺却闕如，前六韻則完全未見。②出現的五十五個反切似乎是選擇性的，未必完全注常見字或非常見字。③注反切的位置是在收字之上，而非注釋文字之內，如「書說言」（九蛇、石母），「書月切」

列於「說」字之上，似乎有引人注意的用意，④反切上字與被切字同字母，反切下字與被切字同韻，而且必用入聲字，沒有一個例外。對於①②③三問題，合理的解釋是，這些字所以需在字母與韻部清楚結合下仍然注上反切，無非是它們讀音特殊，不能以普通讀法視之，因此以反切注明正確音讀。

現代北平話，對舊屬入聲字有兩種讀法，如上列所舉八駝韻各字，張洵如（1937）注音如下：

例字	甲　組	乙　組
落	ㄌㄨㄛˋ（梭坡轍，入變去）	ㄌㄠˋ（邊條轍，去）
着	ㄓㄨㄛˊ（梭坡轍，入變陽平）	ㄓㄠˊ（邊條轍，陽平）
削	ㄒㄩㄝˋ（ㄝ斜轍，入變去）	ㄒㄧㄠ（邊條轍，陰平）
藥	ㄩㄝˋ（ㄝ斜轍，入變去）	ㄧㄠˋ（邊條轍，去）
角	ㄐㄩㄝˊ（ㄝ斜轍，入變陽平）	ㄐㄧㄠˇ（邊條轍，上）
學	ㄒㄩㄝˊ（ㄝ斜轍，入變陽平）	ㄒㄧㄠˊ（邊條轍，陽平）

甲組就是所謂「讀音」，乙組則是口語的「方言」，兩者最大不同是甲組都是開尾韻〔-ɤ〕，乙組則有〔-u〕尾。吾人也可以假設，樊氏方言中的舊入聲字，也如現代北平話有讀音、方音的區別。雖然堯山方言中入聲可能已不存在，《五方》也不是祇在反映樊氏的方言而已。因此對中古入聲字的處理，既非視為混同陰聲字，又不是完全保留中古〔-p〕、〔-t〕、〔-k〕類型的入聲字。在樊氏觀念中，這些入聲字應該是隨語音演化而變的入聲字，不同於陰聲也異於中古入聲，而是收〔-ʔ〕尾的另一種入聲字，為

了不使人有誤會，因此在一般體例之外，特別給這些可能有兩讀的個別字注上反切，而且反切下字都用同韻的入聲字，以免誤會而錯讀，這是對上面提到的④所做的推論。

反切的作用，不外乎是對單字注音，雖然衹能從上下字得其讀音的大類，但總比《五方》全書收字，僅以字母與韻部的拼合來審視讀音，效果應該是更具體些。《五方》僅在入聲字中出現了五十五個反切，其結構又是以入聲下字切入聲，如果以上推論可信的話，《五方》一書存有入聲，而其韻尾應是〔-ʔ〕而不是〔-ɒ〕，應該是一項極有力的證據。

2.4 入聲字安排有別於《易通》

綜合以上討論，《五方》韻部的組織，大體上雖是脫胎於《易通》，但體例的變革，如上所述亦不能輕忽，此外樊氏將《易通》原同韻同母而不同介音的入聲字，分別置於《五方》不同的兩個韻甚至三個韻，此種現象當然是依據某種實際語音歸字，而且全書數目極多，如《易通》眞文韻梅母收有 A 密、蜜、謐、宓，B 沒、歿兩類，《五方》將 A 類歸入地韻木母（〔mi, ʔ〕），B 類則置於虎韻木母（〔muə, ʔ〕），顯然是由《易通》韻類的不同，變成《五方》的韻母有異。其他例子如（擬音依據趙蔭棠、李新魁等）：

A類《五方》	B類《易通》	《易通》
疾嫉唧（地、剪，-iʔ）	卒崒稡（虎、剪，-uʔ）	眞文、早
暱鈕尼（地、鳥，-iʔ）	訥肭（虎、鳥，-uʔ）	眞文、暖

屈詘 (地、橋，-yʔ)	窟矻膃 (虎、橋，-uʔ)	真文、開
筆必畢(地、柳，-iʔ)	不孛勃 (虎、柳，-uʔ)	真文、冰
叱挟 (地、蟲，-ïʔ)	出黜怵 (虎、蟲，-uʔ)	真文、春
僻霹劈(地，匏，-iʔ)	魄珀拍 (豺、匏，-aiʔ)	庚晴、破
汩覓冪(地、木，-iʔ)	麥陌貊 (豺、木，-aiʔ)	庚晴、梅
北(地、柳，-eiʔ)	白帛伯 (豺、柳，-aiʔ)	庚晴、冰
札紮鮺(馬、竹，-aʔ)	鷓蔗祗 (蛇、竹，-eʔ)	山寒、竹
寧刺魁(馬、蟲，-aʔ)	笈 (蛇、竹，-eʔ)	山寒、春

《易通》不同韻類的字，《五方》也可能有韻類上的區別，
但是此外仍有另一組韻母的差異。也就是前述 A 類又有二或三組
的不同介音。如地韻雲母收有 A₁ 一、溢、鎰、壹、逸、佚、佾、
洗、乙，A₂ 聿兩組，A₁ 是〔-iʔ〕，A₂ 是〔-yʔ〕，此外虎韻蛙
母則收 B 兀、扤、觓、朳、頲、膃、軏、榲、膃、矹等字，讀
〔-uʔ〕，而這些字同屬於《易通》真文韻一母。其他例子如：

《五方》A 類　　　《五方》B 類　　　《易通》

質秩只 (地、竹，-iʔ)A₁	朮怵 (虎、竹，-uʔ)	真文、枝
櫛 (地、竹，-iʔ)A₂		
悉蟋膝 (地、系，-iʔ)A₁	宰帥 (虎、系，-uʔ)	真文、雪
戌邺恤 (地、系，-iʔ)A₂		
七漆柒 (地、鳴，-iʔ)A₁	猝崒踤(虎、鵲，-uʔ)	真文、從
焌皴 (地、鳴，-yʔ)A₂		
瞎轄黠 (鳥、火，-aʔ)A₁	曷褐喝(駝、火，-0ʔ)	山寒、向

滑猾（馬、火，-uaʔ）A₂

夏（馬、金，-aʔ）A₁　　　葛割摺（駝、金，-oʔ）　　　山寒、見

刮鴰趏（馬、金，-uaʔ）A₂

益億亦（地、雲，-iʔ）A₁　　域閾棫（虎、雲，-iuʔ）❹　　庚晴、一

厄軛額（地、蛙，-eiʔ）A₂

胂迤諦（地、火，-iʔ）A₁　　忽惚笏（虎、火，-uʔ）　　　真文、向

齕紇核（地、火，-eiʔ）A₂

歘颰獝（地、火，-yʔ）A₃

吉詰吃（地、金，-iʔ）A₁　　骨汩榾（虎、金，-uʔ）　　　真文、見

仡趷骱（地、金，-eiʔ）A₂

橘（地、金，-yʔ）A₃

　　亦有演化爲《五方》三個韵的例子，如《易通》眞文韵上母各類字，分別歸入①地韵石母：實、室、靴、失，讀〔ʂiʔ〕；②地韵石母：瑟、蝨，讀〔ʂïʔ〕；①虎韵石母：術、述、秫、沭，讀〔ʂuʔ〕；④豺韵石母：率、蟀，讀〔ʂuaiʔ〕。不過此類現象不多，全書僅此一例。

　　還有一種特殊的現象，《易通》庚晴韵枝母同類字，《五方》則變入不同韵的兩組，①地韵竹母：側、嘖、舴、蚱、幘、簀、礋、馲、貊，讀〔tʂïʔ〕；②豺韵竹母：摘、謫、仄、昃、責、騂、宅、翟、擇、澤、擇，讀〔tʂaiʔ〕。①②兩組《易通》原來屬於同音字，《五方》則分化爲地韵、豺韵二讀。

　　《易通》入聲的性質，到了《五方》一書當然起了變化，由排列的差異可以看得很清楚。而上述所列的各種現象，尤其可以

看出《五方》的入聲字已經有鉅大的變化，不但清塞音尾消失，而且連主要元音都在變，由《易通》仍然同韻，《五方》却變爲兩個甚至三個不同的韻，可知《五方》所謂「引而申之」，的確是有了一番大更動，而更動的依據當然是實際語言。如果我們更進一步的觀察，上述分爲兩類、三類，或者兩韻、三韻的不同讀音，如果除掉入聲調及喉塞音〔-ʔ〕尾，它們的讀音其實與今天的國語很接近，至於變讀爲豺韻字的率、蟀、摘、謫、仄、責、宅、翟、擇、澤等字，在《五方》都是有元音尾〔-i〕，與現代國語讀法相同，是否現代國語讀有〔-i〕尾的中古入聲字，正是由《五方》演化開其端緒？

三、韵圖組織零亂

近代音韻書中，把韻圖與韻書合併成書的並不多見，除《五方》外尚見於差不多同時的《諧聲韻學稿》，以及稍早明人徐孝編的《合併字學集韻》(1602)、與稍晚的《音韻闡微》(1726)。韻圖與韻書溶於一爐，可收對照及相應的功效，某一方若有錯誤，可以立即檢視其誤。《易通》僅有韻書部份而無韻圖，則《五方》顯然是獨創一格❺，爲該書編排的極大特色。

《五方》韻圖依十二韻分爲十二圖，圖中收字，實際上就是韻書中各小韻的首字。各圖橫列字母廿個，依發音部位始梆終蛙排列，極有規則；縱分四大格，代表開、齊、合、撮四呼，每呼之中再縱列上平、下平、上、去、入五個聲調。除了以四呼替代四等外，其餘格式類似《四聲等子》及《切韻指南》(1336)。

惟各圖四呼的順序，並未依照開、齊、合、撮擺置，李新魁說：

> 此圖對於四呼的分列相當混亂，有開口入齊齒、齊齒入開
> 口或合口。這種混亂現象之所以出現，主要是因為韻圖的
> 排列是按照韻書部份各小韻列字的先後而來的，而韻書各
> 小韻的排列又不是嚴格地按各呼的系統，反映在韻圖中就
> 出現這混亂局面。（1983：306）

李氏所謂的混亂，是指各圖四大格（相當於《四聲等子》與《切
韻指南》四等）既非按開齊合撮次序歸字，有時甚至於同一圖中，
各字母底下的四呼都有參差，對於已經習慣於中古韻圖整齊而有
系統的安排，當然不能接受《五方》韻圖的混亂。如天、人、龍、
羊四韻，多數字母對四呼安排的次序是：

一天　齊、合、開、撮

二人　合、齊、撮、開

三龍　合、齊、開、撮

四羊　開、齊、合

四呼的順序不但各韻（事實上是全部十二韻）無法一致，有時連
同一圖中，因字母不同而有相異的四呼。如天韻全圖四呼的順序
多數如上所記，但某些字母彼此有差異（以下例字祇舉上平聲），
比較如下：

斗母	顛（齊）、端（合）、丹（開）
土母	天（齊）、湍（合）、貪（開）
鵲母	千（齊）、攛（合）、餐（開）
系母	先（齊）、酸（合）、三（開）、宣（撮）
雲母	煙（齊）、淵（撮）
金母	間（齊）、干（開）、關（合）、娟（撮）
橋母	牽（齊）、堪（開）、寬（合）、圈（撮）

雲、金、橋三母，就與其他各字母不同，讓人在讀圖時頗覺不便。《五方》全部十二圖中，此類現象幾乎處處可見。造成此種現象，倒也未必如李氏所說是韻書排列混亂所致，如前舉系母韻書順序是「先、宣、酸、三」，雲母是「淵、煙」，金母是「間、娟、關、干」，橋母是「牽、圈、寬、看（堪）」⓰，則次序更為紊亂，與韻圖所列又有出入。此種混亂祇能說是樊氏編書體例不純，無法以正常系統化韻圖去看待而已，若說此中有某種特殊的音理安排則未必，因為實在無法用合理的方式去解釋那些雜亂的現象。

其次有關入聲韻配陰陽問題。韻圖與韻書相同的是後六個陰聲韻，入聲字置於去聲之下用陽梓；前六韻陽聲四韻及收〔-u〕尾牛、獒二韻，韻書根本不配入聲字，韻圖祇在前二韻天、人各去聲下置陰梓入聲字，並於圖後各欄記「入聲寄某韻」，至於陽聲龍、羊及陰聲牛、獒四韻入聲位置，皆以墨圍填置而無字，惟圖後亦有「入聲寄某韻」及「入聲俱寄某韻」字樣。龍、羊、牛、獒四韻，圖後既然有「入聲寄某韻」等字樣，與天、人二韻並無

不同,可見亦當配有入聲才是⑰,竟然不知何故?被墨圍所取代,唯一合理解釋,可能與四呼混亂相同原因,即編書體例未能統一所致。

　　韵圖的作用,本來是可以補韵書不足,讓兩者互爲體用。然《五方》韵圖編輯的疏忽,不但未能輔助韵書之所缺,甚至因本身之混亂,將使二者關係益加複雜。樊氏說《五方》是按《易通》引而申之,並謂「法雖淺陋,理近精詳」(《五方.自敍》),似乎祇能就韵書部份而論,至於韵圖部份則完全不是如此,吾人不能不加留意。

四、結　語

　　《五方》一書的編排特點,除了引申《易通》的體例之外,亦多有獨創的地方。《切韵》系韵書的編排,除了分韵之外,各韵之內的收字先後,毫無系統可言,此外聲調之間的相承關係,也無法看出。宋元韵圖雖然補救了《切韵》系韵書的缺點,字母、韵母、聲調等的關係,皆可由韵圖縱橫關係得到,可惜收字有限,同音根本無法窺其全貌。《易通》首先改良上述的缺失,《五方》則引申之外,更就實際語音演變的結果,排列爲十二韵、二十字母,其實就是合韵書、韵圖爲一並加改良而成,樊氏在《五方,經緯釋》說:

　　　　五聲歸母爲經,四音橫排爲緯。從前江左之儒創立韵書,知縱有經,而不知橫有緯也。經緯不交,所以失立韵之原。

今故以縱橫經緯，編次成排，法由天籟，理出自然，而聲言之元□備矣。（葉五 b、六 a）

可見樊氏對《易通》及《五方》等的編排體制極有信心。至於將《易通》二十韻，刪併爲十二韻；早梅詩二十字母內容稍有更動；變平、上、去、入四聲爲上平、下平、上、去、入五調；於入聲字改配陰聲等，固然是受語音自然演化，不能不有所更易⓲，但是更精確掌握「縱橫經緯」的關係，然後反映在《五方》全書中，才是樊氏編書可貴之處。綜合樊氏對《易通》的刪補裁減，他在自敍中說得極清楚：

> 複韻複音，裁歸簡便；上平下平，敍循統屬。刪繁就簡，韻有兼該；博收約取，音有同歸。理出自然，法本天籟。歸母入韻，不假勉強；橫行直撞，各就經緯。未敢自以爲是。

音韻學史上，《五方》的確能佔有一席之地，雖然體例沿襲《易通》者多，但是發揚光大而且加以改良，足見樊氏的用心所在。

如果從全書的體例看，除韻圖稍有瑕疵外，韻書部份極爲清楚明瞭。我們也可以從其內部規律，得到一些該書所反映的音韻現象，而那些音韻特點，正是樊氏心目中所要表達的「五方」標準音。而這個標準音與樊氏個人方言堯山音做比較⓳，似乎可以發現，樊氏並非將意在反映自己的方音，如舌尖音〔ts-〕系與〔tʂ-〕系部份相混，沒有入聲調等，《五方》的編排都反其道

而行。或許樊氏爲了「五方」需要而編書，因此淡化處理自己方音的特性，這種假設從內部規律來觀察，似乎也有幾分道理。

近代音演化的現象，聲母方面如濁音清化、非敷合流、知照系部份合流、喻微影疑零聲母化，韻母與聲調方面如〔-m〕尾消失變入〔-n〕尾、〔-ï〕韻的產生、平聲分化等，《五方》的編排部加以反映，前輩學者趙蔭棠（1936）、陸志韋（1948）、應裕康先生（1972）、李新魁（1983、1986）、王力（1985）等都已論及，此處不必重複。而此書有一特點，即見曉系、情系尚未顎化，前述學者多有此見，亦有持不同意見者，然就全書編排觀察，的確是還沒有顎化。又陸志韋（1948：2）說，中古濁上變清聲，惟聲調不變仍讀上聲，這話祇說對了一半。在豺韻上聲有「蟹」（火母）、人韻上聲亦列有「混」（火母），但是也可以在各韻去聲找到「厚」（牛、火）、「動」（龍、斗）、「似」（地、系）、「跪」（地、金）、「項」（羊、火）等字，可見濁上歸去的現象，《五方》並非很徹底，此種現象與其同時的《音韻闡微》（見拙著1988：378 - 380）也是如此，或許清初北方官話都有此特性。

本文因着眼於《五方》全書編排的討論，並由此觀察其所體現的音韻現象，因此於全書的音韻系統討論，祇能從略，好在前輩學者的努力已有目共睹，後人做一些補缺修正的工作，似乎有助於對《五方》一書的更深認識。

附　註

❶　據趙蔭棠（1936：76-77）所考，此《韻略》就是蘭茂撰《韻略易通》。

❷　賓旭齋刊原本，係趙蔭棠韻略堂舊藏，今歸國立臺灣師範大學國文研究所。善成堂刊本今藏國立東京大學文學部，承平山久雄教授熱心提供，謹此致謝。

❸　以上脣、舌、齒、牙、喉之分類，見《五方》卷首葉七至八。

❹　依據羅常培（1963：77）稍做修正。

❺　依上平、下平、上、去、入順序排列，缺字以「〇」代替，每個小韻以起首字為代表，其餘省略。

❻　入聲字韻尾做〔-ʔ〕，後面另有討論。

❼　李氏此處舉例，以去聲「智」與上聲「止」對立，恐不妥，不如將止字更換為「至」。因前後例字皆同聲調，祇有「智——止」為例外。

❽　以上舉例見李新魁，《中原音韻音系研究》72-73頁（河南：中州書畫社，1983），轉引自丁玫聲《王文璧中州音韻研究》47頁（高雄師院國文研究所碩士論文，1989，1）。

❾　以上各段引文舉天地、五位等與《五方》韻調相配者，俱見樊氏《五方．自敍》。

❿　以雙字命名為韻目的近代音韻書，尚有畢拱宸的《韻略滙通》（1642）。其他曲韻如卓從之《中州樂府音韻類編》等，亦多用雙字命名為韻目。

⓫　粥、熟、肉、剝、覺、學、藥、削等字北平話都讀〔-u〕尾，其實這些入聲字都有〔-ɤ〕尾的另一讀。

⓬　畢拱宸撰《韻略滙通》（1642），尚存有山寒與先全的不同。

⓭　七虎韻三見、八駝韻二十一見，九蛇韻十七見，十馬韻八見、十二地韻六見，合計五十五個。

⓮　《五方》蛙、雲有洪細之別，此處從陸志韋（1948：4）擬音，不過仍與地韻〔-yʔ〕有別，域（密韻）與聿（地韻）《五方》分列可證。

⓯　《諧聲韻學稿》的韻圖極簡單，僅記小韻各字於一表，而且撰述時間未必早於《五方》，詳見拙著（1989）。

⑯　清人年希堯增補《五方元音》(1727)，書前韵圖四呼順序則與韵書完全相同（據國立東京大學文學部藏善成堂本）。或許李氏所據是年氏增補本，而非樊氏原本。

⑰　年氏增補《五方》(1726)，天、人、龍、羊、牛、獒六韵韵圖都有入聲陰梓，係年氏所補非原本如此。

⑱　四庫提評之為：「純用方音，不究古義。」則是蔽於語音演化，完全忽視語音發展的批評。

⑲　此處以現代唐山話的特點為依據（見潘鴻文 1959：104-105）做比較，差異應該不大。

引用書目

王　力

1985　《漢語語音史》，北京：中國社會科學出版社。

年希堯

1727　《五方元音》（增補本），善成堂藏本，國立東京大
　　　　學文學部藏。

李新魁

1983　《漢語等韵學》，北京：中華書局。

1986　《漢語音韵學》，北京：北京出版社。

林慶勳

1988　《音韵闡微研究》，台北：學生書局。

1989　〈諧聲韵學的幾個問題〉，《高雄師院學報》17：
　　　　107-124。

張洵如

1937　《北平音系十三轍》，台北：天一出版社（1973影
　　　　本）。

陸志韋

1948　〈記五方元音〉，《燕京學報》，34：1-13。

趙蔭棠

1936　《中原音韵研究》，台北：新文豐出版公司（1984
　　　　影本）。

1957 《 等韵源流 》，台北：文史哲出版社（ 1974影本 ）。

樊騰鳳

《 五方元音 》，寶旭齋藏版，國立臺灣師範大學國文
研究所藏。

潘鴻文

1959 〈北京與唐山地區語音辨正〉，《方言與普通話集刊》，
6：104 - 105（北京：文字改革出版社 ）。

應裕康

1972 《 清代韵圖之研究 》，台北：弘道文化公司。

羅常培

1963 〈中原音韵聲類考 〉，《 羅常培語言學論文選集 》
65 - 79（北京：中華書局 ）。

「濁上歸去」與現代方言

何大安

「濁上歸去」是唐代中期以後北方開始發生的一項變化。這項變化不見於當時的南方，而今天却幾已波及整個的漢語方言，可見它是一條影響面極廣的演變規律。從今天方言的反映來看，「濁上歸去」可依「次濁上」的走向區別爲「官話型」(北方型)、「吳語型」(南方型)和介於其間的過渡方言幾種類型。本文認爲，造成這些不同演變方向和類型的原因，是南北方言對待次濁上的方式不同，也就是結構上有所不同；而許多方言次濁上之所以兩分，也可以從同一角度獲得解釋。因此這項研究可以充分顯示規律傳播和音韻變化的動態過程。

　　1. 「濁上歸去」，是漢語音韻史上一項重要的演變。這項演變發生的年代，學者們已經有過一些討論。但是它在方言間推移影響的情形，除了個別方言的記述之外，我們還缺乏一個通盤的了解。[1] 由於近年來關於漢語方言的資料逐漸增多，因此本文便想利用這些資料，進行一點初步的綜合工作，來觀察濁上歸去在現代方言中的實際演變情形。

　　文獻上可以觀察得到的濁上歸去的現象，最早見於盛唐及中唐詩人如孟浩然 (689-740)、王維(699-759)、李白(699-762)、杜甫(712-770)、韋應物(737-830?)、白居易(772-846)、柳宗元 (773-819) 等人的詩歌押韻 (史存直 1981)，慧琳(737-820)《一切經音義》(810) 的反切、韓愈(768-824)的《諱辨》(周法高 1948/1975)，《悉曇藏》(880) 中著錄傳漢音的「表」法師的聲調系統 (平山久雄 1987)，以及李涪《刊誤》(895 以前)中對《切韻》濁上、濁去字所作分別的批評 (周祖謨 1958/66, 1988)。換言之，最遲從八世紀初開始，也就是《切韻》成書一個世紀之後，這項演變就已經發生了。仔細觀察這些文獻資料，我們可以進一步得到以下幾點印象。第一，上述資料所涉及的人物，他們的活動範圍都在北方。第二，李涪在《刊誤》中以《切韻》爲「吳音乖舛」，並以爲「東都」(洛陽)之音最正，主要論據之一就是「濁上歸去」。可見《切韻》固然分別濁上和濁去，李涪當時的「吳音」也仍然分別

濁上和濁去。這也就是說，盛唐以後北方已經開始濁上歸去，但是同時南方的吳音並沒有這種變化。第三，所有上述資料所涉及的濁上字，都是「全濁」上聲字，沒有一個「次濁」上聲字在內。因此我們可以推想，次濁字並沒有發生聲調上的變化，它們與清上字一致，仍然是上聲字。這一點可以從宋代的汴洛方音得到旁證。在宋代汴洛方音裏，平去入聲的次濁字與全濁字同列，讀成陽調。但上聲的次濁字卻與全清、次清字同列，讀成陰調（周祖謨 1942/1966）。此外，根據我們現在的了解，在《切韻》以前的南北朝時期，無論北方或南方，平上去入四個調都沒有分化的迹象（何大安 1981a）。因此我們可以說，「濁上歸去」是盛唐以後，中國北方方言開始發生的一種變化。這種變化使全濁上聲讀如去聲，但是次濁上聲和全清、次清上聲字不受影響，仍讀上聲，也就是陰上。

宋代的汴洛方音、元代的《中原音韻》（1324）和現代官話都有和上述唐代北方方言相同的演變。這種演變，可以稱為「官話型」或「標準型」的濁上歸去。下文我們就會看到，官話型的濁上歸去是一條力量非常強大的演變規律，每一支現代漢語方言之中，都有它的影響痕迹。

　　2. 在現代漢語方言之中，官話方言的分佈範圍最廣。但是在上去聲的分合上，

表一　官話方言聲調比較表

次方言	方言點	資料來源	平·清	平·次濁/濁	上·清/次濁	去	入·清	入·次濁	入·濁
北京官話	北京	賀,錢,陳1986	A1	A2	B	C	A1,B / A2,C	C	A2
北方官話	濟南	賀,錢,陳1986	A1	A2	B	C	A1	C	A2
膠遼官話	青島	賀魏1986	A1	A2	B	C	B	C	A2
中原官話	洛陽	賀魏1984	A1	A2	B	C	A1		A2
蘭銀官話	蘭州	裘家驊1960	A1	A2	B	C	C		A2
西南官話	成都	楊時逢1984	A1	A2	B	C	A2		
江淮官話	揚州	王世華1959	A1	A2	B	C	D		
晉語	大同	侯,溫,田1986	A1	A2	B	C	D		

卻大體一致。現在從每一個次方言之中各舉一個方言點列成表一,來作比較。

表中的A、B、C、D表示今調的平、上、去、入,1、2表示陰調和陽調。次方言中的晉語,在構詞上有獨特的地方(侯精一 1986),但是它的音韻結構和其它的官話方言並沒有很大的差別(丁邦新 1982,李榮 1985),因此表一暫時放在一起討論。

　　表一很清楚的顯示出來官話方言濁上歸去的一致性。從比較研究的觀點,我們可以說濁上歸去在這些次方言的共同祖語時期就已經存在了。再配合上一節對文獻資料的理解,這個祖語和盛唐東都方言的淵源關係,應該是非常清楚的。

　　3. 其次我們觀察湘語。就上去聲的關係而言,湘語方言有表二所列的三種型態。

表二　湘語方言聲調比較表

方言點	資料來源	平			上			去			入		
		清	次濁	濁	清	次濁	濁	次濁	濁	清	清	次濁	濁
長　沙	裘家驊 1960	A1	A2		B			C2		C1	D		
沅　陵	楊時逢 1974	A1	A2		B			C			D		
辰　谿	楊時逢 1974	A1	A2		B					C	A2		

　　湘語大致分佈在今天的湖南省境內,其中長沙型的方言有:湘鄉、邵陽、溆浦、新寧、通道、城步、會同、黔陽、岳陽、湘陰、南縣、沅江、安化、衡陽(以上見楊時逢 1974)、雙峯(裘家驊 1960);沅陵型的方言有乾城、麻陽、古丈、永綏、零陵、東安、祁陽、武岡、寧鄉、湘潭(以上見楊時逢1974)以及廣西省的全州(楊、梁、李、劉 1985);辰谿型的方言還有瀘溪(楊時逢 1974)。

　　長沙和沅陵濁上都已歸濁去,它們可以代表大多數湘語的情形。這兩類方言主要的差別,在是否分陰陽去。在有文白異讀的方言中,分陰陽去的往往是白話音,文讀音則不分陰陽去;例如長沙、湘陰、南縣、沅江、安化等地。我們推想這可能是受官話影響的結果。這些湘語本來是分陰陽去的,由於鄰近的西南官話、中原官話、江淮官話不分陰陽去,因此文讀音中的陰陽去就合併了。

　　辰谿、瀘溪的情形相當特別，它們似乎是濁去歸上，而不是濁上歸去。它們的上聲可能根本沒有分化，整個與濁去合流；但也有濁上歸去後再與陰上合併的可能。究竟如何，目前不能設定。

　　4. 贛語可以看成一個大的搭界方言，它受到其它方言的影響很深，內部的變化也比較複雜（何大安 1986a）。下列的表三是一些贛方言調類分合的比較。

表三　贛語方言聲調比較表

方言點	資料來源	平			上			去				入			
		清	次濁	濁	清	次濁	濁	次濁	濁	清	次清	清	次清	次濁	濁
通城	趙元任等 1948	A1	A2		B			C2		C1		D			
修水	顏森 1986	A1	A2		B			C2		C1	次C1	D			
清江	顏森 1986	A1	A2		B			C				D			
萬安	顏森 1986	A1	A2		B		A1	C		A2		D			C
南城	顏森 1986	A1	A2		B		A1/C2	C2		C1		D			
弋陽	顏森 1986	A1	A2		B		C2/A1	C2		C1		D1		D1/D2	D2
都昌	顏森 1986	A1	A2		B		A1	C2	A1	C1	C2	D1	次D1	D1/D2	D2
豐城	顏森 1986	A1	A2		B		C	A1		C		D1		D1/D2	D2
蓮花	顏森 1986	A1	A2		B1	B1/B2	B2	A1				A1		A1/A2	A2/C
南豐	顏森 1986	A1	次A2/A2		B1	B1/A1	C/A1	C				D甲/D乙			

　　一部分贛方言有「送氣分調」的現象，表三中的修水、都昌、南豐就是這樣的方言。南豐入聲字都收 -ʔ 尾，但分成兩類。甲類讀 12，是咸深山臻等攝的入聲字。乙類讀 55，是宕江曾梗通攝的入聲字。這些都是相當特別的現象。

　　就濁上歸去這一問題而言，贛語方言可分成兩種主要的類型。第一類是像通城、修水或清江這樣的方言。通城、修水型的方言有湖北的蒲圻、崇陽、通山、陽新、咸寧（以上見趙元任等 1948），湖南的汝城、茶陵、臨湘、華容、綏寧（以上見楊時逢

1974)、江西的波陽謝家灘、餘干、浮梁樂平（以上見葉祥苓 1986）、〔湖口〕[2]、〔星子〕、〔德安〕、〔永修三角〕、〔安義鼎湖〕、〔新建灃里〕、〔南昌〕、〔南昌市〕、新喻（以上見顏森 1986）、〔樵舍樵石鎮〕、〔安義〕、餘江（以上見陳昌儀 1983）、臨川（羅常培 1940）。清江型的方言有湖南的資興、桂東、酃縣、安仁、常寧、攸縣、新化醴陵、瀏陽（以上見楊時逢 1974）、瀏陽南鄉（夏劍欽 1983），江西的永新、永豐、泰和、峽江、吉水、吉安市、吉安梅塘、萬載、萍鄉市、分宜、〔新餘〕、上高、宜豐、宜春市彬江、武寧、靖安、奉新、高安、高安周家、彭澤、景德鎮、樂平、萬年（以上見顏森 1986）、貴溪龍岩（Condax 1973）等地。這一類的方言，約佔目前所知贛方言材料總數的四分之三左右，可以說是贛語方言最大宗的一類。這一類的濁上歸去，是官話型的。

第二類的次濁上仍歸陰上，與官話型同；全濁上的全部或一部分歸陰平。萬安、南城、弋陽、都昌就是這一類的方言。細分起來，又有四個小類。萬安類的方言有井岡山、永豐沙溪、新干、鉛山（以上見顏森 1986）、廣昌（顏森 1985）。南城類的方言有黎川、樂安、宜黃、崇仁、撫州上頓渡河東、橫峯、餘江、貴溪文坊、鷹潭市、東鄉、金溪、資溪（以上見顏森 1986）。弋陽類的方言還有廣昌、進賢（以上見顏森 1986）。都昌類的方言還有波陽、寧岡（以上見顏森 1986）、大冶（趙元任等 1948）、通城草開（張歸璧 1984）。除了大冶和通城草開在湖北外，其餘都在江西。

南城和弋陽的差別，在個別字的處理不同。例如：

		南城	弋陽
動	＞	A1	C2
舅道，徛	＞	C2	A1

第二類方言受到「濁上歸陰平」的影響，是很顯然的。但是第一，這條規律不能推到早期贛語，因為那樣的話，第一類方言的走向就不好解釋。其次，萬安類型的「濁上歸陰平」一定發生在南城、弋陽型之前，否則萬安的濁上、濁去兩類，就不會分得這麼清楚。南城、弋陽一定是處在「濁上歸陰平」與「濁上歸去」這兩條規律的雙重影響之下，才有上述一些不一致的地方。都昌則可能濁上歸去在先，受到「濁上歸陰平」的影響之後，整個陽去聲中的送氣聲母唸成了陰平。[3]由於萬安等地的「濁

上歸陰平」並不包括次濁聲母字，因此都昌陽去中的鼻音、邊音便不受影響。也就是說，陽去中只剩下鼻音、邊音聲母字。這時去聲中的次清聲母字，因爲送氣分調的緣故，才從陰去中分離出來併入陽去，使陽去調又有了送氣聲母字。其間的演變規律次序如下：

	上			去			
	清	次濁	濁	次濁	濁	清	次清
1. 濁上歸去 ＞	B		C2			C1	
2. 濁上歸陰平＞	B	A1	C2	A1		C1	
3. 送氣分調 ＞	B	A1	C2	A1		C1	C2

豐城的情形非常特別。濁上歸去之前，濁去已經先入陰平。由於官話方言大都不分陰、陽去，官話型濁上歸去中的「去」，實包括陰去在內。豐城的濁上歸陰去，正可如此理解。

與蓮花同型的，還有遂川、安福（同見顏森 1986）等方言。這三個方言次濁上與全濁上自成一類，也就是陽上，但不並入陽去。次濁上入陽上，是現代吳語和粵語的一個特點，蓮花、遂川、安福在這一點上能不能與吳語、粵語有直接的聯繫，恐怕很難設定。不過在官話方言的影響增強之前，次濁上入陽上的方言在南方的分佈，或許要比現在爲廣。這三個方言一部分次濁上聲字入陰上，可能就是官話的影響。

南豐一方面有官話型的濁上歸去和次濁上歸陰上，一方面又有次濁上、濁上歸陰平的演變。下文會看到，次濁上、濁上入陰平是客語的一個重要特點。那麼南豐所顯示的，可能就是官話和客語的雙重影響了。

5. 表四是現代吳語中幾個代表方言聲調的比較。

表四　吳語方言聲調的比較表

方言點	資料來源	平			上			去			入		
		清	次濁	濁	清	次濁	濁	次濁	濁	清	清	次濁	濁
溫　州	袁家驊1960	A1	A2		B1	B2		C2		C1	D1	D2	
江　陰	趙元任1928	A1	A2		B			C2		C1	D1	D2	
寶山霜草墩	趙元任1928	A1	A2		B	C2				C1	D1	D2	
太平仙源	張盛裕1983	A1	A2		B1	A1/B2	B2	C2		C1	C2	B1	

溫州、江陰和寶山霜草墩代表吳語方言上去分合的三個大類型。

溫州的主要特點是陽上、陽去分立，次濁上歸陽上。這一類的方言有江蘇省的吳江盛澤、吳江黎里、松江、南滙周浦、崑山、常熟、無錫、溧陽、宜興（以上見趙元任 1928）、嘉定、上海縣、太倉、海門（以上見江蘇省和上海市方言調查指導組1960）、吳江震澤、吳江平望、吳江同里、吳江松陵（以上見葉祥苓1983），浙江省的永康、嵊縣、嵊縣太平市、諸暨王家井、紹興、吳興、嘉興（以上見趙元任 1928）、海鹽（許、游 1984）、海鹽通圓（胡明揚 1959），江西省的玉山四股橋、廣豐河北（以上見顏森 1986）等地。其中吳江盛澤、吳江黎里、松江、崑山、常熟、無錫、吳興的次濁上聲字在文讀音中入陰上，這無疑是官話的影響。

江陰的主要特點是全濁上歸去，次濁上歸陰上，和官話型的濁上歸去完全相同。這一類的方言還有江蘇省的武進（常州）街談、武進紳談、靖江、丹陽永豐鄉（以上見趙元任 1928）、啟東呂四（盛今元 1986），上海市（江蘇省和上海市方言調查指導組 1960），江西省的玉山（楊時逢 1971b），安徽省的銅陵（王太慶 1983），和浙江省的杭州（趙元任 1928）。這些方言正處在吳語與官話接觸的最前綫，而杭州自宋室南渡時就受到官話的強烈影響（李新魁 1987）。所以這一類方言之有官話型的濁上歸去，並非出於偶然。

寶山霜草墩所顯示的，可以稱為「吳語型」的濁上歸去。它與官話型的最大不同，就是次濁上不入陰上，而是與濁上一同併入陽去。我們已經不只一次看到，次濁上聲字有兩種不同的走向。一是同清聲母入陰上；一是同濁聲母入陽上，甚或至於同

入陽去。前者屬官話，後者則見於南方的方言。當官話方言漸次進入南方之後，溫州型的方言雖仍保持陽上與陽去的分別，但吳江盛澤等方言卻已將次濁上聲字游移於陽上（白話）與陰上（文讀）之間。霜草墩型的方言則是接受了「濁上歸去」這一規律，但是「濁上」卻是南方方言的次濁、全濁同步的濁上，而不是次濁、全濁分途的官話型的濁上。這裏可以看出吳語對官話影響所作反應時，不同的選擇方向。相形之下，江陰型的方言在這方面已經沒有任何堅持，和湘語、大部分的贛語一樣，完全「官話化」了。

寶山霜草墩型的方言還有江蘇省的寶山羅店、吳縣、丹陽（以上見趙元任1928）、平湖、平湖乍浦、平湖葒善、崑山周莊、崑山陳墓、吳江莘塔（以上見許、游1984）、吳江蘆墟（葉祥苓 1983），浙江省的餘姚、鄞縣（以上見趙元任 1928）等地。

吳語方言中，有一些方言的次濁上聲字既不入陰上，又不入陽上。安徽的太平仙源是其中的一個。太平仙源次濁上聲字有一小部分入陽上，是讀成 d 的來母字，如「禮 di、柳 dy、嶺 diŋ」。讀 l 的來母字，如「老 le、懶 lă」，和其它的次濁字都讀陰平。也可以說，真正的鼻音、邊音聲母字都讀陰平，濁塞音、塞擦音仍讀陽上。來母字讀濁塞音，是贛語中後起的變化（何大安 1986a）。太平仙源可能受到這一規律的波及，而有部分細音韻母字讀 d。這樣說來，次濁上入陰平的時間，就更在其後了。江蘇高淳（江蘇省和上海市方言調查指導組 1960，張鴻魁 1984）次濁上也入陰平，與太平仙源是否有關，不得而知。此外浙江的金華、衢縣（以上見趙元任 1928）入陰去，目前也無法解釋。

6. 徽州方言是皖南介於吳語和贛語交界處的一些方言，這些方言兼具若干吳語和贛語的色彩，但在濁上歸去這一點上，卻顯示了本身的特點。表五列舉了三個徽語方言，以供觀察。

表五　徽語方言聲調比較表

方言點	資料來源	平		上			去		入		
		清	次濁 濁	清	次濁	濁	次濁	濁	清	次濁	濁
績溪嶺北	趙、楊 1965	A1	A2	B			C2		C1	D	
婺　源	葉祥苓 1986	A1	A2	B1	B1 B2	B2	C2		C1	C2	
德　興	顏　森 1986	A1	A2	B			C2		C1	D / D A1	A1

　　徽州方言大部分都不分別陰、陽上，像嶺溪嶺北一樣。這類方言還有祁門、婺縣、旌德、歙縣（以上見伍巍 1985），徽城、深度（以上見孟慶惠 1985）。如果這些方言能代表徽語的大宗，這就說明了徽語確實是不同於吳語和贛語的一支獨立方言。因為根據 4、5 兩節的討論，我們可以看出古吳語是個分陰、陽上的方言，而今天贛語方言的前身，是個濁上歸去的方言。在前徽語和前贛語時期，徽州方言和江西方言能不能有所聯繫，甚至這種聯繫會不會反映出一個較二者現在的分佈範圍更廣的古老方言，以包括其它不分陰、陽上的南方方言──如浙江的浦城大北忠信、龍泉（以上見鄭張尚芳 1985）、江西的安遠（顏森 1986）、廣東的合浦（袁家驊 1960）在內，當然不是現在能夠憑空設定的。但是如果願意賦予上聲分化或濁上歸去一個丁邦新師所主張的「歷史條件」（丁邦新 1982）的意義，那麼承認徽語為現代漢語的一支大方言──儘管分佈地並不大──應該是可以的。

　　婺源與休寧海陽鎮（平田昌司 1982）分陰、陽上，而次濁上聲字部分入陰上、部分入陽上。我想這可以用北方方言的次濁上視同清上與南方方言次濁上視同濁上這兩種不同音韻結構類型在這兩處的交互影響來解釋。這種情形，我們在吳語和贛語中也曾見到過。至於江西德興與浮梁江村（顏森 1986）的官話型濁上歸去，則表現了更快的向官話同化的步調。

　　7. 現代粵語方言聲調分合的大概情形，請參看表六。

表六　粵語方言聲調比較表

方言點	資料來源	平 清	平 次濁	平 濁	上 清	上 次濁	上 濁	去 次濁	去 濁	入 清	入 次濁	入 濁
南寧	楊、梁、李、劉1985	A1	A2		B1	B2		C2	C1	UD1 LD1		D2
廣州	鄧少君1981	A1	A2		B1	B2	B2 C2	C2	C1	UD1 LD1		D2
莞城	陳曉錦1981	A1	A2		B1	B1 B2	B2	C		D1		D2
中山	趙元任1948	A1	A2		B					D1		D2
台山	McCoy 1969	A1	A2		B1	B2 A1	B2	C2	A1	D1a D1b		D2
合浦	袁家驊1960	A1	A2		B			C		D1a D1b		D2

表中南寧、廣州的 UD1、LD1 是大家熟習的上陰入、下陰入；臺山、合浦的 D1a、D1b 也正相當廣州等地的上、下陰入。

從目前所能掌握的材料來看，古粵語很可能和古吳語一樣有八個調，平上去入各分陰陽；廣西的南寧可為代表。平上去入聲中的次濁與全濁同步，一律入陽調，大概是南方方言的一項特徵。因此遇到了次濁上入陰調的官話方言，便每每發生牴牾，而有次濁上聲字兩屬的現象。在粵語方言當中，莞城便是這類的代表。

還有一類便是完全「官話化」，如中山方言。南寧類的方言，似乎佔粵語的較大多數。廣西的博白、玉林、梧州（以上見楊、梁、李、劉 1985），廣東的增城（何依棠 1986）、信宜（葉、唐 1982）、東莞（蛋家話 1960）和廣州都是。廣州有一部分濁上讀陽去，如「健、杜、戶、臣、待、在、弟、罪、滙、技」；另一部分讀陽上，如「柱、倍、瓦、距、篁、婢、舅、峙、厚」；另一部分字兩讀，如「近、坐、淡」；而次濁上仍讀陽上。這裏發生兩屬的是濁上，卻不是次濁上，與徽語的婺源以及下文會述及的某些客語、閩語不同。這裏看出在對官話影響作出反應的時候，廣州選擇應變方向的獨特性。官話濁上歸去的同時，次濁上歸陰上。婺源與廣州都保留自己的陽上調，但婺源令部分次濁字同於官話，廣州則是部分全濁字同於官話。某些閩語方言在次濁字兩屬的同時，會單唸的時候放棄陽上調，卻於連讀的時候繼續保持陽上，如晉江；或者單唸保留陽上，而於連讀時取消，如揭陽（以上見董同龢 1960）。

根據另一份調查資料，南寧（梁振仕 1986）濁上字也有兩讀。一部分入陽上，如「抱 ph、肚 th、舅 kh」；一部分入陽去，如「在 tɕ、住 tɕ、助 tɕ」。南寧和大多數粵語一樣，濁音清化時平上送氣、去入不送氣。現在入陽上的送氣，入陽去的不送氣，可見濁上字的分讀是在濁音清化之前。也就是說，南寧地區受官話濁上歸去的影響，要比濁音清化為早。李涪《刊誤》在批評《切韻》的時候，並沒有提到聲母清濁上的問題，可見當時的東都方言雖然濁上歸去，卻並沒有濁音清化。影響南寧的官話波，似乎正符合這樣的順序。

臺山一部分次濁上聲字入陰平，例如「我、你、買、有」，是很特殊的現象。它的分讀原因，是不是受到客語的影響，暫時存疑。

陽江、合浦和中山的另一份調查（蛋家話 1960）不分陰、陽上。此外廣西的鍾山，平聲也有送氣分調的現象（梁振仕 1983）。它與吳語（葉祥苓 1983，許、游

1984)、贛語、客語（顏森 1986）、苗語（李、陳、陳 1959）、僮語（李方桂 1962，石林1981）同類現象之間的關係，值得進一步探索（何大安　待刊稿）。

8. 表七是現代客語方言聲調的比較。

表七　客語方言聲調比較表

方言點	資料來源	平			上			去			入		
		清	次濁	濁	清	次濁	濁	次濁	濁	清	清	次濁	濁
永定下洋	黄雪貞1962	A1	A2	B	B	B/A1	C/A1	C, B		B	D1		D2
長汀	羅美珍1982	A1	A2	B	B	B/A1/C1	A1/C1/C2	C2	C1		A2		C2
瑞金	羅肇錦1977	A1	A2	B	B	B/A1			C		D1		D2
寧都	顏森1986	A1	A2	B	A1/A2/C1	A1/A2	A1	C2	C1		D1	D1/D2	D2
大埔桃源	李富才1959	A1	A2	B	B	B/A1		C, A1	C		D1	D1/D2	D2
美濃	楊時逢1971a	A1	A2	B	B	B/A1			C		D1		D2
成都龍潭寺	黄雪貞1986	A1	A2	B	B	B/A1	C	B, C			D1		D1, D2
萬安	張振興1984	A1	A2	B	B			C2	C1	C2			D2
興國高興	顏森1986	A1	A2	B	B			A1	C		D1	D1/D2	D2
大庚	顏森1986	A1	A2	B	B	A1/C		C, A1	C		A1		
安遠	顏森1986	A1	A2	B	B			C2	C1		D/C2		A1, C2
南康鏡壩	顏森1986	A1	A2	B	B	A1/C		A1			D		
上猶	顏森1986	A1	A2	B1, B2	B1, B2	A1/B2	A1	B1, A1	A1		B1, A1	A1	A1/D, D

　　客語方言的情形看來似乎比較複雜，但是次濁上讀陰上的一點，卻是一致的。這顯然是北方話的型態，而與南方方言不同。其次，相當多數的方言次濁上又讀陰平；哪些字讀陰上，哪些字讀陰平，各地又大體相同。讀陰上的是「米、瓦、雨、卵、老、五」，讀陰平的，是「軟、馬、尾、冷、暖、買」。次濁上不分兩類的，都在江

西省境內，可以算是北部客家的特點。因此從內部的比較，我們可以說：早期客家次濁上有一部分入陰平，一部分仍保持北方方言的特點，入陰上 (O'Connor 1976)。北部客家受官話的影響，入陰平的次濁上聲字又讀回陰上。

再其次，除了安遠之外，濁上大體都發生過變化。一種變化是入去，一種是入陰平。凡是去聲入陰平的，濁上一定也有部分入陰平；反過來，濁上入陰平的，濁去卻未必都入陰平。上文在討論贛語的時候，我們曾注意到一條濁上歸陰平的規律。這條規律，可以來解釋這裏的情形。在贛客地區，除了官話型的濁上歸去之外，另有濁上歸陰平的變化。這個變化與客家的次濁上歸陰平有沒有連帶關係，不得而知。但是它卻使相當多的方言面臨了濁上字分化時的規律競爭。寧都和興國高興是歸陰平比較澈底的方言，瑞金、萬安是歸去聲比較澈底的方言；其它則介於二者之間。濁去兼入陰平的方言，可能先有過濁上歸去的階段，一部分上聲字已入去。後來受到濁上歸陰平的影響，使合流後的濁上、濁去字同時改入陰平。大埔桃源、大庾、南康鏡壩、上猶可能就是這一類的方言。

寧都清上字分入陰平／陽平／去聲三個調，分化的條件是影母字／次清／全清。因此它也是個次清分調的方言。次濁上聲字與次清上聲字同讀陽平的，是相當於其它方言入陰上調的「米」類字，入陰平的是「軟」類字。因此也可以說，寧都原來有個陰上類，來源是次清上聲字和「米」類字。這個陰上調，後來並入了陽平。

9. 閩語大致可分為七個次方言（張振興 1985），現在各酌取一兩個方言點列成表八，以供討論。

表八　閩語方言聲調比較表表

次方言	方言點	資料來源	平			上			去		入		
			清	次濁	濁	清	次濁	濁	次濁	濁	清	次濁	濁
閩 南	厦門	福建省 1962⁴	A1	A2		B	B C2		C2		C1	D1	D2
	潮陽	張盛裕 1981	A1	A2		B1	B1 B2	B2	C2		C1	D1	D2
瓊 文	萬寧	楊秀芳 1987	A1	A2		B	B C2	C2	C2, A1		C1	D1	D2

莆 仙	莆田	福建省 1962	A1	A2	B	B C2	C2	C1	D1	D2
邵 寧	順昌 雙溪	馮愛珍 1987	A1	A2 (白C1)	B1	B1 B2	B2 C2	C2	C1 A2	D
	邵武	陳章太 1983	A1 D	A2, D	B, D		C2 D	C1 D	D	C2
閩 北	建甌	Norman 1976	A1	C1	B 1	B1 B2	C2 B2	C2	C1	D1	B2
閩 東	福州	王天昌 1969	A1	A2	B	B C2	C2	C1	D1	D2
閩 中	永安	福建省 1962	A1	A2	B1	B2	C	D1	B2

　　閩語表面上可以分成清楚的兩類。一類是廈門、潮州、萬寧、莆田、順昌雙溪、福州；一類是建甌、邵武、永安。前者次濁上一部分字入陰上，另外一部分入陽上，或更入陽去。後者次濁上聲字都入陰上，不與濁上字同進退。在廈門這一類的方言中，哪些次濁上入陰上，哪些入陽上（陽去），閩南、莆仙、瓊文、閩東也大體一致。入陰上的，有「馬、尾、米、買、我、軟」，入陽上（陽去）的，有「老、卵、瓦、五、耳、雨」。並且在有文白異讀的時候，讀陽上（陽去）的，往往是白話音；讀陰上的，往往是文讀音。因此我們假設閩語和吳語、粵語一樣，具有南方方言的共通性：次濁上原與濁上同類，不與清上同類。受到次濁上入陰上的北方方言的影響後，一部分次濁上聲字與文讀音同時變入了陰上，也就是「馬」類字；另一部分，也就是「老」類字，仍讀陽上，或與濁上字一同變入陽去。不過邵寧區的順昌雙溪和福州以南的沿海幾個方言，在選字上稍有出入。例如：

	順昌雙溪	廈門、潮陽、萬寧、莆田、福州
我	B2	B1
卵	B1	B2 (C2)

可見閩東、閩南、瓊文、莆仙的分化，是在這一波的影響之後，所以才有一致的表現。順昌在福建西北，因此不與南部沿海的閩語同變化。

　　至於較內陸鄰近贛客語的建甌、邵武、永安這些方言，次濁上都已入陰上，濁上也多半入陽去，是受官話影響較深的地區。那麼順昌雙溪也許更應該放在這裏一起看，它代表稍早的一個過渡階段。

　　瓊文系方言有部分濁去入陰平的共同變化，如海口（張賢豹 1976）、澄邁（何大安 1981b）、萬寧（楊秀芳 1987）。這些濁去字中不包含一個濁上字，可見是濁上歸去之前就有的變化。

　　邵武平、上、去聲字中有少數常用字讀入聲調，條例不詳，可能有不同語言層的影響在內。順昌雙溪白話音的陽平與陰去合流，是當地獨特的演變。

　　10. 最後，我們再來看一些邊緣性的方言，它們包括一些個別方言，如海南島的儋州村話；混合語或漢語借字系統，如湖南瀘溪瓦鄉話、廣西龍勝伶話、優念話、福建福安的甘棠畬話、甘肅的唐汪話、武鳴壯語、越南的漢越音，以及《翻譯老乞大、朴通事》當中的聲調系統。這些方言的聲調比較，請看表九。

表九　邊緣性方言比較表

方言點	資料來源	平			上			去		入			
		清	次濁	濁	清	次濁	濁	次濁	濁	清	清	次濁	濁
儋州村話 白話音	丁邦新1986	A1	A2		B	B／C		C		B	D1	D2	
儋州村話 文讀音	丁邦新1986	A1	A2		B			C			D		
武鳴借字 粵語層	吳宗濟1958	A1	A2		B1	B2	B2／C2	C2		C1	UD／MD	D2	
武鳴借字 官話層	吳宗濟1958	A1	A2		B			C			A2		
漢越語	三根谷徹 1970	A1	A2		B1	B2	B2／C2	C2		C1	C2		
瀘溪瓦鄉	王輔世1982	A1、A2			B			C		B	A1／A2		
龍勝伶話	王輔世1979	A1	A2		B			C			A2		
龍勝優念	王 均1984	A1	A2		B1	B2		C			A1／B1	A2, B2, C2	
甘棠畬話	羅美珍1980	A1	A2		B	B／A1	C／A1	C		C／A1	D1	D2	
唐汪話	阿·伊布拉 黑麥 1985	A1	A2		B			C			A1	?	A2
翻譯老乞 大朴通事	遠藤光曉 1984	A1	A2		B			C			Da／Db		

　　這裏的每一個方言，都可以看到濁上歸去的痕跡。儋州文讀、武鳴官話層、龍勝伶話、唐汪話和《翻譯老乞大、朴通事》表現的，是官話型的濁上歸去。它們的不

同，在入聲的處理。武鳴官話層和龍勝伶話入聲入陽平，與今天的西南官話相同；地理上也正符合這一點。唐汪話次濁入的資料不足，走向不明。但濁入入陽平，清入入陰平，以今天的分區標準來講，當屬中原官話或北方官話（李榮 1985）。若比較甘、青附近的漢語分布（張、張 1986），那麼又以前者的可能爲大。儋州文讀是個帶入聲的官話型方言。《翻譯老乞大、朴通事》的入聲因元音高低而二分。高元音爲一類（Da），非高元音爲另一類（Db）；遠藤光曉推測它可能淵源於十六世紀的南京官話。

武鳴粵語層有類於我們介紹過的廣州型方言，它的清入分上入（UD）、中入（MD）兩類，也正相當廣州的上陰入、下陰入。它和漢越語一樣，次濁上與全濁上同入陽上；但部分濁上又入陽去。這兩個地方濁上歸去的形成，也許有兩種可能。一種是它們早期所借進的，是南寧型的粵語，後來受官話的影響，才與廣州相同，部分全濁上入陽去。一種可能，是它們所借的本來就是廣州型的方言，借入時已有部分濁上入陽去。但它們不可能直接借自北方漢語，因爲次濁上入陽上，並不是北方方言的特點。武鳴借入的年代不可考，漢越語大約是唐代。假如是第二種情形，那就說明唐代的廣州方言，已經有了濁上歸去的變化。濁上歸去既出現在盛唐以後，可見當時文化優勢語言傳播之速。

漢越語濁上字讀陽上的較廣州爲多（王力 1948/1958），自然是廣州受官話影響長久的緣故。漢越語的入聲與去聲同調，但保持了塞音韻尾。因此從塞音韻尾分出陰入、陽入，也未嘗不可。至於它的次濁平入陰平，道理是什麼，現在還不明白。

傻念話濁上已經完全歸去，但是次濁上不入陰上，可見本屬南方方言。它的清入內轉諸攝入陰平，外轉諸攝入陰上。儋州白話與甘棠畬話在次濁上的表現上不同。甘棠畬話與客語一系。儋州白話部分次濁上與全濁同調，接近其它的南方方言，而不接近客家。

瀘溪瓦鄉話的平聲分立不明顯，陰、陽平多能通讀。也可以說瀘溪瓦鄉的平、上、去聲，都沒有明顯的分化。但是這個方言正處在濁音清化的中途，部分清化的字受客家影響讀爲送氣音，其中濁上、濁去字不分，同讀上聲調。王輔世先生認爲這種濁上歸去係承自客家，應爲定論。

11. 官話型的濁上歸去和吳語型的濁上歸去可以看作「濁上歸去」的兩種極端的類型。前者不包括次濁上聲字，次濁上聲字入陰上；後者則包括次濁上聲字，次濁上聲字隨陽上同入陽去。另一些次濁上聲字瀿入陰上、陽上（陽去）的方言，則介於兩者之間，表現出過渡的色彩。我認為，這種類型上的不同，其實便是南北方言結構差異的反映。次濁聲母和全濁聲母都具有帶音的成分，在這一點上應該視爲一類。可是因爲某種緣故，[5] 唐代中葉以後的北方方言，雖然在平、去、入三個聲調裏保持了全濁聲母和次濁聲母的同步關係，但在上聲調裏卻發生了結構性的變化：次濁聲母與清聲母併入同一類。這種結構上的改變，使得「濁上歸去」發生時，歸去的只有全濁聲母而沒有次濁聲母。可是南方方言仍維持次濁與全濁在平上去入四個調中平行的緊密關係，當北方事實上是「全濁上歸去」的規律隨著移民和文化的力量南下的時候，一部分的南方方言或者因全濁、次濁之同爲一類而使次濁也連帶地歸入陽去（卽「吳語型」），或者依違二者之間而形成了次濁字的兩屬現象。這是由於方言結構上的差異使得同一演變規律卻導致不同演變方向的又一個例子[6]，也是本文立論的重心所在。

　　從這一點出發，配合以上所作的觀察，對於現代方言中濁上歸去的演變趨勢，我們可以得到這樣的幾點認識。第一，濁上歸去是八世紀以後北方漢語開始有的一種新變化。這種變化的特點是全濁上歸去，次濁上歸陰上。這個變化形成之後，一定很快地成爲當時優勢語中重要的成分之一，並因而擴及到整個官話區域，所以今天的官話方言才會表現得如此一致。第二，隨著唐宋以後江南的進一步開發，北方方言的影響不斷南下。官話型的濁上歸去，便在南方方言中造成了不同程度的同化。同化的程度，反映了影響的大小，其中湘語、贛語已經幾乎完全同化；江蘇吳語和浙江吳語的差別，也正在同化的有無和深淺。第三，次濁上與濁上同類的方言，一定曾經廣泛流行於江南。現代吳語、閩語、粵語和若干邊緣性的方言，都保留了這個特點。並且因爲這種結構上的差異，在承受官話型濁上歸去這一規律影響時，產生了不同的型態。相形之下，客語的次濁上與陰上同類，則明顯的標識出了北方方言的特點。第四，贛、客語的全濁上歸陰平，和客語的次濁上歸陰平，也使得官話型濁上歸去的同化工作在相當程度上受到干擾，而牽引出新的演變方向。第五，許多方言都有次濁上二分的現象。從前大家多半孤立地看這個現象，以爲必然反映了古語聲母上的分別。現在我們知道，這是次濁上視同全濁上的南方型方言和次濁上視同清上的北方型方言，兩

種不同的結構互相激盪影響所造成的。也因此它們雖然次濁上聲字都二分，但是歸字卻不完全一樣，請參看表十的比較。雖然表十所選的字很有限，我們卻可看出，某方言一致的，另一個方言卻未必。這種參差的現象，原是規律推移時常見的現象。全部推到古語的分別上去，是並不妥當的。

表十　次濁上聲二分比較表[7]

方言	出處	米	尾	馬	買	紐	兩	我	軟	領	老	卵	有	蟻	瓦	五	耳	雨	遠
福州	王天昌 1969	B1	B1	B1	B1	B1	B1	B1	B1	B1	C2	C2	C2		C2	C2	C2	C2	C2
萬寧	楊秀芳 1987	B1	B1	B1	B1	B1	B1	B1	B1	B1	B2	B2	B2	B2	B2	B2			B2
廈門	董同龢 1960	B1	B1	B1	B1	B1	B1	B1	B1	B1	C2	C2	C2		C2	C2	C2	C2	C2
建甌	Norman 1976	B2	B1	B1	B1	B1,B2	B1	B2		C2.c / B1.L	B1	B2.c / B1.L	B2	C2	B1				
南雄	Egerod 1983	B1		B2	B2		B1		B2	B1			B1		B1	B1	B1	B1	
汕頭	Egerod 1983	B1		B2	B2		B1		B1	B2			B1		B2	B2	B2	B2	
美濃	楊時逢 1971a	B	A1	A1		B	B,A1	A1	A1	A1	A1	B	B	A1	C	B	B	B	B
梅縣	Hashimoto 1973	B	A1	A1	A1	B	B,A1	A1	A1	A1	A1	B	B	A1	C	B	B	B	B
台山	McCoy 1969	B2	B2	A1							B2				A1	B2			
廣州	饒、歐陽、周 1981	B2	B2	B2	B2	B1	B1	B2	B2	B2	B2	B2	B2		B2	B2	B2	B2	B2
婺源	顏森1986 葉祥苓1986	B2											B2			B1			
儋州白話	丁邦新 1986	B	B	B	C		C,B	B		C	C	C	C		C	C	C	C	C

1　張琨（Chang 1975）先生曾對現代方言中調類的分合，有過大規模的觀察和分析，但是學者們並沒有繼續這項討論，以致我們在這方面的知識還有待充實。

2　地名外加〔 〕的，是有送氣分調的方言，請參看何大安（待刊稿）。

3　敬語大部分方言的全濁聲母都清化為送氣清聲母，因此陽去調中只有送氣音與鼻音、邊音等兩類聲母。

4　「福建省 1962」是「福建省漢語方言調查指導組、福建省漢語方言概況編寫組 1962」的簡

稱，下文同。

5 這個緣故究竟是什麼，個人目前還不敢設定。請參看馮蒸（1987）具有啓發性的討論。

6 我曾經觀察到的另一個例子，是合口舌根擦音與輕唇音混讀的現象，這種混讀在湖北 、 湖南、 四川、 雲南等地的漢語方言中因爲方言間的結構差異 ， 而有不同的混讀類型和演變方向，請參看何大安 1986b。

7 表中建甌、廣州兩處的資料係由沙加爾（L. Sagart）先生所提供，其中 .c 表示白讀，.L 表示文讀；「兩」讀 B1 的，是「斤、兩」的「兩」，讀 B2 的，是數目的「兩」。

引用書目

丁邦新

　1982　〈漢語方言區分的條件〉，《清華學報》新 14.1.2：257-274。

　1986　《儋州村話》，中央研究院歷史語言研究所專刊之 84。臺北，中央研究院。

三根谷徹

　1972　《越南漢字音の研究》，東京，財團法人東洋文庫。

王　力

　1948/1958　〈漢越語研究〉，《嶺南學報》9.1：1-96。收入氏著《漢語史論文集》290-406, 1958，北京，科學出版社。

王天昌

　1969　《福州語音研究》，臺北，世界書局。

王太慶

　1983　〈銅陵方言記略〉，《方言》2：99-119。

王世華

　1959　《揚州話音系》，北京，科學出版社。

王　均

　1984　〈廣西龍勝「紅瑤」的優念話〉，北京市語言學會編，《羅常培紀念論文集》225-244。北京，商務印書館。

王輔世

　1979　〈廣西龍勝伶話記略〉，《方言》2：137-147, 3：231-240。

　1982　〈湖南瀘溪瓦鄉話語音〉，《語言研究》1：135-147。

平山久雄

　1987　〈日僧安然《悉曇藏》裏關於唐代聲調的記載〉，香港中國語言學會編，《王力先生紀念論文集》1-20，香港，三聯書店。

平田昌司

　　1982　〈休寧音系簡介〉，《方言》4：276-284。

史存直

　　1981　《漢語語音史綱要》，北京，商務印書館。

石　林

　　1981　〈侗語概論〉，《アジア・アフリカ言語文化研究》22：21-55。

伍　巍

　　1985　〈徽州方言的音系特點〉，漢語方言學會第三屆年會論文，油印本。

江蘇省和上海市方言調查指導組

　　1960　《江蘇省和上海市方言概況》，南京，江蘇人民出版社。

何大安

　　1981a　《南北朝韻部演變研究》，國立臺灣大學博士論文。

　　1981b　〈澄邁方言的文白異讀〉，《中央研究院歷史語言研究所集刊》52.1：101-
　　　　　152。

　　1986a　〈論贛方言〉，《漢學研究》5.1：1-28。

　　1986b　〈X/F在西南：一項規律史的研究〉，第二屆國際漢學會議論文，臺北，
　　　　　中央研究院。

　　（待刊稿）　〈送氣分調及相關問題〉。

何偉棠

　　1986　〈廣東省增城方言音系〉，《方言》2：133-138。

李方桂

　　1962　〈臺語系聲母及聲調的關係〉，《中央研究院歷史語言研究所集刊》34.1：
　　　　　31-36。

李永燧、陳克炯、陳其光

　　1959　〈苗語聲母和聲調中的幾個問題〉，《語言研究》4：65-80。

李　榮

　　1985　〈官話方言的分區〉，《方言》1：2-5。

李新魁

1987　〈吳語的形成和發展〉，《學術研究》5：122-127。

李富才

1959　〈粵東桃源話的特殊變調規律〉，《中國語文》8：377-379。

吳宗濟

1958　〈武鳴僮語中漢語字的音韻系統〉，《語言研究》3：25-70。

阿·伊布拉黑麥

1985　〈甘肅境內唐汪話記略〉，《民族語文》6：33-47。

周法高

1948/1975　〈玄應反切考〉，《中央研究院歷史語言研究所集刊》20：359-444。
　　　　　又見氏著《中國語言學論文集》153-238，1975，臺北，聯經出版公司。

周祖謨

1942/1966　〈宋代汴洛語音考〉，收入氏著《問學集》581-655，1966，北京，
　　　　　中華書局。

1958/1966　〈關於唐代方言中四聲讀法的一些資料〉，收入氏著《問學集》494-
　　　　　500，1966，北京，中華書局。

1988　〈唐五代的北方語音〉，《語言學論叢》15：3-15。

孟慶惠

1985　〈歙縣方言與其他方言的親疏關係〉，漢語方言學會第三屆年會論文，油
　　　印本。

胡明揚

1959　〈海塩通圓方言中變調羣的語法意義〉，《中國語文》8：372-376。

侯精一

1986　〈晉語的分區（稿）〉，《方言》4：253-261。

侯精一、溫端政、田希誠

1986　〈山西方言的分區（稿）〉，《方言》2：81-92。

袁家驊

1960　《漢語方言概要》，北京，文字改革出版社。

夏劍欽

　　1983　〈瀏陽南鄉方言記略〉，《方言》1：47-58。

黃雪貞

　　1982　〈永定（下洋）方言形容詞的子尾〉，《方言》3：190-195。

　　1986　〈成都市郊龍潭寺的客家話〉，《方言》2：116-122。

陳昌儀

　　1983　〈永修話聲調的演變──兼論鄱陽湖西側贛方言聲調的演變〉，《江西大
　　　　　學學報》2：76-82。

陳章太

　　1983　〈邵武方言的入聲〉，《中國語文》2：109-111。

陳曉錦

　　1987　〈廣東莞城話「變入」初析〉，《中國語文》1：34-35。

梁振仕

　　1984　〈桂南粵語說略〉，《中國語文》3：179-185。

　　1986　〈《切韻》系統與南寧音系〉，《音韻學研究》2：264-276。

張振興

　　1984　〈福建省龍岩市境內閩南話與客家話的分界〉，《方言》3：165-178。

　　1985　〈閩語的分區（稿）〉，《方言》3：171-180。

張盛裕

　　1981　〈潮陽方言的語音系統〉，《方言》1：27-39。

　　1983　〈太平（仙源）方言的聲韻調〉，《方言》2：92-98。

張盛裕、張成材

　　1986　〈陝甘寧青四省區漢語方言的分區（稿）〉，《方言》2：93-105。

張賢豹

　　1976　《海口方言》，國立臺灣大學碩士論文。

張鴻魁

　　1984　〈東鍾十韻脣音字在高淳的變化〉，《語海新探》1：310-323。

張歸璧

　　1984　〈莘陰方言的濁音和入聲〉，北京市語言學會編，《語言論文集》146-

166。北京，商務印書館。

馮愛珍

1987　〈福建省順昌縣境內方言的分布〉，《方言》3: 205-214。

馮蒸

1987　〈北宋邵雍方言次濁上聲歸清類現象試釋〉，《北京師院學報》1: 80-86
40。

許寶華、游汝傑

1984　〈蘇南和上海吳語的內部差異〉，《方言》1: 3-13。

賀　巍

1984　〈洛陽方言記略〉，《方言》4: 278-299。

1986　〈東北官話的分區（稿）〉，《方言》3: 172-181。

賀　巍、錢曾怡、陳淑靜

1986　〈河北省、北京市、天津市方言的分區（稿）〉，《方言》4: 241-252。

董同龢

1960　〈四個閩南方言〉，《中央研究院歷史語言研究所集刊》30: 729-1042。

楊秀芳

1987　〈試論萬寧方言的形成〉，《毛子水先生九五壽慶論文集》1-35，臺北，
幼獅出版公司。

楊時逢

1971a　〈臺灣美濃客家方言〉，《中央研究院歷史語言研究所集刊》42.3: 405-
465。

1971b　〈江西方言聲調的調類〉，《中央研究院歷史語言研究所集刊》43.3: 403-
432。

1974　《湖南方言調查報告》，2冊，中央研究院歷史語言研究所專刊之 66。
臺北，中央研究院。

1984　《四川方言調查報告》，2冊，中央研究院歷史語言研究所專刊之 82。
臺北，中央研究院。

楊煥典、梁振仕、李譜英、劉村漢

1985　〈廣西的漢語方言（稿）〉，《方言》3：181-190。

福建省漢語方言調查指導組、福建省漢語方言概況編寫組

1962　《福建省漢語方言概況（討論稿）》，2冊，油印本。

葉祥苓

1983　〈吳江方言聲調再調查〉，《方言》1：32-35。

1986　〈贛東北方言的特點〉，《方言》2：107-111。

葉國泉、唐志東

1982　〈信宜方言的變音〉，《方言》1：47-51。

趙元任

1928　《現代吳語的研究》，北京，清華學校研究院。

1948　〈中山方言〉，《中央研究院歷史語言研究所集刊》20：49-73。

趙元任、丁聲樹、楊時逢、吳宗濟、董同龢

1948　《湖北方言調查報告》，中央研究院歷史語言研究所專刊。上海，商務印書館。

趙元任、楊時逢

1965　〈績溪嶺北方言〉，《中央研究院歷史語言研究所集刊》36.1：11-113。

遠藤光曉

1984　〈《翻譯老乞大、朴通事》裏的漢語聲調〉，《語言學論叢》13：162-182。

鄧少君

1981　〈廣州話聲韻調與《廣韻》的比較〉，《語文論叢》1：134-180。

鄭張尚芳

1985　〈浦城方言的南北區分〉，《方言》1：39-45。

盧今元

1986　〈呂四方言記略〉，《方言》1：52-70。

顏森

1985　〈咸、山兩攝字在廣昌方言中的異同〉，《語言研究》2：102-104。

1986　〈江西方言的分區（稿）〉，《方言》1：19-38。

羅美珍

  1980　〈畬族所說的客家話〉，《中央民族學院學報》1。

  1982　〈福建長汀客家話的連讀變調〉，《語言研究》2: 188-197。

羅常培

  1940　《臨川音系》，中央研究院歷史語言研究所專刊之17。上海，商務印書館。

羅肇錦

  1977　《瑞金方言》，國立臺灣師範大學碩士論文。

饒秉才、歐陽覺亞、周無忌

  1981　《廣州話方言詞典》。香港，商務印書館。

Chang, Kun (張琨)

  1975　Tonal developments among Chinese dialects, *BIHP* 46. 4: 636-709.

Condax, Iovanna D.

  1973　*Phonology of Lung-yen Chinese: A Synchronic and Diachronic Analysis of a Kiangsi Dialect*, Ph. D. Dissertation, Princeton University.

Egerod, Søren

  1983　The Nan-xiong dialect, 《方言》2: 123-142.

Hashimoto, Mantaro

  1973　*The Hakka Dialect*, Cambridge University Press.

McCoy, John

  1969　The phonology of Toishan city: A Chinese dialect of Kwangtung province, *Orbis* 18. 1: 108-122.

Norman, Jerry

  1976　Phonology of the Kienow dialect, *JAAS* 12: 171-90.

O'Connor, K. A.

  1976　Proto-Hakka, *JAAS* 11: 1-64.

Sagart, Laurent

1982　*Phonologie du Dialecte Hakka de Sung Him Tong*, Hongkong, Chiu Ming Publishing Co., Ltd.

閩南語輕脣音音值商榷

謝雲飛

摘　要

　　歷來調查閩南語方言、紀錄「音位」(Phonemes)的人數十家，各家都把閩南語的「輕脣音」(Bilabial fricative or dental-labial)紀錄成「喉擦音」(Laryngeal fricative)〔h-〕，筆者認為：凡「輕脣音」都是由「重脣音」(Bilabial plosive)弱化(Weakened)以後變化出來的。由重脣音變為輕脣音不出兩途：其一是變為「脣齒擦音」(dental-labial)；其二是變為「雙脣擦音」(Bilabial fricative)。閩南語由古代的重脣音變為後世的輕脣音，是變為「雙脣擦音」。當雙脣擦音與韻母相拼時，其摩擦現象往往因雙脣拼合元音而擴大了兩脣的開展度，以至使摩擦成分減弱到最低限度，在聽覺上會使人有「喉擦音」〔h-〕的感覺，所以凡紀錄閩南語輕脣音為〔h-〕的，都是錯誤的結果。筆者認為重脣音只能變為輕脣音，而不可能變為喉擦音，文中舉出「歷史音變」、「重脣弱化」、「語音異化」、「介音圓展」、「音節洪細」、「音位排列」等六項音變的條件限制為證，每一例證都有充分的理由說明閩南語的輕脣音為「雙脣擦音」〔Φ-〕，而不是「喉擦音」〔h-〕。

一、前　　言

　　在新加坡南洋大學教書十二年，記得有一次參加一個學術演講會，主講人是鄭衍通教授，講題是「易學新探」。在未開講之前，與語言學家周辨明先生談起：我個人認為，歷來描寫或界定

閩南語聲母音位的人，把輕唇音的聲母都記錄成「喉音」〔h-〕，
這在語音衍變的歷程上，以及在語音衍變的原理上來看，似乎都
很值得檢討。因為凡是輕唇音，都是由重唇音弱化（weakened）
之後衍變出來的，重唇音弱化，可以變成兩種不同的輕唇音，一
種是唇齒擦音〔f〕〔v〕；另一種則是雙唇擦音〔Φ〕〔B〕。而其
中的雙唇擦音與元音（vowel）相拼合以後，其弱化的程度會加大；
也就是說，它摩擦的成分會減弱到最低限度，聽起來有點兒像喉
擦音〔h-〕，實際上却不是，只是〔Φ〕〔B〕的加重弱化而已。當
時，因為演講馬上開始，周先生除了頻頻頷首表示同意我的說法
以外，已無暇再談下去了。會後，各自匆匆尋搭便車回家，以後
雖也常有見面，却總沒有想起再談這件事；而我的這個意見也始
終未見諸文字的撰述，因此也就自然不能得到語言學界的反響了。

　　最近，有緣讀到楊秀芳女士的博士論文「閩南語文白系統的
研究」，對楊女士在語音學（phonetics）上的造詣之高，及其論
文在統理工夫上的用功之深，都十分敬佩。楊女士的論文，主要
目的在釐清閩南語的白話音和文讀音兩者之間的界限，希望藉此
能對研究漢語的歷史語音，會有若干貢獻。我想，這是非常好的
做法。在楊女士的聲母音位系統中，其所歸納的音位（phonemes），
大體上都與以往歸納音位的各家相同，只在「舌尖音」一系列中
用〔c〕〔c'〕〔j〕代替了以往各家的〔ts〕〔ts'〕和〔tɕ〕〔tɕ'〕
〔dz〕，我表示十分的不同意。因為周辨明先生和董同龢先生記
的音是〔ts〕〔ts'〕，羅常培先生記的原則是〔ts〕〔ts'〕和〔tɕ〕
〔tɕ'〕〔dz〕兩系。關於合羅先生的兩系為一系，楊女士說：

羅常培分析廈門語言有兩套齒音聲母：ts、ts′與 tɕ、
tɕ′在 a、ɔ、o、e、u、ŋ等音前面，一律讀成ts、ts′；
在 i 前面顎化為 tɕ′、tɕ′。因為兩音的不同是有條件的，
我們可以合併為一套音位，記成 c、c′。周董兩位也都只
記為一套。❶

我所不同意於楊女士的是她的音標，因為 c、c′連 j 在內，都是
舌面與後硬顎形成的塞音和擦音，〔c〕〔c〕的音質（quality or
timber）聽起來甚至有點兒像〔k〕了；而〔j〕聽起來，也因舌
面太往後挪移之故而有點兒像〔x〕了。以它們來代替「舌尖齒齦」
的「塞擦音」，是很不可以的。記得趙元任先生曾說：

在一個音位之下，如果有幾個音值，這些音值都得比較相
似。❷

發音的部位相差太遠，音色（quality）自然有異；音色有異，則
音值（value）也就必然不同，用音值不同的音標，來標示相去很
遠的另一系列音值，這與歸納音位（phonemes）的基本原則不合，
因此，我不同意楊女士用〔c〕〔c′〕〔j〕來標示〔ts〕〔ts′〕及
〔tɕ〕〔tɕ′〕〔dz〕的音值。我認為周辨明和董同龢二位先生用
〔ts〕〔ts′〕〔d〕（或〔l〕）來標示前列的那些音是對的，因為〔ts〕
〔ts′〕〔d〕經過顎化以後，自然就會產生〔tɕ〕〔tɕ′〕〔dz〕的音，
至於用〔l〕，則是因為新派廈門音❸「日、入、兒」等字，的確是
讀〔l-〕母的。

　　以上的說法，在筆者向楊女士提出建議意見之後，楊女士立刻表示在將來該論文正式出版時，將依據我的意見修正過來。除前述者外，我主張楊女士在輕唇音部分，一律改用「雙唇擦音」〔Φ〕的音標，儘管在實際音值上探測，很可能現在的閩南語輕唇音多數都讀「喉音」〔h-〕，但從歷史音變的觀點來看，我們便不能貿貿然地直取喉音而用之了。

二、閩南語中的輕唇音

　　據楊文「閩南語文白系統的研究」中，其所釐清之後的文、白系統來看，白話系統中的輕唇音只有一個字，那就是「方」字，它的音值是：

　　方〔₀hŋ₄₄〕❹

此一音值只用於「獨霸一方」、「吃四方」等的情況之下，而真正的「方向」、「東方」、「西方」仍採用文讀音〔₀hɔŋ₄₄〕。除了「方」〔₀hŋ₄₄〕以外，其他在口語中出現的輕唇音，都不是白話音，而只是文讀音被借到口語中來使用而已。在文讀音中出現的輕唇音，計有：

　　東三韻：豐、風〔₀hɔŋ₄₄〕❺
　　　　　　馮、蓬〔₀hɔŋ₂₄〕
　　　　　　諷〔hɔŋ°₁₁〕

鳳〔hɔŋ² ₃₃〕

鍾　韻：封、蜂、峯〔 chuŋ ₄₄〕

　　　　逢、縫〔 chɔŋ ₂₄〕

　　　　奉、縫〔hɔŋ² ₃₃〕

微　韻：飛、非〔 chui ₄₄〕

　　　　肥〔 chui ₂₄〕

　　　　匪〔 chui ₅₃〕

　　　　費、痱〔hui° ₁₁〕

虞　韻：膚、夫、鈇〔 chu ₄₄〕

　　　　符、扶〔 chu ₂₄〕

　　　　府、脯、斧、撫〔 chu ₅₃〕

　　　　赴、傅、付、賦〔hu° ₁₁〕

　　　　父、腐（陽上）❼、駙〔hu² ₃₃〕

廢　韻：廢、肺〔hui° ₁₁〕

　　　　吠〔hui² ₃₃〕

文　韻：芬、紛、分〔 chun ₄₄〕

　　　　焚、墳〔 chun ₂₄〕

　　　　粉〔 chun ₅₃〕

　　　　糞、奮〔hun° ₁₁〕

　　　　份、分〔hun² ₃₃〕

元　韻：翻、番〔 chuan ₄₄〕

　　　　煩、繁、樊〔 chuan ₂₄〕

　　　　反〔 chuan ₅₃〕

　　　　販〔huan° ₁₁〕

　　　　　　飯〔huan² ₃₃〕

陽　韻：方、芳〔 ₀hɔŋ ₄₄〕

　　　　防〔 ₀hɔŋ ₂₄〕

　　　　仿、紡、訪〔 ᶜhɔŋ ₅₃〕

　　　　放〔 hɔŋ° ₁₁〕

尤　韻：浮〔 ₀hu ₂₄〕

　　　　富〔 hu° ₁₁〕

　　　　負、婦（陽上）〔 hu² ₃₃〕

凡　韻：凡、帆〔 ₀huan ₂₄〕

　　　　范、犯、範（陽上）〔huan² ₃₃〕

　　　　泛、汎、梵、氾〔huan° ₁₁〕

屋三韻：福、複、覆、腹、幅〔hɔk₂ ₃₂〕

　　　　伏、服、復〔hɔk₂ ₁₄₄〕❽

物　韻：拂、弗、刜、蹈〔hut° ₃₂〕

　　　　佛〔hut₂ ₁₄₄〕

月　韻：發、髮〔huat° ₃₂〕

　　　　伐、罰、閥〔huat₂ ₁₄₄〕

乏　韻：法〔huat° ₃₂〕

　　　　乏〔huat₂ ₁₄₄〕

上列閩南語輕唇音字，是指一般最常用的字而言，罕僻用字不在
舉例之列。其先後排列的次序，是按照切韻系韻書的韻目之先後
來排列的。

三、閩南語輕脣音不應爲喉音的理由

1. 從歷史音變看閩南語輕脣音：

閩南語是一種有本有源的漢語方言，當我們調查方言，記錄
語音，歸納音位的時候，絕對不可忽視它的歷史淵源。況且，研
究古代漢語的成績輝煌，可資參考採用的材料很多，取之亦極方
便。那麼，我們歸納漢語方言的音位時，便應與歷史語音演變的
軌跡相配合，以示其淵源之有自，也表現了它淵源脈絡的聯貫，
使研究參考的人能明其本源與脈絡而不至中斷。

閩南語中的輕脣音，都是從古代漢語中的重脣音演變出來的。
但目前我們所見到的幾家閩南語方言調查記錄的輕脣音，它們的
聲母音值都不是所謂的「輕脣音」，而竟全是「喉擦音」。喉音
與脣音的相去之遠，是任何略有語音知識的人所周知的，這與歷
史語音演變的軌跡不合，這是筆者主張改訂閩南語輕脣音「音標」
及「音值」的第一理由。趙元任先生曾說：

> 如果在可能範圍之內，要使一個音位系統，要是跟歷史的
> 音韻相吻合，那就再好沒有。❾

基於此一理由，我認爲目前各方言調查者，記錄閩南語輕脣音的
聲母爲「喉擦音」不對，我們不能忽視歷史音變的淵源統緒，宜
修訂閩南語輕脣的聲母音標爲眞正的輕脣音音標。

2. 從重唇弱化看閩南語輕唇音：

所謂「重唇音」，以現代的語音學名詞來說，就是指雙唇的閉塞音和鼻音來說的。在語用的途程中，有一個很自然的現象，那就是當人們的說話趨於十分流暢、快速了之後，就會產生一種求發音之省力而流爲偷懶、含糊的情況，這種現象，我們稱之爲「語音的弱化」（weakened）❿，輔音（consonants）的弱化分兩方面，第一是根據氣流的強弱，使清音變濁音（如兩個元音vowels 之間的清音被同化爲濁音等），或送氣音變不送氣音等是一種弱化現象。第二是閉塞音變摩擦音，這也是根據氣流的強弱來對「弱化」下定義的。因閉塞音是一發即逝的，發音的時間十分短促，氣流是衝口而出的；不像摩擦音那樣，氣流是慢慢地消耗在口腔器官收斂的摩擦上，所以，可以說閉塞音變摩擦音也是一種弱化現象。古印歐語〔＊p〕〔＊t〕〔＊k〕到了日耳曼語當中就成了〔f〕〔θ〕〔x〕（或〔h〕）是一種輔音的弱化現象；漢語的重唇音「幫、滂、並、明」變爲輕唇音「非、敷、奉、微」，也是輔音的弱化現象。

重唇音變輕唇音的這種弱化現象，由閉塞破裂音和閉塞鼻音變爲摩擦音，通常有兩條途徑：其一是變爲「唇齒擦音」〔f〕〔v〕〔m〕；其二是變爲雙唇擦音〔Φ〕〔B〕，而閩南語由閉塞變摩擦，是變爲「雙唇摩擦音」，而不是「唇齒摩擦音」。閉塞音變摩擦音是有條件的，唇音變唇音，舌尖音變舌尖音，舌根音變舌根音或喉音；無論如何，唇塞音是絕對不會變爲喉擦音的。

雙唇擦音的發音方法是把兩唇收斂，中間留一個狹隙，然後

讓氣流從狹隙中擠出去，而發生摩擦的聲音⓫，很像我們平常吹燈、吹火、吹口哨那樣的氣流摩擦。雙脣擦音有清（voiceless）濁（voiced）之異，清的就是脣齒擦音〔f〕的雙脣化，濁的就是脣齒擦音〔v〕的雙脣化。所以國際語音學會（The International Phonetic Association）最初登錄的雙脣擦音國際音標（International phonetic alphabet）就是用大寫的〔F〕〔V〕的。又因爲它們是和〔p〕和〔b〕相配合的擦音，所以有的人就用〔ƥ〕〔ƀ〕來標這兩個音，不過，現在一般的語言學家所通用的音標是採用〔Φ〕來標清的雙脣擦音，用〔ß〕來標濁的雙脣擦音。

雙脣擦音有一個比較特殊的現象是：當它們拼上韻母時，便會放鬆了摩擦，把摩擦系數減弱到最低限度，不蓄意保持原本摩擦音質的人，會因過分放開兩脣而形成類似喉音的那種現象。因此，閩南語的「分」「Φən」聽起來像「昏」「hun」，「翻」〔Φan〕聽起來像「歡」〔huan〕，久之，憑口耳學習語言的後輩，便把雙脣擦音用〔h-〕標音看成是當然的事了。但從歷史音變和語音的實際原理上來看，重脣音變輕脣音却有其必然的條件，〔p-〕〔p-〕〔b-〕是不可能變出〔h-〕來的。

3. 從語音異化看閩南語輕脣音：

語音有同化作用（assimilation），也有異化作用（dissimilation）。凡是兩個相同或相似的音在一起唸的時候，由於兩個音的互相影響，重複而不便於發音，於是其中的一個音就變得和另一個音不相同或不相似的情形，這種變化現象，稱之爲「異化作用」。異化有兩種現象，一是前一個音使後一個音起變化，也就是後一

個音受前一個音的影響而起變化的，稱之爲「前向異化」或「順異化」。如中古漢語中的〔-m〕〔-p〕脣音韻尾，在廣州話中，大體都還保留下來，但中古收〔-m〕脣音韻尾的「凡」「犯」，在現代廣州話中都因音節前面用〔f-〕的脣音聲母而起異化作用，變中古的〔fam〕而爲現代的〔fan〕了；同樣地，在中古漢語中收〔-p〕的「法」，現代廣州話也因前面的〔f-〕而起異化作用，而變中古的〔fap〕爲現代的〔fat〕了。另一種異化是指後一個相同或相似的音，促使前一個音起變化，也就是前一個音受後一個音的影響而發生變化的，稱之爲「後向異化」或「逆異化」。如國語中兩個聲調相同的上聲字連在一起讀時，感到非常的不好讀，於是前一字的聲調就因後一字的聲調之影響，而起了異化作用，如：

「米粉」〔mi↓〕〔fən↓〕——〔mi↑〕〔fən↓〕

「總統」〔tsuŋ↓〕〔t'uŋ↓〕——〔tsuŋ↑〕〔t'uŋ↓〕

　　閩南語輕脣音中有「前向異化」的例子，如前舉「凡」韻及其相承的上、去韻中的「凡、帆、犯、範、范、泛、汎、梵、氾」諸字都起了異化作用而把中古的〔-am〕韻母變成了〔-an〕韻母；而入聲「乏」韻中的「法、乏」也起了同樣的異化作用，把中古的〔-ap〕變成了〔-at〕韻母。可是，眞正屬於「喉擦音」〔h-〕聲母的字就不會起異化作用，現代的閩南語「含、憾、頷、蚶、險、豔、嫌、鹹、咸、喊、陷、銜、合、盒、協、脅」仍然保留〔-m〕〔-p〕韻尾，可見「凡……」「法……」等字在閩南語中不應當是

喉音，這是毫無疑義的。

因為，只有發音部位相同的唇音字聲母和唇音韻尾相遇在一起，才會起異化作用，如此說來，則閩南語中的「凡、帆、犯、範、范、泛、梵、氾、法、乏」的聲母必當是雙唇擦音〔ɸ-〕，才會使韻尾〔-m〕〔-p〕起異化作用，喉音〔h-〕是不可能使〔-m〕〔-p〕起異化作用的。

4. 從介音圓展看閩南語輕唇音

前文曾提到，雙唇摩擦音發音時，是雙唇收斂，形成一個極小的狹隙，然後讓氣流從狹隙中擠出去，發音的方法很像是在吹燈、吹火、吹口哨。唯其如此，所以跟它相拼的韻母，一遇上雙唇摩擦音，便自然而然地變成了圓唇的介音或主要元音。考查前文所列舉的全部閩南語常用輕唇音字，其介音或主要元音，其發音最高的是「圓唇高後元音」〔-u-〕，最低的是「圓唇半低後元音」〔-ɔ-〕，因為都是圓唇的，所以，全部的例子都是「合口呼」的，這道理很明顯，原因很單純，是因為受雙唇收斂發出擦音的〔ɸ.〕的影響，而不得不以圓唇的介音或主要元音來拼合的緣故。從另一方面看，在重唇音中，因為沒有受到雙唇收斂的影響，所以就可以有「齊齒呼」、「開口呼」的韻母出現，如：文讀音方面有：

味、米〔bi〕　　　迷〔be〕

篦、鼙〔pi〕　　　批〔p'i〕

牌、擺〔pai〕　　　買〔bai〕

賓、彬〔pin〕　　　民、敏〔bin〕

辦、瓣〔ban〕 　　　邊、編〔pian〕

片、篇〔p'ian〕 　　　免、面〔bian〕

表、鰾〔piau〕 　　　藻、漂〔p'iau〕

苗、渺〔biau〕 　　　包、豹〔pau〕

抛、砲〔p'au〕 　　　貌〔bau〕

巴、霸〔pa〕 　　　盟、明〔biŋ〕

聘、繃〔p'iŋ〕 　　　屏、餅〔piŋ〕

彪〔piu〕 　　　謬〔biu〕

稟〔pin〕 　　　品〔p'in〕

貶〔pian〕 　　　必、筆〔pit〕

匹〔p'it〕 　　　密、蜜〔bit〕

鼈、別〔piat〕 　　　撇、瞥〔p'iat〕

伯、白〔pik〕 　　　魄、拍〔p'ik〕

至白話音則有：

鼻〔pi〕 　　　飛、爬〔pe〕

皮、被〔p'e〕 　　　飽、豹〔pa〕

表〔pio〕 　　　漂、鰾〔p'io〕

邊、扁〔pĩ〕 　　　篇、片〔p'ĩ〕

兵、丙〔pĩa〕 　　　馮、封〔paŋ〕

楓、方〔pŋ〕 　　　伯、白〔peʔ〕

壁　　〔piaʔ〕 　　　僻、癖〔p'iaʔ〕

例子甚多，不暇一一列舉，這裡只是大概舉其部分常見的一些文
讀音，或者口語白話音中的一些唇音字。顯而易見的，在重唇音

中，它們便可以有展脣的「齊齒呼」和「開口呼」；一到了輕脣，便悉數變作圓脣的「合口呼」，而眞正的「喉擦音」〔h-〕倒反而可以出現「齊齒呼」和「開口呼」的韻母，如文讀方面的有：

胸、兇〔hiɔŋ〕	犧、戲〔hi〕
系〔he〕	鮭、鞋〔hai〕
掀、獻〔hian〕	痕、恨〔hin〕
閑、限〔han〕	曉〔hiau〕
孝、效〔hau〕	靴〔hia〕
霞、蝦〔ha〕	鄉、向〔hiɔŋ〕
兄、橫〔hiŋ〕	休、朽〔hiu〕
含、憾〔ham〕	險、釅〔hiam〕
歇〔hiat〕	喝〔hat〕
獲、核〔hik〕	合〔hap〕
協、脅〔hiap〕	

而白話中的口語音則有：

墟、魚〔hi〕	火、蝦〔he〕
孝〔ha〕	蟻、瓦〔hia〕
吼〔hau〕	絃、硯〔hĩ〕
燃、兄〔hĩa〕	香、鄉〔hĩu〕
喊〔hiam〕	眩〔hin〕
雄、胸〔hiŋ〕	烘、項〔haŋ〕
荒〔hŋ〕	協、脅〔haʔ〕
額〔hiaʔ〕	肉〔hik〕

學〔hak〕

這很明顯地告訴了我們，閩南語的輕唇音是雙唇擦音〔Φ-〕，因為〔Φ-〕弱化到了最低限度時，會給人一種「雙唇無擦」而「喉部有擦」的感覺，這在語言的傳習上，如果不特別指明它是「雙唇擦音」的聲母，承習的人可能會直接逕自學出一個「喉擦音」來，但這並不證明閩南語的輕唇音是用喉擦音的，這一點我們一定要特別強調。

5. 從音節洪細看閩南語輕唇音：

所謂「音節洪細」，主要的仍然是看介音或主要元音的洪細，而介音或主要元音的洪細，則要看介音或主要元音究竟是高前元音抑或高後元音，或低元音。如果音節是用高前元音〔-i-〕或〔-y-〕作介音或主要元音的話，其音節就屬細音，否則就是洪音。我們檢查了前文所列的閩南語輕唇音字，全部都是洪音，這還不算，而且全部是用圓唇元音作介音或主要元音的，換言之全屬「合口呼」的「洪音」，開口呼的一個也沒有。尤其明顯而有趣的，如「屋」韻三等，在與其他聲母相拼時，韻母都是細音〔-iɔk〕，可是一到輕唇音中，韻母就全部變成了洪音〔-ɔk〕，這很明顯地可以看出來，是受雙唇擦音〔Φ-〕的影響而變成洪音的。在此，我們不必再漫無限制的舉例，只消披閱前文所列舉的輕唇音例字，便可一目瞭然了。同樣的理由，閩南語輕唇音字的韻母之所以都是圓唇、合口的洪音，是因為它們的聲母是雙唇擦音〔Φ-〕的緣故。

6. 從音位排列看閩南語輕脣音：

一個語言的音位，往往有其獨有的特性，而這些特性往往是研究語言者不可忽視的。在我們歸納音位時，對某些特點，不妨多加注意，比方說一個語言音位的整齊性和系統性，就很值得我們的重視。當然，我們不可用人爲的因素故意去使它成爲機械式的整齊起來，但語言本身自然反映的整齊，却是我們可以多加留意的。以閩南語（廈門方言點）的系統來說，如果我們把它排成：

p	p'	b	m	Φ
t	t'	d	n	l
ts	ts'	(d)	(n)	s
k	k'	g	ŋ	h(x)
○（無聲母）⑫				

這看起來似乎是機械而不自然的，事實上這個整齊的系統却恰恰好是閩南語眞實的自然面貌。當然，這裏面有些音位是需要有「分音」的，如：ts、ts'、d、n、s 若與半元音〔-j-〕介音接觸，便會產生顎化作用，也就自然而然地會變化出 tɕ、tɕ'、dʑ、ɲ、ɕ 來，但這種現象可以不必在音位表上列出來，因爲我們爲了顧慮音位系統的整齊外，還須注意「音位的數目不要太多」⑬。不過，音位數目固然要少，却也不能把應該有的音位去掉了一兩個，如在前列的閩南語（廈門方言點）聲母音位數目當中，輕脣音〔Φ-〕聲母，就是絕對不可或缺的一個音位，把它排了上去，

就顯得系統旣完整，又十分的規則。從縱行來看，第一行都是不送氣清音，第二行都是送氣清音，第三行都是濁塞音或濁塞擦音，第四行都是鼻音，第五行都是摩擦音（〔l〕算是廣義的摩擦音）⑭，整齊而美觀，就單單這一點也就顯示出，〔Φ-〕是閩南語中必當有的一個音位了。

四、前人的調查記音不合理

當然，這裡所謂的不合理，只是單指閩南語輕唇音聲母前人誤用了〔h-〕而言的。

基於前述的六大理由，可以確信閩南語輕唇音聲母，應當記錄爲〔Φ-〕，用〔h-〕是必然不合理的，因爲：

第一，如果是喉音〔h-〕的話，便與漢語的歷史音變背道而馳，不合語音演變的正常理論。因爲古代的重唇音只可能變爲後代的輕唇音，而不可能變爲後代的喉音。

第二，重唇音弱化之後，可變出兩種不同的輕唇音，一是唇齒擦音，一是雙唇擦音，但不可能變爲後代的喉擦音。

第三，從語音異化的觀點來看，「凡」「乏」等字的唇音韻尾之異化，是因爲它們的聲母也是唇音，如果它們的聲母是喉音〔h-〕的話，就根本不可能產生異化現象。

第四，從介音的圓展來看，閩南語輕唇音全部與圓唇的介音或主要元音相拼，那是因爲雙唇擦音弱化到最低限度時有點兒像喉擦音或舌根擦音，發音習慣上，不便與展唇元音相拼；如果是眞的喉擦音或舌根擦音的話，倒反而可以與展唇元音相拼了。

第五，從介音及主要元音的洪細來看，雙脣擦音便於與圓脣的洪音相拼，不便於與展脣的元音相拼，尤不便於與展脣的細音相拼，所以前人記閩南語輕脣音為〔h-〕是不正確的。

第六，從音位排列的系統與整齊的外貌來看，脣音部分必須有一輕脣擦音，才能顯出閩南語音位表的完整與規則，否則，便完全破壞了它的音位系統之整齊性。

五、結　論

依據前文各方面的考查、舉證、比較、分析的結果看來，本文確信閩南語輕脣音的音值是雙脣擦音，音標應該用〔Φ-〕，前人把〔Φ-〕和〔h-〕歸併在一起是不對的。今後記述或研究閩南語的學者，應考量本文的舉證，配合語言本身的實際情況，參證漢語歷史音變的軌跡，加列輕脣音〔Φ-〕音標，雖然在拼上韻母時，會因雙脣摩擦的過度弱化，而顯示有喉擦音似的成分⑮，但實際却不是真的喉擦音或舌根擦音，記音的人不可單憑口耳之辨而忽視實際的音理，毀棄歷史音變的統緒⑯。

中華民國七十二年二月十二日於台北新店

附　註

❶　參見楊文〈閩南語文白系統的研究〉，頁16，民71，國立臺灣大學中文研究所，台北。

❷　參見趙元任《語言問題》，頁28，民48，國立臺灣大學文學院叢刊之一，台北。

❸　參見拙著《中國聲韻學大綱》，頁91～92，民60，蘭臺書局，台北。

❹　調值以標準廈門語為準。拙見主張陰平用「55」的調，楊文用「44」，拙見參見《中國聲韻學大綱》，頁91～92；楊文調值參見《閩南語文白系統的研究》，頁25。

❺　相承的上、去韻不另書韻目名稱，後文倣此。

❻　拙見主張「陰上」用「51」的調值，楊文用「53」，參見處同❹。

❼　閩南語「陽上」調的實際調值與「陽去」調完全相同，故凡「陽上」字均與「陽去」字合併一處標注音值及調值。

❽　拙見主張「陽入」調用「5」的調值；楊文用「144」的調值，參見處同❹。

❾　參見趙氏《語言問題》，頁33～34。

❿　參見拙著《語音學大綱》，頁139～140，民63，蘭臺書局，台北。

⓫　參見拙著《語音學大綱》，頁33～34。

⓬　楊文〔○-〕聲母表無聲母，不過因為元音發音的時候，經常會帶出喉部的緊張作用，所以○聲母可以有一個分音（Allophone）〔ʔ-〕。參見楊文「閩南語文白系統的研究」。頁15。

⓭　參見趙元任《語言問題》，頁31～32「音位的總數以少為貴」。

⓮　參見拙著《語音學大綱》，頁32～44。

⓯　很多輔音（Consonants）發音時喉部都有一點兒摩擦成分，而以送氣的塞音及塞擦音最為明顯，雙唇擦音唇部弱化時，喉部也有一點點摩擦成分。

⑯　本文於第三屆全國聲韻學討論會宣讀後，丁邦新先生曾提出應改進之意見兩點：①從歷史觀點而言，誠如趙元任先生所言：「如果在可能範圍之內，要使一個音位系統，要是跟歷史的音韻相吻合，那就再好沒有。」則謝先生的意見是對的；但從調查方言的觀點來看，則有時只管歷史語音的斷切面，而不顧演變系統的，換言之：方言記音是只管語音的當時橫斷面而不管歷史的縱貫系統的。以是而論，則當今的閩南語，經發音人實際的發音記錄是〔h-〕〔Φ-〕不分的，如「分」與「昏」在現在的閩南語中，它們的聲母並無區別，因此，謝先生的說法，只能說是歷史系統，而不能定為實際調查的記音了。②文中的「三之4」謂閩南語中凡重脣變輕脣之〔Φ-〕再轉為〔h-〕的例字，全是「合口呼」的字，開口呼的字就不會變為〔Φ-〕的說法，我們知道：合口呼必須有〔-u-〕介音，所以「全是合口呼」一語不夠周延，應加訂正。按：作者自承此語有疏漏，應改為「都是有圓脣介音或圓脣主要元音的」，如「方」〔hɔŋ〕、「浮」〔hɔ〕等雖不是合口呼，却是圓脣的主要元音。

引用書目

① 楊秀芳，民71，《閩南語文白系統的研究》，國立臺灣大學中文研究所博士論文，台北。

② 丁邦新，民59，《臺灣語言源流》，臺灣省政府新聞處，台中。

③ 周辨明，民9，《廈語入門》，廈門。

④ 羅常培，民19，《廈門音系》，中央研究院史語所單刊甲種之四，北平。

⑤ 周辨明、羅常培，民64，《廈門音系及其音韻聲調之構造與性質》，古亭書屋，台北。

⑥ 董同龢等，民56，《記臺灣的一種閩南語》，中央研究院史語所單刊甲種之廿四，台北。

⑦ 董同龢，民46，《廈門方言的音韻》，中央研究院史語所集刊廿九冊，台北。

⑧ 董同龢，民48，《四個閩南方言》，中央研究院史語所集刊卅冊，台北。

⑨ 許雲樵，1961，《十五音研究》，星洲書局，新加坡。

⑩ 朱兆祥，1963，《廈門音韻的檢討》，新加坡南洋大學中文學報二期，新加坡。

⑪ 李榮，民62，《切韻音系》，鼎文書局台一版，台北。

⑫ 趙元任，民48，《語言問題》，臺灣大學文學院叢刊之一，台北。

⑬ 董同龢，民46，《語言學大綱》，中華叢書編審委員會，台北。

⑭ 謝雲飛，民60，《中國聲韻學大綱》蘭臺書局，台北。

⑮ 謝雲飛，民63，《語音學大綱》，蘭臺書局，台北。

⑯ Cheng, Robert L. 1968 *Tone Sandhi in Taiwanese, Linguistics: An International Review* 41:19-42.

⑰ Cheng, Robert L. 1973 *Some notes on tone Sandhi in Taiwanese, Linguistics: An International Review* 100 : 5-25.

⑱ Chiu, Bien-ming 1931 *The tone behavior in Hagu: An experimental Study*, Archives N'eerlandaises de phonétique Expérimentale: 6-45.

⑲ Chiu, Bien-ming 1932. *The phonetic Structure and tone behavior in Hagu and their relation to cetain questions in Chinese linguistics*, 廈門大學學報 2-2:1-82.

⑳ Chiang, T. Y. 1967 *Amoy Chinese tones*, Phonetica 17 : 100-115.

廈門話文白異讀中鼻化韻母的探討

姚榮松

提要：

　　文白異讀所反映的歷史層次，一直是近年閩語研究的主要課題。本文集中地討論了閩南方言的代表「廈門話」中具有鼻化韻母的異讀字，包括來源（陰聲韻的來源闕而不論），文白如何分層，各層之間的異質性的差異。並從比較閩語韻尾的發展情形，及古漢語鼻音尾在廈門話中的演變，推出兩個主要結論：㈠鼻化韻的形成代表不同時期 -m,-n,-ŋ 尾分別產生鼻化作用與 -m>-n>ṽ 這個漢語方言「鼻化作用主規律」交錯發展的累積，指出周辨明所擬的鼻化公式「-m>-n>-ŋ-ṽ」的機械性與不必然性。㈡從文白異讀的對應類型中，觀察鼻化韻母所反映的古閩語韻母超越切韻音系的事實。細部的歷史層次有待進一步探索。本文並提出如何看待單讀字（沒有異讀）與文、白兩層的關係及其對古閩語構擬的作用。也提出確定異讀的歷史層次的兩個標準，並考量鼻化韻在陽聲韻攝之間分布的情況，提出元音作為鼻化作用的條件之假定。

一

　　文白異讀的紛歧現象是閩南方言最顯著的特色。近年來探討這個問題的專文甚多。較重要的有：張盛裕的「潮陽方言的文白異讀」（1979），何大安的「澄邁方言的文白異讀」（1981），楊秀芳的「閩南語文白系統的研究」（1982），周長楫「廈門話文白異讀的類型」（1983）張琨「論比較閩方言」（1984），對幾種主要的閩南次方言的文白異讀的分別、對應關係、古

今音的對比及異讀層次的語音系統等，各有不同層次的創獲。本文擬縮小範圍來觀察廈門話的鼻化韻母，而且只限於材料上有文白異讀的白話音部分，推測這些韻母如何發展，卽怎樣形成，以及如何向前演變的問題。所以限定爲廈門話，主要是這個方言可以作爲閩南語的代表，也是研究材料最豐富的一個閩方言。白話音的取材主要仍以羅常培「廈門音系」的字表，「漢語方言字滙」及上述的楊、周二文爲主。

二

　　鼻化韻的形成，就歷史演變的條件來說，絕大部分來自帶 -m，-n，-ŋ 尾的陽聲韻。少都分來自陰聲韻，依董同龢 (1957) 的看法，都是有條件的。楊秀芳 (1982:150-151) 則認爲一部分可能是受鼻化韻類化的結果，演化的條件待考。這部分畢竟少數，而且多屬單讀音，因此也不在本文的討論範圍。探討古閩語的演變，須將文、白兩個系統儘可能釐清界線，分別構擬；楊秀芳 (1982) 卽區別了廈、漳、泉、潮四個主要方言的兩個或三個異讀層次的系統。張琨 (1984) 則構擬廈門、潮陽、福州共同的文讀韻類，再逐類與中古及文白讀音比較。這些比較仍從切韻音系出發。有了這個基礎，在白讀層次的辨認上也比較容易。我們的討論仍然從羅常培的奠基之作「廈門音系」開始。

　　羅氏將廣韻陰聲七攝與陽聲九攝、入聲九攝分別作了三個與廈門韻母的比較表，據他統計的結果是：半鼻音（卽鼻化韻）由陰聲變來的共有八十三字，由陽聲變來的共有 267 字，略近 1 與 3.2 之比，而且由陰韻變來的，大部分是受鼻音聲母的影響。羅氏曾歸納出一個結論：

　　　　可見陽聲韻尾丟掉一半兒鼻音比在陰韻後另外加上一半兒鼻音較容
　　　　易。（廈門音系頁61）

　　周辨明 (1934) 則根據 Campbell 的「廈門音新字典」，分析鼻化韻的四種類型，並統計字典中出現的字數如下：

　　　　1.獨立的鼻化韻（本字屬切韻陰聲韻之字）：96

2.由 -m 尾變來：36

3.由 -n 尾變來：165

4.由 -ng 尾變來：221

周氏根據這項統計，推論出一個鼻化韻產生的常模，卽：-m＞-n＞-ng＞-ⁿ

周氏並認爲最大部分的鼻化韻來自 -ng 尾，從 -m 尾韻到鼻化韻的過程長遠，可以解釋爲什麼來自 -m 的鼻化字特別少。（周辨明1934:12-13）

其實，只要看切韻陽聲九攝的韻目和音節表，就可以知道周氏這種判斷只是常識性的。切韻陽聲九攝的分配是：

-m ：深攝、咸攝平聲凡九韻（合上、去聲27韻）

-n ：山攝、臻攝平聲凡十四韻（合上、去聲41韻）

-ŋ ：通、江、宕、梗、曾五攝，平聲凡十二韻（合上去聲凡35韻）

就音節數及收字而言，收 -m 尾本來就比較少。而收 -n 的韻字也比收 -ŋ 的字多一些，何以變鼻化的字反不如收 -ŋ 的韻字多？周氏的解釋是，-n 尾不直接鼻化，必須先變 -ŋ，下一步變 -ⁿ。周氏的鼻音韻尾的依據仍是切韻音系，所以上面所統計的這些鼻化韻字的出現，必須在切韻文讀層被借入以前基本已經完成了，如果晚於文讀層形成我們勢必無法徹底分清文白兩層的糾葛，而那些單讀字，也就無法眞正劃歸文讀或白讀，雖然理論上仍有可能。一但認定白讀是超越切韻的音系，我們所能做的，也只有原始閩語的擬構，而不能純粹從切韻系統來統計它的來源，周氏的推論也就缺乏強有力的論證。不過從切韻音系和上古韻部的關係看來，鼻音韻尾的分布，大致相當穩定，也就是說，從詩經押韻所得到了的陽聲韻部、到切韻時代基本保持原來的 -m -n -ŋ，僅有極少數的個別字的變動，中原音韻還保存 -m 尾的兩個韻部，可以說明北方官話中 -m，-n 的大合倂要到明代（1368-1644）末年。但更多的資料顯示 -m＞-n 開始於唐代，或者更早。陳淵泉（1975:49）認爲鼻化作用在唐代必定也已經開始。他的理由是現代方言絕大部分梗攝二等（庚耕）與曾攝一等（登）不分，但許多閩南和吳語的鼻化作

用只出現於中古梗攝 /an/〔卽 aŋ〕而不見於曾攝 /əŋ/，這意謂這些方言的鼻化韻必定在中古梗、曾的合併以前（唐末敦煌詩韻已有合併）。我們對於閩南話（或專就廈門話來說）的鼻化韻形成的時期目前沒有準確的證據，因爲卽如陳氏上面的推論，廈門、潮州都有例外出現（註 ❶）。但也沒有理由要把所有方言鼻化韻的形成都和北方官話拉在一個平面上，認爲都在唐代以後。但是這並無妨於我們從切韻音系的間架來和閩南白話音作比較，因爲我們認爲切韻的韻尾分布，基本上是可以上溯到先秦的。因此，當我們說廈門白話音的「擔」 ᶜtã（擔任），來自切韻的 ᶜtam（咸開一，平聲談韻；文讀音同），並不表示前者的出現必定要在切韻以後。通常祇是假設白話層先於文讀層，而且文讀音有時反過來向白話音調適，而且有相互取代的可能（何大安1981:130-131）。從語言的社會功能看，文讀的介入白話層，是原有單字語素構詞能力的增加，並豐富了原有白話語彙的質量。至於那些沒有文白對立的「單讀字」，不但和文讀層基本上一致，也和切韻系統大致對應，理論上可以劃歸文讀層，實際上，卻也不是和白話層全不相干，我們自然也沒有理由將它排除於白話系統之外，無妨把它兼作白話的第二層或第三層看，才有可能出現完整的白話層系統。

以「漢語方言字滙」咸攝開口一等廈門音爲例：

	擔 (擔任) 平談	膽上敢	擔去闞 (挑擔) ②	淡去闞 (定)	貪平覃	坍平談	譚平覃 (定)	談平談 (定)	痰平談 (定)	毯上敢
文讀	ᶜtam①		ᶜtam	tamᵓ						ᶜtam
單讀					ᶜtam	ᶜt'am	ᶜt'am	⊂tam	⊂tam	⊂t'am
白讀	ᶜtã①		ᶜtã	tãᵓ						ᶜt'an

	探去勘	男南平覃	藍平談	籃平談	覽上敢	攬上敢	濫去闞	暫去闞 (從)	參平覃	蠶平覃 (從)
文		⊂lam		ᶜlam		ᶜlam				⊂ts'am
單	t'amᵓ	⊂lam		⊂lam	⊂lam		lamᵓ	tsiam⁼	⊂ts'am	
白		⊂nã		ᶜnã						⊂ts'an

慘上咸	三平談	甘平談	柑平談	感上咸	敢上敢	堪平覃	坎上咸	砍上咸	含平覃匣	函平覃(匣)
文	₍sam			₍kam						
單	₍ts'am	₍kam	₍kam	₍kam		₍k'am	₍k'am	₍k'am	₌ham	₌ham
白	₍sã			₍kan						

喊上敢	暗去勘
文	
單	₍ham am⁼
白	

① 「字滙」原標去聲，今改爲平聲。

② 「字滙」原作上覃，今改正。

以上三十四字中，具文白兩讀者僅9字，單讀字則有25字之多，如果將它併入文讀音，白讀層卽很不完整，何從浮現整個音系？由此可見，假設我們要構擬原始閩語咸攝開口一等字，絕不能只憑殘留的那九個字，除非我們假定所有單讀字原來的白讀都消失了，完全被文讀所取代。但是一個方言的音讀移借，通常只是局部的，最常用的詞才用得着，絕無這樣大規模取代的移借方式，因此，我們不相信所有文讀層（包括單讀字）全部是比白話層晚起的讀音，而更相信「單讀層」可能是保存文白異讀對立以前的單一狀況，那就是更古的閩語，所有的演變主要集中在白讀層上，當然那些單讀字也偶而有自己的演變，例如：濁音淸化，古濁塞音及塞擦音在閩語多變不送氣淸音，上表中的「談」「譚」都是定母平聲，聲母 t- 是合乎這個演變的，但是中古與「談」同音的「痰」字，卻唸送氣 t'-，不合閩語演變，反而合乎北方官話的演變，而大半閩南語卻是一致的，如潮州 ₍t'am，福州 ₍t'aŋ。這個「單讀音」屬於文讀層可謂證據確鑿。再如「暫」字只有一讀，是唯一讀成細音的例外字，這個字在「字滙」十七個方言點中，只有梅縣讀 ts'iam⁼，潮州 ⁼tsiəm 同屬細音，其他都是洪音，我們無法確定是誰向誰借，因爲其他兩個方言「咸開一」也只有這一個例外字，因此只好說它是進

一步發展。

　　再來看白讀層，九個字中，有六個讀成鼻化韻：擔、膽、撢、藍、攬、三；有三個字讀成 -an 韻。正好是 2 比 1，後者也許是鼻化韻的前一階段，換言之，從 -am＞-an＞-ã 的過程，速度有快慢，全部完成者六字，完成一半者有三字。周辨明的說法似有據而云然。但是也可有另一種假設，認為白話也有兩層，所有 ã 是底層，-an 是第二層，也許是晚近才由官話借進來，因為毯 ᶜt'an，蠶 ₌ts'an，敢 ᶜkan 完全是合乎現代北音的，因此它們不一定往前鼻化，現在在臺灣聽到一些國臺混雜的閩南話，如「淡」淡薄，「三」三七五，「男」男女，「含」包含，即有變 -an 的傾向。

　　咸攝其他等第的字廈門今讀 -n 者甚多，例如：

　　　　凡咸合三　犯範咸合三　貶咸開一　賺咸開一　臉咸開三　窆咸開三　韽咸開一

　　　　₌huan　huan²　ᶜpian　ᶜtsan　ᶜlian(白) pian²　ian²(白)

以上多半是「單讀音」，可以作為 -m＞-n 演變的證據。深攝字有：

　　　　今深開三　　品深開二

　　　　ᶜkin(白)　ᶜpin

根據「廈門音系」字表，來自深攝的 -in 還有稟、品、您、恁，-ian 有蟬等字。我們並不能據此認為所有古代 *-m 的字，廈門只有變向 -n，下面是變向 -ŋ 的：

　　　　闖深開三　帆咸合三
　　　　丑禁切
　　　（文）ts'ɔŋ²　₌p'ɔŋ
　　　（白）ts'uan²　₌p'aŋ

　　闖帆兩字見於羅氏字表，文、白兩讀根據「字滙」。由此可推知，廈門的 -m 很少變向 -ŋ，那些來自咸深兩攝的鼻化韻，也不必經由 -m＞-n＞-ŋ＞-Ṽ 這樣的演變過程。現在我們再從「廈門音系」的「廈門音與十五音及廣韻對照表」中歸納廈門音中 -n，-ŋ 與廣韻 -ŋ，-n 互變的關係：（作一表示白話音）

A. an＜曾攝　層開一登　層開一登　瓶開四青　零開四青　田開四青　等開一等　肯開一等
　　　　　　　tsan˥　tsan˧　pan˧　lan˧　ts'an˧　tan˩　k'an˩

　an＜梗攝　鯹開三清　t'an˥

　ian＜曾攝　凝開三蒸　kian˧(?)

　　　梗攝　鏗開二耕　k'ian˥

　in＜曾攝　拯開三拯　秤開五證　應同左　憑開三蒸　綾蒸　繩蒸　承蠅蒸
　　　　　　　tsin˩　ts'in˩　in˩　pin˥　lin˥　tsin˥　sin˥

　　　　　藤開一登　媵孕開三證　剩證　認證
　　　　　　　tin˧　in˧　sin˧　dzin˧

　in＜梗攝　輕開三清　屏瓶開四青
　　　　　　　k'in˥　pin˧

　in＜通攝　雄合三東　hin˥

B. uaŋ＜山攝　嚾合一桓　uaŋ˥

　ɔŋ＜山攝　管合一緩　kɔŋ˩

　iəŋ＜山攝　間開二山　閑山　還合三刪　肩開四先　前先
　　　　　　　kiəŋ˥　iəŋ˥　hiəŋ˥　kiəŋ˥　tsiəŋ˥

　　　　　　襇開二襇　簡開二產　眼襇(龍眼)　反合三阮　研開四銑
　　　　　　　kiəŋ˩　kiəŋ˩　giəŋ˩　piəŋ˩　giəŋ˩

　　　　　　薦開四霰　穿合三線
　　　　　　　tsiəŋ˩　ts'əŋ˧

　　以上文白兼收，可以看出這種交互現象是文白兼施，同時可見古漢語
-n，-ŋ 和現代廈門話的關係中有兩種演變，即：
　　A′ *-ŋ＞-n
　　B′ *-n＞-ŋ

　　我們看不出這兩種演變有先後，若從比較閩語的角度來說，潮州卽是
B′ 的徹底完成，因此只有 -m，-ŋ 尾，龍岩、漳平則是 A′ 的徹底完成，
因此只有 -m，-n 尾。廈門話代表陽聲韻持續演變中的早期階段，因此幾
乎所有演變的情況都出現，而這些韻尾的演變，並不支持周氏 -m＞-n＞-ŋ

>-Ṽ 的「一條鞭」式的演變模式。

根據福建省方言的報告，古鼻音塞音韻尾分合的狀況，大概有九種主要類型：

1.保存 -m, -n, -ŋ 及 -p, t, -k 尾的方言：廈門市、漳州、泉州、惠安、永春、德化、華安、南靖、平和、漳浦、東山、金門等20（市）縣。

2.保存 -m, -ŋ（←n）與 -p, -k（←t）的方言：詔安。

3.保存 -m, -n（←ŋ）與 -p, -t（←k）的方言：雲霄、龍岩、漳平、（光澤；塞音尾消失）。

4.保存 -ŋ, -n（←m）與 -ʔ（←p.t.k）尾：周寧。

5.只存 -ŋ（←m, n）尾與 -ʔ（←p.t.k）尾：福州市、福安、福鼎、古田、南平市、永泰、莆田、大田、永定、上杭等21市縣。

6.只存 -ŋ 尾（←m, n）塞音尾消失者：崇安、松溪、建陽、建甌、將樂、沙縣、龍溪、順昌、寧化、長江等12縣。

7.只存 -n（←m, ŋ）與 -ʔ 尾：汕游。

8.只存 -n（←m, ŋ）塞音尾消失者：邵武、泰寧。

9.全讀鼻化韻母 -Ṽ 的：三明市、永安、連城。

如果不考慮塞音韻尾，5-6 可以合併，7-8 可以合併，閩方言的陽聲韻只有七種類型，潮州屬第 2 型。4 以下的方言，-m 都已併入 -n，-ŋ 或 -Ṽ，佔40個方言，保存 -m 的只有25個。其他情形我們統計如下：

-m→-n	-m→-ŋ	-n→-ŋ	-ŋ→-n	保存-m	保存-n	保存-ŋ
(4,7,8)	(5,6)	(2,5,6)	(3,7,8)			
4	33	34	7	25	28	55

以上的數字僅就福建境內方言統計（其中有部分地區也是客語分布區，如閩西的長汀、連城、上杭、永定、寧化、建寧、三明市、將樂、順昌、邵武等）數字只代表分布地區的廣狹，已可以說明下列事實：

甲）-m 是三種鼻音韻尾中失落地區最廣的一種。

乙）-ŋ 是失落最慢，保存地區最廣的韻尾。

丙）多數地區 -m、-n 皆轉爲 -ŋ，少數地區 -m、-ŋ 轉成 -n。

以上三個事實，對我們解釋廈門鼻化韻的形成，並無直接幫助，但潮州

話 -m，-ŋ，-Ṽ 三類韻母平分秋色，讓我們看到一個混雜的語言中的三層
韻母：

  -m：最古老的古漢語層；或中古以後移借的文讀。

  -Ṽ：-m,-n,-ŋ 開始變動以後的白話層。

  -ŋ：-n 變 -ŋ 以後的新白話層。

我們比較傾向於 -Ṽ 的形成是不同層次的累積，包括幾種情形：

  (1) -m>Ṽ, -n>Ṽ, -ŋ>Ṽ

  (2) -m>-n>Ṽ

陳淵泉 (1975:32) 指出：在根據 1094 個全國方言點的鼻化韻進行分析
時，發現搜集到的近古漢語 (pre-modern chinese) 的字屬於 /-Vn/ 和
/-Vŋ/ 字數相當接近，即5974:5269字 (-Vn 包含 am>an, əm>ən 的
字)，但是出現在現代漢語的鼻化韻，來自 /-Vn/ 有3,731，來自 -Vŋ 只
有 943，約爲 4:1，可以證明 -n>Ṽ 是鼻化韻最主要的來源。

陳氏的主要理論是：

1.鼻化韻傾向於在低元音部位集結。

2.鼻化作用由低元音向高元音擴散，也由 /-Vn/ 擴向 /-Vŋ/。

3.鼻化韻的口音化遵循「先鼻化先消失」的原則；或者從高元音向低元
音擴散。 (p.49)

陳氏的理論適合說明 -m，-n 合併以後的大多數方言，尤其官話方言
，但仍無法滿足我們解釋廈門話白話層一方面保有完整的 -m-n-ŋ，一方面
進行鼻化作用這個「共時現象」，我們如果把周辨明的統計 *-m, *-n 尾
變來的鼻化字合併共 201 字，仍然比來自 -ng 的鼻化字 221 爲少，陳氏理
論的第2點由 /-Vn/ 向 /-Vŋ/ 也有疑問，陳文 (1975:50) 認爲 /n/ 易
於弱化或失落而 /ŋ/ 則抗拒這種演變較強，因此，任何漢語方言如果只具
有一種鼻音韻尾，那必定是 -ŋ 而無例外。我們前面已列出閩語中的仙游、
邵武、泰寧都是只有 -n 尾，陳氏的說法不攻自破。更重要的一點是陳氏根
據以官話爲資料大宗的統計數字，把閩南話的雙唇鼻音 (-m) 的鼻化也和官
話模式的鼻化等量齊觀，他的 (1975:44) 模式是：

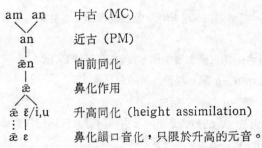

am　an	中古 (MC)	
an	近古 (PM)	
æn	向前同化	
æ	鼻化作用	
æ ɛ̃/i,u	升高同化 (height assimilation)	
æ ɛ	鼻化韻口音化，只限於升高的元音。	

　　我們檢查廈門話及相關的閩南方言（如潮洲），中古 am 和 an 在白讀層的鼻化卻是同中有異，同歸而不合流。周長楫（1983）列出廈門文白對應關係，中古陽聲韻字有下列跟鼻化韻的對應關係。

1.）-m 尾跟鼻化韻的對應：（先列文讀，後列白讀）

　　am:ã　　　如：膽、三、敢、餡、衫、監

　　iam:ãĩ　　店（店前，地名）

　　im:ã　　　林

　　iam:iã　　險、陷

　　iam:ĩ　　　簾、鉗、鹽、染、添

2.）-n 尾跟鼻化韻的對應

　　an:ã　　　坦 ᶜt'an坦途 ᶜt'ã平坦

　　an:uã　　（寒）單、散、看、(山)產、盞、晏

　　an:ũãĩ　　竿、稈

　　uan:ãĩ　　還

　　uan:uã　（恒）搬、滿、段、歡、（仙）泉

　　uan:ũãĩ　慣、關

　　uan:ũĩ　　慣、關

　　uan:ĩ　　（仙）圓、（恒）丸

　　ian:ãĩ　（先）前（店前，地名）

　　ian:ũãĩ（先）懸（高）、縣（縣官）

　　ian:ũã　（仙）煎、線

ian:ĩã　（仙）件、健、顯

ian:ĩ　（仙）鞭、箭、扇、（先）邊、天、見、燕

in:ĩ　（眞）親、珍

3.）-ŋ　尾韻跟鼻化韻的對應：

ɔŋ:ũĩ　（唐）黃 ₍chɔŋ:chũĩ 鵠黃（鳥名）

ɔŋ:iã　（唐）惶

aŋ:iũ　（江）腔

ɔŋ:ĩ　（唐）芒、（硬）盲

iŋ:ã　（庚）明 （₍chã ~載）明天（青）挺、訂

iŋ:ē　（庚）蜢、明（~年）（清）嬰

iŋ:ũãĩ　（庚）橫橫直（餅）莖（₍chũãĩ芋~）

iŋ:ũĩ　（庚）橫凶橫

iɔŋ:ã　（陽）相相共、（鍾）重重複（₍ctã）

iɔŋ:iũ　（陽）兩、相生相、長隊長、章、鄉、樣、（鍾）蓉

iŋ:ĩã　（庚）行、平平仄、京、影、英、兄、（清）名、請請坐、成、贏、營、（青）聽、定定貨、螢

iŋ:iũ　（庚）荊、（清）靖靖山頭，地名。

iŋ:ĩ　（庚）彭、生、更、病、驚（驚蟄）

　（餅）爭、（清）井、清、嬰、鄭、（青）星、經。

　　周氏的異讀材料比羅常培1930年的字表豐富許多，但有許多異讀應屬詞彙現象，有如現代北平話的破音字，不能因一字兩讀卽屬於文白兩層。例如：圓山合三（文）₍uan（白）ĩ，丸山合一，只有 ₍uan 一讀（字滙），周氏認爲「丸」也有文白二讀，如彈丸 ₍uan:肉丸 ĩ，殊不知後者應作「肉圓」。有些則是字源尚難確定，周氏只管收錄，如：鹽 iamc:sĩc（醃），白話音恐非同字；明 ₍biŋ:chã ~載（明天）；亦有待考。羅、周二文相隔半世紀之久，有些新添的異讀字，難保不是新的變化，但也可能是古音遺迹而首次記錄的。至於一些專名，上文已轉錄的，如：「店前」tãĩ⊃ ₍tsãĩ 地名，鵠黃 ₍ckɔ ₍chũĩ（普通話閩南方言詞典註「夜猫子」）靖（ts′iũ²）山頭，

地名，上文未轉錄的，如：珍園 $_c$tī ～店名；長 $_c$tio 泰，地名；芙蓉，地名等。像「珍園」這類店名，當然不會是古音；「普閩詞典」另收有「前埔」$_c$tsāi $_c$pɔ，與「店前」均廈門郊區老地名。這些專名的特殊讀法，主要是破讀，不一定是古音層的遺留。

張光宇「切韻純四等韻的主要元音及相關問題」（1986手稿）則認爲廈門話「店前」tāi^ɔ $_c$tsāi 保留了切韻四等主要元音的 *ai，店是添韻字，前是先韻字，皆屬四等韻字。張文認爲這些現象不是廈門方言所獨有，例如：

例字	福州	字滙福州	廈門	字滙廈門
店	tain$_{113}$	teiŋ^ɔ	taī	tiam^ɔ
念	nain$_{353}$	^{c}liəm		liam$^-$
帖	thaik$_{24}$	t'ai^ɔ。		t'iap。（文）
貼	thaik$_{24}$	t'ai^ɔ。		$\{$ t'iap。（白） t'a^ɔ。
挾	kɛik$_{35}$	(夾) kia^ɔ。 koi^ɔ(潮陽)	khue^ɔ$_{32}$（廈門音箴字）	
	字滙「夾」廈門有四音		kiap。	
			k'ue^ɔ。	
			gue^ɔ。	
			ŋē^ɔ。	

福州、廈門（包括潮陽、廈門箴字）部分是張文的例子，漢語方音字滙的資料爲筆者所增，福州的「帖、貼」尚讀 ai^ɔ，與張的例子相合。店、念二字，「字滙」都沒有收 ai 的讀法；成書於 1960 年前後的「漢語方音字滙」當然有些老舊，現在看來是掛一漏萬，有待修訂。但是文白異讀的認定本來應該和破讀現象分開來看，周長楫的文章，對這個問題，卻沒有加以討論。

廈門先韻（四等）字讀 -aī 的例子，張文舉出二個：前 tsāi$_{24}$ 殿 tāi$_{33}$；和潮州、福州對照如下：

（見字滙）

例字　　厦門　　潮州　　福州

前　　tsaĩ$_{24}$　$_c$ts'õĩ　$_c$ts'ieŋ

殿　　taĩ$_{33}$　tõĩ²　teiŋ²
（字滙未收）

三個方言的「殿」字有很好的對應，福州的「前」字則與三等不分。厦門、潮州能區別三四等的例子，如：

(1)健顧罩：見襄見　　(2)遷：千仙清　　(3)錢仙從：　前先從

厦　kĩã²　kĩ⁹　$_c$ts'ian　$_c$ts'iŋ　$_c$tsĩ/$_c$ĩ(?)　$_c$tsĩ/$_c$ts'iŋ/$_c$tsun/$_c$tsãi

潮　^{c}kieŋ　kĩ⁹　$_c$ts'ieŋ　kõĩ⁹　$_c$ts'ĩ　　$_c$ts'õĩ

　　　kyɔŋ²(建)

福州kyɔŋ$_c$²(健)　kieŋ⁹　$_c$ts'ieŋ　$_c$ts'ieŋ　$_c$ts'ieŋ　　$_c$ts'ieŋ

這裏福州多半不能分別，但是建見母健羣母同音 kyɔŋ（調分陰陽），剛好和四等見母的「見」異讀，厦門的「建」字沒有白話音（單讀 kian⁹ 和「見」字文讀相同），因此找了一個中古濁母的「健」字。潮州建、健無別。「遷」字厦門也無白話音，千字則改用「普閩詞典」的白讀。第(3)例都用白話層的音，是最好的對比，即使如此，厦門「錢：前」也有共同的一讀 $_c$tsĩ（文讀 $_c$tsian 也相同）。潮州完全反映這種對立。由於從母都念送氣的 ts'，反映這是濁音清化以後和北音系統相近的演變，因此，潮州的 $_c$ts'ĩ：$_c$ts'õĩ 理論上應該比厦門的 $_c$tsĩ：$_c$tsĩ 出現的時代上限稍後。厦門「前」字四個白話音，前兩個採自「字滙」，後兩個採自「普閩字典」，「字滙」前字的第二讀 $_c$ts'iŋ 可能是 $_c$tsiŋ 的錯誤，因為「普閩字典」及甘為霖的字典都作不送氣的 $_c$tsiŋ，現代漳泉音同。「字滙」錢字的第二音 $_c$ĩ 當是圓（銀圓）字，以上兩本字典亦不收。

厦門話「前」字有四個話音，加上文讀音 $_c$tsian ，共有五個讀音，我們卻不能就認為它反映五個時代層次。理由是，有的讀法只出現在單一的詞彙。如：

1.$_c$tsian（文讀）：一般文言詞，如：前輩、前程、前鋒、前例、前提、前往等。

2. $_c$tsiŋ （白話）：一般白話詞，如：前門、前日、前排、前三名（$_c$tsiŋ $_c$sã $_c$miã）、前方、前腳（$_c$tsiŋ $_c$k'a）、前台、頭前（卽前面）等。

3. 有些是文白異詞的：如：前次（文）$_c$tsian ts'u^ɔ：前攏（白）$_c$tsiŋ $_c$pai；前妻（文）$_c$tsian $_c$ts'e：前人（白）$_c$tsiŋ $_c$laŋ （也指前夫）：前人（文）$_c$tsian $_c$lin 古人。前世（文）$_c$tsian se^ɔ：（白）$_c$tsiŋ $_c$sĩ 前生。

4. 有些是文白通用的：如：前後：（文）$_c$tsian hɔ^ɔ（白）$_c$tsiŋ au$^⊃$；前景 $_c$tsian（白 $_c$tsiŋ）^{c}kiŋ；前身 $_c$tsian（白 $_c$tsiŋ）$_c$sin

5. $_c$tsun：只用在「前年」$_c$tsun・lĩ 一詞。

6. $_c$tsai͂：只用在「店前」「前埔」兩地名。

7. $_c$tsĩ：只用在「簷前」一詞。甘為霖「廈門音新字典」「前」字下錄有：nĩ-chĩ^n〔普閩詞典寫作「簾簷（檐）」；「前」字下也不收此音。〕

由此可見，真正的文白異讀只有 1,2 兩音，5,6 應屬特殊的異讀，或者另有來源，7 的讀法可能是一種錯誤。

三

我們認定異讀能否代表歷史層次的標準主要有二：一個是橫的對應：卽古音條件相同的字，是否在同一方言或親屬方言中有一定的對應關係。一個是縱的發展；卽異讀的二音或多音，分別和古漢語的那一個階段的擬音有對應。先說第一個標準，例如：廈門：

A.　千 $\binom{山開四}{平先清}$ $_c$ts'iŋ　：　前 $\binom{山開四}{平先從}$ $_c$tsiŋ；　肩堅 $\binom{山開四}{平先見}$ $_c$kiŋ

B.　見 $\binom{山開四}{去霰見}$ kĩ^ɔ　：　錢 $\binom{山開三}{平仙從}$ $_c$tsĩ　：　前$_c$tsĩ（按此一讀可疑）

C.　健 $\binom{山開三}{去願羣}$ kiã^ɔ　：　顯 $\binom{山開四}{上銑曉}$ ^{c}hiã（～目，見周長楫文）

D.　煎 $\binom{山開三}{平仙精}$ $_c$tsuã　：　綫 $\binom{山開三}{去綫心}$ suã^ɔ；　賤 $\binom{山開三}{上獮從}$ tsuã^ɔ

E.　縣 $\binom{山合四}{去霰匣}$ kuãĩ^ɔ　：　懸 $\binom{山合四}{平仙匣}$ $_c$kũãĩ　（見周1983）
　　　（文hian$_c$）　　　　　　　　　　　（文$_c$hian）

由 B.C. 可見現代廈門話三、四等有些是不分的。C的讀法和文讀 -ian 保持最整齊的對應。D大多數方言都和切韻同作開口，廈門三等開口鼻化韻

往往變合口的 -uã，但合口三、四等則多保存合口，如：（桓韻）搬、滿、段、歡、（仙）泉。（删）關 ₍kũãī̃（諫）慣。只有一個例外：還（山合二）₍hãī̃，E的兩字厦門白話音作合口與切韻同，文讀均爲開口，縣字與官話同爲開口，但皆不合切韻，但「懸」字官話變撮口，卻是合於切韻的演變。這些開合的互異，或可作爲閩南音系超越切韻的旁證，或者是演變過程中爲某種理由（如：辨義）所作的調整。

厦門話山攝有 ãī̃ 的讀法並不限於四等（如：前、縣、懸），一等開口有「竿」₍kuãī̃ 桿旗~秤麥~ ᶜkuãī̃，二等合口有關 ₍kuãī̃/kũī̃ 或慣 kuãī̃ᵒ 或 kũī̃ᵒ，還 ₍huãī̃（見周長楫文 p. 432），可見這並非四等特有的現象。

試把以上討論的各層表列如下：

條件 層次	山	開	三	山	開		四
	健件顯	煎線賤	錢遷	見	千	前	
一			-ĩ		-ĩ		-ĩ(?)
二	-iã	-uã					-aĩ(?)
三				-iŋ	-iŋ		
四	(-ian)	(-ian)	(-ian) -ian	(-ian)	(-ian)	(-ian)	-un?

山		合		三			山合四
泉	全	勸	圓	遠	穿	反	縣 懸高
			ĩ				
-uã					-uã		uãī̃
		-ŋ̃		-ŋ̃		-iŋ	
(-uan)	-uan	(-uan)	(-uan)	(-uan)	(-uan)	(-uan)	(-uan)

第四層（ ）內爲文讀音，不加（ ）的 -ian, -uan 爲單讀字，實際佔大部分，這裡只舉一個代表字，它和文讀音沒有分別，故爲同一層。一、二兩層表面上看可以合併，但與中古音系比較，仍有分別的必要，鼻化成 ĩ 爲第一層，帶 ã 爲第二層，還帶鼻音韻尾 -ŋ 或 -n 以及成音節的 -ŋ 爲

第三層。這樣的排列只表示白話音的韻母大約有三種類型，並不表示演變的先後，因為我們還沒有擬出古閩語的韻母系統；也不表示白話層可以這樣分，因為並沒有連同聲母一起考慮，不過張盛裕（1979）、張琨（1984）都曾建議：討論文白異讀的時候，有時候聲、韻、調三部分需要單獨考慮。例如：知字讀 ₌ti，聲母是白讀的影響，韻母是文讀的影響，知字又讀 ₌tsai，聲母是文讀的影響，韻母是白讀的影響。我們通常據韻母分派前者為文讀，後者為白讀，當然還有一些問題。

　　那麼把一二層視為廈門話的底層，也就是原始閩語的反映，是否沒有問題呢？把文白異讀中的文讀音連同「單讀字」（沒有白話音留下？或根本就是古音？）即第四層看成完全是移借來的是否也沒問題？我們認為這樣看都把問題單純化了，因此都有不妥，第一，廈門話白話音的鼻化韻自然是演變的結果，原始閩語跟原始漢語一樣具有 -m, -n, -ŋ，不過有些字和切韻歸類大不相同；但是保存到今天，和切韻又相合的「單讀字」，而又沒有白話音對立，原則上也是白話層的一部分，而且可以看作構擬原始閩語的基礎，不可以一概視為移借層，或認為比第一層的時代晚。（　）內文讀的移借層，正好借了一個較古的方言（如切韻方言），因此大部分可以和原來的古音層相調適。第二、鼻化韻形成以前的古閩語韻母系統當然不會像現在的文讀層（或上表的第四層）的韻母那麼整齊一致。切韻的 an 對應於 廈門 uã, uaĩ，切韻ian也對應於 廈門 uã, uaĩ 或許表示古閩語的開合口系統和切韻系統本來不同。

　　這裡就牽涉到確定層次的第二個標準，也就是比較閩語之後的下一步工作，拿各層的音讀和上古、兩漢（可以不包含在上古）、魏晉、南北朝各期音韻比較一下，羅杰瑞1979指出廈門話的“石”“席”各有三讀，反映閩語詞滙的三個時代層次，即：

	(1)	(2)	(3)
石	tsioʔ8（石頭）	siaʔ8（石硯）	sik8（文讀）
席	tshioʔ8（席仔）	siaʔ8（筵席）	sik8（文讀）

兩者都是切韻昔韻字，韻母對應的整齊，合乎上文第一個標準，拿高本漢擬

的切韵音值石〔ẑiäk〕：席〔ziäk〕對照，第(2)個音讀〔-iaʔ〕層，反映了切韵或相近音系移借的痕跡，那麼(1)、(3)必定代表另外兩個時代的反映，(1)最古老，也許可以推到漢代移民的漢語方言，(3)較新，也許是唐朝中葉以後借的。鼻化韻的歷史層次似不止三層，非本文所能窮究，暫時不討論下去。

　　大致統計一下，切韵系 -m，-n，-ŋ 尾韻鼻化之後，主要的韻母型態：

　　　　am→ã

　　　　iam→ĩ/iã/ãĩ

　　　　an→uã/uaĩ(uĩ)/(aĩ)

　　　　ian→ĩ/iã/uã/uãĩ/aĩ

　　　　ɑŋ→ĩ/uĩ/iã

　　　　ɔŋ→iũ

　　　　uŋ梗二→ĩ/ã/ẽ/uãĩ/uĩ

　　　　iuŋ梗三→iã/iũ

　　　　iaŋ→iũ/ã/uai

　　這裏可以看出一點規律，上面的鼻化韻母次序是依異讀字中出現多寡來排列，大致說來，低元音的 am, an 傾向保有 a，古閩語可能是個前 a，「唐」韻的 ɑ 偏後，加上接舌根 -ŋ，故傾向高化的 ĩ，梗攝二等以 ĩ 為主，梗攝三等以 iã 為主，宕攝以 iũ 為主，其實宕攝一等，現代廈門話白話音多作 ŋ，很少有鼻化，除了周長楫所舉的「芒」一字，可靠性很成問題。但是宕攝三等字為何大量出現鼻化的 -iũ，這是因為陽韻可能有個後高元音，近乎文讀層的 ɔ 或 O，因此很容易高化成 iũ。由此可見，鼻化韻之後，廈門白話音增加了許多同音字，因為原來的對比簡化成 ĩ：ã：ũ 三個成分之間的組合。三個之中，i. u 都是高元音，由此可見古閩語到現代廈門話之間的鼻化作用，最主要的趨勢是舌位的升高。

　　至於臻攝字，現代廈門話絕大部分開口唸 in，合口唸 un，文白異讀很少，偶而由開轉合，如：陣 (文) tin² (白) tsun²，伸 (文) ₍sin (白) ₍tsʼun，或者變 ŋ，如：門 (文) ₍bun (白) ₍mŋ，問 (文) bun² (白) mŋ²，孫 (文) ₍sun (白) ₍sŋ，我們在「字滙」裏找到一個唯一的臻攝鼻化字是「襯」

ᶜtsʼãĩ（臻開三，上震初），通攝也只有一個字，「痛」tʼiãᵓ（通合一，去送透），白話音則多作 -aŋ 而不鼻化，我們或許可以推測，古閩語臻攝元音的高化在鼻化作用產生的年代以前大致已完成，因此不受鼻化作用的影響，另一方面，古閩語通攝的 *aŋ→ɔŋ 也完成甚早，後高元音（或半高元音）和 -ŋ 的結合是最穩定的一種鼻尾韻，因此鼻化作用尚未波及。當然，這只是一種推測，還沒有證據。

四

本文本想討論厦門話鼻化韻母的來龍去脈，因爲遷涉的問題太廣，現在只能歸結文中討論鼻化韻形成的大致方向，簡單條述如下：

1. 鼻化韻絕大部分來自古閩語的 -m, -n, -ŋ 尾。少數由陰聲變來者，本文未加討論，當另作專文討論。

2. 厦門話鼻化作用集中在古閩語屬於前、低元音的韻攝，如中古山、咸兩攝及梗攝。

3. 厦門話鼻化韻形成的一般方式和官話方言不同，即：-m, -n, -ŋ 分別起鼻化作用，失去韻尾。偶而也經過 -m>-n>Ṽ，但不一定經由 -ŋ>Ṽ。

4. 鼻化作用很少波及的臻攝、通攝等，可能是元音高化較早，或元音部位偏後，鼻化作用才剛開始。

5. 鼻化韻所保存的古閩語遺跡一般較文讀音爲早，有些是超越切韻系統，但大致來說，和文讀音也有對應關係，但層次參差。

6. 就陽聲韻而言，鼻化作用所留下的白話層並不完整，有些沒有異讀的字，其實卽是未鼻化的古音層的遺跡，它們和鼻化韻可以構擬原始閩語的陽聲韻部。

至於鼻化作用的下階段是否鼻音消失（Denasalization），厦門話現階段的演變還看不出來，本文以爲厦門話陽聲韻的文白現象只是在鼻化作用持續演變中的早期階段。

附　註

❶　根據漢語方音字滙，下列曾攝字廈門或潮州仍有鼻化韻母：曾開一：騰，廈門 $_{c}t\bar{i}$；棚，廈門，$_{c}p\bar{i}$，潮州 $_{c}p\bar{e}$　曾開三：瞪，廈門 $_{c}t\bar{i}$；冰，潮州 $_{c}p\bar{i}\bar{a}$。

引用書目

丁邦新　1983　從閩語論上古音中的 *g-，漢學研究 1:1，台北

丁邦新　1986　儋州村話，中央研究院歷史語言研究所專刊之八十四，台北

何大安　1981　澄邁方言的文白異讀中央研究院歷史語言研究所集刊52,101
　　　　　　　-152，台北

李永明　1959　潮州方言，中華書局，北平

周長揖　1983　廈門話文異讀的類型，中國語文330-336，430-438

袁家驊　1960　漢語方言概要，北平

北　大　1962　漢語方音字滙，北京大學中國語言文學系

張盛裕　1979　潮陽方言的文白異讀，方言 241-267，北平

張賢豹　1985　（切韻）純四等韻的主要元音及相關問題，手稿。

張光宇　1986　梗攝三四等字在漢語南方方言的發展，中華學苑33期「文字
　　　　　　　聲韻學專號」，65-86，政大中文研究所，台北

陳章太和李如龍　1983　論閩方言的一致性，中國語言學報，第一期，114
　　　　　　　　　　　-126，北平

陳淵泉 (Matthew Y. Chen) 1975 An areal study of nasalization in
　　　　Chinese, Journal of Chinese Linguistics, vol. 3, no. 1,
　　　　16-59 U. C. Berkeley california,

楊秀芳　1982　閩南語文白系統的研究，博士論文，台大中研所。526頁。

董同龢　1957　廈門方言的音韵，中央研究院歷史語言研究所集刊 29 上，
　　　　　　　231-253，台北

董同龢　1960　四個閩南方言，中央研究院歷史語言研究所集刊 30 ，729-
　　　　　　　1042，台北

詹伯慧　1981　現代漢語方言，湖北

戴慶廈和吳啓祿　1962　閩語仙游語的文白異讀，中國語文 393-398，北平

潘茂鼎，李如龍等　1963　福建漢語方言分區略說，中國語文127，475-495

羅杰瑞 (Jerry Norman) 1974 The Inital of Proto-Min, J. C. L
　　　2,27-36 Berkeley, Ca., U. S. A

羅杰瑞 (同上) 1979 Chronological Strata in the Min Dialats，方
　　　言，268-273, 北平

羅杰瑞 (同上) 1981 The Proto-Min Finals，中央研究院國際漢學會
　　　議論文集 (語言文字組) 35-73，台北

羅常培　1930　廈門音系，上海

嚴　棉　1973　A Study of literary and Colloquial Amoy Chinese,
　　　Standford, Ca., 又見 J. C. L., 1:3, 414-436

周辨明　1934　The Phonetic Structure and Tone Behaviour in Hagu
　　　and their Relation to Certain Question in Chinese Lingui-
　　　istcs，與「廈門音系」合刊。古亭書屋 1975，台北

孟伯廸 (Mansier Patrick)　輔音尾在漢藏語言聲調體系中的重要性，語
　　　言研究論叢，pp37-63，南開大學。

渡江書十五音初探

姚榮松

一、「渡江書十五音」解題

　　《渡江書十五音》是閩南方言韻書，是個鈔本，一九五八年李熙泰在廈門思明北路舊書攤買到此鈔本，一九八七年由李榮交由日本東京外國語大學亞非言語文化研究所出版。李榮作序，曾指出：本書未聞刻本，鈔本見於《涵芬樓爐餘書錄》，原注云：「爲閩人方言而作。」全書二百七十九頁，中缺四頁，有幾頁因破損而偶缺一、二字。李榮的序發表於一九八八年《方言》第一期，此書影本傳世不到兩年。

　　此鈔本無序跋，不署編者姓名和年代。但從書名用《十五音》即可斷定爲閩南語韻書，再就該書目錄以四十三字字母之韻部又按七個聲調分韻統聲，這種分韻的辦法自是承襲漳系韻書「彙集雅俗通十五音」而來，因此，此書初步可斷定爲漳系韻書。李榮在序中並提出許多內證，推定本書爲閩南方言，並說「就今天的方言來說，在廈門漳州之間，本書的音韻系統更接近於廈門。」這些推測皆有待驗證，從而找出本書所據的音系，並爲此書的價值作一定位，此爲本文寫作之動機。

二、渡江書十五音的內容體例

　　本書卷首「字祖三十字，又附音十三字，共四十三字」，指四十三個韻部，即閩系韻書通稱之「字母」。「以本腔呼之，別爲序次如左」是說「列舉本腔每個韻部的七個韻母。四十三部共有三百零一韻（韻母）。」由此可見，作者在分析韻母時，是揚棄從前湊足八音的陋習，而直接依七音列目。另一現象是三百零一韻的「韻目」皆有代表字，不像與之最近的「彙集雅俗通十五音」的「五十字母分八音」的韻目次中，充斥許多有音無字的空圈。

　　爲方便討論，茲將上述內容過錄如下：

　　　　渡江書字祖三十字

　　　君堅今歸嘉　干公乖經官　姑嬌雞恭高

　　　皆根姜甘瓜　江兼交加談　他朱鎗幾鳩

　　　　又附音十三字

　　　箴寡尼儺茅乃貓且雅五姆么缸　共四十三字字母

　　　順口十五音歌已字爲首

　　　柳_里邊_比求_己去_起治_底波_他他_私曾_只入_耳時_始英_以門_米語_驪出_齒喜_喜

　　此卷中字祖三十字又附音十三字共四十三，以本腔呼之，別爲序次如左（韻目依內文校正）：

　1 君滾棍骨群郡滑　　　　　2 堅蹇見吉鍵健杰
　3 金錦禁級頦妗及　　　　　4 規鬼桂執逵跟劫
　5 嘉絞駕鈣珈皷狐　　　　　6 干簡諫葛推幹骭
　7 公廣貢國狂鏗咯　　　　　8 乖枴怪叞硞粿粿
　9 經景敬革鯁梗極　　　　　10 官管貫适權倦粿
　11 姑古故離糊詁鈷　　　　　12 嬌矯叫勮喬轎噭

13 雞改計莢鮭易捶　14 恭拱供菊窮共局

15 高果告閣顆餶窖　16 皆改界劈甌夌絞

17 根謹艮吉鍁近劤　18 姜襁響腳強覽臁

19 甘感監鴿哈瞰頷　20 瓜回卦葛檬桰愍

21 江講降角忙共擲　22 兼檢劍夾塩剡鞅

23 交姣教餄猴厚噍　24 迦假寄契夯崎捶

25 魁粿檜郭葵旴繪　26 他提暴詥膛齷祏

27 朱主註恘慈自咔　28 鎗搶鋦餘墻象𧿹

29 幾己記𬱟其技唔　30 鳩九究戀求舊

31 箴怎譖喂撢𥻗哂　32 官寡鑭挌寒汗𪘁

33 拈屢汊㽂年蕊撿　34 灘𦰡蕖毹儺懦切

35 稭𢛳殄扒茅貌懇　36 痲乃耗捃脫賴躝

37 貓鳥臂操撩謬凋　38 笪且倩碏磘揸㑇

39 嬰雅艚哎欻硬嫂　40 浯五悉魯跋肨箸

41 噹姆叭釅嗡嫛嘍　42 么盼烙約䜌鴝藥

43 扛管檳逪桃節鋸

　　如果按照傳統閩韻書的「八音」(即八個調),以上七音皆少一個「下上」(即陽上),本書在韻目之後,亦以「圈破法式」(借自彙音妙悟的名詞)說明八音,如:

　　值得注意的是：可能同出漳系的三本「十五音」，其韻目八音（或七音）的處理方式略有不同：

(1)彙集雅俗通十五音：　　　　君滾棍骨群滾郡滑

(2)烏字十五音：　　　　　　　君滾棍骨群郡棍滑

(3)渡江書十五音：　　　　　　君滾棍骨群　郡滑

　　又如：(1)雅俗通　　　　　干柬澗葛○柬○○

　　　　　(2)烏字　　　　　　干簡諫割蘭但諫達

　　　　　(3)渡江書　　　　　干簡諫葛疿　幹𠻵

　　《彙集雅俗通十五音》是據高雄慶芳書局的本子，此本與羅常培《廈門音系》所據漳州題錦華木刻本韻目次序上（6 干至 15 高）有些不同。此書套紅、黑二色（分別代表文、白二系），故或稱「紅字十五音」，韻目據五十字母分八音，故最繁複。《烏字十五音》為台中瑞成書局本，內題「增補彙音」，韻目依三十字祖分八音，實則去聲收字只見上去（即陰去）不見下去（陽去），故亦僅七音，與《紅字十五音》上聲有上上無下上（下上聲全韻與上上同）者異。渡江書的七音內容上與《紅字十五音》本質上並無不同，此二書與《烏字十五音》在聲調類型上有異，因「烏字」以「郡」為下上，異於其他二書之為「下去」。

　　渡江書十五音，按上列七音四十三行之韻目次序，逐韻列字，韻內以十五音（聲母）統字，十五音名稱已見上列。《渡江書》與《紅字十五音》僅有二字不同，即治＝地（紅字）、波＝頗，紅字的「地」實襲《彙音妙悟》之舊。《烏字十五音》亦有一字與其他二書不同，即：鶯＝英（渡江、紅字），後者實承《彙音妙語》之舊。在收字的數量上，渡江書較其他二書大得多。以君字韻為例，列其十五音收字數統計對照表於下：

十五音	渡江書	紅字	鳥字
柳	6	1	2
邊	3	3	1
求	18	4	5
去	17	13	10
治（地）	21	11	10
波（頗）	9	7	7
他	11	7	3
曾	11	17	7
入	4	0	1
時	3	6	3
英（鶯）	23	12	10
門	3	0	0
語	2	0	1
出	9	6	6
喜	40	37	20
合計	180	124	87

　　由此可見，此書收字特多，爲一大特色，然僻字亦相對增加，李榮據書中字義用字，證明此書有據字典列字，故確定編撰年代在《康熙字典》之後。然則此書韻目多能以字塡實，或據字典；且可據字典校其訛誤。茲舉數例：

　　堅下去聲「健」字韻，字書未見此字，本韻求紐下：「健，康一亢也，不倦強也。」考康熙字典人部「健」字下云：「集韻等：渠建切，乾去聲。說文：伉也。增韻：強有力也。易乾卦：天行健，君子以自強不息。」，則渡江書之「健」字可能係「健」之譌字。

　　規上入聲「靰」字韻，求紐下：「靰革也。」康熙字典革部有「靰」，按篇海：居僞切，規去聲，革也。聲調不合，但字義同，則知「靰」爲「靰」之譌。

　　規下入聲「劮」字韻求紐下：「劮，力也。」按字典作：劮，集韻居僞切。韻會基位切，正韻居位切。並音媿。集韻：疲極也。正韻：弊也。力乏也。渡江書但訓「力也」恐係「力乏也」之僞。聲調亦不合。

　　規下去聲「䫻」字韻柳紐下：「䫻，疾也」。字典頁部：玉篇力外切，廣韻郎外切，疾也。是音義皆合。

　　干下平聲「雃」字韻求紐下：「雃，鶀鵲」，字典隹部：「雃，集韻居寒切，音干。玉篇：鵃鶀鵲」。則「鶀鵲」恐爲「鵃鶀」之譌。

　　干下去聲「軋」字韻求紐下：「軋光也」。字典人部：「軋，集韻居案切，音幹，日始出光軋軋也。」同韻求紐下：「骭，骭而殺也。」字典骨部：「骭，集韻居案切，音幹。類篇：體也。」義不相合。又「擀，以手伸物」字典同。

　　干下入聲「趕」字韻求紐下：「趕，趕竪也」，字典干部：「趕，集韻居曷切，音葛。趕趕豎干貌。」音義皆合。

　　姑上入聲「鷅」字韻（韻目作雜），求紐下：「雜，鳥聲，鷅，鳥名」二字皆不見於「字典」，字典有「鷅」，倪歷切，卦埤雅：絞鳥也。音非類。

　　同韻柳紐下「扨，手動」；字典手部：「扨，集韻：昵洽切，同囜，詳□部囜字註。」□部：「囜，玉篇：女洽切，音孃。手動也。」音義皆合。

　　同韻曾紐下：「䁾，視也。」字典目部「䁾，集韻甾尤切，音鄒，鞏也。」義不合，音近調不合。

　　以上諸例，除「鶾」，「離」不見於字典外，其餘各例，可以支持李榮的說法，即此書多據康熙字典。《增補彙音》（即烏字十五音）卷一目錄最前行有「依字典訂」四字，而此書分韻僅「字祖八音共三十字」，較「渡江書」少「附音十三字」，兩書同謂「字祖三十字」，則必同出一源，疑「烏字十五音」乃刪削「渡江書」而成，然其八音配調又頗不同。「烏字十五音」有嘉慶庚辰壺麓主人序云：「至於解釋雖間用方言，而字畫必確遵字典。」這幾句話放在「渡江書」是十分貼切的說明。

三、渡江書十五音的音系基礎

　　《渡江書十五音》的音系根據究爲閩南語四個次方言—— 泉州音、漳州音、廈門音、潮州音中的哪一個音系，並不是一個大難題，李榮從本書的內證上斷定並非泉腔和潮腔。其證據是：

本書 119 頁拱韻喜母：「享，泉啌。」

129 頁閣韻門母：「卜，泉啌。」

147 頁近韻喜母：「恨，恨心也，泉啌。」

201 頁提韻語母：「雅，泉啌。」

201 頁暴韻治母：「說，說話，潮啌。」（李榮謂：這裏的「說」是訓讀字，本地俗字作「呾」。

　　拿來和本書卷首韻目前「以本腔呼之」對比，則「本啌」似指本書依據的方言，啌就是腔字。泉、潮特別註明，與本腔對立，則泉腔，潮腔並非本書依據之方言，如果我們依據「悉用泉音」的《彙音妙悟》，把以上各字的讀法找出。

彙音妙悟　　　　　本書(1)　　　　　　　(2)

享　香韻喜紐　ₒhiɑŋ　拱韻喜紐泉腔　ₒhioŋ　穖韻喜紐　ₒhiɑŋ

卜　科韻文紐　bɤʔ　閣韻門紐泉腔　boʔ　部韻門紐　bueʔ

恨　恩韻喜紐　hɤn。近韻喜紐泉腔　hin。郡韻喜紐　hun。

雅　三韻語紐　ᵒŋã　捏韻語紐泉腔　ᵒŋã　雅韻語紐　ŋẽ。

〔潮語十五音〕　　　　　　　　〔本書〕

咀　　柑部地紐　　　　韻治　　潮腔

　　《彙音妙悟》的音讀爲本人所擬。與本書(1)所收，大致吻合，本書的音讀暫以《雅俗通十五音》爲準，後者又以王育德一九八七年爲據。本書(1)與(2)相對，一泉一漳，(2)正如同以「本咚」呼之，因爲在韻目上已註明了。「咀」字爲典型的潮州字，有此一例，亦可見此書非據潮音。

　　還有一個緊要的問題，即是否如李榮說的「就今天的方言來說，在廈門漳州之間，本書的音韻系統更接近於廈門」呢？下面依據「福建省漢語方言概況」（上冊）貢三六二—三六七廈門、泉州、漳州韻母比較表，摘錄現代廈門、漳州韻母差異較大的，來和渡江書的韻部作一比較：

廈門	漳州	例　　　字					渡江書十五音
		唇	舌	齒	牙	喉	
u	i		除儲呂 526 廈 26	621 聚取須	居去語 132 15 區娛	虛于余 115	朱主註㑉慈自眛 1234567 幾已記欠其技唔 26
a	ɛ			131 查權沙	342 家牙	5 下	嘉珈雞鮭易 12345
e	i	蔽弊 68	滯例 69	制誓世 393			幾已記欠其技唔 1234567 雞政計莢鮭易極
e	ui				圭奎		8　9 規
e	ue	飛皮未 9510		擺吹稅 57	過科 31	火 2	1234 高果過關 567891011 蔖粿檜郭葵肝燴

ue	e	批買 12	底替笙 235	齊 5	細 3	雞溪倪 115 瓜一 1	花話 26	雞改計莢鮭易極 1234567 瓜凵卦葛葛秸懃 1234567
	ua							
	ui						廢 1	規鬼挂執 1234567

就上表而言，(1)廈門讀 u，漳州讀 i 字在本書絕大部分歸入 u 韻部，歸在 i 韻部的只有一個「屢」字。(2)廈門讀 a 漳州讀 ε 的字，本書各半，牙字兩收，古人名（如姜子牙，易牙）讀珈部音 c̄ga，象牙讀鮭部音 c̄ge，獨「家」字兩系皆未收，不可解。(3)廈門讀 e，漳州讀 i 的字也多兩收，蔽、弊兩見於技（－i）和計（－e），滯和例兩見於技（－i）和易（－e），誓字收在易韻，制、世則並見於記（－i）。(4)廈門讀 e，漳州讀〔ui〕者，本書從漳系的規；(5)廈門讀 e，漳州讀 ue 者，本書半入 ue 系的魁粿檜葵趼，半入 o 系的高果過，捋字別屬乖韻。(6)廈門讀 ue，漳州讀 e 者，本書完全屬 e 系的雞改計……鮭等韻。(7)漳州讀 ua, ui 的瓜字、廢字，本書亦入瓜系 ua、規系 ui 而不入菇系 ue。筆者雖然未做全面統計，但就以上諸例來看，除第(1)例渡江書的歸字偏向廈門外，其餘各例，則似乎並不偏廈，實則偏漳的傾向更明顯，現代漳音雖然局部混同了渡江書的高系和菇系，但合成 ue 系的音卻和 i 系、ui 系保持對立，而廈門音則把這三系都混成一個 e，同理又把漳州的 e, ua, ui 也混成 ue，而渡江書卻分別屬於雞系，瓜系，規系。因此李榮的說法，正確度是可疑的。通過下一節的比較，筆者相信渡江書基本上是以漳州音系為基礎的。

四、渡江書十五音與漳系十五音韻部的比較

閩南方言的韻書，最早的是一八〇〇年（嘉慶年間）黃謙據泉州音編的《彙音妙悟》，同治年間東苑謝秀嵐所編的《雅俗通

十五音》則據漳州音。兩書都分五十字母（代表五十類韻母），
十五音（代表十五個聲母），八音（代表八個調）。但是在編輯的
體例上，前者以五十字母統十五音、每個聲母統八調。後者先把
五十字母的八音（調）析成四百個音節代表韻部，每個韻部再統
十五音（聲母）。這是體例上的一種變革。除了五十字母兩書用
字絕然不同外，四百個韻部名稱對於十五音韻書的刪併，也留下
彼此蛻變之痕跡，本節擬從韻部的比較，來爲渡江書的音系定
位。

爲了說明泉，漳音系的異同，先根據李如龍（一九八一）的
研究，將《彙音》和《十五音》五十字母中韻值相同的四十三個
韻部對照於下：

《彙音》	《十五音》	韻值	渡江書
嘉	膠	a	嘉
嗟	迦	ia	加
花	瓜	ua	瓜
高	沽	ɔ	姑
刀	高	o	高
燒	茄	io	幺
西	稽	e	雞
杯	穭	ue	苵
基	居	i	幾
飛	規	wi	規
珠	艍	u	朱
秋	ㄐ	iu	鳩
開	皆	ai	皆
乖	乖	uai	乖

交
嬌
干
堅
官
根
君
甘
兼
金
江
工
恭
經
他
筍
官
浯
拈
鎗
痀
秸
貓
啂
扛
姜

au
iau
an
ian
uan
in
un
am
iam
im
aŋ
ɔŋ
iɔŋ
iŋ
ã
iã
uã
ɔ̃
ĩ
ũ
aĩ
aũ
iaũ
m̩
ŋ̍
iaŋ

交
嬌
干
堅
觀
巾
君
甘
兼
金
江
公
恭
經
監
驚
官
扛
梔
牛
閑
爻
噪
姆
鋼
姜

郊
朝
丹
軒
川
賓
春
三
兼
金
江
東
香
卿
三
京
歡
莪
青
箱
髱
嘜
猫
梅
毛
商

風	光	uaŋ
關	褌	uĩ
管	閂	uaĩ

下面是兩書各自特有的韻部各七：

居		m
科		ə〔ɤ〕
鷄		æ〔ɤi〕
鉤		əu〔ɤu〕
箴		əm〔ɤm〕
生		əŋ〔ɤŋ〕

	箴	ɔm	箴
	嘉	ɛ	
	伽	ɜ	
	更	ẽ	
	糜	uẽ	
	薑	iɔ	(鎗?)
	姑	õ	灘?

〔　〕爲本人所擬音。由上表可見，前四十個韻部，三書基本相同。泉音獨有的韻，十五音兩書俱無，漳州音獨有的，箴、更，二韻，兩書並存，但五十字母的「雅俗通」比「渡江書」總共多了七韻：光、褌、閂、嘉、伽、糜、薑。姑與灘兩韻在疑似之間。由兩者相同的情形看，渡江書殆與「雅俗通」同系。關於「雅俗通十五音」的擬音，各家尚有出入，爲五十字母擬音者，有葉國慶、薛澄清、羅常培、袁家驊、王育德、黃典誠、李如龍、陳永寶等人。葉、薛二家大抵相同，今併爲一家，如有不同另加註明。羅、袁均據廈門音系擬音，袁特標出漳音有別者。黃典誠有「漳州 十五音述評」一文因未得見，暫缺。王育德集諸

家之後，並附最早的漳州字典 W.H.Medhurst 1831 的記音。現在將渡江書所稱「三十個字祖」以外的韻部，依「雅俗通十五音」的韻次，排列各家擬音的對照：

	M氏	葉、薛	羅氏	袁氏	李氏	王氏	陳氏
更	ɑi$_{\text{ng}}$	en	en	ẽ	ẽ	en	ẽ
褌	wui$_{\text{ng}}$	uin	uin	uĩ	uĩ	uin	ŋ
茄	ëo	io	io	io	io	io	io
梔	ee$_{\text{ng}}$	in	in	ĩ	ĩ	ion	ĩ
薑	ëo$_{\text{ng}}$	ion	ion	iɔ	iɔ	ion	iõ
驚	ɑ$_{\text{n}}$ a	ian	ian	iã	iã	ian	iã
官	w$_{\text{n}}$ a	uan	uan	uã	uã	uan	uã
鋼	e$_{\text{ng}}$	ŋ	ŋ	ŋ	ŋ	əŋ	ŋ
伽	ɑy	ei	ei	ε〔廈 e〕	ε	oi	ə
閒	ɑe$_{\text{ng}}$	ain	ain	ai〔廈 iŋ〕	ai	ain	ai
姑	$_{\text{n}}$ oe	on	on	ɔ	ɔ̃	ɔn	ɔ
姆	ū$_{\text{m}}$	m	m	m	m	m	m
光	wɑng	uin	uaŋ	ɔŋ	uaŋ	uaŋ	uaŋ
閂	wɑe$_{\text{ng}}$	uain	uain	uan	uai	uain	uai
糜	öey	ain	e*	ai〔廈 e〕	uẽ	uen	ɔĩ
嘄	$_{\text{n}}$ ëɑou	iaun	iaun	iau	iau	iaun	iau
箴	om	am	im*	im	ɔm	om	ɔm
爻	$_{\text{n}}$ ɑou	aun	aun	aũ	aũ	aun	aũ
扛	$_{\text{n}}$ o	on〔i〕	on	ɔŋ	ɔ	on	ɔ
牛	$_{\text{n}}$ ew	iun〔uin〕	iou	iũ	iũ	iun	iũ

由此表看來，各家對五十字母的音讀分歧的韻部相當有限，陳氏把褌、鋼均擬作 ŋ，犯了重複，大抵是受台灣梅山沈富進「彙音寶鑑」一書的影響，沈氏用「褌捲劵〇嗟捲〇〇」來代表

ng 韻，他的四十五字母並沒有「鋼」。鋼擬成 ŋ 或 əŋ 並無不同，王氏擬爲 əŋ 以便和「經」iəŋ 相配。「伽」在「雅俗通」中字還不少，茲列其韻字如下：

伽上平　　　迦伽茄佗夋推胎遮闍罷
○上上　　　短姐者這若惹矮
○上去　　　退嘛塊處脆
莢上入　　　溧八捌莢鍥袂瞀篋啄節抑雪攝痰戚撮歇
傓下平　　　螺傓瘸個个
○下去　　　袋遞代坐賣坐係
○下入　　　笠拔奪提截絕襟狹唷峽

　　這些字和「稽」韻的關係是，有一部分重出，如：推、胎、短、姐、這、矮、退、脆、螺、袋、遞、代、坐、賣、係等，在「稽」韻應擬作 e，有兩行正好與稽韻互補，因爲「稽」韻的上入、下入都註明「全韻空音」，如果這兩韻沒有不同，應該合併，既然分之，想必反映早期漳州音的某些區別，Medhurst 字典的記音提供了區別：稽是 ey，伽是 ay 本可視爲 ei˙ai 的不同，但是「皆」韻系也是 ai，比較單純的擬構是：稽 e，伽 ɛ，而「嘉假嫁骼枷下逆」韻系，葉國慶、王育德亦擬爲 ɛ，因 Medhurst 也用 ay 來記音，按 M 氏則「伽」當併入「嘉」韻系，但兩韻之間卻找不到重出，因此王育德氏把這三韻對比成：嘉 ɛ：稽 e：伽 oi，我覺得這可是受潮州音的暗示，漳州音系並無 oi 這樣的音節，在李永明「潮州方言」的同音字表（P.78-79），正有賣、代、八、拔、矮、笠、截、努、窄等字讀爲 oi 或 oiʔ，陳永寶把「伽」擬作 ə，可能受泉州音的暗示，因爲上列韻字中，正有短、矮、退、雪、袋、推、奪、絕、螺等，〈彙音妙悟〉收在科韻而今泉音唸 ɤ 者。由其重出現象及有方音痕跡，這兩點看來，這個韻可能不是漳州音系，韻書的編者因受傳統五十字母觀念的影響，爲

湊足五十字母之數，便不得不找該方言中的外來成分，或新興的
音節，爲它另立一韻，這一點在《彙音妙悟》已有泉腔的「管」
韻之先例。這種現象亦多半屬於白讀或土音的部分，一方面反映
了方言接觸的交互影響，一方面也說明閩南語音系的多元性。廈
門音系便是這樣的一種方言交集。渡江書十五音和烏字十五音都
有「字祖三十字母」的說法，所謂「字祖」正是各家擬音都沒有
出入，是閩南各方言共有的成分，各方言的差異除了調值外，主
要集中在韻母，字祖以外的韻目數及其內容，正好是方言差異的
焦點。

　　渡江書十五音在三十字祖之外，只有十三個附音，較「雅俗
通」正好少了七個韻，現在我把「雅俗通」第三十一以下的字母
和渡江書的擬音對照於下：

```
           31        36          41          46        50
雅俗通：更禪茄梔薑驚官鋼伽閒姑姆光閂麋噍箴爻扛牛
                                 uaŋuaiue         o  iu
渡江書：嫛　么拈鎗碻官扛　脫浯嗂　　貓箴嵇
擬　音　　　e    io i io i  m  ai    m c m          iau om au
```

作以上的擬音，是將兩韻相當的字略作對照，並參考各家對
「雅俗通」的擬音，其中「雅俗通」的姑與扛爲ɔ與ô，似乎太接
近了，Medhurrst 作ô與œ的區別，或許可以有其他擬法，本文
就不再推測了。

五、結　語

　　渡江書十五音對閩方言學者來說，是一個新出土的資料，世
間究竟有幾個鈔本，不得而知，從李榮的序可知，這個鈔本保存
在大陸圖書館或李熙泰那裏足足三十年，沒有任何有關的論述。

何大安先生 接到東京外語大學的贈書，即刻把它轉借給我；幾乎同時，洪惟仁先生也透過朋友送我一個影本；張次瑤先生因我信中提及未睹此書，也從美國寄了一份影本給我；畢業於師大國研所的日本麗澤大學千島英一兄，去年九月特代我向東京外國語大學要到一個正本寄贈。這本新資料從急切一睹到擁有多份影本，筆者感到學術的盛情，超過一切。半年多以前，即著手按李榮序中提到的辦法，與「雅俗通」逐韻比較，在草擬本稿時比對完成的僅有數韻，其餘都是邊寫邊比較得來的印象，先把它寫成初探，作爲進一步研究的基礎，許多細節都無法在文中交待，可說掛一漏萬，那些遺漏的部分，希望在我的一系列閩南韻書研究中，逐步落實。本文主要確定此書屬於漳州音系韻書，並從音值的構擬方面，肯定此書在閩南語韻書中的價值。

(附記) 本文曾于民國七十八年四月廿九日在第七屆全國聲韻學研討會
　　　　上宣讀。從事閩南韻書探討，爲近三年之事，成績有限，謹以
　　　　此文爲景伊先師八十冥誕紀念，實有繼志承業，不忘其初之意。
　　　　七十八・十二・八・榮松補誌。

引用書目

渡江書十五音　編者不詳。李榮序。東京外國語大學亞非言語文化研究所出版，一九八七年

彙集雅俗通十五音　謝秀嵐編，高雄慶芳書局

增補彙音妙悟　黃謙編，台中瑞成書局，民五十九・十月

烏字十五音　壺麓主人序，台中瑞成書局，民六十二，十一月

潮語十五音　蔣儒林編，香港陳湘記書局發行（吳守禮教授出借）。

廈門音系　羅常培著，古亭書屋

彙音寶鑑　沈富進編，文藝學社總發行，民五十九，三月第十四版。

臺灣十五音辭典　黃有實編，民國庚戌年，斗六。

漢語方言概要（第二版）袁家驊，文字改革社，一九八三年。

福建漢語方言概況（上冊）（討論稿），福建省漢語方言概況編寫組等。一九六三年。

潮州方言　李永明著，中華書局，一九五九，四月。

綜合閩南、台灣語基本字典初稿（上）（下），吳守禮著，文史哲出版社，民七十五年。

台灣語の歷史的研究　王育德著　日本第一書局，一九八七年。

閩南語十五音之研究　李三榮撰，政大碩士論文，民五十八年。

閩南語文白系統的研究　楊秀芳著，台大博士論文，民七十一年。

八音定訣初步研究　李如龍撰，福建師大學學報，一九八一年。

彙音妙悟與古代泉州音　洪惟仁手稿，台灣省文獻會出版中。

閩南語與客家話之會通研究　陳永寶著，台中瑞成書局，民七十六年。

彙言妙悟之音系及其鼻化韻母　姚榮松撰，師大國文學報十七期，民七七年。

客語異讀音的來源

羅肇錦

一、前　言

　　方言字音異讀，包括文白異讀及四聲別義，這些不同的讀音往往反映出這個方言的歷史層次，甚而可以看出它的移民狀況。例如在廈門語中，「石」字，文言唸〔sik〕（如稱「王安石」），但在唸「石硯」時唸〔siaʔ〕，而口語中說「石頭」時唸〔tsioʔ〕，又如「席」字，文言讀〔sik〕（如「省主席」），但在「筵席」中讀〔siaʔ〕，而口語中說「席子」時唸〔tshio〕。很顯然的「石」「席」兩字有三種不同的讀音，極可能分屬於三個不同的歷史層次，游汝杰推測❶最底層是秦漢音（口語唸 tsioʔ，tshioʔ），其次是南朝音（兩字都讀成 siaʔ），第三層是唐宋音（文讀 sik）。其他如福州的「懸」字也有〔keiŋ²〕（表示「高」的意思）、〔heiŋ²〕（表示「吊」的意思）、〔hieŋ²〕（如唸「懸空」時用）三個不同讀法，可能也代表了三個不同的層次❷。

　　根據張光宇〈閩方言音韻層次的時代與地域〉一文的看法❸，認為閩方言的音韻，應該有四個層次：最早是古中原層，其次是古江東層，再其次是文讀層，最後是客贛方言層。其中「客贛方言層」的理由是，廈門音的文讀平仄皆不送氣，白讀音則有平仄皆不送氣，也有平仄皆送氣。這些白讀平仄皆送氣的（如洪洞）

現象，是屬於客贛方言的特徵。張先生推測的理由是從畬族漢化的過程來考慮，畬族的漢化第一階段是十世紀到十四世紀的「客家化」，十四世紀北遷到閩東、浙西、浙南的畬族，到今天還繼續使用近似客家的方言，而留在福建境內的畬族，可能就以客家話為底去說當地的閩南話。因此今天說閩語的人口中有些是漢畬子孫，所以閩客所共有而不見於其他方言的口語詞彙，不見得是遠古時代源於北方的成分，也有可能是漢化的畬族由客家話帶進閩南話。

　　以上兩個有關方言層次觀念的看法，促使我對客語文白、四聲別義、以及部份兩讀現象的語料，去做初步的整理。其中有十年前紀錄吳先生的詩經音❹，也有記錄教私塾的客籍前輩所讀四言雜字、三字經、七言雜字等語料，加上新近市面出版的大學中庸、三字經、昔時賢文的錄音帶的語料❺，經過比對後，挑出特殊的異讀字和四縣客語目前的語音，按聲韻調的次序整理成篇，當作本文分析時的依據：

二、客語（四縣）異讀資料

（一）聲　　母

		piuŋ˥	foŋ˥
p : f（放）	烏仔 放 佢飛	放 於利而行多怨
		pot˩	fat˩
（發）	額頭巷 發 瘌e	仁者以財 發 身

		punˉ	funˉ
	(糞)	擋 糞 肥田	錢財如 糞 土，仁義值千金
		punˊ	funˋ
	(分)	乞食同人 分	五 分 鐘熱度
		punˇ	funˊ
		者枝筆 分 用(給你用)	身無 分 文
		p'ukˇ	fukˉ
p' : f	(覆)	拿鹽鹵 覆 菜	易反易 覆 小人心
		p'uŋˉ	funˋ
	(縫)	牆有 縫，壁有耳	裁 縫 師父
		p'uŋˋ	funˊ
	(楓)	楓 樹蠻	楓 橋夜泊
		pauˉ p'uŋˉ	p'auˉ
p' : p	(爆)	衫褲 爆 線縫	爆 竹一聲除舊歲
		moˋ	vuˋ
m : v	(無)	無 日無夜	一人一般心，無錢堪買針
		moŋˋ	voŋˋ
	(亡)	幾多少年 亡	亡 人無以為室
		mi	viˉ
	(味)	真有 味 siˉ	食而不知其味
		miˋ	viˋ
	(微)	來如風雨，去似微臣	知微 之顯可以入德矣
		moŋˉ	voŋˉ
	(望)	頭 望 望恁好看	當時若不登高 望，誰信東流海樣深。
		voiˉ	fiˉ
f : v	(會)	真 會 做人	酒逢知己飲，詩向 會 人吟

		fa┐ 講 話盡會	va┐ 勸 話佢唔聽
k	： h（見）	kien┐ 唔 見 t'et（不見了）	hien┐ 不 見 而章，不動而變
k'	： k（強）	k'ioŋ┘ 強有 強 中手	kioŋ∨ 或勉 強 而行之
h	： k'（口）	heu∨ 食一 口 飯	k'ieu∨ 寧添一斗，莫添一 口
	（溪）	hai丿 易派易退山 溪 水	k'ie丿 溪 湖鎮
	（去）	hi┐ 來來 去去	ki┐ 相逢不飲空歸 去
h	： k（合）	hap┐ 兩儕 合 起來	kap┘ 富從升 合 起，貧由不算來
h	： k'（客）	hak┘ 今晡日請人 客	k'et┘　　ian∨ 道院迎仙 客，書房 隱 相 i」 儒
t	： t'（斷）	t'on丿 會拉 斷 截	ton┐ 無錢方 斷 酒，臨老始看經
	（但）	tan┐ 唔 但 係你佢也 共樣	t'an∨ 但 看三五日，相見不如 初
	（調）	tiau┐ 佢同倛 調 位子	t'iau┐ 賈生才 調 莫與倫
t	： ts（知）	ti丿 知 人知面不知心	tsï丿 此謂 知 本，此謂知之至也
		ti丿 近水 知 魚性，近山 識鳥音	tsï┐ 知 仁勇，三者天下之達 德也

			tat⌐		ts'it⌐
t	:	ts'(值)	駛過ke車e唔值錢	讀書須用意,一字 值 千金	

			tui⌐		ts'ui⌐
		(隊)	一 隊隊行過來	日月所照,霜露所 墜	

			tun↗	tsun↗	
t	:	ts(諄)	昔時賢文,誨汝 諄 諄	諄 諄告誡	

			tui↗		tsui↗
		(追)	走忒kiak↓ 追 唔到	一言既出駟馬難 追	

			t'ok⌐		ts'et⌐
t'	:	ts'(擇)	擇來 擇去擇到爛觚勺	誠之者 擇 善而固執之者也	

			t'oi↗		ts'ui↗
t'	:	ts'(推)	推 來推去	以反覆 推 明此章	

			tiau↗		niau↗
n	:	t(鳥)	一隻目珠打 鳥 仔	近水知魚性,近山識 鳥 音	

			nan⌐	lan↗	
n	:	l(懶)	懶 司人	懶人多屎尿	

			tsuŋ⌐		ts'uŋ⌐
ts	:	ts'(衆)	大 衆 爺	慈者所以使 衆 也	

			tsok	ts'ok⌐	
		(著)	著衫著 褲	著 到神經病	

			ts'ok˥		tsu⌐
			著 也唔著	撟其不善而 著 其善	

			ts'ok⌐		iok˥
ts'	:	φ(躍)	躍上 躍 下	鳶飛戾天,魚 躍 于淵	

			ts'un↗	sun⌐	
ts'	:	s(存)	畢業 存 到一年	其人 存 則政舉,人亡則政息	

		ts'uŋ」	sun↗　iuŋ」
	（從）	從　頭到尾	不思而得，從　容中道
		ok↓	vu˥ ok↓
φ : v	（惡）	惡　人惡命	如 惡　惡臭，如好好色
		im↘	van↘　in↘　ɲim」
φ : ɲ	（吟）	吟　詩作對	謝道蘊　，能　咏　吟

（二）　韻　母

		ts'it	ts'i˥
ï : it	（自）	大　自家共下來	自　作孽不可活
		pi˥	p'oi˥
i : oi	（倍）	兩　倍價錢	上恤孤，而民不　倍
		t'ai↗	t'i˥
i : ai	（弟）	做老　弟　人愛認分	小時是兄　弟，長大各鄉里
		ts'e」	ts'i」
i : e	（齊）	東西收　齊　來	欲治其國者先　齊　其家
		tsui」	ts'i」
		齊　莊中正足以有敬也	宋　齊　繼，梁陳承
		se˥	sï˥
e : ï	（事）	做　事人唔驚死	天下　事事事關心
		ti↗　ti」	tsï↗
i : ï	（知）	知　人　知面不知心	蓋人心之靈，莫不有　知
		i」	it˥
i : it	（易）	從儉入奢易	中不偏庸不易
		heu√	k'ieu√
eu : ieu	（口）	一　口　吞落去	良藥苦口　利於病

	kua√	k'ieu√
uai ： ua（蛙）	夾竹 蛙	蟾蜍青 蛙 ，黃蜂南蛇

	en」	in」
en ： in（鶯）	鶯 歌鵰	鶯 花猶怕春光老豈可敎人枉度春

	en「	in／
（應）	喊唔會 應	客來主不顧，應 恐是痴 in「 人。（應該）

	no√	nau「
o ： au（惱）	無頭腦無煩 惱	煩 惱 皆因强出頭。 nau／ （惱 人）

	ts'a／	ki／
a ： i（車）	坐 車	舟 車 所至，人力所通

	neu」	nuŋ」
eu ： uŋ（濃）	牛乳泡忒 濃	濃 霜偏打無根草

	miaŋ」	min」
iaŋ ： in（明）	明 年會轉運	明 月照溝渠

	miaŋ」	min」
（名）	有 名 無姓	身不失天下之顯 名

	k'iaŋ／	k'in／
（輕）	一頭重一頭 輕	朝衣 輕 裘，功服圓領

	ts'iaŋ／	ts'in」
（清）	過 清 明雨水多	清 風明月無人管

	iaŋ」	in」
（營）	營 長連長排長	惡習成禍，不 營 正業

	miaŋ「	min「
（命）	要錢無要 命	儀監于殷，峻 命 不易

	miaŋ「	man「
iaŋ ： an（命）	生死有 命 富貴在天	舉而不能先， 命 也（大學）

aŋ ： in（聽）	t'aŋ↗ 聽 人講古	t'in˥ 聽 訟吾猶人也
aŋ ： en（生）	saŋ↗ 鷄嫲 生 卵	sen↓ 庭前 生 瑞草，好事不如無
（更）	kaŋ↓ 三 更 半夜	ken˥ 屋漏 更 遭連夜雨
en ： mien（敏）	men↘ 手 敏 脚捷	mien↗ 彼女子，且聰 敏
en ： in（銘）	men↘ 自家 銘 清楚	min↓ 湯之盤 銘：苟日新，又日新，日日新
en ： ən（曾）	tsen↗ 姓 曾	ts'ən↓ 今月 曾 經照古人
im ： in（臨）	lim↓ 臨 時極急	i˥ 唯天下至聖，為能聰明睿 tsĩ˥ 智，足以有 lin↓ 臨 也
iam ： iap（謙）	k'iam↗ 做人當 謙	k'iap↓ 此之謂自 謙 ，故君子慎其獨也。
in ： ien（傾）	ts'in↘ 頭 傾 傾	ts'ien↘ 故栽者培之， 傾 者覆之
on ： ien（乾）	kon↗ 晒蘿蔔 乾	k'ien↓ 天地一 乾 坤
on ： an（罕）	han↘ 罕 得看戲	han↘ 米穀稀 罕 ，蕃薯豆芋
an ： ien（泉）	ts'ien↓ 山肚涼 泉 水	ts'an↓ 蘇老 泉 ，二十七，始發憤
aŋ ： an（胖）	p'o↓ p'aŋ˥ 浮 浮 胖 胖	p'an˥ 富潤屋，德潤身，心廣體 胖

		iuŋ˩	iu˩
iuŋ	： iu（魷）	魷 魚	魷 魚鷄鴨，滋味絕佳
			suŋ˥
iuŋ	： uŋ（從）	從小到大	不思而得，從 容中道
		set˩	sit˩
it	： et（息）	息 嫲（玄孫）	息 事寧人
		sat˥	sït˥
ït	： at（蝕）	蝕 掉兩斤	日月虧日 蝕
		tat˥	tsʼït˥
	（值）	唔 值 錢	人生多少興亡事，不 值 青山一笑看
		pot˩	fat˩
at	： ot（發）	老人 發 病	有心栽花花不 發
		sat˩　　sap˩	sai˥
at	： ai（殺）	殺 人唔眨 眼	親親之 殺
		sot˩	soi˥
at	： oi（說）	說 者有理	逞干戈尚游 說
		soi˥	siut˩
oi	： iut（帥）	全國統 帥	堯舜 帥 天下以仁
		miet˥	met˥
et	： iet（滅）	全部消 滅	梁 滅 之，國乃改
		pʼiet˥	pʼet˥
	（別）	送君千里終須一 別	寓褒貶，別 善惡
		kiet˩	ket˩
	（革）	革 命工作	鞄土 革
		ok˩	vu˥ ok˩
ok	： u（惡）	面目惡 tsʼok˩	民之所 惡 惡 之
		hak˩	kʼet˩
et	： ak（客）	人生是過 客	客 舍似家家似寄

	kak˩ kak˩	kiet˩ vut˥
iet：ak（格）	畫 格 子 格 開 來	致 知 在 格　物
	ka˥	kiet˩
iet：a（假）	放 假	奏 假 無 言
	tsuk	tsiuk˩
iuk：uk（足）	打 足 球	其 為 父 子 兄 弟　足　法
	t'u˥ t'u˥	kiet˩　t'ok˥
ok：u（度）	三 十 度。（ 度	神 之　格 思，不 可　度
	小 人）	思
	tsok˩ fu˥	tsu˥
（著）	無 著 衫 褲	著 作 等 身
	ts'ok˥	ts'ok˥
	歸 身 著 火	有 著 有 唔 著
	ts'ok˩	ts'u˩
（措）	各 種 措 施	有 弗 學，學 之 弗 能 弗　措　也
	ts'o˥	ts'ok˩
ok：o（錯）	用 心 計 較 般 般 錯	譬 如 四 時 之　錯 行
	iok˥	iuk˥
iok：iuk（浴）	浴　堂 洗 身	浴　血 大 戰
	ts'iak˩	ts'iuk˩
iuk：iak（刺）	刺　字	刺　一 針

㈢　聲　調

	p'i˩ p'i˩	pi˥　p'i˥
˩：˥（被）	蓋 被 （ 被 骨）	人 善 被 人 欺，馬 善 被
		人 騎
	k'iun˩	k'iun˥
（近）	歇 當　近	虎 生 猶 可　近　，人 熟 不
		堪 親

		tsioŋˋ		tsioŋˉ
	(將)	將　來		國亂思良　將，家貧思賢妻
		tsioŋ」		tsioŋ」
		將　心比心(變調)		將　就
			samˋ	samˇ
	(參)	去時終須去，再　三　留不住		三　思而行，再斯可矣
		sioŋˋ		sioŋˉ
	(相)	不打不　相　識		凡人不貌　相，海水不可
				lioŋ」
				斗　量
		vaŋ」		vaŋˉ
」：ˉ	(橫)	人無　橫　財不富		橫　下去（倒下去）
		lioŋ」		lioŋˉ
	(量)	貧窮不必枉思　量		做人要有　量　度
		haŋˉ		hen」
	(行)	行東　行　西		言顧　行，行顧言
		kauˇ		kauˉ
ˇ：ˉ	(較)	比　較		萬事不由人計　較
		tsʼuˇ		tsʼuˉ
	(處)	處　罰		點塔七層不如暗　處　一燈
		ienˇ		ienˉ
	(遠)	來到　遠　位		去纏　遠　色，賤貨而貴德
		auˇ		auˉ
	(拗)	上山　拗　蕨		早訂契約免致　拗　數「好
				auˉ
				拗)
		sienˋ		
ˋ：ˇ	(鮮)	水　鮮　無魚捉		是故好而知其惡，惡而知
				sienˇ
				其美者，天下　鮮　矣

	ts'oŋ√	tsoŋ√
」：√（長）	有 長 就有短	弟者所以事 長 也
ㄱ：」（飼）	ts'i ㄱ 飼 人食飯（動詞）	ts'ï」 飼 料
（難）	nanㄱ ts'im」 遭 難 莫尋 親	nan」 巧婦 難 為無米之炊
（爲）	vi」 vi」 人 為財死鳥 為食亡	viㄱ 箇因落籜方成竹，魚 為奔波始化龍
（爲）	vi」 vi」 為 人有作 為	viㄱ 因 為
（王）	voŋㄱ voŋ」 追 王大 王王季	voŋㄱ 王 天下有三重焉
（好）	hoㄱ 妻子 好合，如鼓瑟琴	hauㄱ ho√ 民之所 好 好 之
ㄱ：√（透）	t'euㄱ 寫 透 暗睸	t'eu√ 出去 透 氣
ㄱ：ㄥ（動）	tuŋㄱ 運 動 會	t'eŋㄥ t'uŋㄥ 地 動 （地震）， 動手動腳
（濫）	lamㄥ 濫 狗屎（罵人語）	lamㄱ 君子固窮，小人窮斯 濫矣

三、異讀的來源

四縣客語異讀的現象，至少有文白異讀，以及四聲別義兩大類，也有一些特別的異讀，不易找出它的來源，先行列出加以分析，並推究它的來由：

射 口語：用樹乳 ne 射 人。（用橡皮筋射人）
                     sa⌐

    文讀：在彼無惡，在此無 射 。（中庸二十九）
                       tu⌐

    異讀：神之格思，不可 度 思，矧 可 射 思(詩大雅抑)
                 tók⌐ in it⌐

歲 口語：幾多 歲 數
            sei⌐

    文讀：唐劉晏，方七 歲（三字經）
                sui⌐

    異讀：萬 歲 萬萬歲
         soi⌐

從 口語：從 細噭到大。（從小哭到大）
       ts'uŋ⌐

    文讀：其所令反其所好，而民不 從 。（大學）
                  ts'iuŋ⌐

    異讀：生活 it 從 容。（經濟不錯）
          suŋ⌐

參 口語：參 分天下
       sam⌐

文讀：可以贊天地之化育，則可以與天地　參　矣。
ts'am」

（中庸）

異讀：人　參　貂皮烏拉草。（特殊名稱）
sem↗

宜　口語：買便　宜　東西
n̩i」

文讀：宜兄宜弟而后可以教國人。（大學）
i」

異讀：宜　蘭縣。（縣名）
ni」

「射」有〔sa˥〕〔tu˥〕〔it˥〕三種唸法，其中 tu˥（射）是《中庸》引《詩經周頌振鷺》改「斁」爲「射」，音丁故反，厭惡之意。從《中庸》通假「射」爲「斁」可以知道，「射」字在上古應該唸 d̯u˥。而 it˥（射）這個音，後代注家用直音法注成「弋」或「亦」，中古爲入聲字，後人依中古的唸法，讀成〔it˥〕，而上古音去入通押，所以有唸 tu˥有唸 it。至於唸 sa˥是廣韻之後的唸法，船母禡韻在客語應讀 sa˥，可見「射」的三個異讀是由 tu→it→sa，分別代表兩漢，唐宋，現代三層次的音讀。

「歲」有〔se˥〕〔sui˥〕〔soi˥〕三種讀法，文讀的 sui˥與今天的官話一致，是後起的音，soi 是中古 -ai 所變成的❻，與「睡、妹、脆、稅」同一個層次，韻母都念 oi，se 應該是上古音 -ie 演變而成❼，所以「歲」字韻母次序是 ei→oi→ui 這樣的層次。

「從」有〔ts'uŋ」〕〔ts'iuŋ」〕〔suŋ↗〕三種讀法，查「從」是從母鍾韻，唸 ts'iuŋ」是很合理的（「從」是濁聲母 dz，到客

語變送氣清音 ts'- ，而且是三等字，故唸 -iuŋ，全濁的平聲變陽平，四縣唸低平調」），至於唸 ts'uŋˋ 是受官話影響而丟掉了介音 i （國語鍾韻都唸 -uŋ 不唸 -iuŋ），所以是最後起的字音。唸 suŋˋ 是另外一種讀法，「從容」的「從」七恭切，清母鍾韻，客語走向唸 suŋˋ（清母故陰平）。但不管如何，ts'iuŋ」、ts'uŋ」、suŋˋ 三個唸法都沒有超過中古，只不過 ts'iuŋ」和 suŋˋ 比 ts'uŋ早是可以肯定的。他的演變次序應該是：

$$_c dz iuŋ \rightarrow _c ts'iuŋ \begin{cases} ts'iuŋ」 \\ ts'uŋ」 \end{cases} \qquad _c ts'uŋ \rightarrow _c suŋ \rightarrow suŋˋ$$

「參」倉含切是清母覃韻，中古應唸 _c ts'am，客語今天唸 ts'am 保存很完整的中古音。而「參」蘇甘切，是心母談韻，本來就唸 _c sam，後期把「參」用來代大寫的「三」是中古音以後的事，而客語並沒有用 ts'amˋ 代替 samˋ，所以「參」與「三」的唸法有別，北平話則變成 ts'anˉ 和 sanˉ。「人參」的「參」是早期保留下來的異讀字，是生母侵韻（所今切），中古是 ʃiəm 平聲，今海陸唸 ʃ- 正合於中古生母，四縣沒有舌尖面混合音，統統變舌尖擦音 s-，韻母也變成 em，所以唸 semˋ。這三種讀法各地方言都存在，是本來就保留下來的異讀字，與客語的層次無關。

「宜」有〔n̡i〕〕〔i〕〕〔ni」〕三種唸法。如果客家話保存完整的唐宋音，那麼「宜」就應該唸 n̡i」才對，因為「宜」字在廣韻是魚羈切，止攝開口三等平聲支韻疑母。然而，客家有唸 i」的情形，很清楚的是受官話影響（官話疑母 ŋ- 大都消失變成無聲母，如「五、研、疑、玉……」，所以「宜」也唸成 iˋ）。唸

〔ni」〕是爲了區分專有名詞與其他詞而加上舌尖鼻音，這種加n-或不加 n- 與國語「牛擬」加 n- 情形一樣，在陽平調前用次濁聲母加以辨識。可是 ȵi」，i」，ni」三種讀法中 ȵi」是最早，其次是 i」和 ni」：

꜀ȵi → ȵi」＜ i」 / ni」

以上「射」「歲」「從」「參」「宜」五個字的異讀，有的有層次的存在（射、歲、從、宜），有的沒有（參），有的超過中古（射讀 tu˥），有的中古以後（從宜）。有的異讀是早期保持到現在，國語與各方言都有異讀現象（如參），雖然看不出層次，但仍可以找出它們的關係。總之，凡是有異讀的地方都有它異讀的理由，不是任意發展而成的。下面就依照所蒐集的異讀資料做較大範籌的來源分析：

㈠ 聲母異讀的來源

1. 唇　音

從資料顯示，客家話的白話音中，保有許多中古之前的聲母，也就是說「古無輕唇」的現象，在客家話中到處可見──如 p′ioŋ˩˧（紡），p′uŋ˧˥（蜂），puk˩（腹），p′u」（符），p′o˧˥（浮），p′o」（浮），p′i（肥），p′iok˦（蹼），p′it˥（蝠），p′u˩˧（脯），moŋ˥（望），mioŋ˩˧（網），mun˧˥（蚊），pi˧˥（飛）……等都是。它們文白的區別就在文言用唇齒擦音 f f′ v v（非敷奉微）❽，白話大都用雙唇擦音 pp′ p′ m（幫滂並明）❾，

對比如下：

白　話　　　　　　文　言

p-：pioŋ┐（放）pot┘（發）　f-：foŋ┐（放）fat┘（發）
　　pun┐（糞）pun╱（分）　　　fun┐（糞）fun╱（分）
　　puk┘（腹）pi╱（飛）　　　　fuk┘（腹）fi┘（飛）

p'-：p'uk┘（覆）p'uŋ┐（縫）　f-：fuk┘（覆）fuŋ┘（縫）
　　p'uŋ┘（楓）p'o┘（浮）　　　　fuŋ┘（楓）feu┘（浮）

m-：mo┘（無）moŋ┘（亡）　v-：vu┘（無）voŋ┘（亡）
　　mi┐（味）mi┘（微）　　　　vi┐（味）vi┘（微）

※v-：voi┐（會）voi┐（話）　f-：fi┐（會）fa┐（話）❿

這種現象今天的廣州話〈微〉母念m-（微mei，文man，物mat），潮州話、廈門話（非敷奉）唸p-（飛pue，肥pui），也都保有這種現象，是超越《切韻》的語音。

在中古初期❶，非敷奉微尚未從幫系字分化出來，但已經有了分化的傾向，而且《切韻》的反切，非系字一律不用幫系做反切上字，反而幫系字偶兒會用非系字為反切上字，可見非系獨出，已略見其端。敦煌發現的守溫字母殘卷，唇音也只有「不芳並明」四母，可見當時輕唇還沒有從重唇區分開來，不過至少在宋初（十世紀至十一世紀）輕唇已經很完整，否則鄭樵（宋人）的《七音略》不會按三十六字母排列。依照客家話保有許多重唇音來推斷，它的語音現象可以上推至切韻或切韻以前，而《切韻》所代表的是從分不從合的的分韻辦法，結果都還沒有把輕唇與重唇分開，可見客家語音現象，應在切韻之前，〈羅香林〉對客家源流

考，所提出「客家人南遷，始於東晉懷帝永嘉五年（西元三一一年）劉曜攻陷洛陽，居住在陝西、山西、直隸、山東、河南、安徽的居民大舉南遷避難，號曰渡江，又曰衣冠南渡，一般平民則成群奔竄號曰流入，其中最多的是向荊州南徙，沿漢水流域，逐漸進入洞庭湖流域，遠者進入廣西西部。而并州、司州、豫州的流人則多南徙於今日安徽及河南、湖北、江西、江蘇一帶，其後又沿鄱陽湖及贛江而至今日贛南及閩邊諸地。」⓬，羅氏的說法（1933），到現在都沒有強有力的證據加以改寫，如果我們依照輕重唇分化的現象來推斷，羅氏的說法不但無法推翻，反而是替他的推斷做更有力的印證。因為《切韻》序作於隋仁壽元年（607 A.D.），如果語音兩百年一變，或者語音改變的醞釀期約兩百年，那麼客家話可以從《切韻》上推兩百年，正是五胡亂華之際（400-500 A.D.）。有人認為贛客方言屬同支的方言，可是贛語中（如南昌話）完全沒有保留非系字唸重唇的現象，相反的在贛南的客語都保有非系唸重唇的現象（如瑞金語）⓭，可見從「非系字唸重唇」看，贛客是不能算同支方言，應該是與客語對等的大方言，另外橋本萬太郎（Hashimoto，1973）的「客語次濁部分上聲字讀成陰平」❹，何大安（1987）在〈論贛方言〉時也指出「一二等韻的分別」中，贛語是效攝沒有分別，客語是咸攝沒有分別，兩個走向差別很大⓯，更清楚可以看出贛客的差別。

2. 舌 音

客家話的舌音與唇音一樣，保留了不少超過《切韻》時代的語音現象，那就是「古無舌上」的推斷問題，從前面異讀資料可

以知道，客語中有「知、琢、中、值、啄、蜘、涿、諄、追……」
等字保留了舌頭音(t-)，而且有的文白有別：

白話	文言
t-: ti⁄（知）	ts-: tsï⁄ （知）
tat⌐（值）	ts'ït （值）
tun⁄（諄）	tsun⁄ （諄）
tui⁄（追）	tsui⁄ （追）
tuŋ⁄（中）	tsuŋ⁄ （中）
t'-: t'ok⌐（擇）	ts-: tśet⌐ （擇）

　　錢大昕的「古無舌上」說，在今天的方言裡還保留很多，尤
其閩南及閩北語「如廈門話的 ti⌐（豬）、tioŋ⌐（中）、tin⌐（珍）
與福州話的 ty⌐（豬）、toeyŋ⁄（中）、tiŋ⌐（珍）」更爲完整。
知系從端系分化出來，大約在晚唐，其分化條件是在介音 i, iu
前面的端系字顎化成 ȶ ȶ' ȡ ȵ（仍屬舌音），後來（大約十四世
紀）知系才由舌音轉入齒音，變成「知照合流」**❻**。客家話保有
少數知系唸舌頭音（t-），正可以推斷其語音一定在晚唐之前，而
且是知系字尙未顎化之前。

　　另外從資料表中看不出有 n-ȵ- 文白的差別，正好可以說明
日母字中古前可能是 ȵ，所以日母，疑母三等、娘母在客語大都
唸 ȵ-，與泥母分別開來，就沒有文白的問題，後來日母字再由
舌音變齒音（由 ȵ 變 ʐ），韻圖把它和來母放在一起，可見〈來
日〉兩母性質相近，來是半舌，日是半齒，邊音接近塞音，齒音
屬於擦音，所以中古日母應該帶有擦音成分，王力擬成〔ȵʑ〕**❼**

客語今天日母字有的唸 ŋ- 保存切韻前的現象，有的唸 φ，是 ŋ- 消失的結果。至於「懶」唸 nan」又唸 lan」，可能是 n，l 混用，也可能是文白的殘餘，而「鳥」唸 niou╱和 tiau╱，是很多地方的現象，鳥本爲端母，有的方音避諱而唸 n-，客語中並不避，但借用北方文讀唸 n-，也就有了 niau╱ 這個音了。

3. 齒　音

齒音中比較特殊的是送氣與送氣的差別，如 tsuŋ┐（衆）與 ts'uŋ┐（衆），本來中古是清音不送氣，客語也應該是不送氣的 ts-，由於客語其他字如「著」可唸 ts'ok ┤又可唸 tsok」，而且中古濁音的走向客語正好跟閩語相反⓲，所以很容易把送氣與不送氣混用了（如把 ts'uŋ┐（重）說成 tsuŋ┐，ts'ï┐（治）說成 tsï┐，ts'ï╲（始）說成 sï╲）。前面舌音中「斷、旦、調」的送氣不送氣之別也是受官話音影響所致。

「躍」有 ts'- 和 φ- 兩種聲母，「躍」是以母字，應該是唸 iok┤才對，唸 ts'ok ┤表示「跳高起來」意思的音可能另有其字。

4. 牙　音

「見」「強」有 k/h，k'/k的不同，這是早期的破讀字，今北平話也有 tɕien╲與 ɕien╲，tɕiaŋ╱與 tɕiaŋ╲兩種唸法。

「口」「溪」「去」溪母字，一、二、四等客語都唸 k'-(如苦、口、康、空……)，三等字都唸 h-（知去、丘、虛……）爲主，但分別並不嚴謹，常有混讀狀況，所以「苦」可以唸 k'u╲（味道），也可以唸 fu╲（貧困）；「口」可以唸 k'ieu╲，也可

以唸 heu∨。反之「去」可以唸 kʻi⌐ 也可以唸 hi⌐，這些 h- 或
kʻ- 都是中古就有的現象。

「合」唸 hap⌐和 kap」，在客語中是兩個系統音的代表，一
個是唸 h-，一個唸 k-，譬如 hap⌐（盒）是匣母系統，而 kap」
（鴿）、kap」（洽）、kap」（袷）、kʻap」（恰），都是見母系統，
所當容量單位的「合」唸 kap」，而當聚合意思的「合」則唸 hap⌐。

5. 喉 音

已在牙音一併說明，從略。

㈡ 韻母的來源

韻母的文白比較明顯的是 i/oi，i/ai，e/i，en/in，iaŋ/in，
aŋ/en，et/iet，ak/iet 八組。

〔i〕與〔oi〕：蟹攝字在客語，幫系聲母大都唸 -i，只有少
數並奉明母字唸 -oi（如倍、賠、妹、吠），但端系聲母大部分
唸 -ui，少部分唸 -oi（如堆、腿、喙、脆、歲、吹、灰、會、煨），
這些唸 -oi 的字只有幫端見三系（見系如概、溉、凱、害……等）
出現，也只有在蟹攝才有，甚至只有客語才有❿，這些字音也中
古所無，可見這個音 -oi 如果不是中古以上就是別處借來，據羅
美珍所記的「甘棠話」（畬族所說客家話）有許多 -oi 韻字，如
hoi³（海），tʻoi（代），ˀoi⁴（愛），soi¹（猜），loi²（來），
thoi¹（胎），toi¹（戴），這些蟹攝開口一等字，客家音有的不
唸 -oi（如猜戴唸 -ai），其餘都與畬族客家話相同⓴。又潮安畬
話也有 tsʻoi⊣（荣）㉑，博羅畬語也有 -ɔi，如 thɔi⁴（平）㉒，

再依據毛宗武、蒙朝吉所著《畬語簡志》，儼然有ɔ，ɔi，ɔn，ɔŋ，ɔk等韻母，如「瓮」唸ɔi¹，「鴨子」唸ɔi⁶，「改」唸kɔi⁵❷，很清楚可以知道客家話的 -oi 是從畬語借來（或受畬語影響）而產生的另一個地域層次的語音。

〔i〕與〔ai〕：蟹攝一四等字在端母有唸ai，i，oi 三種，-oi的來源前面已經說過，至於〔i〕和〔ai〕是東南方言常有的現象，如「睇」廣州話唸 thai(看)，「梯」廈門話叫 thai(梯)，可能是客語受粵閩語的影響，袁家驊所記客家語「弟」仍唸 t'i，可能是未受影響的地區。

〔i〕與〔e〕唸 ts'i」（齊）專以指國名及讀書音，口語都用 -e，保存中古之前 *-ie的韻母❷，由於舌尖前的 ts'-（從母 dz- 所清化），而省去了介音 i 變成 -e，同韻的「鷄、街」等字，因爲聲母是舌根音 k-，故仍唸 kieˊ，可見 ts'e」（齊）這個白話音是《切韻》以前，甚或可上溯至東漢南北朝這一段的語音。其他如「事」可唸 siˉ」與 seˉ，「世」可唸 siˉ」與 seˉ，「勢」可唸 siˉ」與 seˉ，都是同樣的道理。

〔en〕與〔in〕，〔iaŋ〕與〔in〕，〔aŋ〕與〔en〕，在客家文白兩讀最完整的就是梗攝三四等字，這類字在閩語文白兩讀非常整齊而又對立❷，而客家語則口語爲 -ŋ 文讀爲 -n，且白話的元音低文言元音高（如 e/i，a/i，a/e），然梗攝字中古清一色是收舌根ᵃ尾 -ŋ，北平話也都保持 -ŋ韻尾，因此客語白話保留 -aŋ 是合理的現象，但文讀音變 -n 既不是官話的特徵，也不是客語內部規律所可以解釋，更不是中古音或超過中古及畬族語所能解答，比較有可能是「梅縣一帶的讀書音受鄰近方言的影響」但鄰近的

閩語並沒有梗攝唸 -n 的現象，甚至廣州話也不唸 -n，唯一可搭上線的是四縣，永定東北的漳平（閩語區）音，梗攝三四等字與客語極相似也讀成 -n。現在把客語這類字文白列出再與漳平、廈門、福州、潮陽的文讀（張 1987 所稱第四層次）做比較：

	梅縣(白)	梅縣(文)	廈 門	潮 陽	漳 平	福 州
頂	tan_{31}	tin_{31}	$tiŋ_{51}$	$teŋ_{53}$	tin_{31}	$tiŋ_{33}$
青	$ts'ian_{24}$	$ts'in_{24}$	$ts'iŋ_{55}$	$ts'eŋ_{33}$	$ts'in_{34}$	$ts'iŋ_{55}$
名	$mian_{11}$	min_{11}	$biŋ_{24}$	$meŋ_{55}$	bin_{11}	$miŋ_{51}$
輕	$k'ian_{24}$	$k'in_{24}$	$k'iŋ_{55}$	$k'eŋ_{33}$	$k'in_{24}$	$k'iŋ_{55}$
平	$p'ian_{11}$	$p'in_{11}$	$piŋ_{24}$	$p'eŋ_{55}$	$p'in_{11}$	$piŋ_{51}$
成	san_{11}	$sɛn_{11}$	$siŋ_{24}$	$seŋ_{55}$	sin_{11}	$siŋ_{51}$

　　從表上看〈漳平〉的文讀與四縣的文讀非常一致，從聲調及濁聲母的走向論 [26]，漳平應屬客家話系統，那麼前所找到的線索就完全錯誤，但是漳平有濁聲母（如 bin_{11}），有很多鼻化音（如第三層的「星」唸 $tsĩ_{24}$，「姓」唸 $sĩ_{31}$）又應為閩語現象，而更有可能漳平是閩音，文讀時受客家影響所致，這是非常棘手難定的推測。不過不管客語梗攝三四等文讀音是如何形成，至少這些現象在客語很明顯，也很完整，甚而連遠至四川華陽涼水井客家話 [27] 都有此現象，下面把梗攝三四等字抽樣臚列出來：

	明	輕	迎	頸	省
白話	miaŋ 」	k'iaŋ ╱	ȵiaŋ 」	kiaŋ ╲	saŋ ╲
文言	min 」	k'in ╱	in 」	kin ╲	sen ╲

	命	營	庭	聽	整
白話	miaŋ˥	iaŋ˩	t'aŋ˩	t'aŋ˧	tsaŋ˦
文言	min˥	in˩	t'in˩	t'in˧	tsən˦

〔et〕與〔iet〕：客語的「滅」「別」是薛韻三等字，「格」是陌韻二等字，它們本來就分開合口兩類，開口的後來變成miet˥（滅），p'iet˥（別），kiet˩（格），合口的就變成met˥（滅），p'et˥（別），kak˩（格），後來介音u消失，為了區分文白讀法，就以-iet來當口語，以-et和-ak為文讀音了。

(三) 聲調異讀來源

聲調異讀的形成，在中國語言歷史上，最常發生的是因為詞性的不同，或意義的分歧而聲調改變，但也有少部分是因文白之別而變調的，下面分為詞性不同、詞義分歧、文白差異三類加以說明：

(1) 詞性不同

將	tsioŋ˧ 來 （副詞）		飼	ts'ï˩ 料 （名詞）
	大 tsioŋ˥ （名詞）			ts'i˥ 飯 （動詞）
相	sioŋ˧ 打 （副詞）		為	因 vi˥ （副詞）
	宰 sioŋ˥ （名詞）			作 vi˩ （名詞）
橫	vaŋ˩ 財 （形容）		王	大 voŋ˩ （名詞）
	vaŋ˥ 下去 （動詞）			voŋ˥ 天下 （動詞）

量　思 lioŋ˩　（動詞）　　　好　hoˇ合　　（副詞）

　　lioŋ˥度　（名詞）　　　　　hau˥事　（形容）

行　haŋ˩路　（動詞）　　　　透　t'euˇ氣　（動詞）

　　言顧hen˥　（名詞）　　　　　t'eu˥暗　（副詞）

較　比 kauˇ　（副詞）　　　　動　運 t'uŋ˥　（名詞）

　　計 kau˥　（動詞）　　　　　　地 t'uŋˊ　（動詞）

處　ts'uˇ罰　（動詞）　　　近　k'iun˥來　（副詞）

　　暗 ts'u˥　（名詞）　　　　　當 k'iunˊ　（形容）

(2)　詞義分歧

拗　auˇ斷　（折）　　　　　濫　當 lamˊ　（差勁）

　　au˥事　（爭論）　　　　　　lam˥泥　（爛碎）

(3)　文白差異

被　蓋 p'iˊ　（蓋棉被）

　　p'iˊ骨　（棉被）

　　p'i˥人欺 （客語被動用 punˊ不用「被」）

四、結　語

　　客語異讀的現象，從現有資料看，以文白之別居多，其次是
四聲別義（破讀），再次是詞義改變的特殊唸法。就前幾章所做的
分析，客語的文白音中包含了好幾個時期的音，有超過《切韻》
音系的口語特色，也有合於《切韻》音系的中古音，更有從畲語

（傜語一支）而來的特殊音，以及受官話影響的讀書音，當然也有不得其解的語音（如梗攝三四等唸 -n 尾的文讀音）。下面就把這些異讀字依保存語音特徵的先後，分成四個來源：

年　　代	異讀來源	異　讀　特　徵
↓ 400 A.D.	切韻之前 （第一層）	「射」文讀爲 tuㄱ 「歲」唸 seㄱ，「齊」唸 ts'e」 「放，發，糞，腹，飛，覆，楓，無，味」唸重唇音（p-） 「知，值，中，追，擇」唸舌頭音（t-）
400 A.D. ↓ 1000 A.D.	切韻時代 （第二層）	「合」唸 hapㄱ 又唸 kapㄱ 「射」唸 itㄱ，「宜」唸 ȵi」 「別，滅」有 -et 或 -iet 兩種韻 「見去口溪」有 h/k' 兩母
1000 A.D. ↓ 1400 A.D.	畬族漢化 （第三層）	「幫端見」母的蟹攝韻 -oi（堆，倍）
1400 A.D. ↓	中原音韻後 （第四層）	「鳥」唸 niouˋ 「重治始斷旦」唸不送氣和送氣混淆 「梗」攝文讀音唸 -n 尾 「從」母有〔ts'iuŋ〕〔ts'uŋ〕〔suŋ〕三個讀法

附　　註

❶　參見游汝杰周振鶴著《方言與中國文化》1986．頁 49 ～ 53。

❷　同前書頁 51。

❸　張光宇《閩方言音韻層次的時代與地域》1988．手稿本頁 19 ～ 20。

❹　只記到齊風猗嗟而吳科龍老先生已作古。

❺　黃煥階錄音編製 包括大學、中庸、三字經、增廣昔時賢文，1989年。

❻　-ai 與 -oi 的關係見韻母異讀來源〔i〕與〔oi〕的說明。

❼　〔se〕的來源見韻母異讀來源〔i〕與〔e〕。

❽　本來「非敷奉微」中古音應該是 f f′v m̩，但微（m-）也變 v-故只有 f f′v v。

❾　本來「幫滂並明」中古音應該是 p p′b m̩，但並（b-）母都變成送氣清音 p′-，所以寫成 p p′p′m。

❿　「會」「話」是匣母字，但它們的文白現象與母字相同故一併列出。

⓫　指《切韻》時代，六世紀時。

⓬　參見羅香林《客家研究導論》第二章頁 37 ～ 76。

⓭　見拙作《瑞金方言》第四章〈音韻比較〉頁 87 ～ 88。

⓮　見橋本萬太郎《The Hakka Dialect》1973。

⓯　見何大安《論贛方言》1987．頁 8。

⓰　官話（如北平話）照系知系都唸 tʂ-。

⓱　說參見王力《漢語語音的系統性及其發展規律性》關於舌音的討論。

⓲　中古濁聲客語變送氣清音，如 di → ts′ï（池），閩語變不送氣清音，如 di → ti（池）。

⓳　客語更有 -ioi 韻字，也屬蟹攝字，這是漢語方言中唯一的一個韻，客語中也只有一個字 k′ioi（瘵），表示疲憊的意思，考見《客家風雲》三期 1987，12 月〈客家話探源〉。

⓴　見羅美珍《畬族所說的客家語》韻母比較甘棠話部分的例證。並見施聯朱主編《畬族研究論文集》頁 323。

㉑ 參見黃家敎李新魁《潮安客語話槪述》韻母方面云「畬話對古咍韻字多讀爲〔oi〕，如榮〔ts'oi⊣〕。

㉒ 參見毛宗武蒙朝吉《博羅畬語槪述》韻母說明。

㉓ 《畬語簡志》1986 。另在《瑤族語言志》毛宗武蒙朝吉鄭宗澤三人合編 1981 ，所附詞滙亦有 -oi 韻，如勉語的「海」字唸 k'o:i³，to:i³（碓），ko:i³（改）。

㉔ 參用王力《漢語語音史》十章歷代語音發展的擬測。

㉕ 參見張光宇《從閩語看切韻三四等的對立》國文學報十六期頁 255～269 。

㉖ 四縣聲調陰平 ⼁$_{24}$ ，陽平 」$_{11}$，上聲 ⌄$_{31}$，去聲 ⌐$_{55}$，陰入 」$_{21}$，陽入 ⌐$_5$，漳平的文讀音聲調與四縣一致。中古濁母字「平」客語爲送氣淸音唸 p'in$_{11}$，漳平也唸 p'in$_{11}$，與福州、廈門唸 piŋ$_{51}$，piŋ$_{24}$ 的走向完全不同。

㉗ 參見董同龢《四川華陽涼水井客話記音》1947 。

論《客法大辭典》之客語音系

林英津

一、引　言

　　《客法大辭典（Dictionnaice Chinois-Français, Dialect HAC-KA，以下簡稱《辭典》）》爲本世紀初，由在汕頭地區傳教的雷却利（Rey, Charles, Missionnaire apostoliguc de SWATOW）所編纂的客語辭典；一九二六年由巴黎外方傳教會刊行於香港（imprimerie de la Société des Missions-Étr-angères, HONGKONG 1926）。這本辭典相當詳盡的收錄了當時通行於嘉應州的客語，因此是了解較早期粵東地區客語的重要文獻。本文將根據全書的記音，分析音韻系統，並檢討其中的音韻特質。我認爲這樣的討論，對了解現在的客語也有一定的益處。欲了解活的語言，文獻記錄固然不如實地記音來得直接；語言本身既是相續不斷的變遷，任何實地記音轉瞬依舊無聲❶；文獻記錄的閱讀與研究，對語言研究的意義是很明白的。

二、聲韵調位的描述

　　首先爲能充分掌握《辭典》的音韻內容，本節將全書的單字音節加以整理，求出其中聲韻調的個數，及三者的大致關係。至於如何將羅馬字轉寫成寬式國際音標，以便系統化的分析音韻結構，也將循序有所說明。

㈠　聲　調

　　標寫聲調，《辭典》用了六個符號（頁 XII ）：

　　　⑴上平　　夫　　foũ
　　　⑵下平　　湖　　foû
　　　⑶上聲　　虎　　foù
　　　⑷去聲　　父　　foú
　　　⑸上入　　復　　fŏuͨ
　　　⑹下入　　福　　foûc

標寫調號，既無法表示實際的音高值，上述字例有如閩南語的「八音呼法」，應爲客語區分單字調的「讀書」傳統。我們可以確信舒聲字實有四類可資區辨的相對音高；上入、下入的音高也確實有別。不過實際的讀法究竟如何掌握，作者強調得向「本地人」個別學習；並指稱同一個字往往各地讀法不一致，特別是上聲和去聲❷。

　1.　上聲和去聲

　　對於以非聲調語言爲母語的人，學習辨認漢語的聲調，自然

比較困難；倒非全是作者主觀的印象。客語聲調的複雜，主要有
兩方面：㈠從共時音韵看，次方言間的調值與調類每有差異❸。
這個現象其實是漢語方言一般性的事實，不獨客語爲然。但是㈡
從歷史比較音韵看，古上、去聲的分合與歸屬，則確乎是一個令
人困惑的問題。我們現在都知道，現代漢語方言調類的分合與古
聲母的清濁密切相關；演化的大勢可簡括爲如下三個主要的原則：
㈠古四聲各依聲母清濁分陰陽調，㈡濁上歸去，㈢濁上歸陰平。
其中㈢濁上歸陰平，主要是指客語次濁上聲字一部分讀入陰平調
❹。《辭典》所記，上、去聲不分陰陽調，大致上全濁上聲入去，
次濁上聲入陰平。可也有不少字的讀法不能據此預測，特別是清
去聲字的讀法。以下是隨手檢得的字例：

上：清：轉 tchoǹ, tchoń, tchoǹg. 姐 tsē, tsià, tśiā。
　　濁：在 hoī, tśaī, tśái, tsōi。巨 kì。跪 kóuì。
　　　　窘 Kioûn。菌 Kioûn。簿 póū。杖 tchóǹg／丈
　　　　tchóńg。柱 tchóū。
　　次濁：擬 gnì。走 laò。領 leaṅg, leaṅg, yaṅg。
　　　　李 lì。燎 liaó。柳 lioù。腦 naò／惱 naō。
　　　　鈕 neoiȼ。惹 niā, niâ, niá。染 niań。壤
　　　　yoṅg。
去：清：懈 haì, haí。計 kê, ké, kí。慨 kóì。溉 kói。
　　　　誆 hôṅg, kóuoṅg。賽 soī, soí。悵 tchóǹg。暢
　　　　tchóṅg。頓 touǹ　touń。慰 vì, vouì。蔚 vì,

voùi 。

濁：患 faṁ, faṁ。懼 kî 。話 fá, vò, vó, voē 。

次濁：謬meoù 。貿meoù, miaò。悶mouǹ。訝ngā。

　　　妄mong̀, vong̀ 。

由於作者曾於「引言（ observations ）」提稱；他不是爲書面語
編字典；書中所引用的書面語句，非記讀書音而爲口語的記錄。
因此「母記成moū，而非moù；皿記成mēn，而非mèn」。顯
然作者知有讀書音與口語音的不同；但是他記錄的是實際言談的
語音，以應宣教的需要。明乎此，當我們細讀《辭典》，對其中
不合一般條例的聲調標寫，包括一字兩讀以上的記錄，就不能皆
以例外視之，而必須接受爲客語的語言事實❺。

　　2.　入聲的上、下分讀

　　然而最不能以常例推斷的，莫過於作者引爲字例的上入「復/
foǔc」：下入「福 / foûc 」了。按廣韵「福 / 方六切」，房幫
（非）母；「復 / 房六切」屬並（奉）母。若依上平、下平的辦
法，清聲母的「福」當作上入，濁聲母的「復」當作下入。不過
我相信作者的提法，乃是忠實於報導人的，入聲分讀兩調，未必
全依聲母清濁而定。可看下列字例：

<table>
<tr><td colspan="2">清</td><td>濁 / 次濁</td></tr>
<tr><td>choǔc</td><td>屬（tchoûc）</td><td>贖孰塾熟（sioûc）</td></tr>
<tr><td>choûc</td><td>叔菽倏修俶</td><td>淑</td></tr>
</table>

foŭc	複	伏復服茯馥菔祓匐
foûc	覆 (póŭc) 幅 (poûc) 福輻	
	蝠畐鰒堛	
hioûc	畜 (tchóûs) 蓄旭勖	
hŏc		學
hôc	縠 (Ќôc) 熇 (Ќôc)	嚳嘐
kioŭc		局(kioŭc) 逐(tchioŭc)
Ќioŭc	鋦梮	局踘偈
Ќioûc	曲齿菊匊掬鵴麴	
kôc	覺角梢捔埆珏	
Ќôc	嚳愨确㲉	
koŭc	谷穀梏 (kóŭc)	鵠
koŭc	牿	
kóûc	酷 (koŭc)	
kóûc	哭嚳	
lioŭc		錄籙綠菉逯戮劉稑
lioŭc		六陸浴 (yoŭc,yŏc)
loŭc		鹿漉簏麓轆
loûc		碌稑摝螰
moŭc		牧睦目 (moûc)穆沐
moûc		目木霂柒罞
ngŏc		岳嶽驚
nioŭc		玉獄褥
nioûc		肉

noŭc		忸鈕
noûc		恧
pôc	剝駁	
pŏc		雹
pŏc	扑撲樸朴墣曝瀑襮	撲
poŭc	卜蹼蝮腹幅	
poŭc	覆璞	僕
poûc	醭	幞
sioŭc		俗續藚
sioûc	宿宿潚凤佩翻粟剗慄	熟
sôc	朔 (chôc)稍槊槊 (siôc)	
soûc	縮蹜謖肅速倸敕橄邀倸	
tchôc	蹴 (tsoûc)趣(tsôc)	
tchoûc	祝粥柷噣燭蠋厮嫡竺筑竹	屬蜀襡牘
tchoŭc	蠢	濁逐舳軸磟
tchoûc	觸束畜	躅
tôc	斲琢椓諑	
toŭc	啄涿篤褧	
toûc		毒獨讀瀆黷牘遺犢牘
		讟髑殰匵韇
tsioûs	足	
tsôc	桌卓倬捉逴趠踔	捉
tsŏc		鑿
tsôc	妮蹴姝	擢濯

tsóûc	簇蔟鏃嗾	族
tsóûc	促蹙槭蹴顣	
vôc	握（voût）渥幄喔偓沃	
	（yáo）鋈	
voûc	屋	
yŏc		浴
yoûc		欲慾浴辱蓐縟褥溽
yoûc		育鬻儥蕎螢煜昱燠郁
		奠腴噢彧

如上，收／-k／尾的入聲字雖分讀二調，欲從古聲母的清濁預測，卻全無條理❼。這種情形，不應該是記音偶誤，更不能以「例外」解釋。由於作者的「漢學」知識雖然極爲廣博，卻未必是「小學」的專家；我毋寧更相信，他是忠實的記錄當時的客語；而沒有套用《廣韻》、或同系韻書，重新修飾他的記音。因此我們才能從他的記錄，看到客語音韻的特質——這個特質與我們一向所了解的，漢語從中古到近現代方言演變的大勢異趣。我認爲這一點，對充實漢語音韻史的內容，應有重要的意義（參看黃，1988）。

(二) 聲 母

《辭典》所記客語聲母，除「零聲母」字外，共使用了廿三個符號：

表　一

p	p′	m	f	v
t	t′	n		ℓ
		gn		
k	k′	ng	h	
ts/tz	tś/ts		s	
tch/tj	tcń/tch		ch	
				Y

這些聲母當中，表示唇音、舌尖音、舌根音、喉音及清擦音 S 等符號，如同國際音標的寫法，音值亦可和現在的客語相印證。其餘的 ts/tz, tś/ts, tch/tj, tcń/tch, gn，Y 則需要解釋。

1.　舌面擦音 j

可先看「Y」。客語一般而言是沒有「撮口呼」的；而法語讀「Y，Ya，Yo，You，Yong」作 i ， ja，jɔ，ju，jɔ̃g。另外作者在「發音說明」中，有這麼一段話「啞音的 e 會讀成 i ；i 則或多或少會顎化，如同 Y，直到變成 ji」。他又舉例：

en yen ien 讀如法語　ennemi, moyenne

on yon ion 讀如法語　bonheur, Bayonnc ❽

據此可推知，《辭典》的「Y-」，應用以表示介音 /i/ 或舌面擦音 / j /；而作為舌面擦音 j，可能更近於語言的事實。也就是

說，「Y」應是不折不扣的聲母。只有在單獨出現時，這些字包括❾：

$$\bar{Y}：以\quad 衣\quad 醫\quad 與\quad 於……$$
$$\hat{Y}：如\quad 而\quad 移\quad 餘\quad 與……$$
$$\grave{Y}：雨\quad 宇\quad 羽\quad 依\quad 椅……$$
$$\acute{Y}：意\quad 易\quad 異\quad 預\quad 裕……$$

「Y」有可能讀作零聲母的 / i /；不過更可能讀成 / ji /。《辭典》中無以「i」起首的音節；反之，除了上引「Y」之外，尚有「Ym，Yn，Yp，Yt」等音節，應與「-im，in，ip，it」等韻的意義有別。因此下文將「Y」寫成 j-。至若「Y」音韻地位的確認，實牽涉《辭典》對韻母的標寫方式，可詳下文音節結構的討論。

2. 舌面鼻音 ɲ

其次看「gn」。法語的「gn」，一般讀或 / ɲ /，如：

gnaf　　　/ɲaf/　鞋匠
gagner　　/gaɲe/ 賺得
ligne　　　/liɲ/　線

因此《辭典》的「gn」也應該用以表示舌面鼻音。這個舌面鼻音只結合有前、高元音的韻母，而與舌根鼻音「ng」形成分配互補

（詳下文），可作／ŋ／的變體音位處理。下文將「gn」寫成
ȵ‑，但不認其爲獨立音位。另外舌根鼻音直接寫成ŋ‑，下文成
音節的舌根鼻音、韵尾同。

　　《辭典》收入舌面鼻音的字極有限，大致是：

gneoù ：偶　耦　藕

gnět ：月　熱

gnêt ：孽

gnî ：愚　隅　（你）　霓　疑 (nî)　儀　虞(ng)

gnì ：耳　餘　圍　擬

gnî́ ：御　禦　二　議　遇　寓　詣　義　藝　毅

gnīa ：（你的）

gniái ：艾

gnî̂n ：人

gnín ：認

gnioû ：魚 (ng)

gnioù ：女 (ng̀)

gnip ：入

gnit ：日

另外收入「nî̄」的「語」又讀「gnî̄」，「蟻」又讀「gnî̄、
gní，gnié，gniái」。　這些字大部分來自古疑母，小部分來自
古日母；除了「疑、語、蟻」又讀舌尖鼻音聲母之外，ȵ‑與n‑
是分讀不混的。此可比較袁（ 1960 ）所記梅縣話，有小部分古

泥（娘）母字，如你、尿、娘、年、粘、念，讀舌面鼻音 ȵ-
（或 ɲ-）。除了「你」之外，各字《辭典》都讀舌尖鼻音 n-；
而作爲人稱代詞的「你」或「你的」，我不認爲可逕視之古泥
（娘）母字。若再比較楊（1957）所記臺灣的海陸、四縣話，
其入舌面鼻音者衆；除了「壬、吟」《辭典》讀「Yn̂」、「研」
《辭典》讀「ngań ngañ」之外，其餘諸字《辭典》均讀舌尖鼻
音、結合有「i」的細音韻母。這個現象可能是饒富意義的：三、
五十年的代差，也許還不夠肯定一則音韻變化的完成；我們或可
預測未來客語齊齒韻的舌尖鼻音聲母字，絕大多數都將讀成舌面
鼻音。

3. 塞擦音和擦音

由法語「ch」讀舌面擦音 /ʃ/，因此可以推知《辭典》
的「tch, tch́, ch」聲母，可以直接轉寫成 /tʃ, tʃ́, ʃ/。我
們也確知客語有部分方言，區分古章，知三，莊，精四系聲母爲
兩類；而《辭典》收入「tch, tch́, ch」聲母的，多是古章、知
三兩系字。現在的問題是「ts/tz, tś/ts, tch/tj, tch́/tch」
究竟表示什麼語音訊息？作者在「發音說明」中明言：

> 由於客家各地方音的不一致，欲使拼寫的方式儘可能精確
> 的表達讀音，是很難決定的。客語方言的分歧，充分顯露
> 在本書所記的 tje：tche 和 tze：tse。事實上 tche 只是
> tje 的送氣音；同樣的，tse 也只是 tze 的送氣音。有人
> 可能寫成 tche：tché，而不寫 tje 和 tche；寫成 tse：

tsé ，而不寫 tze 和 tse 。

另外他在「 tche 」處加了一小段按語（頁 945 ）：

總之，tche 只是 tje 的送氣音；在別處以 tchi 代替 tche

和以 tchi 代替 tje 。

簡單的說，只有逢「 e 」韻母時，作者才刻意的以「 tj 」表示
／ tʃ ／；這時原來不送氣的「 tch 」，反作送氣解。又以「 tz」
表示／ ts ／，而「 ts 」表示送氣的／ tś ／。 事實上《辭典》
只有「 tje：tche 」，沒有第三套「 tche 」；只有「 tze：tse」
而沒有「 tśe 」；並且也沒有「 tchi ; tchi 」 ❿ 。總之，從歸
音位的觀點看，「 tj 、 tz 」根本可以取消，不會造成《辭典》
分類收字的困難。這個情形在表五可以看得很清楚。

不過作者此一舉措，從別的角度看，也不全是「多此一舉」。
可看下列字例：

tché：賿

　　　鴟雎胵

　　　痄癥笞

　　　蚩嗤媸

　　　齝

　　　馳

　　　粍

tjē ：知(tī) 蜘

　　　支鳷枝 (kī) 厄肢榰

　　　脂

　　　之芝

　　　屍（骯髒、邅邅）

tchê：池跐麂趄
　　　遲蚔墀坻低
　　　持
　　　匙 (chê)
　　　鷈 (tī)
　　　胝
　　　劂（切割、宰殺）

tchè：侈姼誃恀哆　　　　tjè：紙軹呮
　　　耻褫　　　　　　　　　觜
　　　齒　　　　　　　　　　旨指
　　　弛豸　　　　　　　　　止時沚芷址趾
　　　褫　　　　　　　　　　峙 (chè) 恃
　　　芷　　　　　　　　　　疢
　　　始
　　　羕
　　　箬噬

tché：雉　　　　　　　　　tjé：智
　　　痔　　　　　　　　　　寘忮孴觶
　　　治稚　　　　　　　　　致質(tchît)慣摤懥輊
　　　嘗翅　　　　　　　　　緻摯
　　　試　　　　　　　　　　至鷙贄懥
　　　溢噬　　　　　　　　　置
　　　嚏 (tí)　　　　　　　　志誌痣
　　　豸　　　　　　　　　　跮

熾幟饎糦

制製

夕

繫（tchîp）

tsē ：雌

　　　差（tśā, tśaī）

　　　初（tśō）嚛

　　　芻

　　　慈

　　　粗（tśō）麤

　　　雛嫣穟

tze ：資咨諮姿齎（tsī）粢齏

　　　滋嵫鎡兹孜孖孳蒜

　　　輜錙緇錙淄

　　　蛆（tsī）苴

　　　租（tchoŭ）

　　　蒩疽

　　　疵

　　　趄

　　　疽蛆趑睢狙

　　　祖

　　　伹

　　　咀

　　　齟

　　　皆

　　　覰

　　　毗

tsê ：骫齜

　　　茨瓷磁

　　　鶿

　　　鋤（tśô, tśiô）耡

辭祠詞

tsè ：此佌玭泚　　　　tzè ：紫訾呰疵

　　　楚(tśò,tchóù)礎(tc-　　　　子仔秄梓
　　　hóù)憷

　　　扷　　　　　　　　阻(tsò,tchoù)俎

　　　　　　　　　　　　祖組

　　　　　　　　　　　　詛阻

tsé ：刺(tśioûc)朿莿庛栽　tzé ：恣

　　　次伙　　　　　　　劀

　　　自　　　　　　　　沮

　　　廁(tśá)　　　　　瀆(tśi)

　　　牸

　　　偮

　　　助(tśó)

　　　醋措(tchóú)

　　　胙祚阼

上述字例，大體符合前述章、知、莊、精四系兩分的條例；但也
記錄了相當多聲、韵、調不合一般常例的讀法。有些字可能由於
罕用，報導人遂因偏旁類推，如「胝／tchê」，可能因「蚳抵
低」類推而來，「扷／tsè」可能因「此佌玭泚」類推而來。
「疽蛆趄雎狙，徂，咀，齟」可能因「蛆苴／tze）而同讀不送
氣音。而「繫」也可能因「鷖瞖」類推，故一讀「tjé」。至於
「嗾」一讀「tché」，也許只是擬聲詞，「嗾」因音義可通，

遂借爲「本字」❶。其他不煩瑣碎一一細說。事實是很明顯的——
——從聲母上看「 tch：tj ； ts：tz 」完全沒有區別音位的意義
——既然多出「 tj、tz 」兩類聲母，只是爲了精確表達各地不
一致的讀音，這種儘量求其分的作法，豈非與《切韻》的「南北
是非」血脈相通？從韵母看亦復如此，那些分讀「 tje，tche，
tze，tse 」的字， 少數來自古遇蟹兩攝的字不計❷，對於絕大
多數來自古止攝的字，似乎多出一個與「 e，i 」相對的「 e 」
韵母，也是儘量求其分的結果（可參看表五）。此外一字多音的
登錄，尤其酷似《切韵》的又音又切。換言之，《辭典》直如小
規模的《切韵》現代版；這一點應該能提醒我們更貼切的體認
「切韵音系」的意義。

　　另一方面，上述討論雖然取消了「 tj，tz 」兩個聲母；乃就
歸音位的立場看問題。就語言的事實而言，只要是可資辨識的語
音訊息，都是重要而且需予標識的❸。唯其如此，我們才能有機
會眞正體認客語豐富的語言內容；而不是人爲的，但求與中古音
系合轍。

　　4.　小　結

　　根據以上的討論，可將《辭典》的聲母改寫如下：

表　　二

唇　　音	p	p'	m	f	v
舌尖音	t	t'	n		ℓ
舌尖前音	ts	ts'	s		

舌面音	tʃ	tʃʻ (ɲ)	ʃ	j
舌根音	k	kʻ	ŋ	h
零聲母	∅			

結果與楊（1957）所記臺灣的海陸客語幾乎完全一樣。這是很自然的，《辭典》本來就以兼包各地方音爲編纂旨趣之一。不過次方言之間的差異，也不能單看音位數的雷同；還得深入看聲韻配合的關係，及音類與語位間的照應。這一點本文雖不擬一一舉例比較，細心的讀者當可自前文的敍述中，看出這一層意思。

㈢ 韻 母

　　《辭典》用以標寫韻母的七十個符號，除了兩個成音節的鼻音「mg，ng」之外，按照韻頭、韻尾的有無，及其性質，可列成表三：

表 三

e	e/e̊	a	o	ao	eou	ai	oi	oe̊
i		ia	io	iao	iou	iai	ioi	
ou	oue̊	oua	ouo		oui	ouai		
em	am		et	an	on			
im	iam	in	ien	ian	ion	ioun		
		oun	ouen	ouan	ouon			
eang	eong	ang	ong	oung				
		iang	iong	ioung				

ouang　ouong

ep　ap　　　　et　　at　　ot　　　　ac　oc

ip　iap　　it　　iet　　　　　　　　iout iac ioc iouc

out　　ouet　ouat　　　　ouc ouoc

作者對韻母的拼寫，曾有簡單的說明，根據他的說明，有助於我們較具體的掌握韻母元音的音值。不過有部分韻母的地位，則需考察收字用例才能確認。以下分項說明之。

1. 元音「e，e/e·」

根據作者的說明，「e」在字尾的時候，總是讀成啞音，如同法語的「je, me」。則其音值當爲偏央的高元音；配合對現代客語的了解，可以寫成 /ï/。作者又說字尾加點的「e·」，讀如法語的「aimé」，因此當作 /e/。至若音節間的「e」，總是讀開口音，故其實際音值當近於 /ε/；由於 e、ε 並無最小對比，只用一個 e 就夠了。下文將「e」寫成 /ï/，將「e/e·」寫成 /e/；故「oe·」寫成 /oe/、「oue·」寫成 /ue/（合口介音詳下文說明）。

《辭典》的 oe 與 oi 幾乎是互補的，只有聲母 f 之後，兩者都能出現，計收下列六字：

foē　：灰恢詼魺

foî　：回（ fî, fouî ）

fói　：噲（ voé· ）

計入聲調的話，又是互補的關係；而且「foî, fói」又分別均有
異讀。此外《辭典》的「oe˙」韻母尚收有下列各字：

choe˙：稅睡悅

moê˙：梅腜縻 (mî) 媒煤霉酶塺玫苺鋂枚禖

moe˙：妹沬 (mî) 眛

ngoê˙：呆 (ngoê˙, ngó ngà, ngá)

ngoé˙：外礙閡

poe˙：背 (poé˙, pí, pôi)

voê˙：煨鍡話 (fá, vá, vó) 猥碨隈溾偎

voé˙：噲

整個看來，「oe˙」是口語中用得極頻繁的韻母。其音值可能與
「oi」相近；或者本即同一音位的變體。但是「oe˙」更貼近地道
客語的「音色」，而被作者刻意記錄下來的。

又 e 作韻頭，只出現在「eang，eong」兩個韻母，而且只結
合邊音聲母；收字如下：

leang ：領嶺

leańg ：領 (yańg)

leoñg ：兩

leôñg ：良涼量糧梁梁茛踉輬悢綜

leoǹg ：兩輛倆緉魎

leoŋ́g ：量諒亮喨魎倞晾諒痕

由於《辭典》的「 iang，iong 」適無邊音聲母的字，顯然「ea-ng，eong」只是「 iang，iong 」在邊音聲母之後的變體❹。

　　大致上，e 作韻頭、韻尾，其音韻地位可逕視爲 i 的變體。但在實際言談中，／ e ／應是客語語感的特質之一，這種精細的辨音是《辭典》的特色，也是記音必要的考慮。

2.　合口韻母

　　上列合口韻的「 ou 」，實際上均可寫成／ u ／。《辭典》的標寫方式如同法語的拼字法，法語讀「ou」作／ u ／；當其後接其他元音時，讀／ w ／。換言之，《辭典》不分別主要元音的／ u ／和半元音的／ w ／。由於 u、w 沒有對比，下文將「ou」一律改寫成／ u ／。進一步說，從結構系統上看，介音性的 /u/分佈的地方其實受到相當大的限制；下文聲韻配合的關係中，將會繼續討論。

　　《辭典》的／ ue ／實際上只有一個字：「誆／ kouê: 鬼叫kouê　kouê 響❺」，應屬擬聲詞。與此相關的是「 ouen，ouet」兩個韻母，《辭典》收字如下：

　　　kouēn：扃
　　　kouên：誆
　　　kouèn：肱亙迵烱泂烱詗烱耿夐
　　　kouět：摑嗝 (kouêt) 胱 (kouaŋ)
　　　kouět：國

從共時音韻看，kuen、kuet 可作 ken，ket 的變體看待；雖然

ken, ket 分別另有收字。若印證楊（1957）「國／kuet」,袁
（1960）「互耿／kuen；國／kuet」,則應確認客語實有 ku-
en, kuet 兩個音節❿。當然這個問題又牽涉到介音性的／u／
在客語的音韻地位；連同其餘合口諸韻,下文將會有所說明。

3. 韻母「iai, ioi, ion, iout」

韻母「iai」只結合 k, ȵ 兩個聲母,《辭典》收字如下：

kiaī : 皆揩楷鶺階街 (kē)

kiaì : 解 (kiái, kè)

kiaí : 介疥价玠蚧緐界 (kaí) 解痳魪屆芥 (kaí) 戒誡疥犗
      悈砎

gniái: 乂 (ngái, gní, 意資質出眾) 刈 (ngai, gní) 艾 (gné)

關於這個韻母的意義,楊（1957：12）曾指出：

> 海陸話,街解介,有文白兩讀,文讀 iai,白讀 ai 韻。四
> 縣只有 iai 韻一讀。

袁（1960：150～151）則說：

> iai 是梅縣特有的韻母,來自「皆」「佳」（蟹開二）牙
> 音字。這些字在大埔都讀 ai , 例如"阶""解"梅縣
> kiai˥ kiai˩, 大埔 kai˧, kai˩。

《辭典》所錄牙音字也有讀「ai」韻的：

kai͞ : 雞 (kē) 絃 (kē)

kai͞ : 個 (kaî, kê, ké)

kái͞ : 搣

ngaî : 涯我 (ngoê) 厓睚唲

ngaí : 搋 (aī) 那 (ngó)

在未能深入瞭解客語各次方言之間 iai/ai 兩個韻母，確實的照應關係之前，不宜作進一步的推斷；但很顯然的，《辭典》兼容並包的意義，再一次從小地方彰顯出來了。

　　《辭典》的「ioi」韻母，只收一個讀舌根音的「駓 /kíoí」意「劣馬，疲倦的」。按廣韻「駓」兩見，一入咍韵，意「駑馬」，與「臺、擡」為同音字；一入海韵，意「疲也、鈍也」，與「怠、待」為同音字。語意雖合，但《辭典》「臺、擡」讀「tóî」；「怠、待」讀「taí」。可見「駓」只因語意可通，借為本字而已❶。由用例看：

行駓 / haṅg kíoí

歆駓 / kái͞ kioí

唔知駓 / mĝ tī kíoí

肚屎駓 / toù chè kíoí

駓踱踱 / kíoí toč toč

駓繞繞 / kíoí niaó niaó

顯然口語中實有 kioi 這個音節，而且是地道口語。

　　「ion, iout」兩個韻母也有相似的意思。「ion」只結合
n，tś 兩個聲母，收字如下：

> nioñ：軟壖蠕孺懦
> tśioñ：吮 (tśión)
> tśioǹ：觬（專指鴨或鵝的啄食）
> tśión：旋（sieñ/人或動物毛髮上的記號）

其中「軟」自然是口語中使用頻率極高的語位；《辭典》的廿九
個用例中，只有一則是從《聖教四牌》摘得的句子。「觬」廣韻
不收，相關的有「舐」字，不當讀「tśioǹ」；廣韻收入仙、線
兩韻的「旋」，則應讀如「sieñ」。「軟、吮」按理似不當有 i
介音，與「軟」相關諸字，《辭典》多讀「on」韻母；與「吮」
相關諸字則多讀入「oun」韻母。至若「iout」只和 k 聲母相
配，僅收字如下：

> kioût：曲（kioûc 又屈 kioût）屈掘（koǔt）詘崛倔尾

由「倔」一讀「koǔt」可以透露，這個韻母實可和「out」合
併。

　　以上「iai, ioi, ion, iout」四個韻母，有一個共通處—
相對於「ai, oi, on, out」四韻，i 介音的有無，是不是也可
以表示客語語音的特質之一？

4. 複元音

經過上述的說明與調整，《辭典》所標寫的客語韻母元音，只有 / ao ⑱、eu / 是複元音、 / iao / 是韻頭加複元音。其餘都是以單元音爲主要元音，加上韻頭或韻尾的組合。將 ao 、 eu 分別寫成單元音也未嘗不可；但現在已不能單憑紙面材料予以確定，法語的讀法也不能提供有用的線索。單從平面音韻看，ao、eu 是與 ï e i u a o 明確對立的韻母。若論歷史來源，ao 主要來自古效攝字， eu 則主要是古流攝字。但古流攝字今讀不都是 eu ⑲，可看下列流攝平聲字的今讀：

袞 p̕iaō

紑 feaû		浮 feoû	謀 meoû
彪 piaō		滮 piaō	繆 meoû
兜 teoū	偷 téoū	頭 téoû	獳 moú
輈 tchoū/	抽 tchóū/	傳 tchóû	
tchioū	tchíoū		
鉤 keoū	彄 k̕eoû		
鳩 keoū	丘 k̕ioū	求 k̕iou	牛 nioû/nieoû
樛 keoū		虯 k̕ioû	
緅 tseoū		緅 tseoū	
鄒 tseoū	搊 tséoū	愁 seoû	搜 seoû
周 tchou/	犨 tchóû/		收 choū/	讎 choû/
tchioū	tchíoū		chioū	chioû

揪 tsioū	秋 tśioū	遒 tśioû	修 sioū/ siou	囚 sioû
謳 eoū	鉤 keoū/ kóú	猴 heoû		
優 yoû	休 hioū		尤 yoū	
幽 yoû	烋 haō		由 yoû	
樓 leoû				
留 lioû	柔 yoû			
鏐 lioû				

一攝之字今讀不止一個韻母，本極自然之事。不過流攝三等字或讀 eu、或讀 iao、或讀 u、或讀 iu，不免令人疑惑。特別是章系字一讀 u 又讀 iu，章系字的異讀並不互見，而 tʃ- 系聲母《辭典》向不結合 i 介音。另外莊精二系聲同韻不同的現象，也頗堪玩味 ❷。

5. 小 結

總結本節的討論，可以得出《辭典》所記，客語有 ɿ e i u a o 六個單元音，ao、eu 兩個複元音，i u 兩個介音；一個元音韻尾 i，六個輔音韻尾 -m -n -ŋ -p -t -k；及兩個或音節的鼻音 m̩ ŋ̩。此外韻母方面還有些問題，需從聲韻配合的關係才能看得明白，留待下節討論。茲將表三依據上文的說明，改寫成表四。

表四：一陰聲韵

開	ï	a	o	ao		ai	oi
		e			eu		*oe
齊	ï	ia	io	iao	iu	*iai	*ioi
合	u	*ue	ua	uo		ui	uai

表四：二陽聲韵

開	m̩	am		an	on		ŋ̩	aŋ	oŋ
		em		en ien	ian *ion iun			*eaŋ	*eoŋ
齊	im	iam	in					iaŋ ioŋ iuŋ	
合			un	*uen uan uon				uŋ uaŋ uoŋ	

表四：三入聲韵

開	ap		at ot			ak ok
	ep		et iet			
齊	ip iap	it		*iut	iak iok iuk	
合		ut	*uet uat		uk	uok

成音的鼻音：m̩ ŋ̩

上文已指出 oe：oi 互補，eaŋ：iaŋ、eoŋ：ioŋ 也分別互補的關係，表中仍不予刪除；同樣的 iai、ioi、ue、ion、uen、iut、uet 諸韵也予保留，只別以 * 號。雖然從系統上看，這幾個韵母似不必作爲獨立的音位看待；實際言談却是存在的，而且使用的頻率不低，不宜但從較抽象的系統層次，便否定其實存的意義。又凡舌根塞音韵尾《辭典》原作「c」，表四一律改

表五：一陰聲韻

ï　e　i　u　a　o　ao　ai　oi　œ　eu　iu　ia　io　iao　iai　ioi　ue　ui　ua　ɤo　uai

p

pʻ

m

f

v

t

tʻ

n

l

k

kʻ

ŋ

(ȵ)

h

(tȥ)

tȿ

tsʻ

s

(tj)

tʃ

tʃʻ

ʃ

j

ø

表五：二陽聲韵

表五：三入聲韻

	ap	ep	ip	iap	et	at	ot	it	iet	*iut	ut	*uet	uat	ak	ok	iuk	iak	ick	uk	uck
p					⌢	⌣		⌢ ⌣			⌢			⌢	⌢				⌢	
p′					⌣	⌣		⌢	⌣		⌢			⌢	⌢		⌢	⌢	⌣	
m					⌣	⌣					⌢			⌢	⌢				⌢	
f	⌢				⌣			⌣			⌢			⌢	⌢					
v					⌢						⌢			⌢	⌢					
t	⌣	⌢		⌢	⌢		⌣	⌣			⌣			⌣	⌣		⌢		⌢	⌢
t′	⌢			⌣	⌢	⌢	⌣	⌢	⌢		⌢			⌣	⌢				⌣	
n	⌣		⌢		⌣	⌢								⌢	⌢	⌣	⌣	⌣	⌢	
l	⌣	⌢	⌣	⌣	⌣	⌢		⌢			⌣			⌢	⌣	⌣	⌣	⌣	⌢	
k	⌣	⌢	⌢		⌢	⌢		⌢	⌢		⌢			⌢	⌢	⌢	⌢	⌢	⌢	
k′	⌣	⌢	⌣	⌣	⌢	⌢		⌢	⌣		⌢			⌣	⌢	⌣	⌢	⌣	⌢	
ŋ	⌢					⌣										⌣				
(ʔ)			⌣	⌣		⌢			⌢											
h	⌣			⌢	⌣	⌣	⌢	⌢			⌢				⌢	⌢	⌣	⌢		
(tz)																				
tʃ/ts	⌢	⌢		⌢	⌢	⌢		⌢			⌢			⌢	⌢	⌢	⌢	⌢		
ts′	⌢	⌢		⌣	⌣	⌢		⌢			⌢			⌢	⌣	⌢	⌢	⌢	⌢	
s	⌢	⌢		⌣		⌢	⌢	⌢			⌢			⌢	⌣		⌢			
(tj)																				
tʃ/ts	⌢		⌢			⌢	⌢	⌢						⌢	⌢				⌢	
tʃ′					⌣	⌢		⌣			⌢								⌣	
ʃ	⌣	⌣	⌣		⌣	⌢		⌣												
j	⌣	⌢			⌣	⌣		⌢			⌣			⌣	⌣		⌣		⌢	
ø	⌢	⌢		⌣										⌢	⌢					

寫成／-k／。

三、音節結構

　　本節將《辭典》所錄客語音節結構圖示，是爲表五。有一點需先爲說明的是，《辭典》於每字下常收有「又音」，體現的應該是次方言的語音差異。「又音」不一定「互見」，沒有「互見」的「又音」除了舌面音的 tʃu 又讀 tʃiu 自成一系列之外，大致是個別的，均不予列入表五。

　　表五可以完整的看到客語聲韻調組合的關係。表中的缺漏（gop）很少是偶然的，幾乎都屬結構上的限制。有些是一般性的，如 ï 不與 ts-，tʃ 系以外的聲母結合；唇音聲母幾乎從不結合帶 -m、-p 韻尾的韻母……等，不一一細述。結構上的限制可資討論者有三：㈠合口介音的性質，㈡韻頭 i 與㈢ i 聲母的關係。

㈠ 合口介音

　　表五至爲顯然的缺漏是，合口韻除了以 u 爲主要元音之外，其餘 ua、uo、uai、uan、uon、uaŋ、uoŋ、uot、uok 諸韻母，只結合 k-、k̑- 兩個聲母。這幾乎是所有客語文獻都一致的現象❹。《客英大辭典》根本沒有帶 u 介音的韻母，而有 kw-、kw- 聲母。Sagart 1982 記粉嶺崇謙堂客語，也沒有任何帶 u 介音的韻母，只提到有語音性的 kʷ-（66～68）。因此，我們有理由相信，《辭典》所記的合口介音，實際上可能是舌根聲母的

一個附屬性質。換言之，舌根聲母與合口介音的組合形式，如果不是語音性的 kʷ-，如粉嶺崇謙堂客語；就是系統中應該考慮增加 kw、ḱw- 兩個聲母。這裡不妨看看袁家驊對梅縣客語的說明（1960-150）：

> 客家話實際上可以說沒有韻頭 -u-，合口呼韻母……只能與聲母 k-，ḱ- 配合。相拼時韻頭實際上不是圓唇元音，而是唇齒摩擦音 v，如"瓜"kva˧，"快"ḱvai˩。其實如果在聲母系統中增加 kv，ḱv 兩個聲母，這一套帶韻頭 -u- 的韻母就都可以取消韻頭，而歸入相關的開口韻…。因為 -u- 和 -v- 不構成對立，這裡一律寫作 -u-。

我認為《辭典》的合口介音也可以如此詮釋。唯有一個例外，就是《辭典》實記有：

Voûon：渾（foûn）

Vouòn：碗腕

Vouón：換（foń）

不過這個例外，似乎可以用來說明 u 介音正是語音性的、聲母的附屬性質❷。而音節結構適缺 / von /。因此若整個取消有合口介音諸韻，增加兩個舌根聲母，在音韻系統上並不會有困難。

㈡ 韻頭 i 與 j 聲母的關係

　　表五另一個較大的缺漏，出現在齊齒各韻。iai、ioi、ion、iut 四韻上文已分別有所討論外，其餘各韻都有或多或少的缺漏。其中當然也有些實屬一般性的結構限制，如 i 不結合 tʃ- 系聲母；也有些可從歷史來源得到解釋，如 iao 來自古效攝三等，其不結合 f-、v-、ŋ-（ɲ-）和 tʃ- 系聲母，是本來就字少或根本有音無字。不過作者曾自言「i 或多或少會顎化，如同 Y，直到有時候變成 ji」（前引文　）。事實上法語拼字法的 i，也有讀成 / j / 的，如：

　　　　mateviel / materjɛ / 物資、設備
　　　　curiosité / kyrjozite / 好奇
　　　　identifiable / idãtifjabl / 可鑒別的

另外作者自言（前引文）：

　　　　Yen、ien 讀如法語 moyenne
　　　　Yon、ion 讀如法語 Bayonne

但實際上《辭典》沒有「Yen、Yon」的標寫法；而「ien」既不配「Y」也不結合零聲母。因此我們有理由相信，在《辭典》的標寫法中，「i」實兼具 j 與 i 的雙重性質。雖然不易單就紙面材料離析清楚，由《辭典》的標寫方式，是可以見出一些跡象的。

(一) a、o、ao、ai、oi、am、an、aŋ、oŋ、ap、at、ak、ok 諸韻母可結合 j 聲母❷，同時均可配零聲母。 相對的 ia、io、iao、iai、ioi、iam、ian、iaŋ、ioŋ、iop、iat、iok、iak 諸韻母既不配聲母 j，也不結合零聲母❷。

(二) 同樣的 iu、iun、iuŋ、iut、iuk 諸韻母，同時不配 j 和零聲母。不過 ui、un、uŋ、ut、uk 諸韻母，不配零聲母，而可與 j 結合❷。

(三) 《辭典》實有「ɣ、ɣm、ɣn、ɣp、ɣt」，前文討論聲母時，已指出「ɣ」當作聲母論，因此表五直接將「ɣ、ɣm、ɣn、ɣp、ɣt」寫成 j 聲母與 i、im、in、ip、it 的組合形態。而 i、im、in、ip、it 等韻母並不結合零聲母。也就是說，《辭典》的標寫法中，i 從不出現為音節首。而在「ɣ」之後，a、o、ao、ai、oi、am、an、aŋ、oŋ、ap、at、ak、ok 與 ia、io、iao、iai、ioi、iam、ian、iaŋ、ioŋ、iap、iat、iak、iok 兩兩是互補的關係。因此上列齊齒諸韻的 i 韻頭，實質上也許是 / j /，因其作為聲、韻中介的成分，不妨寫成介音 -i-；當其作為音節首，便寫成聲母 j。同樣的 iu、iun、iuŋ、iut、iuk 也可能是 ju❷、jun、juŋ、jut、juk。反之「ɣ、ɣm、ɣn、ɣp、ɣt」的「ɣ」應該兼寫 / ji /；至於 im、in、ip、it 諸韻的 i 自然是主要元音。

(三) 小　結

　　抽象的音節結構，一則簡捷而具體的呈現一個語言的音韻架構，一則又提示可資詮釋的音韻訊息。前文就音節結構限制的分析，可得如下兩點結論：

　　㈠　凡有合口介音，實際上都是舌根聲母的附屬性質。雖然本節並不改寫這一部分的組合形式，可重新詮釋 u 韻頭的音韻地位，却是顯然而明確的。

　　㈡　齊齒韻的韻頭 i ，實際上也許是輔音性的 j 。這一項不易就紙面材料離析；但我既視《辭典》的「Y」爲聲母，作了必要的改寫，從表五 j 、φ 兩行與各韻母的結構關係上，也能凸顯這個意義。

　　這兩點結論顯示，我們可以將《辭典》之平面音韻系統加以簡化；從而在進行歷史比較音韻時，也會有些不同的體認。尤其是古三等字，今讀或有介音 i 或讀開口韻的現象，也許可以比照合口介音，將齊齒介音視爲聲母的附屬性質❷。此一現象，在現代客語也可以得到印證；袁（ 1960 ： 165 ）指稱客語。

　　　韻頭 -i- 很短，實際音值是 -j- 。 -i- 使聲母傾向顎化，
　　　是聲母形容性的附屬性質❷。

陳（ 1979 ： 173 ）有近似的看法，他說：

　　　在客家話的拼音中，「一」介音常居於可有可無的地位，
　　　尤其是在「ㄍ、ㄎ、ㄏ」三聲及「ㄞ、ㄢ」二韻之中更顯
　　　出這種趨勢。

及 Sagart,（1982 : 56 ～ 73 ）也設有顎化聲母「（ mʲ ）、tsʲ、tsʲ'、j、kʲ、kʲ'、ŋʲ 」。

就臺灣地區的經驗，我同時也察覺到，齊齒介音與合口介音有向標準語同化的趨勢。則從作爲聲母附屬性質的 j、w，到穩定的作爲韵頭的 i、u，我們看到語言在時間和空間中不斷的變化。

四、結論並若干問題的省思

從明天啓六年（ 1625 ） 金尼閣的《 西儒耳目資 》算起，西儒之留心漢語音韵學已有三百多年的歷史了。則《 客法大辭典 》之作，若推溯遠源，可以說三百年前已經播下的種子，而在漢語方言的園地結的果。本文雖無意做揄揚的工夫，實不能不承認像《辭典》這樣的著作，對研究漢語方言有一定的價值。尤其值得注意的是，《辭典》記錄的明是當時——《辭典》的前身早於一九〇五年便出版了，因此記音的時間當在十九世紀末，本世紀初——粤東地區各客語次方言，並不同語言層的產物。換言之，《辭典》對近代客語方言的發展史，提供了第一手的語料。根據《辭典》的記錄，雖不足以完整的復原當時的客語音系；却提供吾人若干瞭解今日客語的有力線索，可摘要記述如下：

㈠　聲調方面，根據近幾年的方言調查，客語古上聲濁母字雖仍有讀入陰平調的，但爲數漸減（ 可參看黃，1988 ）。這一點可能是受鄰近方言的影響，而起的變化。入聲字的分讀也有規律化的傾向，當是客籍人士強烈的正統意識，受官話傳統暗示的結果。

㈡ 聲母方面，主要舌面鼻音字的增減，及塞擦音聲母字的讀法。特別是後者，今日海陸系的報導人還能分 / ts-、tʃ-/兩系聲母，而四縣系全讀 / ts- / 系聲母，但韻母有別（參看丁，1968 ）。

㈢ 韻母方面，我檢討了幾個收字極少的韻，認為從音位的的立場應可取消。雖然字少不能否定實存的本質，無論如何總是透露了客語音韻內涵的變化，乃至於部分音韻特質趨向消亡的訊息。至於從音節結構的討論，我們看到另一種音韻內涵的變化─原為聲母附屬成分的 j、w，有逐漸向標準語的 i、u 韻頭同化的趨勢。

這些不僅使我體驗到，幾十年間客語音韻變化的過程，也提醒我們重新評估客語音韻的本質。

此外，前文我說《辭典》是小規模的《切韻》現代版。我們也從塞擦音聲母儘量求其分的作法上，實際體了一個要照顧南北是非的韻書，所可能遭遇到的難題，及處理方法的妥善與否。這一點應該還能啟示我們省思若干問題：

㈠ 《辭典》折衷混合的結果，勢必造成單一語言層系統上的誤差；並且無論如何《辭典》也不能盡收多歧的方音。因此本文對《辭典》的詮釋，雖然徵引了不少近人的調查記錄；並不表示《辭典》的音系需與單一的語言完全符應。但是《辭典》折衷混合的內容，多方可與現代的調查記錄相印證；顯示這樣兼容並包的著作，對從事客語的研究，可以有積極的作用。

㈡ 同樣的，對於包容「古今通塞，南北是非」的《切韻》也可以由這個近代的經驗推理。則研究現代方言，而以《切韻》

爲參考系統，自然有客觀的條件。但是，如果只因歷史比較的目
的看待方言，是否果然能見方言的全貌？如果《切韻》作爲參考
系統只是一個起點，自然可以有較大的活動空間。注意所及，將
不只是看到少數例外，而能因有例外，遂重新檢討例內；從而豐
富我們對漢語的認識。

　　㈢　本文對《辭典》的詮釋，固然還是參考了依據《切韻》
的「中古音系」；但是《辭典》的編纂，基本上並非記錄某些預
先選定的字。因此我所求得的音韻系統，是歸納的而非演繹的結
果。相形之下，選字以「中古音系」爲據的方言調查字表，求出
的音系就難免是演繹式的。這兩種結果都是存在的語言事實，却
必然不盡相符。前者也許更切近客語的深層架構，不過更重要的
是，兩方面如何配合取擇。

　　這些問題暫時還只能論不能斷。畢竟我們對於客語方言的了
解還很有限，對整個漢語方言也談不上完整的掌握。當然將方言
收攝於標準語之下，以中古音系統攝現代方言，乃是近代漢語方
言研究伊始，客觀條件不得不然。從這個開始，我們固然累積了
若干方言的資料，已經消解了若干傳統的論題。不可否認的，在
這個創始的規模之下，我們對方言的認知也受到不小的局限；我
們往往只看到在中古音系的**框架下**，方言與演變規律合轍的一面，
從這一方面設想，《辭典》提供了另一個思考的空間，我們實際
的體驗到，作爲漢語七大方言之一的客語，確有屬於客語的經驗。
我相信這些不與規律合轍的內容，將能回饋吾人對漢語音韻史的
認知。

五、附　記

　　本文所論，與任何臺灣地區客語的調查研究，雖無直接的關係，實爲從事「臺灣地區漢語方言調查研究（計劃編號：Nsc 77-0301-H001-32 RG）」之客語調查研究的準備工作之一。宜向支持本計劃的國科會致意。

　　本文初稿在第七屆全國聲學研討會上宣讀（ 78.4. 29 ～ 30）承蒙莎加爾、何大安、張光宇、丁邦新、李壬癸諸位先生，提供了許多寶貴的建議。由於參與討論會，使我有機會對初稿作必要的修正和補充，也是我深深感謝的。

附　註

❶　楊（1957）曾利用《辭典》爲參考資料。他認爲「這本字典的材料是相當豐富，編寫得也還好」。

❷　Mackenzie, M.C. 在《客英大辭典（A Chinese-English Dictionary、Hokka-Dialcct）》1926 再版序中，亦有近似的說法。

❸　可參看袁 1960：164、羅 1984：34-35，各就不同的資料列有對照表，很可具體而微的體現此一事實。

❹　可參看楊 1957、袁 1960、Hashimoto 1973 等。又何 1988 指出「濁上歸陰平」除見於客語之外，還見於一部吳、粵、贛語，及甘棠畬話。不過同屬南方漢語的閩語，似無此一現象。

❺　對上引字例，本文不擬作進一步的推論，以免流於臆測失實。讀者或可參考 Oćonnor 1976，他對早期客語的聲調有此意見。另外李玉 1985〈原始客家話聲調發展史〉一文，惜未曾獲讀。

❻ 《客英大辭典》上入以「服」爲例，「服、復」本同音小韵字。

❼ 袁家驊已指出客語「陰陽入也有些字不合一般條例，少數古濁入字讀陰入調，如“劇”k̓iak（「群」母「陌」韵），“寂”siuk（「從」母「錫」韵），“蜀”tsuk（「禪」母「燭」韵）。這類特殊變化原因待考」（1960：164）。袁先生的提法，陽入調正是《辭典》的「上入」，陰入調才是「下入」。只是這種情形不是「少數」且「特殊」，而是一般性的事實。

❽ 請注意，《辭典》實無「Yen, Yon」兩個韵母。又詳表五。

❾ 可比較楊1957頁21所錄海陸話了-聲母字，及頁27四縣話的零聲母字。

❿ 可參看楊1957：21～23，臺灣海陸客語tsï：tsï（tsu）與tʃi：tʃ́ï諸字。

⓫ 另一種可能，也許「胝、嚏」之讀「tch-」是中古以前端知章合一的遺痕。

⓬ 不計未必例外，可參看董1968：168。

⓭ 事實上這裡充分顯示作者對語音有極細微的觀察，「tje、tche、tze、tse」的分讀，可以音韵規律表示如下：

$$\begin{Bmatrix}\text{tʃ}\\ \text{ts}\end{Bmatrix} \rightarrow \begin{Bmatrix}\text{tj}\\ \text{tz}\end{Bmatrix} \;/\text{—}\,\ddot{\text{i}}\,\#\;;\quad \begin{Bmatrix}\text{tʃ́}\\ \text{tś}\end{Bmatrix} \rightarrow \begin{Bmatrix}\text{tʃ}\\ \text{ts}\end{Bmatrix} \;/\text{—}\,\ddot{\text{i}}\,\#$$

〔清〕→〔濁〕/—舌尖元音＃；〔送氣〕→〔不送氣〕/—舌尖元音＃

類似的現象也見於北平話。這一點承莎加爾（Sogart）提醒，敬致謝忱。

⓮ 《程氏墨花•利瑪竇注音》：兩，leam̀；像siám，廣韵同屬養韵，羅常培（1930）認爲即因l跟s的發音部位不同，牽連著使韵母也跟著發生eam跟iam的分別；可參考。《辭典》「像/ sióng, tśám, tśióng」。

⓯ 「誆」另有三讀：k̓ông, kouên, k̓ouông。

⓰ 可參看董1968：175～177。從歷史來源看，兩韵韵尾原爲舌根塞

音。

⑰ 《集韻》去聲廢韻有「穢、遠穢切……一曰累也。」可參考。這是張光宇先生提供的資料。又羅肇錦「點」作「痕」（ 1989 ： 23 ）。

⑱ 相當於楊 1957 的／au／。而且《辭典》並無／au／韻母與之對立。

⑲ 董 1968 ： 173 ， 177～178 可參考。楊（ 1957 ： 95 ）「比較音韻」對效流二攝的今讀說明並可參看。

⑳ 這個現象也許還只能孤立的看，不足以上推至韻圖列等的詮釋。但此刻再思龔 1981 、 1983 的論旨，至少我們必須承認，對漢語方言的認知愈深，對中古音系的理解必有所增益。

㉑ 可參看楊 1957 、袁 1960 、Yong 1967 、Hashimoto 1973, Oćonnor 1976 等文。

㉒ 《辭典》收一零聲母的 ua ：「oūa：呀（ ngā ）／驚嘆詞」可比較「vā：哇／哭叫聲：阿娃 vā vā 叫」。

㉓ 「Yot」當屬偶然的缺漏。

㉔ 《辭典》有「iet」而無 iat ；從系統上看「iet」寫成 iat 並沒有困難。而 iai 、 ioi 前已有所說明了。

㉕ 《辭典》沒有 iui 韻母，應屬一般性的結構限制。

㉖ 可比較袁（ 1960 ： 150 ）「 復元音 iu 中的 i 却是主要元音，較強較重，而後隨的元音韻尾較鬆較輕。例如 “流” liu↓，“九” kiu↘、“求” kiut↓，“修” siu┤。」又說「零聲母後面的 i 或 i- 帶有摩擦，實際是 ji 或 ji（ij-）……」。

㉗ 可參看楊（ 1957 ： 93～100 ）、丁（ 1968 ： 94～107 ）、Sagart（ 1982 ： 77～101 ）。

㉘ 同上，㉖。

廣州話之聲調

何文華

提要：

　　廣州話有九聲十一調值。卽陰平、陽平、陰上、陽上、陰去、陽去、上陰入（陰入）、中入、陽入。其中陰平有兩調值，卽高平調與高降調。陽入因長短元音之故，也有兩調值並存。

　　廣州話之聲調繁富，變化複雜，在一連串說話中，常給予人們一種生勤、活潑與悅耳之感！尤以保存着清楚之長短入聲調，存在着比切韻更古之語音底層，可爲古音研究提供珍貴資料。

　　聲調 (Tone) 是指聲音之高低升降而言。廣州話之聲調，可分爲本調、變調與語調三種。❶

一、本　　調

　　通常所謂之「聲調」是指本調，因爲本調是辨別意義之主要根據。廣州話有九個聲調（本調），比國語僅四個聲調多出五個，故廣州話之聲調比較複雜。

　　廣州話九個聲調中，包括六個舒聲調與三個促聲調。舒聲調與促聲調之分別原則，是根據韻尾之不同，韻尾 i、y、u、m、n、ŋ 與不帶任何韻尾者，爲舒聲韻；韻尾帶 p、t、k 者（卽入聲韻），爲促聲韻。出現舒聲韻之聲調爲舒聲調；出現促聲韻之聲調爲促聲調（卽入聲）。中古漢語之平、上、去、入四聲，在廣州話中各分化爲二，卽陰平、陽平、陰上、陽上、陰去、

陽去、陰入、陽入。其中之陰入，因元音長短，分化為兩聲調，一是原來之陰入（短元音），一是中入（長元音）。又其中陰平，在實際語詞中存在着兩調值；陽入又包含有長短元音，故也有兩調值。如此，廣州話合共有九聲調，十一調值。㉒列表如下：

調類		調值	字例	
舒聲調	陰平	˥55 或 ˥˧53	詩 si˥ si˥˧	分 fen˥ fen˥˧
	陽平	˩11	時 si˩	焚 fen˩
	陰上	˧˥35	使 si˧˥	粉 fen˧˥
	陽上	˩˧13	市 si˩˧	奮 fen˩˧
	陰去	˧33	試 si˧	訓 fen˧
	陽去	˨22	事 si˨	份 fen˨
促聲調	陰入	˥ 5	識 slk˥	忽 fet˥
	中入	˧33	錫 sik˧	法 fat˧
	陽入	˨2 或 ˨22	食 slk˨	乏 fat˨

陰平調有兩調值，即高平 ˥55 與高降 ˥˧53 。二者之分化原則，高平 ˥55 多出現於具體名詞中，其他詞類，如動詞、形容詞、量詞等，大部分讀高降 ˥˧53。例如：

	高平	高降
釘	鐵釘	釘鞋
	長釘	釘屐
煲	砂煲	煲飯
	銻煲	煲滾水
車	汽車	車水
	單車	車大炮
乾	菜乾	乾柴
	餅乾	曬乾
單	書單	單眼
	賬單	單獨

外來語借用字與方言詞用字，一般僅讀高平調 ˥55。例如：

> 泵　啤　鎊（平底鍋）　米（公尺）　咪（麥克風）　呔（車胎）
>
> 打（十二個）　冷（毛線）　士擔（郵票）　乒乓波（乒乓球）
>
> 咖喱　忌廉　沙律　摩唥（布料）　啱（剛好）　屘（末尾）　瘌
>
> （疤）　啲（些）　咩（嗎）

單獨稱人姓氏或單音名字，或者稱呼雙音人名而後一個字爲陰平字時，往往讀高平調。例如：

	高平	高降
張	老張、亞張	張主任
	（姓）	張先生
江	老江、亞江	江河
	（姓）	長江
珍	麗珍、亞珍	珍貴
	（人名）	珍寶
英	桂英、亞英	英雄
	（人名）	羣英會
堅	志堅、亞堅	堅強
	（人名）	堅固

以上所述陰平分讀高平與高降，僅一般人之習慣而已，一些詞之讀法，常有兩可或因人而異之現象。陰平雖然有高平與高降兩個調值，但多數字音讀高降調，兩讀之字眞正對立不多。兩種讀法卽使互換，一般也不至於產生誤會，僅有些不自然感覺而已。此足以說明陰平調，迄今仍未分化爲兩個互相對立之聲調，說廣州話者，一般也不容易感覺到高平調與高降調之區別，故此，也可證明廣州話之高平調與高降調仍屬一個調類。❸

　　廣州話之三個入聲調，實在就是一陰一陽。其中陰調之長短元音分而爲二：短元音之韻母變成上陰入（卽陰入），如識 sⁱk˥5，用短元音「ı」，忽 fɐt˥5，用短元音「ɐ」；長元音之韻母變成中陰入（卽中入），如錫 ʃik˧33，用長元音「i」，法 fat˧33，用長元音「a」。陽調之長短元音不分化爲二，所以陽入仍保持有長短元音之韻母。❹ 如乏 fat˨22，用長元

音「a」，食 ∫ˈkˌ2，用短元音「ɪ」。

　　廣州話九個聲調字例可按中古平、上、去、入四聲分爲三種形式：陰聲
字例、陽聲字例及入聲字例

　　㈠　陰聲調字例

平	上	去	入
詩	使	試	識
∫i˥55	∫i˧˥35	∫i˧33	∫ˈk˥5
分	粉	訓	忽
fɐn˥55	fɐn˧˥35	fɐn˧33	fɐt˥5
夫	苦	富	福
fu˥55	fu˧˥35	fu˧33	fuk˥5
東	董	凍	篤
tuŋ˥55	tuŋ˧˥35	tuŋ˧33	tuk˥5
陰	飲	蔭	邑
jɐm˥55	jam˧˥35	jɐm˧33	jɐp˥5

　　㈡　陽聲調字例

平	上	去	入
時	市	事	食
∫i˩11	∫i˩˧13	∫i˨22	∫lk˨2
焚	奮	份	佛
fɐn˩11	fɐn˩˧13	fɐn˨22	fɐt˨2
扶	婦	父	服
fu˩11	fu˩˧13	fu˨22	fuk˨2
容	勇	用	玉
juŋ˩11	juŋ˩˧13	juŋ˨22	juk˨2
文	吻	問	物
mɐn˩11	mɐn˩˧13	mɐn˨22	mɐt˨2

　　㈢　入聲調字例

陰入	中入	陽入
識	錫	食
ʃlk˥5	ʃik˧33	ʃlk˨2
濕	圾	拾
ʃʊp˥5	ʃʊp˧33	ʃʊp˨2
竹	捉	逐
tsuk˥5	tsuk˧33	tsuk˨2
忽	法	乏
fʊt˥5	fat˧33	fat˨22
屈	挖	滑
wʊt˥5	wat˧33	wat˨22

二、變　調

廣州話之變調有兩種。一爲連讀變調，一爲習慣變調。連讀變調是指在說話或者朗讀時，由於字調相互間之影響而發生變化；習慣變調是指由於說話之習慣某些字調所發生之變化，此類變調與詞義有一定之關係。

(一)　連讀變調

連讀變調比較簡單，主要是高降調之陰平字，出現在另一陰平字或陰入字之前，卽變爲高平調。

1、高降調在高平調之前，變爲高平調。

$$˩53 + ˥55 \rightarrow ˥55 + ˥55$$

例如：

高山　kou˩ san˥ → kou˥ san˥

開窗　hɔi˩ tsʼœŋ˥ → hɔi˥ tsʼœŋ˥

春天　tsʼœn˩ tʼin˥ → tsʼœn˥ tʼin˥

香蕉　hœŋ˩ tsiu˥ → hœŋ˥ tsiu˥

蒸糕　tslŋ˩ kou˥ → tslŋ˥ ḳou˥

2、高降調在陰入之前，變爲高平調。

˩53＋˥5 → ˥55＋˥5

例如：

高足　kou˩ tsuk˥ → kou˥ tsuk˥

心急　ʃɐm˩ kɐp˥ → ʃɐm˥ kɐp˥

分析　fɐn˩ ʃlk˥ → fɐn˥ ʃlk˥

東北　tuŋ˩ pɐk˥ → tuŋ˥ pak˥

三叔　ʃam˩ ʃuk˥ → ʃam˥ ʃuk˥

除去上述陰平調由高降調變讀高平調之二種形式之外，尚有一些表示親屬關係稱謂之詞，每當叠字之時，後面一字讀（或變讀）高平調或高升調，前面一字不管原來屬何調，一律讀成低平調。例如：

媽媽　ma˥ ma˥ → ma˩ ma˥

爸爸　pa˥ pa˥ → pa˩ pa˥

姐姐　tsɛ˦ tsɛ˦ → tsɛ˩ tsɛ˥

仔仔　tsɐi˦ tsɐi˦ → tsɐi˩ tsɐi˩（或˦）

婆婆　p'ɔ˩ p'ɔ˩ → pɔ˩ pɔ˥（或˦）

爺爺　jɛ˩ jɛ˩ → jɛ˩ jɛ˦

弟弟　tɐi˩ tɐi˩ → tɐi˩ tɐi˦

妹妹　mui˩ mui˩ → mui˩ mui˦

其他詞語，有些也用此重叠法變調，不過用得較少，而且僅限於幼兒用語。例如：

　（瞓　fɐn˧ 睡覺）

　·覺覺　kau˧ kau˧ → kau˩ kau˥

　（學　hɔk˧ 學習）

　行行　haŋ˩ haŋ˩ → haŋ˩ haŋ˥（或˦）

　（着　tsœk˧ 穿着）

　鞋鞋　hai˩ hai˩ → hai˩ hai˥（或˦）

　　（捉　tsuk˥ 捕捉）

蟲蟲　ts'uŋ˩ ts'uŋ˩ → ts'uŋ˩ ts'uŋ˥（或˥）

(二)　習　慣　變　調

習慣變調有兩類，一是高平變調（˥*），其調值比陰平調（˥）稍高；一是高升變調（˥*），其調值比陰上調（˥）稍高。分述如下：

1、高平變調（˥*）

有少數字，在某些特定詞語中，讀作高平變調。此類變調，非屬連讀變調，而是詞語字調之特殊變化，其中有些變調與意義有一定關係。例如：

	讀高平變調	不變調
人	一個人	兩三個人
jɐn˩→˥*	（僅僅一人）	
姨	姨	姨媽
ji˩→˥*	（母之妹）	姨丈
	阿姨	
長	咁長	長棍
ts'œŋ˩→˥*	（那麼短）	好長
網	蟧蟧絲網	球網
mɔŋ˧˩→˥*	（蜘蛛網）	魚網
		結網
靚	靚仔	靚女
lɛŋ˧˩→˥*	（小子）	（漂亮姑娘）
	靚女	
	（丫頭）	
妹	妹仔	姊妹
mui˧˩→˥*	（婢女）	
	妹釘	
	（丫頭）	
	蛋家妹	

　　　　　　　（蛋家姑娘）

　　　　　　　學生妹

大　　　　咁大　　　　　好大

tai˦→˥*　（這麼小）　　咁大個人

　　　　　　　　　　　　（這麼大的人）

耐　　　　冇幾耐　　　　好耐

nɔi˦→˥*←icn　（沒多久）　（很久）

　　　　　　　未有耐

　　　　　　　（爲時尙早）

　　2、高升變調（˥*）

　　在口語中，遇到陽平、陽上、陰去、陽去、中入、陽入之字，有時讀作高升變調。此類字，有單獨成調（多爲表示某一特定內容之名詞），也有僅充當合成詞中之一個成份。在合成詞或詞組中，高升變調一般祇發生在最後一個字上（因爲被修飾與限制之名詞或名詞詞素，皆出現在後面之位置上）。一般來說，比較口語化之詞，專名及姓氏，往往讀高升變調，書面語化之詞，則多讀原調。

陽平讀高升變調字例

字音與詞義❺	變調字例	不變調字例
門 mun˨→˥* （門兒）	橫門 後門	正門 大門
牌 p'ai˨→˥* （牌兒）	打牌 一副牌	門牌 招牌
籃 lam˨→˥*	花籃	搖籃
黃	老黃	姓黃

wɔŋ↓→↑* 蛋黃　　　　黃色

（蛋黃）　金魚黃　　　黃先生

　　　　　（橘黃）

陽上讀高升變調字例

字音與詞義	變調字例	不變調字例
李 lei⊦→↑* （李子）	李樹 一個李 南華李	行李 桃李 姓李
女 nøy⊦→*↑ 	大女 肥女 衰女 （臭丫頭）	男女 婦女 少女 兒女
攬 lam⊦→↑* （擁抱）	攬實 （緊緊抱着）	包攬 獨攬
友 jɐu⊦→↑* （傢伙）	友仔 （小子） 嗰條友 （那個傢伙）	朋友 工友

陰去讀高升變調字例

字音與詞義	變調字例	不變調字例
帶 tai⊣→↑* （帶子）	鞋帶 皮調 褲頭帶	地帶 熱帶 聲帶
片 p'in⊣→↑*	魚片 肉片	冰片 分片

（片兒）	明信片	
架	筆架	書架
kă˧→˧˥*	衫架	發射架
（架子）		
計	有計	設計
kɐi˧→˧˥*	多計	百年大計
（計謀）		

陽去讀高升變調字例

字音與詞義	變調字例	不變調字例
廟	古廟	宗廟
miu˧→˧˥*	關帝廟	孔廟
（廟宇）		
豆	紅豆	豆沙
tɐu˧→˧˥*	黑豆	豆油
（豆子）		
樣	圖樣	榜樣
jœŋ˧→˧˥*	花樣	樣樣
（樣兒）	同樣	一兩樣
	衫樣	（一兩種）
	鞋樣	
畫	圖畫	畫眉
wa˧→˧˥*	國畫	畫圖
（圖畫）	油畫	風景如畫

中入讀高升變調字例

字音與詞義	變調字例	不變調字例
雀	麻雀	雲雀
tsœk˧→˧˥*	禾花雀	孔雀

（鳥兒）

擦	牙擦	牙擦
ts′at→⊣*↑（牙刷）		（誇誇其談）
（刷子）	鞋擦	
	衫擦	
夾	衫夾	夾板
kap⊣→↑*	文件夾	夾攻
（夾子）		
角	油角	牛角
kɔk⊣→↑*	炸角	欖角
（角形食物）	芋角	檯角

陽入讀高升變調字例

字音	變調字例	不變調字例
與詞義		
碟	大碟	碗碟
tip⊣→↑*	豉油碟	一碟菜
（碟子）		盤碟
玉	寶玉	寶玉
juk⊣→↑*	（人名）	金玉
（玉石）	戴玉	
局	郵局	佈局
kuk⊣→↑*	保良局	棋局
（局）		定局
盒	鞋盒	一盒餅乾
hɐp⊣→↑*	紙盒	
（盒子）	飯盒	

　　上述屬於習慣變調之兩類例子，高平變調之使用大多數人比較一致，高升變調則有不同，沒有一定規則，往往有兩可或因人而異之現象。一般而言

，某些讀高升變調之詞字，說話人使用變調，聽起來使人有輕鬆、生動、純正之感覺。反之，使人有生硬、不純正之感覺。

習慣變調是因說話之習慣而產生。如高平變調中有一些變調以後，往往有微小、次要、或者表示輕蔑之意。例如：

人 jɐn˩→˥*　原屬陽平，變讀高平變調以後，有「孤零零一人」之意，如「今日得我一個人喺度」（今天祇有我一個人在這裏）。

姨 ji˩→˥*　原屬陽平，變讀高平變調以後，專指母親之妹妹，或年紀比母親小之婦女。

長 ts'œŋ˩→˥*　原屬陽平，變讀高平調以後，有嫌其不夠長，卽「短」之意，如「條棍咁長，有乜用吖！」（棍子那麼短，有甚麼用啊！）。

網 mɔŋ˧˩→˥*　原屬陽上，變讀高平變調以後，僅指小形網狀物，如「頭髮網」、「蟛蟧絲網」（蜘蛛網）。

靚 lɛŋ˧→˥*　原屬陰去，「漂亮」之意，變讀高平變調以後，形容人愛打扮、輕浮，如「靚仔」（愛打扮、輕浮之男青年）。

妹 mui˨→˥*　原屬陽去，變讀高平變調以後，作「婢女」用，如「妹仔」（婢女）、「妹釘」（丫頭，罵女孩子語）。

大 tai˨→˥*　原屬陽去，變讀高平變調以後，有嫌其不夠大，卽「小」之意，如「你咁大個做得乜嘢吖！」（你這麼小，能幹些甚麼！）。

耐 nɔi˨→˥*　原屬陽去，其意為「久」。變讀高平變調以後，則變為「不久」之義，如「冇幾耐啫，等下啦！」（沒多久，等一下吧！）。

高升變調用來表示微小、次要、非正式，以及輕蔑之義以外，亦往往用於指稱某一特定事物，與國語之「兒化」作用相似。大致可分兩種情況。

1、變調與不變調詞性相同，而詞義則有差別。例如：

糖 t'ɔŋ˩→˥*　原屬陽平，變讀高升變調以後，則指「糖果」之意。

銀 ŋɐn」→ ㄱ*　　原屬陽平，變讀高升變調以後，指「銀元」、「金
錢」之意。

皮 p'ei」→ ㄱ*　　原屬陽平，變讀高升變調以後，則指「皮衣」之
意。

錢 ts'in」→ ㄱ*　　原屬陽平，變讀高升變調以後，則指「錢財」之
意。

絨 juŋ」→ ㄱ*　　原屬陽平，變讀高升變調以後，則指「呢子」之
意。

　　另一部分單形容詞，當其以重叠形式表示某種程度時，其中之一聲調讀
高升變調：第一字變讀高升變調表示加強程度；第二字變讀高升變調（也可
不變），同時後面加上「哋」（也變讀高升變調）字，則表示減低程度。例
如：

　　　　紅紅 huŋ ㄱ* huŋ」　　　很紅
　　（加強程度）
　　　　紅紅哋 huŋ」huŋ ㄱ* tei ㄱ*
　　稍微有一點兒紅（減低程度）
　　　　圓圓 jun ㄱ* jun」　　　很圓
　　（加強程度）
　　　　圓圓哋 jun ㄱ jun ㄱ* tei ㄱ*
　　稍微有一點兒圓（減低程度）
　　　　熱熱 jit ㄱ* jit」　　　很熱
　　（加強程度）
　　　　熱熱哋 jit」jit ㄱ* tei ㄱ*
　　稍微有一點兒熱（減低程度）。

　　2、變調與不變調詞性不相同。讀原調是動詞、形容詞或量詞，若讀變
調，則變爲名詞。例如：

　　　　錘 ts'øy」→ ㄱ*　　原屬陽平，動詞。變讀高升變調以後，則變爲名
詞「錘子」。

拍 p'ak┤→ ↑*　原屬中入，動詞。變讀高升變調以後，則變爲名詞「拍子」。

斜 ts'ε⌐→ ↑*　原屬陽平，形容詞。變讀高升變調以後，則變爲名詞「斜紋布」。

黃 wɔŋ⌐→ ↑*　原屬陽平，形容詞。變讀高升變調以後，則變爲名詞「蛋黃」。

盒 hɐp┤→ ↑*　原屬陽平，量詞。變讀高升變調以後，則變爲名詞「盒子」。

　　由上述高升變調之例子看來，可以得出二點原則：

　　㈠作名詞或者合成詞之中心成分時，多讀變調，如「花籃」之籃（lam ↑*）字、「一副牌」之牌（p'ai ↑*）字。作動詞、形容詞或者合成詞中之修飾成份時，多讀原調，如「獨攬」之攬（lam⌐）字，「黃色」之黃（wɔŋ⌐）字，「金錢牌」之錢（ts'in⌐）字，而能單獨成詞之變調字，大部份不在此例，如「攬實」之攬（lam ↑*）字，本屬動詞，本應不變調，但屬單獨成詞之變調字，則不屬此例。

　　㈡合成詞或詞組最末一字多讀變調，如「一個李」之李（lei ↑*）字，「嗰條友」之友（jɐu ↑*）字，「一個銀錢」之錢（ts'in ↑*）字，皆讀高升變調。此因爲被修飾限制之名詞或名詞詞素，皆出現於最後位置之緣故。

三、語調語音變化

　　廣州話之語調，因受連音影響而變化，大概可以分爲二種：一爲語音之同化，一爲語音之縮減。

㈠　語　音　之　同　化

　　有些詞彙在快讀時，不同音節❻之語音，互相影響而發生變化，變成與另一音相同或相近之語音。例如：

　　「今日」kɐm⌐ jɐt┤，又稱 kɐm⌐ mɐt┤，音如「今物」，第二音節

之聲母「j」，為前一音節之韻尾「m」所同化。依同理，「琴日」k'ɐm˩ jɐt˧ (昨天) 變讀 k'ɐm˩ mɐm˧，音如「琴物」（昨天）。

「肚餓」t'ou˧ ŋɔ˨，又稱 t'uŋ˧ ŋɔ˨，第一音節之韻母「ou」，被第二音節之聲母「ŋ」所同化。

「一度門」jɐt˥ tou˨ mun˩，又稱 jɐt˥ tuŋ˨ mun˩，音如「一洞門」，「度」tou˨ 之韻母「ou」受「門」mun˩ 之鼻音聲母「m」所影響，變成鼻尾韻之「uŋ」。

「百足」pak˧ tsuk˥ （蜈蚣），又稱 pat˧ tsuk˥，音如「八足」。第一音節之韻尾「k」，被第二音節之聲母「ts」所同化，變為「t」。

「五」ŋ˩ 在「三五成羣」sam˥ ŋ˩ sɪŋ˩ k'wɐn˩ 或「二十五」ji˨ sɐp˨ ŋ˩ 連讀時，ŋ˩ 受前面之雙層音 m 或 p 影響，變作雙層鼻音 m̩˩。

「乜嘢」mɐt˥ jɛ˧ （甚麼），又稱 mɛ˥ jɛ˧，前一音節之韻母「ɐt」被後一音節之韻母「ɛ」所同化。

（二） 語 音 之 縮 減

語音之縮減，是指幾個音節連續時，其中一些音節或音素❼失落，或者兩個音節合併成一個音節。例如：「唔」m̩˩ （不也），後面跟着「好」hou˧ （僅限於狀語時用）。例句「你唔好話佢」nei˧ m̩˩ hou˧ (＞mou˧) wa˨ køy˧ （你別說他）。

依同理，「唔係」m̩˩ hɐi˨ 合音為 mɐi˨ （僅用於反詰語氣）。例句「又唔係一樣」jɐu˨ m̩˩ hɐi˨ (＞mai˨) jɐt˥ jœŋ˨ （還不是一樣）。

「乜嘢」mɐt˥ jɛ˧ 由於同化作用，變讀 mɛ˥ jɛ˧ 之後，還可以進一步縮減，快讀時變為 mɛ˥ jɛ˧，第二音節之聲母失落，有時還可以進一步節化為 mɛ˧。

「十」sɐp˨ 在二、三、四……九之後，而後面還有數詞或量詞時，往往失去聲母與韻尾，僅剩下一元音 ɐ （或變作 a），如「二十」ji˨ sɐp˨ 快讀時縮減為 ji˨ ɐ˨ （或 ji˨ a˨），再合音為 ja˨，也有人讀為 jɛ˨，音如「夜」。「三十」sam˥ sɐp˨ 可縮減為 sa˥ a˨，再縮減為 sa˥。例句

「年卅晚」讀爲 nin˩ saˊ man˧，音如「年沙晚」。「四十」、「五十」……之「十」，一般在連讀時作 a˧，如「四十四」ʃɛi˧ a ˧ʃɛi˧，「五十五」ŋˊ a˧ ŋˊ，其餘類推。

　　還有一些詞彙在快讀時，兩個音節合併成一個音節，前面一個音卽成爲複輔音聲母之音節。例如：

　　　　冚唪呤　hɐm˧ Paŋ˧ laŋ˧

　　　　　　（全部）→hɐm˧ plaŋ˧

　　　　直筆甩　tslk˧ pɐt˥ lɐt˥

　　　　　　（筆直）→tslk˧ plɐt˥

　　　　角落頭　kɔk˧ lɔk˥ t'ɐu˩

　　　　　　（角落）→klɔk˥ t'ɐu˩→ˊ

　　　　一噠溜　jɐt˥ kɐu˧ lɐu˧

　　　　　　（一團團）→jɐt˥ klɐu˧

　　此外，爲表示完成時態而在動詞後面加上「咗」tsɔˊ字時，如果動詞屬陽平、陽上、陰去、陽去、中入、陽入等詞之字，它可以與動詞結合成一音節（或者「咗」之聲母脫落，變作 ɔˊ，動詞爲塞音韻尾時更常見）。例如：

　　　　嚟咗未呀（來了沒有）。

　　　　　　lɐi˩ tsɔˊ（＞lɐiˊ）mɛi˧ a˧

　　　　賺咗好多（賺了很多）。

　　　　　　tsan˧ tsɔˊ（＞tsanˊ）houˊ tɔˊ

　　　　落咗場雨（下了一場雨）

　　　　　　lɔk˧ tʃɔˊ（＞lɔkˊ）tʃ'œŋ˩ jy˧

　　　　　　（或·lɔk˧ ɔˊ tʃ'œŋ˩ jy˧）

　　　　食咗飯未（吃飯了沒有）

　　　　　　slk˧ tʃ'ɔˊ（＞slkˊ）fan˧ mɛi˧

　　　　　　（或 slk˧ ɔˊ fan˧ mɛi˧）

　　此一現象屬於音節之縮減，卽動詞與「咗」字合成一個音節，前面之動

詞保留聲母與韻母，後面之「咗」字僅保留聲調。

結　語

　　廣州話之聲調特多，語音變化複雜。林蓮仙博士粵音簡論中云：「聲調方面，中古只有平、上、去、入四個調類，今音（粵音）則駭人地發展為十一個調類，相當於廣韻聲調的 2.75 倍。廣韻的音，原是『兼論南北是非，古今通塞』的，以粵語這麼不大的一個方言地區的語言，聲調卻如此地繁富，在現代漢語方言的語音中，粵語誠不愧為一種變化複雜，多采多姿的方言，所以，在一連串的說話中，它常給予人們一種生動、活潑、抑揚、頓挫的悅耳之感！」❽林博士言之甚確，也提示粵語研究方向，廣州話為粵語之代表，保存古音三個入聲詞十分完整，入聲調長短元音清晰可見。上古入聲分為長入短入兩類之說❾可證。可見廣州話之聲調存在着比切韻更古之語音底層。至於廣州話之聲調，何時源起？如何分化？與古音密切程度又如何？皆有待進一步探討之問題。

附　註

❶　鍾露昇國語語音學第五章國音聲調，分國語聲調為本調、變調與語調三種。廣
　　州話之聲調，也可以分此三類論之。
❷　參考袁家驊漢語方言概要頁一八一。
❸　參考張洪年香港粵語語法的研究頁六及饒秉才廣州話方言詞典頁二七七至二七
　　八。
❹　參考高華年廣州方言研究頁一。
❺　指變調後之詞義。
❻　所謂「音節」，是指語音結構之基本單位。在語言之一連串音素當中，依據發
　　音時肌肉鬆緊而劃分出來之最小語音片斷，一個音節可以由一個或幾個音素所
　　組成。在漢語中，一個漢字之字音。一般就是一個音節。例如「書」sy˥，是
　　一個音節，「書包」sy˥ pau˥，是二個音節。

❼ 所謂「音素」，是指語音之最小單位。依據音節中之發音動作分析，一個動作構成一個音素，如漢語音節 aˊ（啊），只有一個音素；taˊ（他），有兩個音素；kouˊ（高），有三個音素。

❽ 見林蓮仙博士粵讀反切音標兩用正音表頁六十五。

❾ 見王力漢語史稿上冊第二章第十四節上古促音韻母的發展。論及上古入聲分爲長入短入兩類。「就短入來說，上古藥部一等和鐸部一等合流，成爲中古的鐸韻……質部的長入也跟祭部一樣，直到南北朝初期還保存着入聲，和短入押韻。」所謂長入、短入，卽今之入聲以長短元音分也。

引用書目

（依作者筆劃序）

王　力　漢語史稿　科學出版社　1958年8月二版。

王　力　廣州話淺說　香港宏圖出版社。

何文華　廣東方志中之方言詞彙初探　珠海學報第十四期（抽印本）　民國七十四年（1985）5月出版。

林蓮仙　粵讀反切音標兩用正音表　香港中文大學崇基學院中國語文學系華國學會　1975年2月修訂一版。

高華年　廣州方言研究　商務印書館香港分館　1980年7月初版。

袁家驊　漢語方言概要　北平文字改革出版社　1960年2月初版。

張洪年　香港粵語語法的研究　香港中文大學　1972年10月初版。

陳新雄　音略證補　文史哲出版社　民國六十九年（1980）7月增訂三版。

黃錫凌　粵音韻彙　中華書局香港分局　1981年6月重印。

曾子凡　廣州話普通話口語詞對譯手冊　香港三聯書店　1982年5月第一版。

喬硯農　廣州話口語詞的研究　香港華僑語文出版社　1975年1月再版。

鍾露昇　國語語音學　臺北語文出版社　民國六十八年（1979）四月十版。

饒秉才歐陽覺亞周無忌　廣州話方言詞典　商務印書館香港分館　1981年12月初版。

附錄一

第五屆全國聲韻學討論會議紀要

姚榮松

第五屆全國聲韻學討論會於民國77年4月19日在國立臺灣師範大學綜合大樓國際會議廳舉行。本屆會議由師範大學國文系所主辦。參加這次會議的成員爲在國內各大專院校講授聲韻學、漢語語音史專題、方言學等教授，中央研究院歷史語言研究所相關的學者專家，包括丁邦新院士、李壬癸、龔煌城、張以仁等多人，還有任教於香港中文大學的黃坤堯、珠海大學的何文華以及由各校研究所推薦的研究生觀察員和中文系所旁聽學生凡一百一十四位。

大會由師範大學國文研究所所長黃錦鋐教授擔任主席，該所陳新雄教授擔任本屆會議之總幹事。師大校長梁尙勇也在開幕式出席致詞，歡迎全體與會人士。本屆會議共舉行了三場討論會，宣讀論文共有十三篇，爲歷屆篇數最多的一次。本次會議完全採用一般學術會議的進行方式，十三位主講人宣讀論文之外，另有十三位講評人分別講評，每場宣讀、講評之後，再作綜合討論，議程十分緊湊，而發言踴躍，每場都覺得意猶未盡，擔任第三場主席的丁院士建議明年會議最好改成兩天，由此也反映了聲韻學研究近年來在國內的蓬勃發展。

　　十點到十二點爲第一場討論會，由師大國文系教授兼總務長
張孝裕擔任主席，首先宣布每位宣讀論文十分鐘，講評爲五分鐘，
這一場有四位主講人。丁邦新院士講「上古陰聲字具輔音韻尾說
補證」揭開序幕，他首先說明什麼是陰聲字，歷來對上古陰聲字
韻尾有兩種構擬，即開尾及具輔音性的 -b, -d, -g 尾，本文是
替後一種構擬，提出一些補充證據，其證明方式是從詩經押韻陰
聲與入聲字的關係往下看，從歷史發展的眼光，來比較周秦、兩
漢、魏晉、南北朝各期詩人押韻情形顯示什麼現象，可以支持這
個說法，首先要看平上去之間和入聲的來往是否平衡發展，如果
跟入聲的來往，只有去聲較多，就要考慮是否由於輔音韻尾丟失
的時間可能不同，在某一個時代保持，在另一個時代丟失，因此
在押韻的現象上就可能有不同，從詩經到兩漢，去入的來往都相
當多，平上跟入的來往，雖有減少趨勢，但仍舊存在，到了魏晉
平上聲跟入聲已全無來往，而去入聲通押的仍有 86 次之多，而
且發現接觸的入聲韻只限於 -t 尾，根本沒有一個 -k 尾字，如果
上古陰聲字都沒有輔音韻尾，面對這種情形就不好解釋，反之，
如果認爲有輔音尾，就可以說，跟 -k 尾相對的 -g 尾丟得比較
早，到魏晉完全沒有了，而跟 -t 尾來往的 -d 尾字還保存著，所
以還有 86 次的通押，再看同時的平上聲和去聲的來往也很少，
只有一個解釋：平上聲的韻尾也丟了，只有去聲韻尾還沒有丟，
這種現象到了南北朝還是一樣，平上跟入聲都無來往，去入來往
高達 79 次，其中只有四例跟 -k 尾入聲字有關。

　　丁先生最後還用漢代對譯梵文的資料作爲旁證。師大訓導長
李鍌教授作講評，基本上贊同這種上古陰聲濁輔尾的理論，也提

若干斟酌的意見，如上古的時間及詩經的地域問題；東漢時 -g
先失，魏晉連平上的 -d 都先失落而去聲不失落，是否單純只是
調值上的問題，又上古去入聲通押 49 次，本來也比平上聲跟入
聲的通押多，並不僅僅是魏晉時特別。濁塞音 -b 尾只有在諧聲
才有，董同龢先生認爲詩經時代 - **b ＞ - *d，原因何在。上古
音節全屬閉尾韻，古人如何區別等。這些問題丁教授也都一一答
覆，關於去入調值相近，持兩派意見的人都採取，但還要加一個
韻尾的關係，才好解釋。

　　第二篇是淡江大學的竺家寧教授的「評劉又辛複輔音說質
疑，兼論嚴學宭的複聲母系統」，指出劉文的四個缺點；如忽略
近人相關研究成果，對音變處理過於簡單，把詞彙變化與複聲母
變化混爲一談，對複聲母擬定原則的誤解等。文中也討論了竺先
生本人所遵守的擬測原則，再用這些原則來看嚴氏的系統，也有
三個問題， 1.他完全未說明演變關係；2.擬音過於複雜（忽略同
部位可以諧聲的原則）；3.三合複聲母和四合複聲母擬得太多，
有些任意性。最後對嚴氏的兩點長處：對同族語言的運用；詞頭
觀念的提出，也加以適當的肯定。清華大學語言所所長李壬癸教
授講評，對竺文注意音理，講求音變規則，系統性，證據三方面
加以肯定，也指出若干的缺失，如題目與全文篇幅的比重有待斟
酌，未列引用書目，有些音理的論點有待加強，如竺文認爲 kl-，
pl-，tl- 應平行，但英文有 pl-，kl- 就沒有 tl-，再如清濁不同
的兩個塞音組成複聲母，竺文認爲不妥，但有些語言是有的，如
美國紅番語言及臺灣很多山地語。又如竺文對諧聲的條件好像定

得太寬一點。竺教授在答覆時也多半接受，但關於諧聲條件，如 k, k', x 上古互諧，現代方言仍多保存，恐怕不得視為太寬。再如清濁輔音的結合也應有限制，如 xd- 與 ɣt- 這種對立就不可能存在。

　　第三篇為中研院史語所黃俊泰的「滿文對音規則及其反映的清初北音音系」，黃文以他在韓國寫的碩士論文為基礎，再增補資料修訂寫成，利用滿文對音資料研究漢語音韻，是一條新的路子，可以彌補過去研究漢語語音史的不足，黃文對於滿文對音規則，如異施法，借用法，借異法，切音字，異施切字等的解釋，與會學者多能感到大開眼界，黃文認為利用滿文對音資料的限制，必須參考相關的韓國原有的轉寫系統，中國音韻在近代的演變等，加以擬測，對清初北音尖團音的分混、知照系的分混、部分喻母字的濁擦音化等聲母現象，果拙攝的分混、蟹攝合口字的分化等韻母現象都提出解釋。史語所語言組主任龔煌城教授講評指出利用對音資料研究一個古代語音要有一定的條件，滿文對音資料的運用，剛好有二個條件，使它不會發生困難，一是中古漢語到了清初有相當簡化，一是滿文對音有必要而且有能力區別漢語的不同（如人名、地名區別上的需要；沒有字母時另創字母的能力），因此，本篇研究具備這些成功的先決條件。對黃文的對音條理，資料熟悉加以讚賞，也提出若干小的缺失，如對音中送氣與清濁的一致性，談音韻結構沒有明白分別語音層次及音位層次等問題。

　　第四篇高雄師院林慶勳教授的「論音韵闡微的協用與借用」，本文是林教授對這本中國最後一部官修韵書在反切上有特殊貢獻的一系列探討之一，在典型的、進步的「合聲切」之外，編者又用「協用」與「借用」來校正不合「合聲切」原則的「今用」切語，協用在補今用之不足，借用在補協用之不足，在全書中二者合計約五百多切語，借用表面上是借鄰韵字爲用，實際上都是一種合聲化的努力，同時也由透露了佩文韵106韵之間異韵同音的關係，而表現清初北音的眞象，對這部在保守的背景下所作的韵書看似保守實際有重大改良意味的看法，正是本文不泥於古的語音史觀點。清華大學張光宇教授講評時指出韵書與實際語言發展上的不一致，不能反映時音而保存更古的語音自切韵以來即如此。用平水韵目作爲切語用字範圍，又說反切要反映實際語音（應該是讀書音），中間不無調和的困難，並以中古喻三等的「融」「榮」北平話今讀z母，林文以「融」爲具有合聲精神的協用反切，應是無聲母的，李榮先生曾經討論過北京「榮」字的音，黃俊泰文中也談到喻三有z，y的兩讀，這種現象在林文中都得不到反映。

　　四篇八人的讀評之後，接著綜合討論。陳新雄教授對丁文提出三個問題：詩經平上去相押有16次之多，這裏去聲不無從入聲變來的，有無進一步統計？調值相近跟-g，-d尾失掉的先後關係如何，是否還有其他條件；又現代方言好像也很少有去入調值相同的，上古調值如何知道，不無困難，等等。高師院李三榮教授對上古濁塞音-d比-g消失得晚一點，跟方言-p、-t、-k尾消失的過程，-k或-ʔ尾往往最後消失的現象不一致，與古聲母

影、喻、匣等舌根及喉音往往消失也不合。丁先生對以上問題都作了解釋。對清濁輔音韻尾及聲母輔音的演變，認爲沒有法子用一致的規律來解釋。陽聲韻尾的鼻化各方言也不是朝向相同的路走，我們往往只能看到大的趨勢，還要考慮個別情形。丁邦新對竺家寧「現代漢語方言從古漢語分支時代不可能早到複聲母存在的時代」一語提出修正和補充，以閩語建甌、建陽方言來母字有些讀 s 爲例，認爲可能反映複聲母的遺跡。吳疊彬先生對竺文某些複聲母搭配問題，提出質疑。並請問林慶勳文中「澄」「憑」二字未列廣韻音切的用意。師大國文系辛勉教授也根據西藏語、緬甸話古代的陰聲韻沒有元音收尾的情形；藏語有聲調的方言其高低升降的變化跟沒有聲調的方言複輔音有對應關係；藏語「鹿」字有複輔音，陝甘寧靑把房角叫 k′ulung ，說人、馬等團團轉也用一長串的 tr r rr …… 來形容，都可作古複輔音說之參考。張光宇教授則認爲對大陸學者音韻研究的水平，不能遽作斷言，也得到竺教授的同意。

一點三十分至三點，進行第二場四篇論文討論，擔任主席的是師大李訓導長。由陳新雄教授宣讀「陳澧切韻考系聯廣韻切語上下字補充條例補例」，丁邦新教授講評。靜宜文理學院孔仲溫教授宣讀「廣韻祭泰夬廢四韻來源試探」，由竺家寧教授講評；香港中文大學黃坤堯先生講「史記三家注異常聲紐之考察」，由文化大學中文所代所長柯淑齡教授講評；高雄師院李三榮教授宣讀「秋聲賦的音韻成就」，由政大教授簡宗梧講評。陳新雄教授以最簡短的方式，說明補充條例，是想彌補陳澧補充條例在反切

下字運用上稍微武斷之不足，因此從廣韵四聲「韵」的相承，延
伸到每個字音相承的觀念上，凡是陳澧用補充條例可系聯的，用
這個辦法也可以得到相同結果，所以稱「補例」。丁教授講評時
指出本文是陳教授寖霪聲韵學範圍裏的一部分發現，也同意陳文
對陳澧的批評。陳文從不同角度，而得到相同結果，也值得肯定，
但對於平上去入的某一個字讀音可以相承，卻提出判斷上的困
難，例如「東、董、凍、穀（丁木切）」這個「穀」字，由於聲
母的丁、當與多得德兩類實際不能系聯，怎能知道「丁木切」是
個相承之音，因其他三字皆以「多」字為上字，因此心目中必得
先承認這兩類上字是同屬端類，如果認為端母有兩類，如何認定
它與平、上、去是相承？丁先生認為陳文舉例非常確鑿，也得到
補例的作用，但若能找到陳澧眞有困難，或沒有發現的類，而經
過陳先生的辦法可以確認，則這個補例的價值就不僅僅在補足陳
澧的不足而已。

　　孔仲溫教授對廣韵中最特殊的四個韵，從諧聲和押韵的表現
上，根據統計法，把上古到切韵，分成四個時期，分別統計各個
時期的分布和接觸，尤其觀察去聲和入聲的來往，其取徑和丁文
略近，但詳列各期押韵資料，並統計四韵獨押、互押、與入聲或
其他去聲通押的百分比，發現這四韵來自上古入聲，而逐漸脫離
入聲，轉為去聲的過程，認為四韵的去聲性格完成於魏晉，而廢
韵也在此時成立。南北朝時四韵的押韵顯示，它們與去聲關係極
密切與入聲關係極疏遠，各韵獨押的增加與合押的銳減，證明四
韵已經獨立，但祭霽的合流則更顯著，也可證明顧炎武音論認為
梁天監以後去入「若有界限」的說法。竺家寧對孔文的選題、分

析材料之巨細靡遺，斷代的追查法表示肯定，但對孔文的溯「源」而不談「流」變，演變分化的條件並有探討，爲美中不足。並且對王力先生以元音長短來區別上古去入認爲值得商榷，也許可以從這四韵的調值方面進一步探討，看它和入聲分化的條件。

黃坤堯教授的文章排比了三家注和廣韵的異同，指出聲紐清濁不同的比例佔全部異常聲紐大約30％，值得注意，其他的分混，包括重紐，開合及各種聲類之混用，都值得從古今音變或方言異讀來探其原因。柯淑齡教授的講評認爲黃文費時甚多，整理出的異常現象，可以作爲各家解釋六朝隋唐音佐證，正有其重要性，但有些異讀的分析，如幫滂或幫並異讀，究竟是清濁之異或送氣與否的對立，黃文並沒有結論，有待提出具體的結論。

李三榮教授從四個方面討論「秋聲賦」的音韵成就，一是韵脚的設計，二是音響的比擬，三是情境的修飾，四是高潮的烘托，也用了四小節談歐陽修此賦的寫作背景。在結論上提出一些聲情關係的法則，如利用牙喉音字暗示強烈的感情。利用四等模擬音響的細小，利用陽聲韵象徵心情的凝滯或音響的高亢等等。簡宗梧教授講評認爲聲、情關係的研究立論基礎薄弱，即使把它規格化了，也會像血型與個性的說法一樣，例外情形普遍。其中偶然的或有意的安排也很難分辨。李文中同是梗攝字，在11-13頁中就暗示三種情懷都不太一樣。又如擬音上用周祖謨的宋代汴洛語音考的擬音或更貼切，又如歐陽修生平介紹太多，不如節省篇幅來作節奏或篇章安排錯落的討論，但他仍肯定這樣的研究伸廣文學觸角，是值得走的路。這篇文章是大家討論最熱絡，也是爭議最多的一篇，張以仁、丁邦新、李壬癸都指出其中的困難。

張以仁教授（中山大學中文系主任）他對黃文有關三家注本身有
無差異？異讀現象跟意義的關係如何？爲何不用高本漢、董同龢
等人擬音提出疑問。丁邦新教授對孔仲溫談押韻比例時要考慮韻
字多寡提出建議，又所用南昌話「蔽」字音讀的佐證存疑，並對
竺家寧認爲祭等可否從調值不同來看，可能會多出一個入聲調而
待商榷。陳新雄、李壬癸、吳疊彬、董忠司等對這一問題也都表
示了意見。

　　三點十分，第三場討論會開始，由丁邦新先生擔任主席，這
一場是主題最集中的「漢語方言學」，丁先生也獻身說法，先用
閩南語作開場白，五篇論文中，兩篇論聲調，兩篇談閩語韻母，
一篇客家話內部差異。首先由珠海大學的何文華教授宣讀「廣州
話的聲調」，分本調、變調和語調三項，本調方面有九個調類十
一個調值。變調包括連續變調和習慣變調，語調方面包括語音之
同化、縮減等。並認爲廣州話聲調存在著比切韻更古之語音底層
，至其起源，分化及古音關係有待進一步研究。師大國文系張文
彬教授講評時指出，本文只作到介紹，有些研究有待加深。語
調部分屬於「連續變音」，只宜列爲附錄，又作者在陰平的兩個
調值討論其不具辨義性，可作一個調，但對陽入的兩調值牽涉元
音長短，能否視爲一個調，卻未加討論；又如習慣變調「不作
爲區別詞義的標誌」，但舉例卻有詞彙意義或詞性的區別，凡
此皆有待斟酌。吳疊彬先生在討論時也提出十三個調值的看法。

　　第二篇是史語所的林英津小姐宣讀「論吳方言的連續變調」，

本文將個讀的本調和連續後的變調，一起放在歷史的觀點來看，希望從一些固定的變調模式中探求對聲調調值的了解。第一部分為導論，介紹過去學者研究成果的概括說明，第二部分以老派上海話作為分析實例，資料主要根據沈同的記音，作者認為相當可信，從它的調類、調值及連續變調排比之後，給予初步的基調擬測及音韻徵性說明，再從比較早期的上海方言記音資料，作了「連調式以外的觀察」，特別對基底形式的上聲調跟去聲調作觀察。並從實驗語音學的認知給予「降調」的考慮。本文結論指出所構擬的暫時性規律，大致適合其他吳方言點。八個基底調值也許能反映較早的上海話調值。高雄師院國文研究所所長應裕康教授講評首先指出題目用吳方言包含範圍太廣，與該文的基礎分析不符。林文對什麼是老派方言，應有一個附註說明，又如許寶華的文章提出上海話基本調有六個，沈同提出五個，何以許的文章在後反而不用。自喻為「上海土人」的應教授幽了本省籍的林小姐一默，認為自己實在不懂上海話的聲調，對於林文中陽去調的幾個字有不同意見，「陽去的部分可能沒有這麼簡單。」

　　第三篇由清大中語系張光宇教授主講「從閩語看切韻三四等韻的對立」，這是張教授上屆會議宣讀「梗攝三、四等字在漢語南方方言的發展」一文的姊妹作。從閩語的對立來看切韻韻母，也是一個新的角度。張文提出三四等的三向對立，是把切韻三等分成AB兩類韻，如支麻對戈，清庚對陽，仙對元，鹽對嚴（入聲相承準之），前者是三等A後者是三等B，再分別跟四等的齊、青、先、添對立，即是三向對立，並依照牙音尾韻 -ng/k、舌音

尾韻 -n/t、唇音尾韻 -m/p，喉音尾韻：φ四類，排比對立的語料，給予各組對立的語言層擬測相當一致的底層，如：*aing（青）：* iang（清庚）：*iong（陽）以及*ain（先）：* ian（仙）：*iɑn（元）等等。張教授詳細解釋了語言層次的看法，是考慮相關韻中的互動關係。並指出閩語文、白異讀早晚是值得深入研究的問題，眞正閩語的底層其實是越語，所有漢字音讀對這個底層而言都是文讀，並不是我們通常所了解的文、白二層或三層。講評人臺大中文系的楊秀芳教授，對張文分析語言層的深入，表示佩服，認爲這樣的分析本身有其一定的貢獻。並提出兩點技術上的疑慮，一是關於語言層的認定，如何證明或判斷A韻的某個讀音和B韻的某個讀音在同一時代，即屬同一語言層？如梗攝三等庚、清都有三、四種讀法如 ĩa，aĩ，ï，iŋ 等，四等青韻亦然，如何知道三等的 ĩa 是對應於四等的 aĩ 而不是別的讀音，以及建陽的某個讀音對應於潮州的那個音。何況這些例子都不多。再者，根據閩語白話音特徵可知閩語從上古音分支出來的時間很早，至少在切韻以前，那麼所謂最古的三向對立的分別卻正好都可以拿切韻的韻類爲其範圍，而反而跟較早的詩經韻系統有相當出入，這也是令人疑惑的。

　　第四篇由師大國文系副教授姚榮松宣讀「廈門話文白異讀中鼻化韻母的探討」，本文根據羅常培「廈門音系」及「漢語方音字滙」廈門部分，討論廈門話鼻化韻母的形成，來自陽聲韻尾的 -m-n-ŋ 有無先後關係，發現廈門話中*-ŋ＞-n與 *-n＞-ŋ 兩種演變是並存的，因此修正了周辨明認爲 -m＞-n＞-ng＞ṽ這樣

的演變過程，認爲鼻化韵 ṽ 的形成是不同的語言層次的累積，包括 -m＞ṽ, -n＞ṽ, -ŋ＞ṽ，以及 - m＞-n＞ṽ。本文也討論了文、白兩層的畫分問題，認爲沒有異讀的單讀字也可能是古閩語的遺留。也討論了認定異讀字是否代表歷史層次的標準。具體說來，廈門話鼻化作用集中在古閩語可能是前、低元音的韵攝，如山、咸及梗攝；鼻化作用很少波及的臻攝、通攝等可能是元音高化較早或本身偏後。一般而言，鼻化韵所保存的古閩語遺跡，較文讀音爲早。東吳大學中文研究所所長林炯陽教授講評指出，本文有兩個觀點較有價值：一是認爲閩語無文白對立的單讀字，理論上歸文層，實際又可以歸入白話的第二層或第三層，才能呈現完整的白話系統。二是修正周辨明先生關於鼻化過程的看法，都是深富啓發性。林教授又提出三點質疑；既認爲閩南白話音超越切韵，但文中談鼻化又拿切韵作比較，爲何不用上古音系統作比較或者直接一點。又文讀、白讀的先後問題能否詳細說明。文中「襯」字，白讀 ʰtsʼaĩ，字滙文讀作 tsʼiŋ，以此爲例，演變情形是-n 到 -ŋ 再鼻化或者從 -n 直接鼻化？酸字基隆讀 ʰsuĩ，宜蘭音 ʰsŋ，文讀 ʰsuan，三種讀法演變關係如何。

　　第五篇由新竹師專教授羅肇錦宣讀「臺灣客語次方言間的語音現象」，本文只就十個方言點，每點選取兩百詞彙作記音調查，探求方言點間的特殊差異，分聲母、韵母、聲調及綜合現象等四項來探討，作者發現許多有趣現象，如不管那一派方言，有部分上聲變陰平現象，還有許多內部屈折現象，作者歸納這些細微差異的原因有九項：即文白分化、同化異化、省略增加、古今音變、

連音合音、顎化、屈折變化、附加成素、借音等。篇末附有二百個詞彙對照表。中研院史語所何大安教授講評時認爲，方言調查報告的價值是看這篇報告將來爲學者所使用的程度，或者同一位調查者能否從報告中發現新的問題，繼續新的探索而定。羅文合乎兩個成功的標準：一爲對客語次方言作相當忠實的記錄；二爲具有語言學家的敏感與睿見，能發現所觀察語言的特殊現象並提出充分討論。羅先生的調查基本採取方言地理學的取徑，如解釋某些客語次方言第三人稱採用閩南語，他認爲受鄰近閩南語的影響，但爲何只限於二個次方言？足見方言地理學對於調查大都會的方言或臺灣的漢語方言是不夠用的，這是由於臺灣農村現代化腳步非常快，社會的分工，專業人口的增加，這些都讓我們必須考慮社會語言學的因素，這是對羅文的建議。

　　五位主講人分別作三分鐘的答覆或說明之後，主席宣布距離預定終場五點還有四分鐘，只容許有兩個問題，結果只夠吳疊彬先生一人發問。緊接著由陳新雄教授主持會務討論，正式宣布成立「中國聲韵學學術討論會」。

　　至於下屆主辦單位，原則希望商請臺大中文系主辦，本會請臺大幾位先生向羅聯添主任轉達，本會再作聯繫，若有問題，應裕康先生亦同意由高師院接辦，第三順位才是史語所。閉幕式由師大李訓導長致閉幕詞，對於本屆會議深感圓滿成功。他並期勉大家擴大參預，將來可將蒙文、藏文的研究併入議程，使我們音韵學的研究能更進步，成就更輝煌。

　　本屆論文多達十三篇，不但超過前三屆發表論文的總數（11篇），同時在質的提升和主題的多樣化上面都有很大的進步，參

與人數的劇增，也是前所未有，本屆還有幾個特色：

1. 設研究生觀察員，所有會員均在二週以前寄發全部論文資料。

2. 邀請香港地區兩位學者發表論文，擴大學術交流。

3. 論文分成三個相關主題，第一場為上古音與清初北音，第二場為切韻與中古音，第三場為漢語方言。

4. 討論會論文將由國文學報（師大國文系出版）第十六期以「聲韻學討論會專號」出刊。

　　另外，值得一提的，竺家寧、林英津的論文，都以大陸學者的論文作為討論基礎或原始語料，而論文的結論都充分發揮了自主性，用自己的觀點立論，作出更好的成績。每位講評人，也都能針對論文特點，提出評述或商榷，使每篇論文得到起碼的回應，對提升國內聲韻學術研究水準，帶動研究風氣，非常有力。此次會議的圓滿，要歸功於主辦單位幾月來周詳的籌備，師大梁校長的鼎力支持，及所有與會人員的支持，展望未來，期望每年一度的聚會，盛況有增無減。

附錄二

第六屆全國聲韻學討論會紀實

竺家寧

每年召開一次的「全國聲韻學討論會」於民國七十八年四月十六、十七兩天在高雄師範學院舉行。這項聚集全國聲韻學者的大型學術研討活動已連續舉辦了五次，分別由各大學輪流主辦。本次第六屆討論會是首度在臺北以外的大學舉行，但是參加的學者仍然十分踴躍，討論發言比以往更熱烈。出席的學者、教授、研究生共一百多人，提出討論的論文有八篇，分三場進行。

開幕典禮於十六日下午二時由高雄師院國文研究所所長應裕康先生、國文系主任施銘燦先生主持，師院院長張壽山先生致歡迎詞。

第一場討論會由師範大學陳新雄教授擔任主席，從兩點四十到四點二十，宣讀論文三篇。第一位論文主講人為政治大學教授謝雲飛先生，報告「麗水西鄉方言的音位」，由中央研究院院士及歷史語言研究所所長丁邦新先生講評。謝教授主講時特別強調這是首次嘗試方言的研究，而浙江麗水正是自己出生的故鄉，西鄉則屬麗水和松陽交界的一個鄉。這篇文章主要是一些語料，著手記錄已有二、三年時間。內容分聲母、韻母、聲調三部分。並做了「語言徵性」(Distinctive Features)的分析。在「單字音

表」中分別羅列了口語音與讀書音的音值。由這些語料觀察，可以得出幾個特點：1.以聲母言，各發音部位的濁擦音、濁塞音都完全保存。2.三、四等韻的精系、見系大部分顎化，一些口語音却例外，這是因爲口語保留了較古老一點的念法，讀書音比較接近現代。3.三等照系字念ㄐㄑㄒ，知系也有部分念ㄐㄑㄒ。4.敷、微兩母字都讀爲重唇音，非、奉兩母字都讀爲輕唇音。日母的念法和泥娘母沒有區別。5.聲調有七類：陰平、陽平、上聲、陰去、陽去、陰入、陽入。其中，上聲較特殊，陰上和陽上儘管音節的聲母清濁不同，但調值則完全相同。

　　丁邦新先生的講評認爲中國聲韻學和方言相關性極大，要知道中古音的念法，必需從方言著手。謝先生研究聲韻多年之後，回顧研究自己家鄉的方言，自己既是記音人，也是發音人，因此有取之不盡，用之不竭的語料。麗水西鄉方言，文言和白話音不同，白話音比較少，也比較古老。舉例而言，麗水雖是吳語，但「豬」字的白話音念起來和閩南語相似，文言音念起來則和吳語相似。麗水是吳語的西區，從資料上看來，麗水方言和其他吳語很不相同，如把吳語分爲五區，麗水屬於處州一小片。這一點大陸學者的研究和謝先生的研究吻合。

　　丁先生也提出了一些意見。例如在韻母表中，有陰聲韻、陽聲韻、鼻化韻三類，而帶喉塞音韻尾的韻母既見於陰聲韻，也見於鼻化韻中，可以考慮集中安排。舌尖鼻音韻尾 -n，和舌根鼻音韻尾 -ŋ 是互補的，實際上，麗水方言是把中古的三個鼻音變成了一個。然後再走向鼻化的路。此外，「單字音表」中的例字是不是本字，也可以進一步研究。

　　第二篇論文「濁上歸去與現代方言」，由中央研究院歷史語言研究所研究員何大安先生主講。何先生指出，濁上歸去在漢語音韻史上是一項重要的演變，文獻上可以觀察得到的濁上歸去現象，最早見於盛唐及中唐詩人如孟浩然（689-740）、王維（699-759）、李白（699-762）、杜甫（712-770）、韋應物（737-830？）、白居易（772-846）、柳宗元（773-819）等人的詩歌押韻，以及慧琳（737-820）「一切經音義」（810）的反切、韓愈（768-824)的「諱辨」、「悉曇藏」（880）、李涪「刊誤」（895以前）等資料。換言之，最遲從八世紀初開始，也就是「切韻」成書一個世紀之後，這項演變就已經發生了。由這些文獻資料可以發現：所涉及的人物，活動範圍都在北方。盛唐以後北方已經開始濁上歸去，但同時的南方吳音並沒有這種變化。所涉及的濁上字，都是全濁上聲字，沒有一個次濁上聲字在內，可見它仍讀上聲。

　　宋代的汴洛方音，元代的「中原音韻」（1324）和現代官話都有和上述唐代北方方言相同的演變。這種演變，可以稱為「官話型」或「標準型」的濁上歸去，這是一條力量非常強大的演變規律，每一支現代漢語方言中，都有它的影響痕迹。接著，何先生分析了現代方言中濁上歸去的情形，包括了官話方言（北京、濟南、青島、洛陽、蘭州、成都、揚州、大同）、湘語、贛語、吳語、徽州方言、粵語、客語、閩語、以及一些邊緣性的方言（如儋州村話、武鳴借字等）。並得到六點結論：1.濁上歸去是八世紀以後北方漢語開始有的一種新變化。2.隨著唐宋以後江南的進一步開發，北方方言的影響不斷南下。官話型的濁上歸去便

在南方方言中造成了不同程度的同化。 3.次濁上與濁上同類的方言，一定曾經廣泛流行於江南。現代吳語、閩語、粵語和若干邊緣性的方言，都保留了這個特點。 4.贛、客語的濁上歸陰平，和客語的次濁上歸陰平，也使得官話型濁上歸去的同化工作在相當程度上受到干擾，而牽出新的演變方向。 5.許多方言都有次濁上二分的現象。這是次濁上視同濁上的南方型方言和次濁上視同陰上的北方型方言，兩種不同的結構互相激盪影響所造成的。 6.公元九世紀時，吳音上聲還沒有分化。今天吳語的八個調，是在那以後才發展出來的。

　　這篇論文擔任講評的是高雄師範學院副教授李三榮先生。李先生認爲何先生的文章資料收集很勤，處理上井井有條，在聲韻學上有一定的貢獻。不過在用辭上過於強調，例如何先生認爲江陰型的方言濁上歸去和湘語、大部分的贛語一樣，完全官話化了，似乎和事實有點距離。李先生也不同意何先生「越接近官話區域的地方，（受官話型的濁上歸去）同化越深。湘語、贛語已經幾乎完全同化。」的觀點。此外，贛語的第二類型（萬安、南越、弋陽、都昌）受到「濁上歸陰平」的影響，這種影響的來源交代不很清楚。何先生用贛語的「濁上歸陰平」來解釋客語類似現象，李先生認爲不如由歷史背景來考慮，如黃巢之亂、州縣的設立，來探討客語「濁上歸陰平」是受什麼影響而有的。

　　第三篇論文「『彙音妙悟』的音系及其相關問題」由師範大學國文系副教授姚榮松先生主講。姚先生指出「彙音妙悟」是現存閩南語十五音韻書中最早的一種。書中用「字母」代表韻類，

「八音」代表調類,「十五音」代表聲類。屬於等韻化的韻書,其作者黃謙爲泉州人,有感於閩音與中原地方不同,於是而有方言韻書編纂的動機。這本書代表了十八世紀末的泉州音。姚先生以現代泉州音系來和本書內容對照,以推測二百年前的泉州音系的面貌。

在聲母方面,姚先生發現書中有文、白兩讀或三讀的,大約是現代泉、漳、廈聲母的總合。現代還保存十五音的漳州音,或廈門的文讀聲母,最爲接近二百年前泉州音系的聲母。

韻母方面,前人的研究和擬音,多半根據漳系的五十字母及廈門音或漳州音。姚先生指出漳、廈的韻母並不能適用於「彙音」的五十字母,雖然有大部分韻母相同,但從閩南方言史的眼光看來,單注意其一致性,而忽略其差異性,是無法窺測方言之形成及歷史發展的。由於廈、漳、泉三點的差異,在聲母和聲調方面比較少,主要的系統性的分歧在韻母,因此必須從單一的方言韻母系統出發,才能把握作爲近代閩南方言起點的古代泉州音系。

聲調方面,姚先生肯定二百年前的泉州音是有八個調的。

本篇的講評人由中央研究院歷史語言研究所語言組主任龔煌城先生擔任。龔先生認爲「彙音妙悟」的圖譜很不容易閱讀,有很多地方是有音無字,或者是很偏僻的字,其中也有不少古音、俗字,即使以閩南語爲母語的人也不是很容易看得懂的。姚先生却能花許多功夫,引證考訂,提出很多精采的論點。不過,有幾個地方可以再補充一下,例如「十五音」、「五十字母」、「八音」,書中已有一完整的架構,只要把現今的閩南語代入即可,然姚先生作了一些古書上的考證,引用了文獻資料,反而生出許多困

難。像「柳」、「文」、「語」、「入」幾個聲類的例字（「朝」韻和「嘉」韻），用中古音注出，就有各種不同的聲母念去。

龔先生又指出，這本韻書反映十八世紀的泉州音，如果和現代泉州音相較，有不同的，那是今天的泉州音發生了變化。

三位主講人和講評人報告完畢後，主席宣布先請主講人針對講評人所提的問題答辯，然後再由同仁發言討論。

謝雲飛先生對丁先生提出的意見完全採納。關於韻母歸類，的確應把主要元音、韻尾相同的歸在一處，當初因為覺得〔iɛ〕加喉塞音的情況比較特殊，所以就另外安置了。

何大安先生的答辯同意李先生「措辭太過肯定」的意見。但是對於「濁上歸陰平」的問題，何先生認為在贛、客語中，誰先產生，無法確定，所以講起來就比較含混。何先生也同意方言和文獻資料應配合觀察，但歷史上移民遷徙的資料很模糊，應用起來就有許多限制。

姚榮松先生對龔先生講評的答辯是：研究方言是為漢語的歷史而研究，所以不免要由歷史上觀察。有些字雖偏僻，但「廣韻」還是可以查得到。當然有些例字姚先生承認是自己認定的，難免有所疏忽。這部韻書本來應該先把校勘作完再進行研究，目前「彙音」的版本在十種以上，而姚先生用的是師大收藏的光緒六年重雕本，早的還有道光時的版本，由於匆匆趕著交稿，所以姚先生也自覺還需要再補充。

三位主講人答辯後，由大家自由提意見。龔煌城先生說，關於早期泉州音的擬音，「雞」韻的韻母應由〔e〕修改為〔y〕，「鉤」韻由〔u〕修改為〔w〕。因為由圖中的音韻結構看來，

主要元音皆為〔ɤ〕。同時，修改後變化就非常有規律，能解釋現代閩音的變化，也和中古音不衝突。高雄師院陳光政先生說，謝先生論文認為自己口中的麗水方言正確性不會有問題，但陳先生在美國時，發現大陸學者的語音和臺灣差別極大，聲調不同，謝先生離開家鄉三十多年，鄉音音調可能會改變。謝先生的答覆是：自己的方言和國語差別很大，不可能混淆，麗水是個很閉塞的地方，附近幾縣都沒有方言資料，這點自己較有自信。新竹師院董忠司先生說，離開家鄉雖久，記下來的鄉音仍值得參考。董先生又說，謝先生論文中，舌面音和舌根音是互補的，是否能按照音位的觀點合併，以簡化符號。謝先生答覆說，就自己的感覺，兩套音差別極大，雖然由韻母的配合看的確有互補現象。謝先生並轉請丁邦新先生解答。丁先生說，音位處理的問題，普通有不同的看法。要嚴格音位化，當然可以合併。也有人寧可保留一點實際語音的特點，儘管互補，仍舊分開。例如閩南語，既有喉塞音韻尾，又保留三種入聲韻尾，雖然只取後者標寫也可以，實際上一般人並不予以簡化。謝先生怎麼做都可以，就看著重那一方面，也可以把董先生的話加個註。師大張文彬先生說，方言中，七個聲調的，往往上聲不分陰、陽，如閩南、福州、客家、麗水；六個聲調的，除上聲不分陰陽，連去聲也不分陰陽，請教何先生是否和濁上歸去有關？何先生說，七聲中上聲不分陰陽，是受濁上歸去影響。少於七個調的，就不敢肯定說了。

　　四點四十到五點四十，由丁邦新先生作專題演講，談「聲韻學中的幾個觀念問題」。丁先生強調，前人往往把聲韻學視為「絕學」，事實上，音韻學是很簡單的，只是在這個學科中，有

許多名詞，因古今相隔之故，使我們未能完全了解，因而覺得困難。如果我們能在觀念上、方法上有新的突破，就會覺得它是很容易的。丁先生接著就 1.原語的時間性。2.擬音的準確性。3.「詩經」的方言性。三方面討論。

「原語」是 proto- language 的譯名。例如「安、煙、彎、寃」四字，北平話念 an、iɛn、uan、yɛn、濟南話念 ã、iã、uã、yã。假如只有這兩種念法，我們如何知道它的原語念什麼呢？我們可以推測它念 *an、*ian、*uan、*yan。a 因為受 i 和 n 的影響而把位置拉高了。濟南話的鼻化音是 n 失落而造成的。那麼，這個原語代表什麼時代？假如我們調查高山族語言，推測出它的原語，這原語到底有多早？在沒有文獻資料可循的語言，我們是無法肯定的。又如我們比較古漢語和古藏語，擬測出漢藏語，我們也不能肯定它的時代。可是，漢語很特別，我們可以利用不同層次的東西、不同的文獻，來推測它的時代。

在「華音啓蒙諺解」（韓國，1883）裏，前面所舉的四個字分別念成 *an、*ian、*uan、*iuiən；在「同文韻統」（1750）裏念成 *an、*ian、*uan、*yan；「等韻圖經（1606）念成 *an、*iɛn、*uan、*iuɛn；「中原音韻」念 *an、*ien、*uan、*yen；中古音念 *an、*ien、*uan、*juen。從「煙」字音的演變看，原語 *ian 可能在「華音啓蒙諺解」和「同文韻統」之間。因此，我們可以說，前面所擬測的原語大致代表了十八、九世紀北方的語音。

如果沒有文獻，也可以訂出個上下限。例如研究各種閩方言，而推出一個古閩語，這個古閩語就不能早於「詩經」時代，可能

是漢代分化出來的。

　　就聲調說，例如北平、瀋陽、遼陽、新賓、清陰五地的陰平大致爲 55、44、33，而蓋平、瓦房店、大連、桓仁的陰平有 312 或 412 的情形。這裏有平調，也有降升調，原調的時間就得由移民史來看。十七、八世紀時，東北才有移民。前五個地方的原調也許是 44，後四個地方的降升調可能由 33 調拉長一點而形成的。所以，遼寧的八個地方應先有平調，而後才產生出降升調（陰平）的，而這降升調的時間不能推得太早，必須看移民的時間而定。

　　丁先生又談到「擬音的準確性」。董同龢先生曾說：「音標不是念的」，原來我們所擬測的音值一定會有差距，無法念得準確。例如我們今天說「ㄙㄢˇ個」，大家都聽得懂是「三個」，因爲在大家的認知範圍裏，沒有一個跟 san 接近的音會讓妳混淆不清的。一百年後擬測今天的 san 這個音，是不是果然就念成 s，或前一點，或後一點，沒有很大的關係。我們做方言記音時，所記的很少和發音時完全一樣的，連實際記音都有這樣的困難，又怎能要求擬音能和古人所發的音完全一樣呢？擬音根據的是「音位」，但也不是絕對的音位性，它的語音性也得考慮。例如蒲立本中古虞擬爲 -uǎ〔ʊɔ〕，意思是說，它的音位是 -uǎ，而語音其實是〔ʊɔ〕。通常，我們可以擬測音位上區別，但語音性則無法肯定。

　　那麼，我們要把音位性推到怎樣的程度呢？李方桂的上古音有四個主要元音 ə、a、i、u，這是基本音位上需要分的。而以 u 爲主要元音的東侯部，是否可放在 i 元音中，而收 -g^w、-k^w、-ŋ^w？以後，受圓唇 w 的影響才產生 u，如此就省了一個音位。

李先生沒有這麼做，這是語音性的問題。也有人把主要元音歸成兩個或一個，只要把聲母和韻尾加多就行了。但是，在注意音位性的同時，也得注意其語音性。在擬音上，不是絕對的音位性，也不是絕對的語音性。我們必須在兩者間做一個縝密的考慮。

丁先生又談到「『詩經』的方言性」。「詩經」有十五國風，顯然有方言的存在，那麼，我們把它擬測成一個語音系統，是否合理？「老子」、「楚辭」中，東陽相押、之幽相押、侯魚相押，這也是方言現象，如何攔到一個系統裏呢？事實上，「詩經」音系是個抽象的系統，它是把詩經和諧聲字合併在一起的音系，是有涵蓋性的。儘管在某些地方和方言不一致，只要用一兩條規則就可以做合理的解釋。譬如說，某些念 -m 的字，一部分變成 -ŋ，而和其他原屬 -ŋ 的押韻；有的 -uŋ 中的 u 分裂成 ua，因此可以和 -aŋ 押韻，便形成東和陽的關係。只要有一條規律，就可以解釋由「詩經」到「楚辭」、「老子」之間的押韻關係。幽部 -əgw 的 w 丟掉，就可以和之部 -əg 押韻。所以，用「詩經」的音系解釋當時方言的複雜關係是可以的。

另外，「諧聲時代」早於「『詩經』時代」，如諧聲時代收 -b 尾的字，到「詩經」時代已和收 -d 尾的字相押韻，「入、內、納」三字的關係就是鐵證。今天，我們所定的上古音，是把諧聲與「詩經」所包括的共同問題也攔在裏頭，做一個涵蓋的工作，我們可以根據目前的材料看到「詩經」前後有一些演變的軌跡。

四月十七日早上八點到九點五十分，舉行了第二場討論會，提出三篇論文。第一篇由新竹師院董忠司先生主講「江永聲韻學

抉微」。董先生根據清代江永的「古韻標準」、「四聲切韻表」、「音學辨微」探究江氏一些隱微未彰或曾被誤解的聲韻學見解。指出江氏中古四聲八調之說，更早於陳澧；今音輕脣古音重脣說，則先於錢大昕。此外，董先生也介紹了江永的古聲調說、古韻四十七部說、別起別收說、以及反切法的三個層次。並且指出江永之重視分析與提出音學理論。這些，對於中國音韻學史都有相當的價值。

擔任講評的，是東吳大學中文研究所所長林炯陽先生。林先生說，董先生的論文，可提供撰寫音韻學史的學者重新爲江永在此方面的貢獻定位。林先生並提出了幾個問題：日僧了尊所謂凡是重音、濁音、初聲都是低音，與明覺所說的「重音者初低音」，是否都指整個音節皆低音？聲調應指整個音節來說，不能單從聲母的清濁來判定。固然清濁能影響聲調的分化，但從董氏的資料中，還看不出這種分化。由了尊、明覺的話來證明江永的四聲八調，是否恰當，可以再考慮。

此外，董先生似贊同江永的四聲八調說，但若由此看「切韻」系的韻書，就有困難。例如「東，德紅切」，若中古音平聲已分化，「東」就不應該用「德紅切」來切。如果說，從反切上字的清濁可以判定聲調，古人對清濁往往還搞不清楚，這是有困難的。或許，中古的方音有四聲八調的區別，但就「切韻」而言，是不可能的。

第二位主講人是輔仁大學副教授金周生先生，講題爲「上古脣塞音聲母之分化可溯源於陸德明『經典釋文』時代說」。金先

生指出，上古脣塞音聲母之分化，先前學者多認為成立於三十六字母時代，張琨「古漢語韻母系統與『切韻』」一文則認為，由重脣變輕脣，最早的文獻資料見於慧遠的「一切經音義」（720）反切，以及約略同時的張參「五經文字」（775-776）和慧琳「音義」（783-810）。金先生更發現這項音變早在「經典釋文」成書之時已有。金先生列出了「釋文」七十八組反切，徐邈、呂忱、劉昌宗等前人都以輕脣音的反切上字切重脣字，而陸德明皆一一改為重脣之反切上字。反過來看，輕脣音的字，金先生列出四百餘條，陸氏都是用輕脣的反切上字，只有一條例外而已。金先生又指出王力認為「經典釋文」時代輕脣重脣不分是錯誤的。因為王力引用的資料多半是非「首音」（陸德明所造的反切）的前代音切。而且王力所舉之部分切語，並不見於通志堂本「釋文」。

　　不過，陸德明以輕脣字作重脣字之反切上字者，也有九十次，佔全部重脣字之十分之一，金先生認為這是陸氏受前人音切影響所造成之疏忽。

　　擔任講評的，是師大教授李鍌先生。李先生說，金先生對王力的「經典釋文反切考」沒有注意到輕重脣分化的情形，而重加分析檢討。若金先生的看法成立，則脣塞音的分化，便可溯源至六世紀之陳代。

　　其中有幾個問題。題目「上古脣塞音的分化」易使人誤解，以為上古的脣塞音已開始分化。而輕重脣的分化，不論是陳或唐，都屬中古。其次，「脣塞音」不僅止於輕重脣，不如直接用「輕重脣之分化」為題，更好。其次，措辭上說「已分化」，不如用「分化之痕迹」較妥當。因為仍有九十多個例外，證據還不十分

充分。此外，金先生舉出王力不用「首音」，可能王力論文中會陳述不用的理由，在金先生文中也可作交代。

第三篇論文「『釋文』如字初探」，由香港中文大學黃坤堯先生主講。黃先生指出「釋文」有大量異讀材料值得探討，至於我們是否同意因意義而區別兩讀是另一回事。同時，研究唐人的異讀，也不在恢復古代的音讀。陸德明的異讀可以幫助我們理解經義的古訓和唐人的語法觀念。所謂「如字」，就是唐人的常讀常義；「破讀」則是引申義，可以區別特定的語法和語義。不過，前人往往爲形式所限，一律將平、上、入訂作如字，去聲爲破讀；清聲母爲如字，濁聲母爲破讀。這對大部分例字來說是適用的，但「釋文」也有很多去聲或濁聲母爲如字的例子，它們轉化的途徑恰好相反，這可以用「切韻」、「說文」爲旁證。認識如字，不但可以明白唐人常用字的正確讀音，還可以了解習用義和引申義之間的分化關係。黃先生文中列舉了「釋文」以濁聲母爲如字的例八個，以去聲爲如字的例十九個，並加辨析。

擔任講評的，是師大張文彬先生。張先生肯定黃文的兩個論點：第一，破讀不只限於去聲及濁聲母；第二，認識如字，對當時的習用義、引申義、語法概念都有幫助。不過，張先生也提出了幾點意見。首先是題目太大，而內容實窄。「如字」實際上包括了形、音、義各層面，而本文只談字音。如在題目上加一「釋音例」較妥。黃先生所舉的例，有的是「釋文」並未注如字，而是作者引「說文」而考訂爲如字的，這類材料似應刪去，使體例更精純。此外，「敗」字自動、他動的區別，作者沒有交代清楚。「上」字的二讀，作者認爲定去聲爲如字。可能是濁上變去的影

響。但「釋文」濁聲母有上、去二讀，如何解釋？濁上變去在「釋文」中是否還有更多的資料，值得再研究。文中歧音異義的例子，不妨和現在的破音做一比較。

三篇論文講評後，由主講人答辯。首先由董先生發言，他接受林先生所提，四聲八調以日僧為例恐有問題。但董先生強調，即使把日僧的例取消，江永的四聲八調說還是成立的。董先生又說，江永的說法可能不適用於「切韻」，但對此自己的看法還是有所保留，因為「切韻」包容古今南北，因而用四聲系統。

金先生的答辯說，關於題目用「中古唇塞音」，又考慮到一般「中古」指的是隋到唐初。而「輕重唇」的名稱是中古晚期三十六字母的分類。陸德明的時代，似乎還未有定說，所以選用了一個較籠統的名稱。另外，王力的論文中未用首音，王力本人並無說明。

黃先生答辯承認題目的確太大。至於「如字」的認定，是參考了「均韻」、「說文」、「釋文」而決定的。

答辯之後，便進行自由發言討論。陳新雄先生首先提出，董先生論文中說「入聲與去聲最近，詩多通為韻，與上聲韻者間有之，與平聲韻者少……」，尚有待抉發，是否可作說明。又金先生文，題目的「上古」稍早了些；「唇塞音」很好，「陸德明」三字可省略，因為「經典釋文」是一部大家很熟悉的書。

董先生答覆說：上古音非己所長，陳先生所提的問題，回去將用心研究。關於金先生文，董先生認為應再加上「聲母」二字，成為「唇塞音聲母」。

謝雲飛先生發言說：四聲分八調，因聲母清濁而分陰陽，江

氏能感覺出，很可貴，但江氏是否第一人？董先生答覆：江永可能不是四聲八調說的第一人，只是讀到杜其容先生的論文，特別表彰陳澧，不免爲江永不平。

　　丁邦新先生說：四聲八調是個音位問題，分八調是後人的解釋，能否以之看中古音？可能唐代某些方音有陰陽之分，但不是分兩個調值，其實仍是一個聲。例如閩語「菜刀」、「刀子」、「刀把」，念起來不太相同，但若回去問母親，她會說還不都一樣！發音的人不知道其中有變調的情形。又國語「閃染」、「上讓」，各有清濁，爲二調，但並不容易分辨。

　　姚榮松先生發言：董先生未討論江永的四等洪細說，但這似乎也是個關鍵問題。董先生答覆說：因爲高本漢以來，已有不少探討和爭議，故不再贅述；另外，自己對江永的研究已成一書，文史哲正排印中。

　　丁邦新先生發言，把江永的古韻視爲四十七部，或可再考慮。一般來講，分部往往指的是大部。另外，金先生例中有10%的例外，應如何解釋？是否有其特別的音韻關係？

　　發言至此，由於時間有限，不能更進一步討論。於是，緊接著展開十點到十一點的第三場討論會。由師大教授兼總務長張孝裕先生擔任主席。

　　第一篇論文「宋代入聲的喉塞音韻尾」，由淡江大學教授竺家寧主講。

　　竺氏認爲，古代入聲 -p、-t、-k 韻尾在消失以前，有一個弱化爲喉塞音的階段，這個階段很長，包含了宋代的幾百年歷

史；同時，影響的範圍也相當廣大，因爲宋代的語料普遍的呈現這種現象。竺氏在一九七二年「四聲等子音系蠡測」一文，即曾提出這樣的構想。現在又從宋代詞韻、「九經直音」、「韻會」、「皇極經世書」、「詩集傳」、以及三部宋元等韻圖考察，發現 -p、-t、-k 三種韻尾都混而不分，但是入聲的類別仍獨立保存著。因此，竺氏用喉塞音韻尾來解釋這種現象。

　　過去研究詞韻的學者往往認爲 -p、-t、-k 的混用是例外通押，但是在 3150 個韻例中，這種現象高達 1272 次，爲什麽宋以前的詩歌用韻沒有這種大量通押的情況，偏偏出現在入聲消失的元代前夕？更有力的是「九經直音」的三種入聲相通，多達 137 條。直音的本質是注音，絕不會有「通押」的道理。至於「韻會」的入聲韻（字母韻）亦然，例如「訖韻」包括了「急執（-p）、必實（-t）、極直（-k）」等字。而一個「韻」，必需只有一種韻尾，這是音韻學的基本原則。此外，「皇極經世書」中的聲音唱和圖和三部宋元韻圖都改變了入聲的配置，以之配陰聲韻。同時，有些圖攝中夾雜 -t、-k 兩類字。而韻圖分攝，韻尾相同是必要條件。不過，在這些韻圖中，-p 類字不相混，這很可能是時代或方言的因素。

　　竺氏最後指出，入聲從 -p、-k、-k 到喉塞音韻尾，然後消失的三個階段，正反映在今天的入聲地理分布上，大致和我國南部、中部、北部的情況符合。

　　擔任講評的是陳新雄先生。陳先生認爲本文以深入淺出的文筆來介紹聲韻上的一些概念，文字生動外，仍有其細密處。比如在批評周祖謨以韻尾失落來解釋不同入聲相協的情況，竺先生以

為並非如此，若是，則入聲字應和平、上、去相押，而不是仍和
入聲字相押，可見入聲韻仍保留了某些東西，並未消失。

　　陳先生也提出了幾點意見。第一、宋代入聲既普遍都是喉塞
音韻尾，那麼今天南方的 -p、-t、-k 如何來的？第二，竺先生
提到「韻尾後移」的看法，何以 -p 尾部位最前反而有些資料不
變？第三，文中所用的材料應依時代先後排列，因為語音演變有
時代先後的關係。

　　第二篇論文「『諧聲韻學』的幾個問題」，由高雄師院林慶
勳教授主講。林先生指出，「諧聲韻學」一書現存故宮博物院，
內容和「音韻闡微」有很多相近之處。其中有聲母二十一個，韻
部標明為十二攝，入聲已散入陰聲，-m 尾的字也歸入了 -n 類中。
由這些現象看，應屬北方音系無疑。此書因係稿本，原書又無任
何序跋說明，因此，成於何人之手，遂成為一個謎。林先生推測
是王蘭生在康熙52年所編。王氏早期受李光地影響很深，加
上他是道地的北方人，康熙52年進入蒙養齋奉命修韻書，如果
修一部隨時諧俗的「諧聲韻學」，應有可能。其後因康熙以其更
易太甚，加上李光地的駁難，最後只好改弦易轍，與李光地修纂
「音韻闡微」。

　　「諧聲韻學」把全濁清化、聲母合併、龍類趨簡、陰陽平分
化、濁上歸去等現象直接表現於韻書中，「音韻闡微」則隱藏於
凡例、按語，甚至於「合聲系」反切中。二書比較，它們的音韻
狀況有太多的相似處。這種一致性，足以使缺少序跋及任何文字
說明的「諧聲韻學」，有了一個合理的歸屬。

　　擔任講評的，是師大國文系的吳聖雄先生。吳先生認為這篇

論文反映了幾個觀念：由文獻資料去尋找實際語音的迹象，可能有若干限制。在考證方面，林先生不同意羅常培之說，而以「諧聲韻學」可能為王蘭生所編。吳先生也有一些不同的看法：在李光地「榕村集」中，有相關的兩條簡子，林先生未加引用。此外，林先生以此書為北方官話系統，吳先生發現除了濁上字兼屬上、去之外，次濁也有兩屬現象，說明此書不但湊合了古今，也包含有方言的系統。

接著，是主講人的答辯。竺家寧說：宋代入聲喉塞音的假設，也許代表了當時的普通話，或者讀書音，實際某些南方方言仍和今天一樣保有 -p、-t、-k。其次，韻尾後移說只強調韻尾傾向後移，哪個先發生，並不一定，-p 類字雖然慢些，但最後仍是後移了，跟大原則仍是相符的。

林先生答辯說：濁上兩屬的問題，自己文章因為不處理，所以省略未提。不過這點倒給自己很大的啓示，還有許多字值得進一步研究。另外，「榕村集」中未引用的兩篇簡子，事實上是在康熙五十四年，編「音韻闡微」前寫的，比「諧聲韻學」的簡子還晚，所以沒有引用。

其次，進行兩篇論文的討論。丁邦新先生提出：竺先生論文中的 -p 在某些資料中未混用，恐非方言之故。是否可考慮由於沒有適合的陰聲與之相配，這點值得再研究。另外，竺先生的補充說明或可作「南方作家的里籍，並不能代表其文章之用韻語音，故南方方言仍留著 -p、-t、-k」。丁先生也提供兩點給林先生參考：是否可從康熙五十年至去世期間，常去南書房而對聲韻有興趣的大臣做一了解，以排除他們可能為「諧聲韻學」作者的

嫌疑。

陳新雄先生發言說，竺先生的論文題是否可縮小範圍，例如宋代的什麼地方，或中原，或官話區，而不要包括所有的地方。竺家寧答覆說：也許可以把讀書音和方言分開來看。不必視爲方言的問題。

吳聖雄先生發言說：丁老師支持林先生的看法，認爲「諧聲韻學」乃王蘭生所作，我仍支持羅常培的觀點。林先生答覆說：康熙54年是一界限，在此以前，編的是「諧聲韻學」後來才改編「音韻闡微」，許多資料都能證明。另丁先生所提的問題，就個人所知，在康熙五十八年時，有一位儔長壽者，說其時善聲韻者唯王蘭生。其他資料有限，能見者大致如此。

張文彬先生發言說：竺先生文章提到入聲韻尾，有趣的是閩南話中有文、白兩讀，以論文中「念奴嬌」用韻爲例，如用文讀念，韻尾不同，用白讀念則可以押韻，宋代是否也存在著這種情況？陳光政先生發言說：宋代入聲恐不止只有此種變化，有的地方保留 -p、-t、-k，故空間問題恐怕也值得討論。另外，中古入聲只有三類嗎？沒有其他類型嗎？

竺家寧答覆說：要討論宋代文、白讀的細節，由於資料的限制，恐怕是不容易的。我們只能大致的推測喉塞音韻尾是一種影響力較大的普通話的演化。空間分布的問題也很難說，因爲宋代 -p、-t、-k 的相混非常廣泛。至於中古入聲也許有 -p、-t、-k 三種以外者，不過一般談語音演化，都以「廣韻」的三類爲標準去比較。

　　第三場討論會結束後，於十一點二十分至十二點舉行綜合座談會，由高雄師院國文系施銘燦主任擔任主席。師院國文研究所應所長建議，討論會的時間過於緊湊，除了主講人和講評人之外，其他與會人士，很少有發言機會。下屆希望有一、兩場是開放給大家的，限定一個主題，讓大家踴躍發言。以達切磋琢磨之效。陳新雄先生作會務報告說，聲韻討論會至今已舉辦六屆，去年在師大舉行時，提議正式立學會，因此向內政部申請立案，中間波折很多，最近，內政部覆函云已在審核中。名稱方面，內政部建議定為「中華民國聲韻學學會」，簡稱「中國聲韻學會」。

　　最後討論了下次討論會的地點，初步決定在靜宜文理學院舉行。第六屆聲韻研討會於是在全體與會一百多人的熱烈掌聲中圓滿閉幕。

國立中央圖書館出版品預行編目資料

聲韻論叢. 第二輯／中華民國聲韻學學會，臺灣師範大學國文系
　所、高雄師範大學國文系所主編. -- 初版.
　　--臺北市：臺灣學生，民83
　　面；　公分.
　　--（中國語文叢刊;19 ）--ISBN 957-15-0612-5（精裝）.
　　-- ISBN 957-15-0613-3（平裝）

　　1.中國語言 - 聲韻 - 論文,講詞等

802.407　　　　　　　　　　　　　　　　　　　83003512

聲　韻　論　叢　第二輯（全一冊）

中　華　民　國　聲　韻　學　學　會
主　　編　　者：臺　灣　師　範　大　學　國　文　系　所
　　　　　　　　高　雄　師　範　大　學　國　文　系　所
出　　版　　者：臺　　灣　　學　　生　　書　　局
發　　行　　人：丁　　　　　文　　　　　治
發　　行　　所：台　　灣　　學　　生　　書　　局
　　　　　　　　臺北市和平東路一段一九八號
　　　　　　　　郵政劃撥帳號〇〇〇二四六六八號
　　　　　　　　電話：三　六　三　四　一　五　六
　　　　　　　　ＦＡＸ：三　六　三　六　三　三　四
本書局登
記證字號：行政院新聞局局版臺業字第一一〇〇號
印　刷　所：淵　明　電　腦　排　版
　　　　　　地址：永和市福和路一六四號四樓
　　　　　　電話：二　三　一　三　六　一　六
定價　精裝新臺幣四〇〇元
　　　平裝新臺幣三四〇元
中　華　民　國　八　十　三　年　五　月　初　版

ISBN　957-15-0612-5（精裝）
ISBN　957-15-0613-3（平裝）

臺灣學生書局出版
中國語文叢刊

①古今韻會舉要的語音系統　　　　　　　竺　家　寧　著

②語音學大綱　　　　　　　　　　　　　謝　雲　飛　著

③中國聲韻學大綱　　　　　　　　　　　謝　雲　飛　著

④韻鏡研究　　　　　　　　　　　　　　孔　仲　溫　著

⑤類篇研究　　　　　　　　　　　　　　孔　仲　溫　著

⑥音韻闡微研究　　　　　　　　　　　　林　慶　勳　著

⑦十韻彙編研究（二冊）　　　　　　　　葉　鍵　得　著

⑧字樣學研究　　　　　　　　　　　　　曾　榮　汾　著

⑨客語語法　　　　　　　　　　　　　　羅　肇　錦　著

⑩古音學入門　　　　　　　　　　　　　林　慶　勳　竺　家　寧　著

⑪兩周金文通假字研究　　　　　　　　　全　廣　鎮　著

⑫聲韻論叢　　第三輯　　　　中華民國聲韻學學會　輔仁大學中國文學系所　主編

⑬聲韻論叢　　第四輯　　　　中華民國聲韻學學會　東吳大學中國文學系所　主編

⑭經典釋文動詞異讀新探　　　　　　　　黃　坤　堯　著

⑮漢語方音　　　　　　　　　　　　　　張　　琨　著

⑯類篇字義析論　　　　　　　　　　　　孔　仲　溫　著

⑰唐五代韻書集存　　　　　　　　　　　周　祖　謨　著

⑱聲韻學論叢　　第一輯　　　中華民國聲韻學學會　臺灣師範大學國文系所　主編

⑲聲韻論叢　　第二輯　　　　中華民國聲韻學學會　臺灣師範大學國文系所　高雄師範大學國文系所　主編